妾本庶出

2

目次

壹之章 信手妙曲挽聖心

郁心蘭向定遠侯、大老爺、程氏請過安，便恭敬地垂首聽訓。

侯爺沉聲問：「妳大伯母說妳苛扣他們的分例？」

「回父親，媳婦不敢，實在是西府的分例都快封頂了，媳婦才不得不壓下些貴重菜色，換上平常的，有帳冊為證。」

「想騙誰？往常裡我們都是這麼吃的，以前怎麼沒少過？定是妳胡亂記帳，把銀子劃進自己的口袋！」程氏反咬一口，說罷洋洋得意。

郁心蘭柔柔地看著她笑，「往常都是用父親的分例補貼您們的，帳冊上記得清清楚楚。」

自有人將帳冊接了過去，飛快地翻查幾頁，便回侯爺道：「大奶奶所言非虛。」

大老爺和程氏的臉色便難看了，大老爺發作道：「便是如此又如何？侯爵都讓給你了，當兄長的連碗鹿胎雪貝湯都喝不上？」

侯爺聞言便蹙起了眉，鳳目中凝起風霜。

郁心蘭揣摩著侯爺大約是不方便親口斥責兄長，自己這個晚輩倒是可以插科打諢，於是滿臉好奇地道：「父親的爵位原來是大伯讓出來的，如此胸襟真令侄媳婦欽佩得五體投地！」說罷向大老爺福了福，又不解地問：「只是侄媳婦百思不得其解，大伯連世襲的爵位都能相讓，為何要爭這一點月例銀子呢？」

大老爺一張老臉頓時漲成豬肝色，「妳、妳、妳……」妳了半天也擠不出話來。

程氏素來是個潑辣的，只不過有些怕侯爺，可侄媳婦就不怕了，於是劈里啪啦地罵：「有妳這樣跟長輩說話的嗎？哪裡學的規矩？喲……我倒是忘了，妳是個庶出的，難怪這麼沒教養！」

郁心蘭聽了也不惱，仍是笑盈盈地福了福，「讓大伯母生氣可是侄媳婦的不是，大伯母可別往心裡去，侄媳婦只是好奇才問問，絕非質疑。大伯這般博大的胸襟當不會與侄媳婦一個後宅婦人一般見識的，至於侄媳婦的規矩禮儀，是嫡母請宮中的何嬤嬤教的，還得過皇后娘娘一句謬讚，侄媳婦亦是愧不敢當。不若請大伯母下回進宮覲見的時候，請皇后娘娘收回這句讚賞？」

其實皇后就是賞睡蓮那次見過郁心蘭，讚了她一句「定是個當家的好手」。換成這兒的人可不敢拿皇后來說謊，可郁心蘭不怕，借程氏一百個膽子也不敢問皇后，況且以程氏的品級，鳳棲宮的大殿進不進得去都是問題。

程氏果然噎住了，半晌後悻悻地道：「妳當面一套，背面一套！」

大老爺不管這些，盯著侯爺問：「老二，我只問你，今晚大哥我桌上有沒有鹿胎雪貝湯？」

侯爺淡淡地道：「老大家的管廚房。」

郁心蘭立即笑道：「回大伯父，沒有！」不待大老爺發火，隨即討好地笑道：「不若侄媳婦掏體己給您添個菜？侄媳婦手頭也只有二兩銀子了，派個參鬚白鳳湯還是成的。」

參鬚白鳳湯是保胎的補湯，大老爺聽了當即氣得猛拍桌子，「反了反了，連個小輩都能來寒磣我了，侯府的門檻真是高貴，以後我們夫妻都不來了！」說完後偷瞄弟弟，侯爺只是低頭撫著杯沿，根本不接話，大老爺立時尷尬了。

程氏忙出來圓場子，撫著大老爺的背道：「老爺，您別動怒，您若是不再過來了，這傳出去不是會讓世人詬病侯爺嗎？可別為了一個小輩傷了兄弟和氣！」

大老爺也立即瞪向郁心蘭，「妳倒是生了張利嘴，沒事便挑撥離間！」

郁心蘭很委屈，「侄媳只知道參鬚白鳳湯、鴨血保元湯這類的……」全都是保胎的！

大老爺氣得直瞪眼，正要再發作，侯爺忽地道：「大哥想如何？府裡的規矩不能壞，今晚做鹿胎雪貝湯，這月超出的銀子下月扣，如何？」

程氏立時不願意了，「怎麼？大哥大嫂吃點好的也要你們點頭，這算是什麼事？」

侯爺忽地瞟了郁心蘭一眼，郁心蘭心裡一咯噔，迅速轉了一下念頭，便笑著向大老爺和程氏道：「不若如此吧，大伯的俸祿自用，西府自設廚房，大伯父、大伯母想吃什麼都隨心所欲。」

侯爺立即介面道：「也好，只分廚房太過麻煩，索性便分了家吧。」

程氏要罵郁心蘭的話一個字都沒來得及蹦出來，就卡在喉嚨裡，怔了一怔，旋即急惶惶地道：「要分家也得請幾個族中長輩主持一下公道。」當初就是老侯爺分給大老爺的產業大老爺嫌少不滿意，才分府沒分家的，如今侯爺的權勢哪裡是大老爺比得上的，程氏怕侯爺薄待了他們。

侯爺爽快道：「可以，想請誰你們自己定。」又轉向郁心蘭道：「今晚讓廚房給大哥、大嫂做鹿胎雪貝湯，從我的分例裡扣。」

郁心蘭恭敬地應了，大老爺和程氏急急走了，回去商量請什麼人。

郁心蘭呼出一大口氣，原來侯爺早就想分家，今個兒藉了這事，讓自己挑了個頭，他隨即跟進，還真是水到渠成。

侯爺瞟了一眼站在屋中央的長媳，淡聲問：「還有事？」

郁心蘭規規矩矩跪下，懺悔道：「媳婦今日做了錯事，還請父親責罰。」然後將上午的事學了一遍，連自己擠兌甘氏，使其向長公主行君臣大禮都沒含糊，還呈上那一匣子香木。每個院子都有侍衛，侍衛可是歸侯爺管的，縱使沒聽得分明，侯爺也不會完全不知。

侯爺打開小匣子看了一眼，順手扣上蓋子，淡問：「妳錯在何處？」

「媳婦不該這麼小家子氣，若是分二弟妹、三弟妹一塊便沒事了。」只承認這一條，就是向侯爺表明態度，甘氏理應向長公主行君臣大禮。

侯爺深深看了她一眼，意有所指地道：「彤兒贈與妳，便是妳的，送不送旁人是妳的意思。」伸手將匣子一推，「拿回去吧。」

郁心蘭微怔，還以為侯爺多少要斥責幾句的，可瞟了眼侯爺，面色平靜，並無惱怒之意，不禁大喜，深施一禮，抱匣子樂滋滋地回去了。

❈ ❈ ❈

甘氏正在房裡斥責長女，「……妳可想清楚了，到底誰是弟弟？馬上去找那個死丫頭把東西要回來，明擺著告訴她不想跟她結交！」

赫雲彤滿心無奈，拿生病的藉口騙她回來，原來是為了這個事情。

她抿了口茶才慢悠悠地道：「女兒跟大弟妹很是投契，怎會不結交？娘，您管好侯府的後院便好了，朝堂上的事您就別摻和了，這世子之位連父親都只怕拿不住主意，您跟著急什麼？讓二弟、三弟也消停點，別有點背景的官員就趕著巴結。我們才回京幾天，就有幾撥官員來暗示跟二弟、三弟交好了。」

甘氏氣得摺杯子，「侯爺的位子便是老侯爺傳的，說什麼拿不得主意？還是知道要在朝堂上討論一番，走個過場，妳兩個弟弟才與同僚們結交結交，這妳也要管？」

赫雲彤真想問問娘親，爵位只有一個，兩個弟弟怎麼分？不過到底是親母女，想到娘親自小的疼愛，少不得要點醒幾句：「今時不同往日，邊境已經十數年平靜了，皇上只怕不會讓兵權如此集中，再者，皇子們都長大了，一不留神結交了什麼不該結交的，捲入到儲位之爭裡去，那可就糟了。」

甘氏對此極為不屑，「那又如何，當年你們爹扶持了誰，誰就……」

「閉嘴！」侯爺鐵青著臉大喝，大步走了進來，絕美的臉上怒火如熾，「這是能說的嗎？」

甘氏頓時臉色一白，不知之前的對話，侯爺聽去了多少。

朝堂上最忌諱的事便是功高蓋主，甘氏還敢在這兒以功臣自居，不是將侯府往刀口上送嗎？

她其實也是懂這個理的，忙低聲下氣解釋：「我也就跟彤兒說說，以後必定不會了！」

赫雲彤起身後向父親請了安，又替母親求了情，道天色不早，便告辭回平王府了。

甘氏見侯爺仍有怒色，又再自我反省一番，侯爺才責怪道：「妳如今真是膽子愈來愈大了，什麼話都敢說！」

「是是是，我以後再也不敢了！」

甘氏拚命保證，侯爺總算臉色緩和了些，對她道：「府中名下的田莊、鋪子，妳列張單子，分四成給西府。」甘氏呆住，「這是要分家？」

「嗯。」

甘氏怒了，「憑什麼給他們這麼多？是他們藉著分例的事鬧的嗎？」

侯爺涼颼颼地掃了夫人一眼，「妳消息還滿靈的。」

甘氏心中一凜，忙解釋道：「大哥、大嫂先去廚房了，才去找老大家的，我怕他們不對盤，差了齊嬤嬤去調解，這才知道都鬧到您那兒去了。」

在廚房裡，是誰指引大哥、大嫂去靜思園的，侯爺已懶得深究了，只是叮囑她：「管好後院的事便成！」而後加重語氣：「再讓我知道妳縱容老二、老三跟老大不對盤，摻和到承爵人選的事中，妳就給我到家廟中反省三個月！」

甘氏聽得心顫，上午的事侯爺知道了？

二十幾年的夫妻，她太清楚侯爺的脾氣了，不是不允許犯錯，但絕不允許人犯同樣的錯。上回燕姐兒百日宴的事，侯爺已經好聲好氣跟她解釋過，點明不讓她插手了，這回的事只怕不好糊弄過去。

甘氏換上一臉真心悔過的表情，「我確實心思重些，惹侯爺厭煩了……可我是母親，自然是任何我會虧著別的兒子？」

甘氏垂了頭，不敢接話，心裡卻是不服氣的，你當然是父親，可老大、老四是你的兒子，卻不是我的兒子！

侯爺原也不指望甘氏能將長公主的兒子視如己出，便接著斥道：「世子人選已不是侯府的事，彤兒都比妳清楚，妳卻還在這兒犯糊塗！莫非妳真以為多跟朝中官員交好，就有了籌碼？告訴老二、老三都給我安分點！」

言罷，侯爺甩袖起身，甘氏駭得雙手拖拉住他，「侯爺，馬上就擺飯了，您這是要上哪兒？」

剛說完，紅櫻挑了門簾進來，盈盈一拜，柔聲道：「侯爺，您的飯菜送來了，現在擺嗎？」

侯爺回眸瞥了甘氏一眼，慢慢道：「擺去宜靜居。」

甘氏的心立即糾結了起來，雖不願卻又不敢不放手。

侯爺一彈指的猶豫都沒有，大踏步而去。

紅纓緊張萬分，夫人心情不好，她不得又要吃排頭了。

待確侯爺走遠，甘氏果然發作，怒問：「剛才在外間伺候的還有誰？侯爺來了也不唱名！」

紅纓膽戰心驚地解釋：「是侯爺不允婢子們出聲……」

「砰」一個瓷杯砸在紅纓肩上，又碎落一地。

甘氏咬牙道：「妳們就不會機靈點，吩咐下去，把剛才在外間服侍的全叫進來。」

紅纓不敢伸手揉肩，強忍著痛去喚人……

郁心蘭回到靜思園，赫雲連城早回來了，已令人擺飯，就等她了。

郁心蘭忙更衣淨手，先為相公盛湯添箸，方坐下用飯。

用過飯回到內室，郁心蘭說起方才的事：「父親好似早想分家，也沒惱我上午之事。」

赫雲連城道：「只是妳運氣好，父親先惱了大娘。」沉了沉又道：「以前大娘也不至於如此……強悍，都是六年前的事鬧的。」

大概是以前皇上寵著赫雲連城，甘氏不忿也只能忍著，可眼瞧著皇上看赫雲連城和長公主都不順眼了，因而開始蠢蠢欲動。

郁心蘭越發覺得皇帝這棵大樹的重要性了，別人想靠都靠不上，長公主有先天的好條件，當然得牢牢抓住。

「想什麼？」赫雲連城貼了過來，唇溫柔卻有力度地落在她臉頰上，兩隻微繭的大手沿著她的腰線慢慢遊走，勾出陣陣熱浪。

他正值血氣方剛的年紀，又初嘗情事滋味，自然興頭十足。

郁心蘭原是有些累了，可她也想早些有孩子，在這年代，生了兒子的媳婦才有話語權，況且與赫雲連城雖說不上海枯石爛，但也是有情有分，因而便依著他的癡纏。

待赫雲連城心滿意足地散了渾身熾熱，郁心蘭早累得連眼睛都張不開了，墜入夢鄉之前，她腦中忽然閃過一個疑問，甘將軍的死因是瞞報的，這可是欺君之罪，侯爺必定有萬全的措施，安嬤嬤是怎麼知道的？

次日上午，佟孝拿來郁心蘭畫圖製定的玩具，正是撲克牌、飛行棋、軍棋這類，郁心蘭驗收後十分滿意，令他按這樣子，每種製作一百副，又給佟孝一張帖子、一份地址，要他先去與安泰一家接觸接觸。

郁心蘭自然不會讓安泰一家子管一個店面，她打算讓佟孝當大管事，負責兩家鋪子，而安泰負責棋牌室，安亦和安娘子負責香粉鋪子。帳房則請赫雲連城尋兩個從軍中退下養老的帳房先生。如此一來，財權在自己手裡，經營又有人監督著，即使自己足不出府，也不怕旁人貪墨了去。

❖ ❖ ❖

時間一晃而過，轉眼便是秋分節。

郁心蘭沒有品級，只能穿素雅的裙裳，戴點翠鑲珐瑯彩的赤金簪，站在一眾大紫頭上珠光寶氣的命婦中間，格外另類。

二奶奶笑著安慰她：「大嫂，沒事兒的，待大哥在職任期滿兩年，便能為妳請封誥命了。」

郁心蘭只是微微一笑，無視二奶奶話中的炫耀和擠兌，她又不自卑，自不會在意。

今日太后也會出席秋分宴，皇后和眾嬪妃、公主一早便去泰安宮請安，一同接見內外命婦們。泰安宮外偌大的漢白玉石廣場上，眾命婦按品級高低分五列　次排好，只等太監宣名入殿。

太后卻不是什麼人都見的，一連宣了三次，郁心蘭都發覺同一行人中，總有幾個漏名的，只怕是不知何事落了太后的眼。

郁心蘭幾乎排在最末端，她閒著無事，就從背後打量各人的服飾打發時間。

忽然，有一個人的背影十分熟悉，她不禁凝神細看，那人也似乎察覺到她的注視，略偏了頭，竟然是王氏。

郁心蘭頓時將唇抿成一條線，郁老爹果然為了臉面把王氏接回來了，還不敢告訴她。

兩個人錯開一行，正可以互相瞧個清楚。郁心蘭忍著怒意，朝王氏微笑頷首，而王氏的眼中卻毫不掩飾地射出恨意，故意看看自己腳下，再看看郁心蘭，這遙遠的距離顯示出身分地位的差別，而後得意且蔑視地輕笑，復又轉回頭去站好。

郁心蘭自不會將這點挑釁放在眼中，若有所思地盯著王氏高聳且插滿珠釵的貴妃髻，緩緩地勾唇一笑。

乾等了一個多時辰，郁心蘭覺得雙腿有灌鉛的趨勢，可太后的召見還未完，所有人都得站得風姿綽約，還得如標槍一樣紋絲不動。

在二品誥命夫人中，王氏是未奉詔覲見的，臉色估計很難看吧？

正在郁心蘭七想八想間，忽然聽到太監唱了自己的名，幾乎不敢置信，好在隊伍排得長，幾位太監接連唱名三遍，她才終於肯定了。

與她同時被宣的另四名命婦小心地步入內殿，向太后、皇后、四妃、長公主行大禮畢後，五人便跪著屏息斂氣，等待問話。

一道蒼老卻威嚴的女聲道：「哪個是靖兒家的？」便聽長公主婆婆小心回話：「回母后，左首第二人便是。」

郁心蘭感覺到數道各具心思的目光落在自己身上，被要求頭抬高點，目光卻仍落在身前幾尺的金磚上，不敢直視。

太后讚道：「顏色真好！聽皇后說妳會種睡蓮，郁府的溫房建好了沒有？」

郁心蘭忙稟道：「回太后的話，臣婦不敢當皇后娘娘誇獎，只是會些個小法子罷了。郁府的溫房要九月中旬才能建好，移植的睡蓮若是能成功，大約十一月中旬可開花。」她不敢將話說得太死，免得沒了迴旋的餘地。

太后身後坐錦杌的貴人中，忽地有人笑道：「喲，聽這聲音，真是甜到心裡，柔到骨子裡，臣妾聽著只覺得心都酥了呢！」

這話聽著是讚美，卻也暗諷郁心蘭狐媚，不然哪會說幾句話就能讓人「心都酥了」的。長公主微慍地抿了抿唇，可人家並沒直言，總不能對號入座。

郁心蘭佯裝沒聽出來，小心奉承：「娘娘謬讚，娘娘的聲音才真是溫柔嫵媚，如夜鶯啼轉。」不拿黃鶯拿夜鶯比，那位貴人被根軟刺兒噎回來，也只能捏緊了帕子，強撐著笑了笑。

太后淡瞥了那位貴人一眼，道：「就妳話多！」聲音裡的不悅讓其頓時白了臉。

隨後太后吩咐賞郁心蘭一根羊脂玉如意，沒問旁人話，便讓幾人退下了。

一出殿門，王氏就死盯著郁心蘭手中的玉如意，郁心蘭目不斜視地回到隊伍中站好。又過了一個時辰，召見終於結束，也到了開席的時間。郁心蘭輕嘆，難怪婆婆要她早餐多吃點，原來要挨到下午兩、三點才有飯吃。

女席擺在延禧宮，郁心蘭所在的席面比較靠門邊，相熟的幾位夫人同她打過招呼，便隨引位的小太監去自己的席位。

忽地有人輕拍她一下，抬頭一瞧，原來是赫雲彤。

郁心蘭忙起身行禮，「大姊安好。」

赫雲彤拉著她笑，「我們姑嫂倆不需這個禮，來，介紹幾位夫人給妳認識。」

因太后和皇后的鑾駕還有小半個時辰才入席，不少夫人貴女們都坐在大殿旁的小花廳吃茶聊天。

赫雲彤帶著郁心蘭認識四位夫人：大內侍衛總管何夫人，這是赫雲連城的頂頭上司，郁心蘭有禮地打過招呼，不卑不亢的態度讓何夫人另眼相看；禮部侍郎府陳夫人、御史府周夫人、刑部郎中府聶夫人，郁心蘭與她們一一見過禮，赫雲彤特意強調，這些人家都是清流，即平素不參與黨派之爭。郁心蘭覺得赫雲彤是個妙人兒，結交朋友也講究，參與到皇子之爭和黨派之爭中的一概不理。赫雲彤身為平王世子妃，自是有許多人上前巴結，就連一個宮中女官都過來施禮。待女官走後，赫雲彤覺得郁心蘭神色有異，便問怎麼了。

郁心蘭笑了笑，低聲道：「剛才那位女官瞧了我一眼，總覺得她討厭我。」

赫雲彤微有些詫異，告訴她：「那是沉雁，梓雲宮的女官。」

郁心蘭沒聽懂，赫雲彤只好再解釋：「梓雲宮是淑妃娘娘的宮殿，淑妃娘娘出自忠義伯府，其母為王丞相嫡長女。」

原來是王氏的外甥女，郁心蘭暗想，之前在太后宮中暗諷自己的，莫非就是淑妃娘娘？可這麼大的事兒，老太太怎麼都沒交代一聲？

赫雲彤拉著郁心蘭到僻靜處，壓低聲音道：「她是個寡婦，原是敬國公府的二少奶奶，後來到靜園庵清修三年為丈夫守孝，兩個月前才進宮，月初診出有身孕，便封冊為淑妃。」而後不屑地低哼一聲：「是個狐媚子，太后不喜她，皇后……唉！」

原來如此，這世間守寡的女子能得到讚美，但不禁止再嫁，以前也有以寡婦之身入宮的，可都得從最低的品級苦熬，像淑妃這樣坐火箭似的兩個月便升到四妃之一的淑妃之位，的確只能以狐媚子來形容了。

原本她狐媚不狐媚與郁心蘭沒有關係，可她是王氏的外甥女，這就跟郁心蘭關係很大了。

正思索間，王氏與幾位夫人遠遠走來。

郁心蘭忙上前見禮，王氏雖然討厭她，卻也只能在外人面前上演母慈女孝的戲碼。

好在須臾後，傳來太監唱駕之聲：「太后駕到！」、「皇后駕到！」

眾人忙跪拜接駕，秋分宴終於正式開始了。

各色精美的菜餚流水似的呈上，這類宴會無須守「食不言」的規矩，同桌的貴女們都熱絡交談，也不忘相互給個軟刺兒，抬高自己以貶低他人。

郁心蘭只是有禮且生疏地客套幾句，全心撲在美食上。

宴會持續了一個多時辰，眾人又轉去瀛臺閣聽戲。太后象徵性的坐了會兒，便回宮歇息，而幾位年紀大些的宮妃和懷有身孕的淑妃也隨即散了。

一名小太監走到郁心蘭身後，低聲道：「淑妃娘娘傳妳去梓雲宮。」

郁心蘭拔高聲音重複一次：「淑妃娘娘宣我去梓雲宮？」

身旁的人立即看了過來，小太監臉上閃過一絲慌亂，隨即低聲道：「是，請夫人聲低些，會影響到旁人。」

郁心蘭立即拿眼覷他，「你在教我？」

小太監抹了把額頭的虛汗，連稱「不敢」又道：「請夫人移步，莫讓娘娘久等。」

皇帝的寵妃是不能得罪的，郁心蘭只得起身，正瞧見赫雲彤望了過來，忙打了個邀請的手勢。小太監領著她沒走幾步，赫雲彤便追了上來，聽說是去拜見淑妃，立時道：「我還從未見過淑妃娘娘，一同去吧。」

那小太監聽後，一張臉苦得跟吞下十斤黃蓮似的，郁心蘭越發肯定，這其中有陰謀了。

轉過一個路口時，郁心蘭察覺到前方的矮叢中有人一閃而過，雖然她不會武功，但前世是做人事工作的，經常下基層去抓怠工的，因而練就了一雙利眼，她敢肯定那是個男人，不是太監。

若不是赫雲彤陪著，只怕剛才小太監就會往另一條路上帶了。

郁心蘭彎眉一笑，搭訕道：「還未請教公公高姓大名。」

小太監只得回道：「奴才小川子。」

待到梓雲宮時，小川子的祖宗十八代都被郁心蘭問了出來，郁心蘭打賞一個二兩銀子的錁子，小川子不敢接，郁心蘭則輕笑道：「辦差不力，一會兒要挨板子的，留著買些傷藥也好。」

小川子頓時抖成了狂風中的樹。

郁心蘭與赫雲彤沒理會他，逕自候在殿外，早有宮女唱了名，一會兒便有太監來引路，一路行到東暖閣，這是接待親戚的意思。

東暖閣除了淑妃娘娘，還有王氏、郁琳、忠義伯夫人王氏，以及幾個不太認識的貴妃。每位貴妃身後都站著一、兩名少女，顯然是她們的女兒。

郁心蘭趁著進門的一瞬迅速掠了一眼，心裡驚豔了一把，這淑妃娘娘還真是個大美人。二十一、二的年紀，唇不點而紅，眉不畫而黛，最勾人的是她通身的嬌柔，若無骨的楊柳楚楚可憐，可以刺激任何男性的荷爾蒙激增，恨不得為她上天摘月下海撈針。

郁心蘭撇撇嘴，暗想：為何她嫁入敬國公府三年不育，進了宮兩個月就有了？明明敬國公世子有庶子啊！

腦子裡還在胡思亂想，人已經規規矩矩行完大禮，跪在地上，卻沒聽淑妃叫「平身」，反倒聽到淑妃那如夜鶯般婉轉的聲音同王氏話起了家常：「二姨母真是好福氣，女兒們個個如花似玉，原本我覺得玫妹妹、琳妹妹已經很漂亮了，卻不曾想蘭妹妹還要更勝一籌，生生把本宮的幾位嫡妹、庶妹給比了下去，難怪太后她老人家都喜歡得不得了，親賞了一支極品羊脂玉的玉如意呢。」話音未落，郁心蘭的身上就被數道又嫉又恨的目光盯出了幾個大洞。

郁心蘭只說了聲：「娘娘謬讚。」便懶得出聲了。

赫雲彤卻不能不答，她一來有意同郁心蘭交好，二來看不慣淑妃那副柔弱嬌嗲的樣子，便向淑妃道：「娘娘為何不讓我弟妹站起來回話？說起來，我大弟與弟妹成親三個月了，十分恩愛，若是萬一已經有了身孕，這跪長了，可就不太妙了。」

赫雲彤是世子正妃，早先在太后宮裡已經見過禮，只需納個萬福便行，這會兒早已坐下，捧著彩釉纏枝百合杯品茗了。

淑妃自認品級還是高出赫雲彤一級的，只是聽她抬出了子嗣問題，不好駁了她，若是不依，彷彿自己想謀害定遠侯的嫡孫似的，於是只能笑道：「是本宮疏忽，平身吧。」

郁心蘭謝恩起身，淑妃又賜了座，郁心蘭又得謝恩，搭了點錦墩的邊坐下，其實這樣坐下還不如站著，於是又悄悄往裡面挪了挪，重心好不容易穩了。

一時間屋內無人說話兒，郁琳老早就不服氣，這會兒便問道：「不知四姊肯不肯將太后賞的玉如意給小妹開開眼界？」

郁心蘭輕輕一笑，「對不住，我已差人送回侯府供著了。太后賞的玉如意，若是磕了、碰了、碎了，那可都是大罪。」

郁琳只能輕哼一聲，她的確有交接時故意害郁心蘭拿不穩的打算，可這會兒也沒轍了。

郁心蘭感覺淑妃一直在觀察她，便垂眸看地，面色平靜溫婉。

淑妃正想說些什麼，殿外太監又唱道：「十二殿下、秦小王爺到！」

十二皇子明子信和秦小王爺秦肅隔著珠簾行了禮，淑妃忙讓平身，又道：「都是自家親眷，不妨事，進來坐吧。」

於是又要重排座次，原本坐在次席位上的忠義伯夫人和順國公夫人讓出座位，郁心蘭又往後挪了兩步。

秦肅一坐下，便不住瞅向郁心蘭，嘴裡卻同赫雲彤說話：「幾年未見，知道二哥回來了，卻總是抽不出空，至今未去拜訪，實在失禮。先代小弟向二哥問個好，改日子有空，一定去貴府上坐坐。」

赫雲彤禮貌性的微笑，「您貴人事忙，說什麼失禮不失禮，有這份心便成了。」

秦肅與赫雲彤客套幾句，又同兩位王氏和幾位貴夫人問候一圈，便將目光轉向郁心蘭，「赫雲嫂子也在。」

郁心蘭起身福了個禮，卻連一個字都不回他，反正因著上回贏了他萬多兩銀子，關係也不可能好了，何必假客套。

明子信將眸子轉了過來，彷彿是私下交談那般問秦肅：「慎之上回說的，在上巳節為你撫了一曲的郁家小姐可是這位赫雲嫂子？本宮記得那支曲子十分幽怨婉轉。」

秦肅忙回道：「正是赫雲嫂子，那支曲子新奇美妙，臣也一直記憶猶新。」

兩人一對一答，聲音並不小，郁心蘭只覺得熱氣直湧上面頰，卻是給氣的。

上巳節本來就是未婚男女踏青郊遊，順帶相看相看的時節。女子撫琴吹簫、男子吟詩作對，都是為了在意中人面前留個好印象，同時將自己的美名、才名散播出去，以便能結門好親事，又不是一男一女私下幽會，誰沒過這種時候？

可郁心蘭已經嫁人了，明子信和秦肅卻提起這話，似乎郁心蘭出嫁前中意的是秦肅似的，這讓赫雲彤聽了心裡會作何想法。

郁心蘭儘管心中怒火騰騰，面上卻是不顯，仍只是淡然地研究地下石磚的印刻圖案。

但旁的人卻不平靜了，一會兒不屑地看看郁心蘭，一會兒又同情地看看赫雲彤。

赫雲彤也憋了一肚子的氣，深恨明子信和秦肅將這種事端到檯面上來說，這不是分明要靖弟難堪嗎？

淑妃卻覺得這個話題好，立即輕笑道：「真這麼好聽嗎？那，赫雲大奶奶便彈與本宮聽聽。」說著又掩嘴笑，「不會只願彈給旁人，卻不願彈給本宮聽吧？」不說她最後這句話暗指的意思，只說這命令的語氣就好像郁心蘭是藝伎一般。

郁心蘭站起身福了福，神色淡然道：「回娘娘話，非是臣婦不願，而是不能也。那日只因工部李郎中的幾位小姐和五妹琳兒盛情相邀，臣婦有感於白雲山的高壯幽靜，信手而彈，曲調如何，現下早已不記得了。娘娘若是想聽，不妨商量商量十二殿下和秦小王爺。」

明子信和秦肅立即像被搧了兩巴掌似的，臉漲得通紅。人家根本就不承認是為秦小王爺彈的，而且那曲子人家早就忘了，秦小王爺還「記憶猶新」，這算是什麼事兒？惦記別人的媳婦？傳出去不被言官彈劾才怪。

淑妃也下不了臺，人家都忘記了，總不能繼續要郁心蘭彈那支曲子，若不是彈那支曲子，她便不好再讓郁心蘭撫琴。出嫁的媳婦只要伺候公公和婆婆，在聚會撫琴的都是未出閣來許親的少女，因為她們需要展示自己的才藝，但她也不可能讓十二皇子和秦小王爺彈，把皇子和王爺當成賣藝的。

這算是淑妃一帆風順的人生道路上第二次坎坷，頭一次是先夫過世。這陣子巴結她的人可不少，她說出口的話雖不像皇上那般有絕對的權威，但基本上也算是一呼百應，言出必行，可偏偏剛剛開口要求郁心蘭彈支曲子，就被郁心蘭一個軟釘子給堵了回來。

她滿心期待郁心蘭能識相點，主動提出來換首曲子彈，好讓她下這個臺。

郁心蘭明顯就沒幹過搬梯子這種體力活，向淑妃福了福復又坐下，只把淑妃恨得銀牙咬碎。

忠義伯夫人看出女兒難堪，忙轉移話題，談起淑妃肚子裡的孩子。明子信趕緊表態希望能再多一個皇弟，淑妃終於緩過口氣來，假裝忘記之前這段小插曲，歡天喜地談起皇上的賞賜。

赫雲彤衝郁心蘭眨眨眼，郁心蘭抿唇微笑。

王氏看不得郁心蘭得意，回頭瞪她道：「一點眼力都沒有！頭一回覲見淑妃娘娘，又是自家表姊，怎麼不上去敬杯茶？」

郁心蘭還沒回答，赫雲彤卻看不過眼了，「喲，我說親家太太，妳這是在教女兒呢？可別忘了，心蘭已經是我赫雲家的媳婦了，開口之前，晚輩我勸您先三思啊！」

要說赫雲彤是真討厭王氏，這仇還是幾年前結下的。當時郁老爺沒納側室，有幾家官員曾想開口保媒，都被王氏罵了回去，於是王氏妒婦的名聲便傳開了。後來聽說了赫雲彤追打丈夫一事，逢聚會便要繪聲繪色說道一遍，彷彿這樣強調赫雲彤潑悍，她頭上那頂帽子就能摘下似的。

因而赫雲彤很看不起王氏，我是悍，但我敢認！於是更加討厭王氏，王氏每說一回，平王妃都要氣個倒仰，回家就要數落赫雲彤一次，把赫雲彤給憋得，當媳婦的不能跟婆婆吵啊！

王氏被個小輩堵了話，心裡頓時不痛快了，「哪有長輩在這兒說話，晚輩插嘴的道理？別以為自己是世子妃便能作威作福，我可是不怕的！」

赫雲彤也火了，她這人性子隨了侯爺，與人結交只看合不合眼緣，從不看什麼門檻身分，也不以勢壓人，王氏說她作威作福，真是擼了她的逆毛了，當下便夾槍帶棍地反擊回去。

屋裡的人便開始勸，明子信和秦肅頗為尷尬，這時說走不好，不走留這兒聽兩個女人吵架，耳朵都會聾掉。

忠義伯夫人勸了妹妹兩次沒勸住，心頭火也上來了，扭了頭不再理她。

郁心蘭朝沉雁好言相求：「請姊姊幫我母親撫撫背好嗎？」又向赫雲彤道：「還請大姊消消氣，這是淑妃娘娘的宮殿，也得給娘娘一個體面。」

赫雲彤哼了一聲收聲，喝了口茶道：「我這是給弟妹一個面子！」言下之意，淑妃的面子是不賣的。

王氏也重重哼了一聲，由著沉雁順背。

沉雁見王氏氣消了，便要退回原位，腳一邁，不知怎的往後一滑，撲通一屁股坐到地上。

房間裡頓時鴉雀無聲，一個彈指後，王氏尖叫起來，一邊尖叫一邊回身去打沉雁，抓著沉雁的頭髮撕扯——因為她的假髮被沉雁給勾了下來，露出頭頂半寸左右長的短髮，還好不是雪白的頭皮，不然臉真丟大了。

淑妃娘娘又急又氣，指著身邊的兩個婆子罵：「妳們都是死人嗎？不會扶王夫人去內間安置安置嗎？」

那兩人都是有品級的嬤嬤，卻也只能忍著氣去扶王氏，沉雁也只得跟進去，王氏的假髮還掛在她胸前呢。

秦肅瞇著眼睛往王氏的座凳後瞄，他之前用餘光看到郁心蘭的袖袍抖了抖，因是餘光，不能確定她是否扔出過什麼東西，但他相信那名女官摔倒絕非偶然，必定跟這個小女子有關。

郁心蘭也跟去了內室，身為女兒當然要關心一下嫡母，可王氏從鏡子裡一看見她就開始抓狂，手邊抓到什麼砸什麼。

郁心蘭往大柱後一藏，什麼都沒砸到，還笑嘻嘻地道：「母親消消氣，都是幾個親戚，不會將您的……這個樣子說出去。」

王氏聽了更恨，抄起梳台旁的一個青花聽風瓶就要砸過去。

那兩名嬤嬤不樂意了，語氣嘲諷地道：「王夫人這是將梓雲宮當成您郁府的後宅院了吧！」

王氏心裡一咯噔，頓時從暴怒中醒過神來，砸壞了梓雲宮的物件，可不是賠不賠得起的問題，而是尊不尊敬皇上、淑妃娘娘的問題，就算淑妃有心替她遮掩，可這宮裡有多少雙耳目，誰又知道誰是誰的人？

但王氏事後曾與郁玫合計過，認為鬧鬼和脫髮應是郁心蘭的手筆，今日在幾位沾親帶故的貴夫人和十二皇子、秦小王爺面前丟了臉面，這口氣要她怎麼吞得下？

王氏放下手中的瓶子，一指郁心蘭，原是想叫她過來服侍，好生挑剔幾句，卻又怕她使壞，便轉向郁琳道：「給我把她趕出去，我不想見到妳，別以為我不知道是妳幹的！」後面這句是對郁心蘭說的。

郁心蘭一臉惶恐地福了福，「母親不願見到蘭兒，蘭兒出去便是，只求母親息怒，萬萬莫氣壞了身子。肝腎不好，頭髮長得很慢的。」

郁琳原是在嚶嚶地哭，之前朝秦小王爺拋了幾十個媚眼，也沒得到半點回應，方才母親又在秦小王爺面前失了禮儀，瘋子一樣的扭打沉雁，只怕她更加難嫁入晉王府了，這會兒聽母親說是郁心蘭幹的，頓時暴怒了，跳起來吼道：「妳為什麼要掀母親的假髮？」音量之大，只怕整個梓雲宮前院都能聽得一清二楚，人人都知道王氏的頭髮是假的了。

王氏急驚之下，白眼一翻，暈了過去。

郁心蘭用盡全身力氣才繃住沒笑出來，勉強擠出一抹委屈，哽咽道：「妹妹，妳做什麼睜眼說瞎話？明明是那位姊姊掀的。」然後掩面退出內室。

東暖閣各人面色古怪，定是聽到了郁琳的吼叫。

赫雲彤急急地拉著郁心蘭告退，出了大殿立即爆笑出來，完全不顧形象地笑得前仰後合。

郁心蘭沒那麼誇張，卻也笑得媚眼彎彎。

赫雲彤笑得肚子都痛了，才勉強止住，一邊哎喲一邊道：「沉雁這一跤摔得真是太巧了！早聽說妳嫡母不待見妳，沒想到真是……這下子活該！」

郁心蘭笑而不語，天下哪有那麼多巧合的事，早在泰安宮外候見的時候，她就打起了王氏假髮的主意。也是趕得巧，沉雁這名宮女，衣著打扮與眾不同，脖子上戴了一個金項圈，因不是宮妃，上面不能鑲墜玉石，她便墜了幾個折枝百合、童子拜壽的墜件。可能是金子不足，墜件都是扁扁的，有稜有角，很容易勾到絲啊、髮啊、線啊什麼的。

郁心蘭喚她去給王氏順背，這些墜件肯定在王氏髮間蹭來蹭去，又丟了兩小塊冰到沉雁腳下，很快化成了水。宮裡的地磚都打磨得光可鑒人，沾了水極易打滑。也沒指望一定能成功，不過若是成功了，以王氏的脾氣，肯定要扭打一下，那些水漬自會被裙子擦了去，也不怕被人發覺。

赫雲彤又笑了笑，向郁心蘭介紹屋內那幾個貴婦，有幾位家中支持十二皇子，其他則支持十四皇子，但都沾親帶故，不是王丞相的本親就是姻親，誰讓他兒女多呢？不過看樣子，聯姻政策也許並沒讓這些人家與王丞相同心，還是有各自的算盤。

郁心蘭和赫雲彤回到瀛臺閣時，天色已擦黑了，太后休息了兩個時辰，再次升座，晚宴馬上要開始了。

晚宴便隨意多了，宮女太監們撤去各位夫人小姐們面前的小几，換上大的圓桌。眾人依次坐下，邊聽戲邊吃佳餚，吃了一會兒之後，便有人開始穿梭於各桌之間敬酒。

郁心蘭邀上赫雲彤向赫雲家族旁系的幾位夫人敬了酒，又跟今日結交的周夫人、聶夫人、陳夫人喝了幾杯，覺得有幾分醉意了，忙回坐休息。

她前世的酒量極好，這副身體卻差了些，一下子沒控制住酒量。

剛坐下不久，一位面色偏黑的中年貴婦，帶著一個同樣是黑皮膚，卻長得很漂亮的少女到旁邊那桌敬酒。郁心蘭發覺少女頻頻看向自己，便衝她嫣然一笑。少女頓時臉紅了，躊躇了一下，便端杯來，敬道：「我敬赫雲大奶奶一杯。」

郁心蘭奇道：「妳認識我？可我……還沒請教姑娘是哪個府上的？」

少女的臉更紅了，低低地回道：「我是忠信侯府三小姐。」

原來是四爺赫雲飛的未婚妻岑柔，真是人如其名。

郁心蘭忙拉她到身邊坐下，笑盈盈地道：「還真是個美人！」

岑柔羞紅了臉，「哪及得上大奶奶？我這臉擦一尺厚的粉，還不知有沒有大奶奶的好膚色。」

郁心蘭挺喜歡這個略有些害羞的小姑娘，便教了她兩套美白面膜的調製方法和使用方法，又寫了張對美白有益的食材單子給她，「你們成親還有六個多月，能起效的。」

未出閣的閨女哪敢跟人談論自己的婚期，岑柔跺了跺腳，羞臊道：「大奶奶怎麼打趣人？」

郁心蘭以袖掩唇，輕笑道：「若換作是我，就更喜歡妳現在的樣子，活脫脫是朵黑牡丹！」

岑柔更羞了，只知跺腳，不知如何回話了。郁心蘭便換了話題，聊些日常的女紅什麼的。

岑夫人已同那桌寒暄完畢，過來叫女兒，郁心蘭忙向忠信侯夫人見了禮。

忠信侯夫人知道這是三女日後的大嫂，有心拉攏，便邀請道：「過幾日是小女的及笄禮，我給定遠侯府下了帖子，大奶奶一定要來。」

郁心蘭滿口應承，待忠信侯夫人與岑柔走遠後，紀嬤嬤過來耳語，郁心蘭忙跟著紀嬤嬤離席。出了瀛臺閣，穿過三個小型廣場，繞過一個小池塘，便是後宮中的群院了。

所謂三宮六院，是指後宮中大型的宮殿和院落，是給嬪妃以上居住的，群院則是小型院子，給中下等的宮妃居住。靠西南角的一片翠竹掩映的小院，是從前玉才人的居所。郁心蘭躲入竹林中，接過紀嬤嬤早就備好的箏，十指輕壓在弦上，只等紀嬤嬤的信號。

天色全黑，這種無人居住的小院子已是伸手不見五指，郁心蘭在竹林中清楚地聽到紀嬤嬤輕喚了一聲：「殿下節哀。」

這是她們商量好的暗號，表示皇帝來了。

黑暗中隱隱傳來長公主的哭聲，郁心蘭撥動琴弦，一曲〈何鑾子〉若有若無地飄蕩在空中。

建安帝原是在瀛臺閣聽戲，一折〈慈母淚〉讓他想到了生母，想到今日亦是她的祭辰，於是只叫了一個忠心的黃公公，來玉竹苑祭奠一番。

遠遠的，便聽到〈何蠻子〉的曲調緩緩飄來，還夾著幽遠的哭聲。

建安帝眉峰一聚，站在院門口向內望去，卻見一名宮裝婦人跪在大廳燒冥紙。

建安帝原本想調頭就走，耳邊聽到黃公公輕嘆一聲，「長公主殿下也記得今日是玉才人的四十年祭辰呢。」

原來已經……四十年了。

建安帝心中一酸，便邁步走了進去。

在一旁幫著燒紙錢的柯嬤嬤見到聖駕，慌忙磕頭，「吾皇萬歲萬歲萬萬歲！」

長公主沒料到皇兄會來，忙行了大禮，略帶期盼地問：「皇兄是來祭奠母妃的嗎？」

其實以才人的品級，是不能稱母妃的，建安帝不喜人提及自己出身微賤的母親，並沒追封玉才人謚號，因而聽到皇妹一問，只是點了點頭，接過黃公公遞來的香火，微一頷首，上了香。

長公主美麗的臉上淚水如溪，「其實母妃歿了之時，臣妹才三歲，對母妃的印象十分模糊，全憑柯嬤嬤一點一點地講述。」

建安帝蹙了蹙眉，他兄妹二人後來轉給辰妃帶養，辰妃對他們並不好，但好歹名頭聽起來高貴些，正要斥責皇妹兩句，告訴她，他們算是辰妃名下的，卻聽長公主話鋒一轉：「臣妹記得的，都是皇兄對臣妹的庇護……」

然後長公主生動地敘述了年幼時的種種，被罰跪挨打時，是皇兄悄悄送來治傷的靈藥和仍有餘溫的饅頭；天寒地凍時，皇兄省下自己的炭火給她取暖。

長公主的話聲情並茂，還幾度感動得哽咽，建安帝便不由自主地回想起，自己當初沒有封號封地，僅有的一點皇子俸祿根本不夠用來結交官員，是皇妹將她的封賞和月例全無保留地拿出來支持他，且為了替他討父皇開心，還沒日沒夜地繡千壽圖……

建安帝的心愈來愈柔軟，看向長公主的目光愈來愈柔和。

長公主適時地掏出帕子掩面痛哭，邊哭邊道：「臣妹出嫁時連封號和封物都沒有，嫁妝比權臣家的千金還寒磣，臣妹這一世的榮華富貴全拜皇兄所賜，心中無時無刻不感念皇兄恩德。」

建安帝面色柔和，拉起長公主道：「好了，朕知道皇妹的一片忠心……唉，這幾年妳也吃苦了！」兄妹倆終於言歸於好，說了許久的體己話兒。

長公主趁機道：「自靖兒懂事起，臣妹便教導他要誓死忠於皇兄，即便忠孝不能兩全，也要先盡忠後盡孝……靖兒雖說是九殿下伴讀，可他與大殿下、二殿下他們一樣親近，他怎會幹出那般傷天害理之事，還請皇兄明查啊！」

建安帝輕輕一嘆，「後來去查看過被頂的山石，確屬山崩……也是天意，不提也罷，靖兒的傷養得如何了？」

「慢慢能走了，只是不能用力，看起來還有點跛。」

「讓他好好養傷，好俐落了再來當職。對了，剛才撫琴的是誰？」

長公主笑道：「便是皇兄賜給靖兒的媳婦。臣妹想到母妃最愛這支曲子，因而叫她來彈奏。」

建安帝點了點頭，「叫她進來。」

紀嬤嬤忙去喚人。不一會兒，郁心蘭抱著古箏過來，並山呼「吾皇萬歲萬歲萬萬歲」。

此時大廳內已燃起了數隻蠟燭，建安帝細瞧了她兩眼，笑道：「生得真俊，模樣兒倒也配得上靖兒！」

郁心蘭乖巧又討好地道：「臣婦謝皇上讚賞。」

建安帝今晚被長公主勾起了滿腔溫情，遂親和道：「妳同靖兒一樣稱朕皇舅吧。」

郁心蘭推辭了幾次，才乖巧地喚了聲：「皇舅。」

建安帝大樂，從腰間解下一方玉佩，賞了她。

那玉佩色沉如墨，紋理細緻，沒有半絲雜色，在燭火下泛出墨綠色幽光，屬墨玉中的幾品，佩上雕有兩條玉爪浮龍。

郁心蘭嚇了一跳，有龍紋的物件可不能隨便接，忙請皇上收回。

建安帝眸光深沉地看著她道：「若不是妳，朕與皇妹也難得如此深談，妳也該得些賞賜。」

皇上竟知道是她出的主意！

郁心蘭真是被駭住了，當皇帝的果然睿智且多疑，她忙跪伏下去，誠惶誠恐地道：「自臣婦嫁入定遠侯府，蒙婆婆真心疼愛，一心想在婆婆面前盡孝。婆婆言談之間屢次提及皇舅的恩典，只因無法親自面聖謝恩，常常淚濕衣襟，故而……故而……臣婦膽大妄為，還請皇上責罰。」

建安帝這才笑了，「好了，朕何時說要罰妳？賞妳就拿著，不可亂用。」

郁心蘭聞言竊喜，再三謝了恩，才爬起來，將玉佩小心收入懷袋之中。

建安帝見她如此謹慎，心下更是愉悅，瞧了瞧她的服飾，薄責道：「禮部怎麼沒為妳請封號？怎麼說都是朕嫡親的外甥媳婦！」

長公主接著話道：「那就請皇兄給蘭兒個封號吧，免得她逢人便磕頭，宮裡的地磚又硬。」

建安帝呵呵一笑，想也不想地道：「先封妳個四品誥命，與靖兒同級。」

郁心蘭忙又跪下謝恩。

幾人便說說笑笑回瀛臺閣。

郁心蘭故意稱讚淑妃：「……真是臣婦見過最柔最美的人兒了，也只有皇舅才配擁有。」

建安帝聽到郁心蘭讚美自己的寵妃，便笑問：「妳去了梓雲宮？她賞了妳什麼？」

「娘娘願接見臣婦，就是臣婦的榮幸，哪還需要賞什麼？」

這馬屁怕得比較高竿，每天奉承建安帝的人不知有多少，他早聽得兩耳起繭了，郁心蘭從他在意的人兒著手，說淑妃如何如何出色，不就是讚他眼光好，建安帝臉上的笑容更舒坦了些。

秋分宴散後，眾朝官與世命婦叩首謝皇恩，出了宮門，各自乘車回府。

郁心蘭與赫雲連城同車，將懷中的玉佩拿出來給他看。

赫雲連城面露驚訝之色，旋即又轉為擔憂。

郁心蘭看著他的臉色問：「怎麼？不要嗎？」

赫雲連城搖頭道：「是我的事。」沒有相應的地位，忽地一下得蒙聖寵，其實是件危險的事，因為嫉恨的人會向你下暗刀子，除非背後有一個強硬的靠山，讓這些人有所忌憚，不敢輕易下手。

她的靠山是他，只是他現在還不夠強大！

赫雲連城默默摟著妻子，心裡盤算著早些上任，一定要建功立業，封妻蔭子！

❖　❖　❖

剛回到靜思園，紫菱便緊張地迎上來稟道：「稟大奶奶，戌時正，佟孝使人傳信來說，果莊走水了。」

郁心蘭一驚：「有什麼傷亡嗎？」

「佟孝帶人趕去救火，還沒回報。亥時三刻了，奶奶先安置吧，明日一早會有消息的。」

赫雲連城見小妻子秀眉緊鎖，傳喚道：「黃奇！」

黃奇在院中應了一聲。

「你速點五十親兵趕去大奶奶的果莊救火，有任何消息立即回報。」赫雲連城沉聲吩咐道：「先救人再救物，記得查看一下火場。」

郁心蘭感激地偎進他懷裡，沒想到一個出身高貴的公子，也會這般珍惜生命。果莊為百頃果林，有五十戶農家，這年代窮人的房子就是個竹木搭建，屋頂覆稻草，一旦有點火星子，就會整幢地燒起來。

郁心蘭恨得咬牙，「定是那幫想買莊子的人幹的！」

赫雲連城摟緊她親了親，實在找不出詞語安慰。

想買莊子的有幾批人，誰知道是哪批？況且這些人行事，很難能查到痕跡。

「改日我就放出風去，拋售果莊，我倒要看看到底有哪些人想買，我得讓他們賠償我十倍的損失！」郁心蘭捏著拳頭發誓。

第二日清晨，郁心蘭是被朦朦朧朧的說話聲吵醒的，腦中閃過火災兩個字，她一個激靈就清醒了，發覺連城不在身邊，忙問：「連城，你在嗎？是莊子上傳消息來了嗎？」

赫雲連城正在外間與黃奇商議，聽到她的問話應了一聲，先吩咐錦兒、蕪兒幾個丫鬟進去服侍，他自己過了一盞茶的功夫，遣黃奇去辦事，才挑簾回到內室。

郁心蘭已梳洗完畢，錦兒給她挽了個馬髻，插上一支鑲珊瑚紅藍寶赤金孔雀銜珠步搖，髻邊一溜點翠玉蘭花細，南珠滴翠額鏈長垂至雙眉之間，配上淺紅竹紋暗花褙子和鵝黃色百子千孫裙，顯得美麗貴氣又不失端莊。

赫雲連城上上下下仔細端詳了個遍，面帶微笑，「很漂亮。」

知道他是在說這條百子裙，每個新娘子的嫁妝箱裡都會備幾條，討個早生貴子的吉兆，只是郁心蘭之前都沒穿過，錦兒、紫菱她們拿出來幾次，她都讓她們放回去……常在一個屋裡，赫雲連城自然是知道的，因而今天見她穿上百子裙，心中十分愉悅，自然要讚兩句。

丫鬟們捂著嘴笑，郁心蘭很不好意思，只覺得兩頰發熱，由於不習慣呵斥丫鬟來掩飾羞澀，只好轉移話題，問起莊子上的火災：「……傷了多少人？發現起火的原因了嗎？」

赫雲連城過來牽起她的手，邊走邊說：「只有三個佃農燒傷了，也不算重，佟孝請了大夫治。火是從大廚房那裡燒起來的，旁邊是倉庫，今年的收成毀了近半，燒了一餘房舍，都是佃戶家，佟孝已經發下安撫銀子，先每家十兩。房舍燒了的，由莊子出錢翻修，人都安置在莊子外院了。抓了一個人，說是半夜到大廚房偷柴，點了火摺子，忘了熄滅，才會走火。人我讓黃奇去帶過來，妳想親自審也成。」

郁心蘭覺得這樣安排很好，很真誠地道了謝。

赫雲連城卻繃起了唇角，挑眉看向她，「不是說一家人不必道謝？」

這話好像……是她自己說的！

郁心蘭忙又誠心承認錯誤，赫雲連城仍是抿著唇，她只好親自盛了碗小米粥，親手用小勺送到他唇邊。

滿屋子服侍的丫鬟一個個憋著笑，低頭不敢看，赫雲連城也覺得熱氣上臉，往後躲了躲，小勺子卻立即跟了過來，他只好飛快一口吞下，清清嗓子，掩飾尷尬，「妳也坐下吃吧，快些用，還要去請安。」

郁心蘭頗有幾分得意，小樣的，一個古人敢來跟姊比臉皮厚，以後就拿這招治你！

用過飯，兩人同乘一頂軟轎去宜靜居，長公主見兒子、兒媳攜手而來，笑得十分開懷，忙給二人賜座，又讓上新茶。

「還是蘭兒的主意多，皇兄終於原諒為娘了。」長公主不禁感嘆。

昨日建安帝同回瀛臺閣後，便賜酒給定遠侯和赫雲連城，言談間也都是將二人劃為親戚一類，讓朝臣們大為驚訝，而後琢磨著是否朝中風向又有變化。

定遠侯亦十分開懷，昨晚便宿在宜靜居，聽了長公主的敘述後，還讚了郁心蘭幾句。

郁心蘭忙謙虛地表示：「媳婦只是出出主意，還是母親您真誠的親情打動了皇舅。」

長公主輕嘆，「是啊，從前我與皇兄可謂是相依為命，後面卻變成這樣，我又是傷心，又是無奈。原本聽了妳的主意還有些猶豫，就怕哭得皇兄更加厭煩。」

郁心蘭連忙接著話道：「怎麼會？母親您哭是真情流露，與那些一哭二鬧三上吊的，可是完全不同。」

沒聊幾句，四爺赫雲飛也來請安，長公主便帶著他們去主院。

秋分宴後休沐兩天，侯爺發話要吃家宴，早飯也一起用。

來到主院時，甘氏那一房的都在了，連被侯爺送去軍營歷練的五爺赫雲徵都回府了。

見到長公主等人進來，二爺、三爺和媳婦們忙上前見禮請安。

赫雲連城、赫雲飛、郁心蘭先向侯爺、甘氏請安，又與同輩兄弟相互見禮。

團團見禮之後，眾人依次坐下，小五赫雲徵才單獨蹦了出來，脆生生地向長公主和大哥、大嫂以及四哥請安。

赫雲徵生得十分像侯爺，俊俏得像個小姑娘，這會兒笑得眉眼彎彎，頰邊露出兩個小渦，看著十分討喜。

赫雲飛斥道：「不過兩三個月沒見，又想討見面禮？」

赫雲徵嘻嘻地笑，「爹爹說我不用去軍營了，改明兒帶我去拜師，先入童子學考個秀才回來。你當哥哥的就不表示表示嗎？」

赫雲飛還沒答話，侯爺便斥道：「為父送你去讀書，你就只考個秀才？」語調是寵溺的，因而赫雲徵並不害怕，嬉皮笑臉地回道：「爹爹，總要先考個秀才，才能再考別的啊！」

赫雲連城挑眉道：「誰說的？大哥的小舅子郁心瑞也是讀童子學的，被童子學的老師聯名保舉，不必考秀才，直接上秋闈。」

赫雲徵怔了怔，嘟起小嘴嘀咕：「那多難啊……」

真是太可愛了！郁心蘭真想捏捏他帶點嬰兒肥的粉嫩小臉，可惜眼前這個小正太是她小叔子，得注意形象，她只能用蠢蠢欲動的魔爪握緊椅子扶手，柔聲安慰：「五弟天資聰穎，只要專心學習，必定能成的。」

侯爺也順著這話勉勵小五幾句，又轉向郁心蘭問：「聽說你弟弟被馬車撞了，也不知現在傷勢如何，過幾天就是秋闈了，他能參加嗎？」

郁心蘭忙欠身回話：「傷好多了，昨個兒娘家才傳訊過來，弟弟堅持要參加秋闈，現正在提筆練字，每天堅持溫書到深夜。」

侯爺點了點頭，「男兒就是要有志氣有毅力，妳弟弟有這股志氣，妳當姊姊的別攔著他，這時候心疼是拖他後腿。」

郁心蘭連連稱是。

侯爺轉頭吩咐甘氏：「一會兒準備些補品，讓老大陪著回府去省親。」

郁心蘭忙起身深深一福，向侯爺道謝。

侯爺又問起昨晚的火災，聽說只是損失點錢財，便說要給她貼補貼補。

甘氏覺得侯爺今早對老大媳婦未免太好了些，不由得生惶恐之感，忙擠出一抹笑道：「哪有媳婦的陪嫁莊子折了銀子，讓夫家補的道理？侯爺，您若是心疼老大家的，可萬莫說這種話，傳出去，外人不知怎麼編排這個媳婦呢！這樣吧，一會兒老大家的妳到宜安居來，我從自己的體己裡補些給妳，一千兩銀子夠不夠？不夠只管說。」

侯爺原本蹙了眉，後聽夫人說用她自己的體己補錢，又寬了心，含笑讚賞地望過去：原來我多心了，她還是很寬厚的。也是，我於這些瑣碎小事又不懂，正該讓她去張羅。

甘氏察覺到丈夫的注視，心中十分得意，強忍著沒回望過去，反倒轉頭吩咐齊嬤嬤去取銀票，連鑰匙都從腰間解了下來。

郁心蘭哪能真要她的銀子，忙起身道謝再三推拒：「媳婦原也不想再經營那個果莊了，還想拋售出去，所以不用修葺了，回頭找買家抬高點價補回來便是。」堅決不讓甘氏補貼。

甘氏無奈地看向侯爺，待侯爺點了頭，才嘆笑道：「若妳真拿定主意要拋售便罷了，可千萬別是見外。我也是妳的婆婆，有什麼難處就立即來跟我說，別的事不敢打包票，銀子還是能幫襯一點的。」

郁心蘭又再三道謝，這才坐下。

長公主啜了口茶，拿帕子按了按唇角，不著痕跡地撇了撇嘴。

侯爺又對幾個兒子訓了番話，傳令擺飯。

郁心蘭去一邊淨手，回身過來幫襯長公主捲起袖邊，伺候長公主淨手，然後又站在長公主身後布菜。

要說侯府還真不是苛刻的人家，甘氏也從來未為難過兩個兒媳，只在新婚第二天一早立過規矩，所以二奶奶淨過手便傍著二爺坐下，三奶奶慢幾步，但也快走到自己的位置上了，這才發覺郁心蘭站在長公主身後立規矩。

見所有的目光都看了過來，長公主心裡得意非凡，半是無奈半是炫耀地道：「妳這孩子，說過別立規矩了，快坐下一起用飯吧，有人伺候著。」

郁心蘭忙恭順地道：「母親仁厚，平日裡就不讓媳婦立規矩，媳婦感激不已。只是昨晚宮宴之時，媳婦見旁人家的媳婦也是先伺候了婆婆才自己用飯，想是世情如此，至少在外人面前要維護侯府的體面，總不能讓旁人說侯府的媳婦沒有規矩。今個兒就讓媳婦練習練習，免得日後丟了母親的臉面。」

這話說得三奶奶臉上一陣尷尬，二奶奶則屁股下生了釘子似的。

侯爺對女人們的臉面啊體統啊什麼的似懂非懂，便是道：「既然如此，那妳們今日都先服侍婆婆吧。」

二奶奶、三奶奶連忙應聲，一左一右服侍甘氏用飯，待三位長輩用完飯，三位少奶奶才另開一桌用飯。

二奶奶咬著牙小聲道：「大嫂真是個規矩人，平日裡也見妳請過安便去派對牌，今日父親在府，倒是記得立規矩，服侍二娘用飯。」這是說她裝模作樣給公公看。

郁心蘭聽了不惱也不搭話，舉止優雅地細嚼慢嚥。二奶奶還想說，被三奶奶用眼神制止了，往月洞門那瞟一眼，示意父母和夫君們在小廳聊話，別讓父親聽到了。

二奶奶只好壓下滿腔的委屈，低頭吃飯。

不一會兒，郁心蘭吃完了，抹了抹嘴開始說話，一上來就是道歉：「剛才不是不想理會二弟妹，只是這食不言寢不語乃是規矩，若是破壞了，顯得沒有教養。」又瞧了一眼二奶奶漲成豬肝色的粉臉，繼續道：「平日裡兩位婆婆心疼我們，不讓我們立規矩，我們便應當知道感恩，將婆婆們放在心裡尊敬。今日讓父親看到府中婆媳融洽和睦，父親才能安心朝中政務。只有父親的政績卓越，皇上賞識，咱們侯府才能一直興盛。二弟妹，妳說是不是這個理？」

合著還要倒打一耙，指責二奶奶不通人情世故。

二奶奶苦於「食不言」的規矩，含了一口飯在嘴裡無法反駁，只能接著聽郁心蘭訓道：「以後不單父親在時我們要立規矩，家中來客時，哪怕來的是娘家的客人，也要在婆婆面前立規矩，讓人傳出去，也知道咱們侯府是知書達理的人家。說起來，二小姐也到了說親的年紀，咱們三個當嫂嫂的，別的幫不上忙，只能幫她樹個好名聲。」

二奶奶和三奶奶聽在耳朵裡，覺得郁心蘭裝好人裝得過了，這兩人的娘家人時常來侯府串門子，她自個兒的娘親倒是不來的。兩人都想著要冷嘲一番，冷不丁地小五衝過來，趴在郁心蘭旁邊的桌上笑，「大嫂，妳真好，二姊都感動得想哭了呢！」

郁心蘭一怔，回頭瞧見赫雲慧滿臉通紅，又尷尬又氣又惱地瞪著小五。

侯爺在旁邊的小廳與兒子們談時政，他二人聽著無趣，便過來找三位嫂嫂玩，正好將郁心蘭的話聽去。十六歲還未許人家，已是赫雲慧的心病了，平日裡二奶奶、三奶奶根本不會開口議論這事兒，免得被小姑子怒上，因而這還是赫雲慧第一次聽嫂子關心自己，心中自是感動不已，只是從前對郁心蘭沒過好臉色，覺得十分尷尬難堪，偏偏小五還不管不顧地給說了出來。

郁心蘭瞧在眼裡，也不上前邀功，也不熱絡地招呼，只是令丫鬟們撤了飯菜，將桌子收拾出來沏上新茶。

赫雲徵才十歲，侯爺和甘氏又不拘著他，正是愛吃愛玩的時候，瞧見桌上的糕點，立即歡呼一聲，一屁股坐下，瞬間塞了一嘴巴，含糊地招呼二姊過來坐。

赫雲慧好不容易調整了心情，若無其事地坐下，二奶奶忙與她寒暄，覺得好人讓大奶奶做了去，實在不值，便熱絡地道：「二姑娘說著就到了許親的年紀，真是女大十八變啊！」

赫雲慧的臉色不是太好，三奶奶暗瞪了二奶奶一眼，二奶奶終於領悟到自己說錯話。

那廂赫雲徵已經吞下口中的糕點接話道：「是啊，娘常說二姊小時候挺漂亮，怎麼愈大……

唔……」郁心蘭飛快地塞了兩塊綠豆糕，堵了他的嘴。

赫雲慧氣得伸手要掐赫雲徵，終是不敢對父母的寶貝蛋下手，只能狠瞪一眼。

郁心蘭輕輕一笑，「人都道三分靠長相，七分靠打扮，我看二姑娘這三分長相是足了，只是妝扮上還要改改，改好了，也是個大美人。」

二奶奶嗤之以鼻，三奶奶卻笑道：「二姑娘快請大嫂幫妳改了裝，人人都道大嫂是個絕色美人，定然多的是法子。」漂亮話誰不會說？得拿出真本事才行！

赫雲慧聽著很心動，只不知怎麼與大嫂說。

郁心蘭主動接話說：「就不知二姑娘願不願意？」

「願意，我願意！」赫雲慧趕緊應承。

郁心蘭便笑，「那約在後天吧，今日我要處理莊子上的事，明日回門一趟，怕挪不出空來。」

赫雲慧自是應承下來，赫雲徵卻睜圓了鳳目，「大嫂要回門嗎？我能不能跟去？」

「好啊，要知會侯爺和大娘才行。」

郁心蘭也很希望弟弟能多一個朋友，赫雲徵的個性很活躍，見誰都能自來熟。雖是甘氏生的，卻不像他兩個哥哥那樣滿肚子彎彎繞繞，反倒因被寵著，十分率性天真。

郁心蘭總覺得郁老爹將弟弟拘得太死板，才十一歲就跟個小老頭似的，舉手投足間，除了老成持重還是老成持重。若是與赫雲徵來往，多少能尋回點天真。

幾人各懷心事，外院的周總管急急地跑進小廳，稟道：「稟侯爺，宮裡有聖旨，黃公公已在前廳候著了，傳您與夫人、長公主殿下、大爺、大奶奶接旨。」

郁心蘭忙起身往外走，長公主瞧了眼她的裝扮，蹙眉道：「去我那兒補幾支簪子。」

侯爺、甘氏與赫雲連城各自回屋換品級裝束，而後才到正廳接旨。

來傳旨的是皇上極信任的黃公公，見人都到齊了，才展開明黃色繡五色彩絲瑞荷的卷軸，朗聲讀誦。

旨意是誥封郁心蘭為正四品恭人，賜東郊良田五十頃、墨玉雙龍佩一枚、東珠一盅……一串的賞賜念完後，黃公公將誥命書卷好，雙手呈給郁心蘭。

郁心蘭忙三叩首，雙手接過，安置於香案之上。

周總管早備好一張百兩的銀票，請黃公公吃茶。

侯爺留黃公公小坐片刻，黃公公客套地道：「今日就多謝侯爺的盛情了，皇上還等著咱家覆命，改日一定來叨擾。」

侯爺也沒強留，令長子代為相送。

待黃公公一走，長公主即使人將皇上賞賜的物件搬至靜思園。

雖只點了幾人接旨，但其他人也要跪在正廳外的長廊上聽旨，自是聽到了那一長串的賞賜，尤其是那件墨玉雙龍佩，讓甘氏、二爺赫雲策、三爺赫雲傑、二奶奶、三奶奶心中極不是滋味。龍紋的對象可是有特殊涵義的，皇帝便是賞皇子賞親王，也不見得會賞個龍佩。

甘氏扯了扯嘴角，勉強自己微笑，再端莊地訓斥：「不可因皇上的寵愛而得意忘形，時刻記著自己是四品恭人，是定遠侯府的媳婦，言談舉止要慎重……」

「皇兒就是覺得蘭兒乖巧懂事，端莊穩重，才會提前誥封。日後要她如何行事，我這個婆婆也會教導她。」長公主不客氣地打斷道，自己的兒媳憑什麼要她教？明明是眼紅嫉妒，卻偏偏擺出一副尊長的樣子，侃侃而談大道理——她要懂大道理，那才真是白日見鬼了！

靜思園整個沸騰了，皇上賞賜的物件滿滿地堆了一院子，足有六十箱，光赤金純銀和上品青瓷的器皿就有二十餘箱，再加上各色綾羅綢緞、精美的內造頭面……

丫頭們圍著箱子，一個個興奮得兩眼放光，彷彿賞賜的是她們一般。

郁心蘭面上淡然地輕笑，心中卻也幾分得意，這麼些價值不菲的物件她自是喜歡，但更喜歡的是這些賞賜代表的涵義，以及由此而帶來的地位。

在這個等級森嚴的社會裡，有身分有地位才有話語權！

至少二奶奶、三奶奶明明很嫉妒，卻也只能伏低做小地恭喜她，小心翼翼地探問「墨玉雙龍佩」的由來。

郁心蘭沒回答。

這時代只有政績優秀的官員才能為父母、妻子請封，因而五品以上的誥命就算高的了，郁心蘭須得入宮向太后和皇后謝恩──當然是在正服製成之後，再向宮內遞了請見的帖子。

不多會兒，府中針線局手藝最好的文娘子便來給郁心蘭量尺寸，要為郁心蘭製四季品級正服，分別是在正式和普通宮宴中穿的。

郁心蘭讓紫菱給了文娘子一個大包封，「府中諸人都有打賞，萬莫推辭。」

文娘子這才收下，施禮告辭。

蕪兒便過來問：「大奶奶，喜報要如何寫？要報去哪些府中？」

郁心蘭還沒處理過這種事情，便道等大爺回來問問。

赫雲連城回到靜思園，郁心蘭便問：「我不知規矩，不知道喜報要如何寫，送去哪些府中？還有，這些賞賜，能不能給各院子送一些，還是都收入庫中？」

赫雲連城道：「喜報的事，回事處會寫好送去郁府和有結交的府中，今日明日定會有人來恭賀，大約要連開三天席面，這三天妳不能離開，待完事後我再陪妳回門。賞賜的物件只要是日常用的，就可以轉贈，妳看著辦。」

郁心蘭便讓紫菱拿過單子，讓給各院送各色尺頭一匹、青瓷擺件各一件，旁的就另造了冊，存入府中的大庫，另給院子裡當差的丫鬟、婆子、侍衛每人二兩銀子的封賞，其他院落的僕從各五錢銀子。

紫菱吩咐下去後，又喚來小茜、巧兒和蕪兒，叮囑道：「記得一定要當面與二爺、三爺和大老爺說，這幾樣瓷器是大爺和我特意挑選了送來的。」

三人恭敬地應了，帶著小丫頭捧著禮品走了。

郁心蘭瞇了瞇眼睛，機會都給這兩丫頭了，希望不要讓我失望。

❖ ❖ ❖

用過午飯，侯府果然熱鬧起來，一撥一撥的貴婦淑女們上門來恭賀。原本一個四品恭人，在王妃、侯夫人紮堆的京城不算什麼，但各府都十分注意宮中的動向，那一大堆賞賜和墨玉雙龍佩很快便被各府知道了，男人們不便出面，女人們自然是要來探聽探聽的。

作為主角的郁心蘭當然是忙得腳不沾地，尤其讓她苦惱的是，每一個人見她都是一副與她交好幾十年的熱絡樣子，開口就是有好消息還瞞著我怎麼怎麼，改日一定要去我家怎麼怎麼，可偏偏她就不認得幾個，只能端著標準的笑容，含糊地應付。

應酬了一個下午加晚上後，郁心蘭簡直如同跑完了一個馬拉松，連根手指頭都不願意動了，讓人服侍著沐浴後，便倒在床上。

赫雲連城洗得清清爽爽地躺到床上，郁心蘭已經傳出了輕微的呼聲，他只得摟著她睡下了。

其實郁心蘭是在裝睡，她今日覺得累了，怕是應付不了連城旺盛的精力，察覺到他體貼地沒吵醒自己，這才鬆了口氣，可腦中猛地閃過一個念頭，令她一個激靈地坐了起來，揚聲喚到：「外面是誰？」

今晚是錦兒上夜，還沒睡下，忙挑簾進來，「奶奶有何吩咐？」

「今日郁府是派誰來的，怎麼說的，妳再說一遍！」

「今日郁府是派林管家來的，送了厚禮，稟報說老祖宗和王夫人身子有些不爽利，溫姨娘身子重了，都不方便來，請大奶奶原諒則個。」

王氏最近都不會在公眾場合拋頭露面，這個郁心蘭知道，而老太太不舒服，娘親肚子大了，不能來也能理解，可家裡還有幾位嬸子，自己得了誥命，也是長了娘家人的臉面，郁府怎麼會不派人來？

郁心蘭直覺這其中有重大的緣故，下午被吵昏了頭，沒時間細想，現在愈想愈覺得不對，非常的不對！

她冷靜地吩咐：「去傳紫菱過來！」

錦兒應聲下去了，赫雲連城則問：「怎麼了？」

郁心蘭將原由說了一遍，他正色問道：「要不要今晚去探探？」

郁心蘭心裡也急，可半夜差人潛入郁府總是不好，便笑了笑道：「待明日使人問了再說吧，興許是我瞎擔心。」轉念一想，王氏這麼討厭自己，老太太又病了，她不肯差人來也是常事。

尋思間，紫菱走了進來，郁心蘭便吩咐她明日帶上千荷、千雪和幾個丫頭小廝，送些御賜之物回郁府，順便打聽一下郁府不派人來的原由。

紫菱領命退下，郁心蘭還在蹙眉思索，赫雲連城安慰她：「明日事明日想。」大手隨即探入襟中握住了雪白的柔軟，溫熱的唇含住她的小嘴溫柔吮吸，濃烈的男性氣息瞬間將她吞沒。郁心蘭腦中一片空白，只來得及想，這下子沒法裝睡了。

另外一回事兒。

❖ ❖ ❖

第二日上午，侯府依舊賓客如雲，郁心蘭全心應酬，舉止高貴優雅卻不失熱情，言談風趣幽默又不失端莊，每位夫人都笑讚：「赫雲大奶奶真是我見過最妙的人兒！」當然，心中是不是這麼想又是另外一回事兒。

長公主對兒媳的表現十分滿意，幫著她把那些想打聽雙龍佩的人給擋回去。

甘氏臉上端著笑，心裡卻是鬱悶的，她兩個兒子都僅官居六品，因而兩個兒媳只有敕命，況且下旨的時候，沒有這麼多賞賜，沒有這麼風光。

一上午便在忙碌中度過，午宴前，郁心蘭藉口更衣，回到靜思園。

紫菱和千荷、千雪都已回來，郁心蘭讓她們進內間回話。

仍是由千荷和千雪去找郁府中的下人套問消息，千荷道：「郁府裡大部分人都說溫姨娘因知曉大奶奶封了誥命，太過高興，動作大了些，不小心滑一跤，動了胎氣。老爺怕主子擔心，故而沒差人來，怕她們說漏了嘴。」

郁心蘭一聽心便緊了，「可請了太醫？怎麼說的？」

「老爺差人請了太醫，不是……太好，要先養著，開了保胎的藥，……婢子聽說，是王氏親自去槐院報喜訊的，還賞了一個玉如意，說姨娘生的女兒給郁家長了臉，姨娘去接玉如意時，才摔的。」

郁心蘭聽後「砰」的一拍桌子，「那個老妖婆會這麼好心？定是她讓人推倒了娘親！」

千雪忙道：「婢子們特意找槐院的丫頭們問過了，沒人碰姨娘，當時屋裡有槐院的幾個丫頭婆子呢！」

這能證明什麼？她不一樣用兩塊小冰讓沉雁滑了一跤？

千荷又道：「王夫人給身邊的大丫頭紫玉開了臉，抬了小妾。對了，昨日還說要將八少爺接回菊園住，老太太沒答應。」

千雪則吞吞吐吐地道：「婢子聽菊園灑掃的丫頭小翠說，許嬤嬤似乎說過什麼『八少爺不來，怎麼生兒子』這樣的話。」

郁心蘭蹙了蹙眉，不明白什麼意思。

紫菱心中一動，道：「民間有個說法，帶個男孩在身邊，就會生男孩，只是王夫人十多年沒開懷了，況且，五少爺也是男孩啊！」

郁心蘭卻聽懂了，「心瑞現在走動不了，在她身邊的時間自然長些……不會她當初害心瑞，就是這個理由吧？」

郁心蘭冷靜下來，迅速理了理思路。王氏之前的打算應當是這樣的：廢了弟弟心瑞，帶在身邊，若自已能生個兒子更好，不能就搶娘親的。可現在抬了紫玉為妾，那紫玉生得很美，十七、八歲年紀，郁老爺不到四十，紫玉定能很快受孕，所以娘親肚裡的孩子她便不要了。等紫玉生下兒子，弟弟心瑞的處境就危險了，就算不死，也必定落下殘疾。

想得真是美！

郁心蘭立即吩咐紫菱：「妳馬上帶幾個丫頭親自去槐院，所有的湯藥都要親手熬製，不得過旁人的手，我一會兒請大爺去請太醫，重新診脈開方子。」

這兩天她脫身不了，只能先派人去盯著，待她有空，回去郁府，再一個一個收拾。

首先要治的自然是王氏，可郁老爹、紫玉也欠教訓，還有那個岳如，令她寸步不離娘親的，娘親摔倒的時候，她幹什麼去了？就算被人絆住了，也是失職，一頓板子是少不了。

貳之章 嫡母仗勢不消停

待到第三天晌午過後，終於不再有賓客登門，郁心蘭揣上那塊墨玉雙龍佩，拽上相公，領著一眾丫鬟婆子，向長公主婆婆稟告一聲，便回到郁府省親。

郁老爺上朝去了，王氏在菊園的正廳接待四姑爺和四姑奶奶。

郁心蘭和相公請了安，王氏便請二人坐下，令丫鬟上了好茶、果子、點心，方要笑不笑地道：「這幾日身子不爽利，沒親自去恭賀四姑奶奶一聲，實是對不住啊！」

看著郁心蘭穿了一套正四品的常服，王氏暗惱在心，沒見過世面的臭丫頭，區區一個四品恭人也敢到我面前來顯擺。

郁心蘭恭恭敬敬應了話，要求去探望一下老太太和姨娘。

王氏斟酌一番，派紫鵑跟著，才允了她去。

老太太的確是病了，僅僅幾個月的時間，看起來老了幾歲，郁心蘭眼睛一酸，兩行清淚便落下，她一直覺得看見老太太就像看見自己的親奶奶一般。

「老祖宗，您這是怎麼了，太醫怎麼說？」

老太太慈愛地笑笑，「沒什麼，就是老了，不頂用了。」

郁心蘭要求看藥方，她奶奶的身體也不太好，老人家最信中藥，她從小幫奶奶揀藥熬藥，雖然不會把脈，但一般的方子還是能看出一二的。

紫穗忙取了藥方過來，郁心蘭瞄了幾眼，的確都是些固本培元的藥，人年紀大了，內臟會逐漸衰退，死亡亦是不可避免。

郁心蘭將方子還給紫穗，忍著心酸安慰道：「都是些補身子的好藥材，老祖宗一定會慢慢好起來的。」

老太太亦知這是安慰話，便道：「我這把老骨頭了，不必擔心，去看看妳弟弟和姨娘吧。」

郁心蘭又小坐片刻，去小跨院探望了郁心瑞的傷情，得知他骨頭俱已接上，只是不太能受力，還要將養，這才放了心，與赫雲連城向老太太施禮告辭。

走至外間，正巧遇上大丫頭紫竹端著托盤進來，郁心蘭細瞧一眼，是四碟小菜和一碗豆花。

郁心蘭問道：「這是做什麼？還沒到飯點啊。」

紫竹屈了屈膝，回話道：「上回李太醫來說了，老祖宗應少食多餐，飲食清淡，多食豆類，婢子這是給老祖宗送吃食，每隔一個時辰用一次。」

郁心蘭皺眉瞧了一眼菜色，豆類也太多了些，豆花、煎豆腐、清炒小毛豆，她記得老年人是不宜多吃豆製品的，況且人的飲食均衡十分重要，清淡不表示是素食，只食素，鈣質的吸收肯定不足，而老年人又是鈣質流失快。

郁心蘭請赫雲連城稍等，復又返回內間，問了幾句老太太平日的一些症狀，懷疑老太太得了糖尿病。糖尿病人是不能吃豆製品的，只是她不會把脈不能確定。

郁心蘭心中一動，問道：「老祖宗，咱們府上一般不都是請陳太醫的嗎？怎麼改成李太醫了？」記得王氏「滑胎」那回，請脈的也是位李太醫，就不知太醫院有幾個李太醫。

郁老太太道：「妳母親遞帖子請的，怎麼？」

郁心蘭一擰眉，這事兒不對，立時拿定主意再請位太醫來診脈，這餐先讓老太太吃點青菜墊墊肚子。

出了梅院，紫娟亦步亦趨地跟著，郁心蘭不方便跟赫雲連城說話，便皺眉道：「腳好痠，使人抬個軟轎來吧。」

紫娟只得去傳話，郁心蘭飛快地跟赫雲連城說了一遍，只是如何不驚動王氏，讓太醫進後院有些麻煩。

赫雲連城道：「這個沒問題。」

郁心蘭便放下心來，乘小轎到了槐院，卻不進寢房，而是往正廳的主位上一坐，笑著對紫菱道：「紫菱，請紫娟姑娘去西廂房吃茶。」

紫娟立即拒絕道：「多謝四姑奶奶，只是夫人吩咐婢子服侍您，婢子可不敢躲偷，否則夫人定會責罰婢子。」她的神態和語氣都很恭敬，卻改不了監視的事實。

郁心蘭挑眉一笑，忽地將手中的茶杯重重一頓，厲聲道：「要妳去就去，我要找紫菱問話，侯府的家事也是妳能旁聽的？」

紫娟一口氣憋在胸口，侯府的家事拿到郁府來說做什麼？只是當奴婢的不能反駁主子的話，只好隨千雪、千葉一同下去。

剛出正廳，紫娟就發覺兩個婆子直衝她使眼色，不住往大門瞄，她抬眼一看，頓時驚住，四姑奶奶帶來的丫鬟婆子不知何時將槐院的大門關上了，紫娟立時喝道：「住手！妳們這是幹什麼？」

千雪笑了笑，與千葉一左一右夾著紫娟往西廂房拽，邊拽邊道：「紫娟姊姊生得這般漂亮，可莫生氣才好，眉心會長褶子的。」

紫娟本就是個機靈的，見此情景還有什麼不明白的，四姑奶奶這是要查溫姨娘滑倒的真相呢，便扯著脖子高叫：「這是郁府，可……」話未說完，就被堵了嘴，還有股子鹹臊味。

千雪驚訝道：「啊呀，千葉，妳幹麼用溫姨娘的擦腳布？弄髒了會被主子罵的！」

千葉故作誠心懺悔道：「我忘了，一會兒幫溫姨娘洗乾淨。」

紫娟胃裡一陣翻騰，張嘴就吐了出來。

千雪和千葉將她推入西廂房，趁她吐得暈天黑地，將她綁在椅背上，堵了嘴，鎖了門。

紫娟這會兒已知自己是沒法子去向夫人報訊了，只能寄希望於這院中的幾個婆子。

那幾個婆子此時的情形亦不妙，被郁心蘭帶來的人和岳如一起合力綁了，推入正廳，幾腳踹跪在地上。

郁心蘭挑了挑眉，「都在這兒？」

千荷抬手往牆角一指，「回大奶奶，還有那個叫青蔥的小丫頭，每天都會跑去找菊院的二等丫頭紅芷說話兒。」

青蔥嚇了一大跳，慌忙跪下，「回四姑奶奶，婢子只是去找紅芷姊姊借……借針線。」

郁心蘭沒說話，千荷便哼了一聲，「每天借？」

「婢子……婢子……」青蔥眼睛骨碌碌地轉，一時半會兒找不出每天借針線的理由。

郁心蘭懶得聽她瞎編，端容正色道：「妳們都是我出嫁前才從人牙子手中買來的，這幾個月在郁府當差，應當知道郁府是寬容的人家，月銀給得也豐厚，能遇上這麼好的主家是妳們的福氣，若是被打板子發賣了，這京城裡可就再沒妳們容身之地了。」

她說完細看了一圈各人的臉色，才又緩緩道：「我為什麼使人綁妳們，妳們心中應是有數的。現在給妳們每人一次機會，將溫姨娘摔倒時前後的情形一五一十說詳細，若能檢舉出他人的，可減免自己的罪責。若是不說，就每人先打二十板子。」

這群婆子聽完話後，神情各異，有的目光躲閃，顯是在找藉口推脫責任，有的則是臉現猶豫，顯然在掙扎到底要不要說實話。

郁心蘭可沒心情等她們蘑菇，將茶杯一擱道：「不說就給我拖出去打，打完再回話！」一指青蔥，「先從她開始！」

青蔥駭得大喊：「四姑奶奶饒命，婢子什麼都不知道啊！」

陳順家的一耳光打過去，「主子面前嚎什麼嚎！」隨即指使兩個婆子堵了她的嘴，強拖下去，不一會兒院子裡就傳來「啪啪」的木板聲，以及「唔唔」的哭泣聲。

那幾個婆子臉上頓時顯出害怕的表情，有幾個膽小的還滲出了冷汗。片刻後，哭聲沒了，顯是暈了過去，卻聽「嘩啦」水響，然後木板擊肉聲和嗚咽聲再度響起。

有個婆子受不了，手足並用地爬出幾步，「砰砰」的磕頭道：「四姑奶奶饒命，老奴願知無不言，言無不盡！」

郁心蘭道：「抬起頭來。」

那婆子依言而行，郁心蘭細瞧一眼，四十來歲，白白淨淨，氣質卻與普通的奴婢不同，會說「知無不言，言無不盡」，顯見肚子是有點墨水的。

「先報自己的名字，以前做何營生，再將那天的事細細給我說一遍。」郁心蘭簡短地命令。

❖ ❖ ❖

王氏在屋裡處置完家務，又對完了帳冊——因老太太病重，復又由她來主持中饋，事都辦完之後，瞧了一眼沙漏，馬上要晌午了，蘭丫頭怎麼還沒探望完？紫娟也不來回報一聲？

她正要吩咐人去尋四姑爺和四姑奶奶，忽聽到外面有小丫頭大叫：「夫人、夫人，不好了，不好了！」

王氏氣得往一旁啐了一口，指著許嬤嬤道：「去給我掌嘴，說的什麼喪氣話！」

許嬤嬤立即衝出去揪著那丫頭的衣襟就是兩巴掌。

小丫頭被打得兩頰紅腫，委屈地扁嘴道：「夫人，大事不好了，四姑奶奶令人關了槐院的門，不知在幹什麼。」

「什麼？」王氏騰的一下站起來，心中慌了那麼一下，但很快又鎮定下來，她問不出來的，就算問出來又如何？如今王家出了一名受寵的淑妃，風頭無兩，老爺也奈何我不得。

王氏立即打起精神，帶足人手去槐院，她倒要質問一下四姑奶奶，帶著姑爺在姨娘屋裡待那麼久是什麼意思。

此時，郁心蘭正在寢房內間數落溫氏，蔥白的手直接點到她的額頭上，語氣裡滿是恨鐵不成鋼：「她要妳親手去接，妳就親手去接，那她要妳把肚子裡的孩子打掉，妳打不打？」

到現在還在流血，大夫始終說肚子裡的孩子很危險，溫氏成天以淚洗面，哭得兩隻眼睛腫成一條縫了，現在又被女兒數落，更是悔不當初，「姑奶奶別說了，我知道錯了！」

郁心蘭也心疼溫氏，但又恨她性子太軟，誰都可以拿捏，日後怎麼護得住孩子？少不得要趁這次機會給她點教訓，「知錯了有什麼用？若是孩子最終保不住，妳知道錯了他能回到妳肚子裡嗎？明明知道王氏看我們母女不順眼，妳還聽她的幹什麼？就因為她是正室？妳要守規矩？妳七個多月的身孕了，使個大丫頭接賞又哪點不合規矩？」

溫氏只知哭，郁心蘭又氣又怨又心疼，更怕她哭得太狠，對腹中的胎兒不利，只好喚人打盆溫水來，親自幫她淨了臉，嗔道：「莫哭了，太醫說了要靜心養胎，妳哭成這樣，是不是不想要孩子了？」

溫氏慌忙搖頭，「不是不是，我要保住孩子！」

「想保住孩子就別哭了，這位陸太醫是姑爺幫著請的，為人正直，醫術好，妳聽他的好好養著便是，一會兒我幫妳把院子的人換了，妳也落個清靜。」

郁心蘭說完，掃了一眼跪在門邊的岳如，對溫氏道：「以後無論幹什麼，都要岳如跟著。」

溫氏點頭應下，她又轉頭衝岳如道：「妳的二十板子先記下，若姨娘的孩子保不住，便再加倍的罰！」

岳如磕頭謝恩，郁心蘭又強調道：「記住，這個府裡只有溫姨娘是妳的主子，旁人的話一概不許聽。」

「四……四姑奶奶，姨娘的藥熬好了。」說話的是溫氏的大丫頭紅槿，膽小怯懦的聲音與其人的氣質十分相符。

郁心蘭不由得暗嘆一聲，要說溫氏沒點成算也不是，至少知道這幾個月不能服侍老爹，怕老爺的心跑到旁的院子裡去，主動去外面買了個水靈靈的大丫頭給老爺當通房，只可惜人是水靈，心眼卻比她還實誠，個性也比她還膽小，郁老爺的興致並沒有持續多久，就被紫玉給勾跑了。當然，換成個機靈有心計的，姨娘也壓制不住。

郁心蘭示意岳如上前驗藥，然後坐到一旁的紫藤交椅上，拿眼上上下下睃著紅槿。據說她是京郊人士，家裡窮，老子娘剛添了個兒子，就把她賣了，簽的是死契。臉蛋很漂亮，又才十五、六歲，水靈靈粉嫩嫩的，單論長相絕不比紫玉差，但是畏首畏尾的，看著就不上檯面，在家裡定是做慣粗活的，手上有許多繭子，大約郁老爺摸著也不舒服……

郁心蘭嘆了口氣，喚了紫菱進來，要紫菱多在郁府留幾日，教紅槿些規矩和禮儀。

紫菱自然懂這話的涵義，一口應承下來，拉過紅槿的手，便皺了下眉頭，「這手……得用羊奶子連續泡上一個月。」

紅槿嚇得慌忙搖頭，「不用不用！」她怕錢要從月例裡扣，月例她每月都要交給爹娘的。

紫菱板著臉唬道：「主子都答應，妳推脫什麼？又不用妳掏銀子！」

紅槿頓時不敢再說，只含了兩眼淚水，卻又不敢滴下，顯得楚楚可憐。

看來還有得救！

郁心蘭對紫菱道：「用心點教，姨娘要個幫手。」但只是幫手！

郁心蘭吩咐完了，正要起身去看娘親，便聽到外面「咚咚咚」幾聲巨響，千荷進來稟道：「稟大奶奶，王夫人帶了人來砸門。」

郁心蘭冷哼一聲，「把門打開！」隨即走到外間小廳，對赫雲連城道：「連城，我有些家事要與夫人談，你去小花廳休息好嗎？」

赫雲連城剛聽她審完人，知道她要整什麼，便問：「要我幫妳嗎？」

郁心蘭甜甜一笑，「我還拿得下，你把賀塵、黃奇借我守好大門，只放進不放出就行。」

赫雲連城沒再停留，大步走了出去。

王氏帶著人氣勢十足地闖了進來，郁心蘭坐在主位上，吩咐人泡杯新茶，只當沒瞧見她。

王氏氣焰頓時高了，「有了誥命，連禮數都忘了？那我倒要問一問妳婆婆，她是怎麼教媳婦的，我好好一個知書達理的姑娘嫁到她家，竟成了粗野婦人，見了母親不讓座，還管起娘家的家事來了！」

郁心蘭拂拂衣袖道：「我自是知書達理的，只是我的禮只向人施，不會向畜牲施。」

王氏哪被人這樣罵過，暴怒地指著郁心蘭喝道：「給我掌嘴，打死這個目無尊長的東西！」身後的許嬤嬤等人面面相覷，她們當奴才的哪敢打主子，這主子還是有誥命在身的。

郁心蘭見狀便嘲笑道：「說妳是畜牲還不信，妳說的畜牲話，連狗都聽不懂。」

王氏怒得狠掐了許嬤嬤一把，「馬上給我上，掌嘴二十，把她滿嘴的狗牙都給我打出來！」

郁心蘭接過蕪兒遞上來的新茶，輕輕一笑，聲音嬌柔，不溫不火地道：「因為妳自己長了一嘴狗牙，便以為旁人跟妳一樣嗎？」

許嬤嬤被掐得生痛，不敢怨主子，便將穢氣尋到郁心蘭身上，搶上一步道：「四姑奶奶，恕老奴說句逾矩的話，您身為夫人的庶女，理當對……啊！」

許嬤嬤話沒說完，就被郁心蘭砸過來的滾茶燙得殺豬樣的嚎叫。

郁心蘭蹙眉道：「吵死了！」

千雪和千葉立即衝上前，飛快地把許嬤嬤拖到一邊，反剪雙手堵上嘴。

許嬤嬤那張老臉被燙得血紅一片，起了幾個大水泡，原本想要上前搶人的王氏手下，都駭得頓住了腳。

蕪兒又給郁心蘭上了一杯新茶，郁心蘭狀似無意地揭開杯蓋，一股白色水氣立時騰了起來，王氏的手下都不自覺地後退半步。

王氏本已氣得渾身直抖，察覺到身後的動靜，更是怒得兩眼發黑，轉身先劈里啪啦連搧了幾個耳光，邊搧嘴裡還邊罵：「一群沒用的吃貨，我白養妳們了！」

郁心蘭冷哼，「明明是父親賺的銀子養的這群奴才，什麼時候變成妳養的了？」

王氏一聽便猶如火上澆了一桶油，騰的一跳三丈高，「不是我養的？我嫁到你們郁家的時候，你們郁家就是個屁，是我用嫁妝銀子買進來奴婢伺候你們這一大家子吃貨、蠢貨！住也是住在我的嫁妝莊子上！妳爹爹是靠著我們王家一步一步爬上來的，妳有什麼資格來編排我、指責我？」

王氏愈說愈氣，指著屋角那幾個被綁的婆子道：「綁了她們做什麼？她們吃我的穿我的用我的，聽我差遣有何不對？妳娘那個賤女人我就是不讓她生下來，妳又如何？妳又能將我如何？」

王氏愈想愈是這個理，不禁又得意起來。那個踩住溫氏裙子害其摔倒的婆子，一家老小都捏在她手裡，諒郁心蘭也沒問出個究竟來！退一萬步說，問出來了又如何？郁老爺他敢休妻嗎？她上有當朝丞相父親、萬千寵愛一身的淑妃外甥女，下有已經入宮待選的三女兒，她的地位牢不可破。

世家大族最重的就是臉面，當家主母即便犯了法，也會幫她遮掩下來，換成疾病這類的藉口私下處置，可是郁家連私下處置她都不敢。

郁心蘭冷眼看著王氏愈來愈得意的笑容，冷嘲道：「原來妳不是叫郁王氏，一口一個你們郁家，不拿自己當郁家人，又霸著郁家當家主母的位置做什麼？」

王氏得意地一笑，心裡多少有點怯她手中熱氣騰騰的茶杯，乾脆扶著紫玉的手坐到下首的八仙椅上，卻沒人給她上茶。

郁心蘭打量紫玉幾眼，本就生得漂亮，加之初承雨露，更添了幾分媚態，於是和善地一笑，衝紫玉道：「聽說妳抬了妾，我還沒恭賀呢，這個賞妳吧。」說著從自己腕上褪下一只晶瑩剔透的紅瑪瑙鐲子。

當妾室的不能穿戴大紅的衣裳和飾品，紫玉哪裡敢接，只能福了福道謝。

郁心蘭卻道：「這鐲子值不少銀子，妳不戴，拿著也好。」

王氏聽她挑唆就來火，怒道：「少在這兒裝假惺惺，紫玉的首飾我自會給她！」

郁心蘭只看著紫玉，遞鐲子的手一直沒收回，紫玉只得道：「奴婢只聽夫人的吩咐。」

郁心蘭等的就是她這句話，當下又戴回鐲子，薄責道：「妳已是父親的人，凡事應聽從父親的，而不是夫人，夫人也當聽父親的話。」

王氏聞言大怒，「少在這胡說！」

郁心蘭無辜反駁：「夫為妻綱，怎麼是胡說？」

王氏冷笑道：「在這郁府後院之中，所有人就得聽我的，我讓誰生就生，我讓誰死就死。紫玉是我賞給老爺的，我隨時想收回亦可。」

「哼，我倒不知夫人還能掌控人命了！」郁老爺黑著一張臉，背反雙手，邊走進來邊道。

郁心蘭忙起身讓座，吩喚人上茶。

她老早看見千夏在門外做手勢，知道父親來了，還被相公請去隔壁，才故意引得王氏口出狂言。當然，王氏若不是心中真這麼想，又哪會說得這麼順？這下子郁老爹總該知道自己在王氏的心目中就是個靠王家吃飯的上門女婿了，以後還會不會為了顏面對王氏睜一隻眼閉一隻眼，可就難說了。

郁老爺胸膛起伏不止，任哪個男人被妻子貶成這樣，心中都會氣憤難平。

王氏也駭了一跳，隨即怒瞪向郁心蘭，幾乎用眼神將她凌遲，又中了這個丫頭的激將法！可她高傲慣了，自是拉不下面來道歉。

郁心蘭趁機說起了溫氏摔倒的真相，姓陳的婆子死咬是自己想上前攙扶，不小心踩到姨娘的裙子，她也沒有辦法，但將事情前後一細說，郁老爺也聽得明白，這是夫人幹的好事！

「拖下去杖斃！」郁老爺氣得手直抖，又指向王氏，「妳——妳給我去家廟好好反省反省！」

「慢著！」郁心蘭打斷道：「父親，這個女人想謀害郁家的後嗣，您就打算這樣放過她？」

王氏立即反駁：「少血口噴人！我怎麼就謀害郁家後嗣了？人證、物證拿出來瞧瞧！」

郁心蘭輕輕一笑，站起來與她針鋒相對，「別以為我沒有證據，妳最好記住一句話，人在做，天在看！」說了拍拍手，陳順家的便推了個人出來。

王氏的臉瞬間白了。

此人正是王氏的陪嫁，現任郁府的廚房管事黃婆子，上回謀害郁心瑞時的聯絡人。

郁玫大約是怕她漏了口風，要王氏想法子處置她。王氏到底沒郁玫狠，只是將她發送到自己的陪嫁莊子上。

郁心蘭一直使人盯著王氏的動向，這才找人尋了她出來。

看著王氏一臉的不敢置信，郁心蘭輕笑，「不認識了嗎？妳將她送去外地，可她相公兒子都在京城啊！」

王氏震驚之後，旋即冷靜，淡漠道：「我自己的陪嫁婆子，打發她去莊子上有什麼不妥？」

郁心蘭不理會，她並不是要王氏承認，她只要父親相信就行了。

陳順家的推著黃婆子到了大廳中央，黃婆子撲通一聲就跪下了，緊張地向郁老爺磕了三個頭，又回頭偷偷打量王氏的臉色。

陳順家的一腳踹上去，「亂瞄什麼？」

王氏立即怒喝：「這是哪來的奴才，氣勢比當主子的還足，竟敢在我們郁府撒野！」

郁心蘭嗤笑道：「剛剛不知是哪來的瘋狗，一口一個你們郁家！他是我的奴才，在『我們』郁家如何，與妳何干？」

王氏拿手點著她，牙齒磨得咯咯響，卻說不出一句話來。

郁老爺的心很亂，二十幾年的夫妻，他對王氏不是沒有感情，作為一個這世間出生長大的世家公子來說，他骨子裡還是很維護正統的，希望正妻能不要這般霸道、陰狠，只要不做得過火，他其實不介意後院有點小爭鬥，甚至將妾室們拿捏得死死的也無所謂，可王氏對兒女下手，就超出他的底線。

莫說王氏沒生兒子，就算是有十個八個嫡子，也不能害庶子啊！瑞哥兒的事郁心蘭曾點過他幾句，他便是再笨也能猜得出些內幕，因而他很不想聽黃婆子招認，他會無法做出選擇。

他能升為正二品的高官，與王丞相的支持和他自身的才能及努力有莫大的關係，幾乎是缺一不可。而王氏是丞相的嫡女，他除了把她禁足，送去家廟反省或是別莊養病，還能如何？本來今年的秋分宴，他原本是想幫夫人請假，可是大舅子直接去莊子上將夫人接回來，說是辦差路過寧遠城，順道去看望二妹，發覺二妹已然痊癒，就順便接了回來，你也不用太過感激，只是順便而已。

同時又暗示他，京中遍地名醫，以後生病也應放在京城治療。

他又能如何呢？岳父權傾朝野，如今外孫女還當上了寵妃，王家根本不是他能抗衡的，別說休妻，就連處罰一下都要看岳父和三位舅兄的臉色，否則以岳父大人睚眥必報的性子，定會給他穿小鞋。

戶部是個肥差，每年各大商行的孝敬比俸祿多出好幾倍，不知有多少雙眼睛盯著這個位子，若是岳父不再支持他，他還能不能坐得安穩就很難說了。

若是他倒了，整個郁家就倒了，只不過，若是知道了真相還不處置，身為男人未免太沒血性。因此，只有假裝不知道，可四姑奶奶又在一旁虎視眈眈，那要如何才能安撫好溫姨娘和四姑奶奶呢？

郁老爺沉默得愈久，黃婆子就愈緊張，王氏便越愈得意，郁心蘭則越愈鄙視：真蠢！就算是怕王家，也有的是法子整治王氏。人都已經嫁給妳了，難道王丞相還能每天管著這個女兒；生點小病、遇點小災就派人過來徹查？

郁心蘭清了清嗓子，讓所有人的注意力調到自己身上，方輕啟朱唇，道：「父親是要女兒來問話嗎？」

郁老爺低頭喝了口茶，掩飾臉上的尷尬，再開口，說的卻是溫氏肚子裡的孩子：「妳若是不放心妳姨娘，只管派人在這兒服侍著，雖說不合規矩，但怎麼也是妳的一份孝心，為父不攔著妳。婉兒這回若是能再生個兒子，為父便開祠堂，認他為嫡子……」

不待王氏反對，郁心蘭就先冰著臉問道：「然後給這個王家的女人教養嗎？」

郁老爺被質問得頗有些難堪，努力套用禮法規矩，「嫡子自然應由嫡母教養……」

郁心蘭再問：「您覺得這個惡毒的女人能教好『咱們郁家』的兒子嗎？不會教著教著就改姓

『王』了嗎？」

郁老爺頓時怔住，回想剛才夫人所言，好像的確是有這個可能性，神情便躊躇了起來。

王氏真恨不得撕碎郁心蘭的嘴巴，反覆揪著這幾句無意之言來說嘴，惡意挑撥她跟老爺之間的關係。

但現在首要的還是安撫老爺，王氏掏出帕子抹眼角，聲音哽咽道：「老爺，我方才不過是被這惡丫頭給繞暈了頭，一時口不擇言，才說了那些傷人的誅心之言。可老爺您仔細回想回想，我們成親了二十三年了，我若真不拿自己當郁家人，我會這般盡心盡力孝順母親和老祖宗嗎？我會這般善待弟弟、弟妹嗎？你往年的俸祿都拿出來贖回祖產，為的也是重興郁家的百年基業，我又何曾說過半個不字？」

郁老爺的心立時軟了幾分，因為王氏說的都是事實。

王氏出身高貴，嫁妝又豐厚，的確不是那種計較金銀的女人，她只是不願郁老爺納妾而已，除此之外，之前一直服侍得郁老爺舒舒服服，這也是郁老爺一直對王氏狠不下心來的原因。

而所有的改變，都是在溫氏和郁心蘭姊弟認祖歸宗之後。王氏之前能容忍另外兩個小妾，一是因她們乃郁老爺同僚所贈，二是因郁老爺對這兩人不上心，可溫氏是郁老爺自己看上的，是動了幾分真心的，這才使得王氏將一切矛頭對準溫氏母子三人。

以前曾是想過抱溫氏生的孩子，可現在王氏已經改變了主意，見老爺神色緩和了，忙趁熱打鐵道：「四姑奶奶若不願我撫養溫氏的孩子，老爺還是不要勉強她了，反正紫玉很年輕，老爺以後還會有很多子嗣的。」

這是想奪溫氏的寵呢？

郁心蘭心中暗笑，要不是發覺搶不了娘親的孩兒，她會捨得抬紫玉上來？當了這麼多年的潑婦，這會子倒開始裝賢慧了？要真能一潑到底，我倒也佩服，多少算是一個優點吧，可惜……她就是個人渣！

但郁老爺卻被打動了，心裡琢磨著郁心蘭的用意，估計不是不想讓弟弟當嫡子，而是不想讓夫人教養，畢竟之前有那麼幾次衝突，換成自己也不放心……可嫡子哪能由姨娘教養，傳出去不是笑話嗎？郁家的臉面何在？除非是母親或老祖宗教養，但老祖宗年邁，而母親那性子別教出個沒擔當的軟趴子來。

郁老爺尋思半晌，覺得很為難，王氏的提議他並非不動心，可心底到底偏向溫氏一些，就衝她給他生了郁心瑞這麼個好兒子，他也不能讓她日後沒依靠，即使夫人抱養紫玉的孩子，溫氏的孩子也得劃到嫡妻名下。

只是夫人跟四丫頭家實在不對盤，一個不願收，一個不願送，真真是讓他裡外不討好。

郁老爺這廂愁眉不展，郁心蘭那廂卻氣定神閒，她不急著反駁王氏，她在等陸太醫給老太太把脈的結果。

到這世上也有大半年了，這些世家貴族多麼注重表面的光鮮，她已經十分清楚了。

在這裡，正妻的地位是很高的，休妻意味著與妻家的人決裂，而王氏的娘家背景太強悍，別說郁老爺不敢，就算他敢，郁家上下也會反對。

而她並不需要王氏被休，只要能一次性踩扁王氏，使其再也翻不出花樣就行。

王氏覺得自己勝算很大，老爺要的就是個可以繼承家業的嫡子，誰生的有什麼關係？

瞧見老爺時不時偷瞄郁心蘭一眼，一副欲言又止的模樣，揣測著老爺是想勸說四丫頭，心中不禁大樂，忙火上添柴道：「紫玉，去給老爺添杯茶。」

紫玉忙邁著小碎步嫋嫋婷婷地上前，蕪兒手腳麻利地為郁老爺續上茶，屈膝福了福道：「婢子沒及時為老爺續茶，是婢子失職，請老爺責罰。」

郁老爺哪會為這麼點小事責罰下人，況且蕪兒還是四丫頭的陪嫁丫頭，他揮了揮手道：「退下吧。」然後裝作沒看見紫玉眼裡的委屈和幽怨道：「紫玉，妳服侍夫人就行。」

女兒跟夫人鬥法，他還是假裝不知的為好。

王氏狠狠地瞪了一眼蕪兒，蕪兒、巧兒、小茜三人是她安插到郁心蘭身邊去的，巧兒和小茜還時常捎消息傳回來，蕪兒卻如斷了線的風箏，半點音訊都無，剛才這個舉動，明顯就是對她的背叛。

郁心蘭彷彿還怕王氏氣得不夠似的，笑意盈然道：「其實蕪兒平素是很機靈的人，人也夠忠心，我素來很是重用她，偶爾失誤一次，不算什麼。」

王氏重哼了一聲，「現在在說子嗣的事！」

郁心蘭一挑眉，「哦？像妳這樣幾次三番對郁家子嗣下毒手的人，也配商量子嗣？」

王氏重重地一拍小几案，直指郁心蘭的鼻子道：「長輩們說話，哪有妳插嘴的地方！」

郁心蘭也不客氣地反諷刺回去，「父親還未審問黃婆子，妳還是嫌犯，哪有妳叫囂的分？」

王氏被氣得猛喘，「我看妳就是個沒教養的賤蹄子，對著嫡母也敢這般高聲叫嚷！」

「閉嘴！妳也配談教養！」門外忽地傳來老太太嚴厲的聲音。

「妳慫恿太醫開假方子，誤導我的飲食，是有教養的孫媳婦會對祖婆婆幹的事嗎？」老太太在正廳坐定，立即質問王氏。

王氏十分心虛，強撐著惱怒的樣子道：「老祖宗，是不是又有人在您耳邊嚼舌根子？您可千萬別聽這些挑唆之言。」

老太太很失望地看了王氏一眼，轉了頭對太太道：「妳說吧。」

太太便將姑爺如何請了一位太醫把脈，如何查出尿糖症，如何發現李太醫開的固本培元的方子毫無療效，推薦的飲食反而會加重病情等，一一細述，末了，怨怪地看向王氏，「兒媳，妳找的這是什麼太醫？」

郁心蘭輕笑，「她找的這位李太醫，不知是不是上回滑胎時為她請脈的那位？據說那位李太醫十分懼內，銀錢被夫人管得死死的，自從治了她的滑胎後，倒是有銀子養外室了，若給老祖宗請脈的也是那位李太醫，蘭兒估計，李太醫又能再養一位外室了。」

雖然她一個字也沒說王氏收買李太醫，可這話誰聽不明白？

作假「滑胎」倒也罷了，郁老爺尚可忍受，可一個孫媳婦為了掌後院財權，惡意謀害他嫡親的祖母，卻是他決計不能忍下的。

郁老爺雙手抖了半晌，忽地衝過去，抬手重重摑了王氏兩巴掌。

王氏本就已駭得四肢發軟，不知所措，郁老爺暴怒之下，手又極重，她都沒來得及哼一聲就暈了過去。

郁心蘭終於鬆了口氣，總算是觸到郁老爹的底線了！

之前她和弟弟、娘親幾次三番被王氏暗害，郁老爹都只處罰一下王氏，一來是家醜不可外揚，二來也是因著這世間的一種觀念，兒女是父母的財產，父叫子亡，子不得不亡。

在他看來，只要兒女們最後沒事，王氏的行為就算不上罪大惡極，有事的話，當然另說。可這次王氏是觸犯了「孝」字，玥國最推崇孝道，何況老太太對他有教養之恩，郁老爺終於忍無可忍了。

「林管家，去丞相府遞個帖子，請大舅兄過府領人！」待王氏被丫鬟們掐人中掐醒，郁老爺便當著她的面吩咐。

「老爺，老爺，您這話什麼意思？您若是打發我回娘家，我還有何顏面對女兒們，旁的夫人小姐們會怎麼看待我？日後我便是去宮中赴宴，也會抬不起頭來，到那時失的是老爺的臉面，郁家的體面啊……老爺，我知錯了，我再也不敢了，您罰我去跪祠堂，去家廟吃齋抄經為老祖宗祈福都可以啊，老爺！」

王氏愈說愈傷心，哭得上氣不接下氣，伏在地上，死死地拽著老爺的褲角不放。

被打發回娘家是最重的懲罰，這是告訴妻子的娘家人，這個妻子不合格，請你們教好了再送回來，而往往夫家是不會主動去接人的，要妻家人陪笑著苦求夫家收下，這相當於是打整妻家一族的臉，王氏自是不甘如此。

郁老爺卻厭惡地一腳踹開王氏，咬牙一字一頓地道：「妳以為我只是打發妳回娘家一陣子？我是要休妻！從此以後，我們之間的夫妻情分一筆勾銷！」

王氏頓時傻了，掙扎著站起來，想揪著老爺的衣襟質問：你憑什麼，可站起來後，眼前一黑，往後一仰，暈了過去。

丫鬟們趕緊又幫著順氣，掐人中……

郁老爺被吵得火星亂竄，大喝一聲：「閉嘴！」隨即吩咐自己的長隨忍冬：「派幾個人，將夫人和她的陪嫁丫頭、婆子送回菊院，讓人守著菊院大門，沒有我的吩咐，任何人不得放出來！」

待打發走王氏，郁老爺才撲通一聲跪在老太太面前，泣不成聲：「老祖宗……是孫兒不孝，竟不察至此！」

老太太忙使人拉起老爺，寬慰道：「老爺日理萬機，如何能得知這些瑣事？怪只怪你那媳婦兒太毒！幸虧四姑奶奶機警，否則……唉，已然過去的事切莫提了，先擺飯吧，下午好生與王家大舅兄談一談。」

話語間的意思，休妻只怕是不可能，王丞相怎肯丟這麼大的臉面？若是王家報復起來，郁家根本不是對手。

❖ ❖ ❖

郁心蘭自是知道這個理，因而便去西廂房尋赫雲連城，央求他陪她留下來用過午飯，處理完王氏的事再走。

赫雲連城一尋思，便想明白了這其中的彎繞，不由得問：「妳想要怎樣的局面？」

是啊，若是王氏不能休離，到底要怎樣才能保證我和娘親、弟弟的安全？

郁心蘭想了又想，方小聲問：「你覺得抬我姨娘為平妻可行嗎？」

赫雲連城瞧了她一眼，很誠實地道：「不可能！」

是啊，王家怎麼會同意？除非是在結親時就說明了有平妻，否則就必須要正妻和岳父家的人同意並簽字印章。

可這怎麼也是一個機會，要爭一爭才好。

赫雲連城見她擰眉不語，不由得輕蹙了蹙眉，後走至外間喚來賀塵，低聲吩咐幾句，賀塵領命去了。

郁心蘭瞧著他去而復返，心中燃起希望，眼巴巴地望著他。

赫雲連城看著她急切又討好的笑容，那雙烏溜溜的大眼睛，讓他瞬間想起數年前他在秋山圍獵時追逐的一隻小白貂，也是這般可憐又希冀地望著他。

他不禁心生愉悅，故作不解地問：「看著我做什麼？」

郁心蘭心中的希望又大了幾分，忙起身偎進他懷裡，嬌聲問：「連城，你吩咐賀塵做什麼？」

赫雲連城低頭偷了幾個香，卻不告訴她，只神祕地說，到時自會知曉。

郁心蘭只好由著他故作神祕。

用過午飯，郁心蘭便將自己深思熟慮的結果向父親攤牌，「父親既已打算休妻，那麼女兒便厚顏懇請父親將姨娘扶正，由姨娘來主持中饋，家不可一日無主。」

郁老爺晌午時也在與老太太商量此事，都覺得王家肯定不會答應，但就這麼作罷，似乎又極不甘心，即便是關到家廟修行，只要王氏還占著這個正妻的位置，日後就會有變數。

如今聽郁心蘭提及，郁老爺不由得與老太太對視一眼，都從彼此眼中看到了贊同。

「此事……著實難辦，但妳既已提起，為父就竭盡全力一試。」郁老爺擺出一副萬分為難的表情道。

「看在瑞兒如此為你爭氣的分上，你盡力一試，也讓蘭兒可以安心。」老太太從旁叮囑。

郁心蘭忙一臉感激地深深一福，「蘭兒謝過老祖宗和父親！」心下也明白，老祖宗和父親怎麼可能想不到這種落王氏臉面的法子，不過是要她開口相求，賣個人情罷了。

嫁出去的女兒潑出去的水，他們許是擔心自己日後飛黃騰達了，不帶著郁家。不過，接下來她提的這個要求，怕他們就沒有想到了，「蘭兒要求夫人喝下絕子湯。」

郁老爺和老太太大吃一驚，同時道：「這……這也太……」

郁心蘭毫不客氣地道：「興許她服不服用都生不出兒子來，可是蘭兒仍是覺得，必須要讓她服下，絕了這個念頭，免得她以為自己還能生，一次又一次謀害郁家的子孫。蘭兒可不相信她能改好，恕蘭兒直言，王氏怕還沒這份心機使這種妖蛾子，偏偏從宮中赴宴回來後就會了，這幕後指使者只怕另有其人呢！若她還有機會，只要有人慫恿，只怕賊心就會死灰復燃。」

這人指的是誰，郁老爺和老太太自然想得到。

郁心蘭便繼續遊說：「三姊對蘭兒下毒手也不是這一次了，她可是一直以王丞相的嫡外孫女自居，不知她日後會被指給哪位皇子，也不知她日後為了丈夫的權勢想讓父親辦什麼事，可她想藉夫人來控制郁家是毋庸置疑的！因而，蘭兒絕不贊成由夫人來生育教養嫡子，以夫人的脾性，必定會將嫡子教養成三姑爺的一條狗！」

這話說得實在是太重了！

郁老爺和老太太驚得半晌沒回過神來，待回過神來後，又覺得她所言有理，要想到那番情景，就不由得汗濕背心。

❖ ❖ ❖

申時正，王丞相的嫡長子王奔才姍姍來遲。他是先派人打探了一番，做足了應對的準備，才來郁府談判的。

這種時候，郁心蘭一個女流，又是晚輩，自是插不上嘴，可她又擔心郁老爹會屈從於王奔的淫威——那個王奔，任職刑部侍郎，據赫雲連城說，只是因王丞相擔心王家風頭太盛，引來皇上的猜忌，才讓兒子屈居副職，實際上，刑部有任何事，刑部尚書都要與王奔商量。

郁老爺與王奔在書房內已有小半個時辰，裡面的聲音愈來愈大，但是磚石結構的房屋隔音效果不錯，郁心蘭將耳朵貼在牆上，也沒能聽出什麼。

她只好咬咬牙，向悠閒品茗的赫雲連城求助，「連城，你能不能來聽聽裡面在說什麼？」

赫雲連城微一挑眉，「不能！」一見小妻子沮喪地嘸起小嘴，才道：「我在這裡就能聽到。」

賣關子！

郁心蘭嬌瞪了他一眼，旋即跑到他身邊大拍馬屁，「原來相公你這麼厲害，簡直就是千里耳啊，這種武功很難練的吧？你年紀輕輕就練成了，真是武學奇才呀……他們談得怎樣？」

見屋內無人，赫雲連城便捏著她的小鼻子道：「才說幾句好話就現原形了？」

郁心蘭掙扎脫他的大手，討好地道：「想聽好話回去說給你聽，現在書房裡的事比較重要。」

赫雲連城這才道：「王家不同意，說了不少威脅的話，又說可以認下嫡子並由妳姨娘撫養，賠償老太太黃金五千兩，並請名醫醫治。」

郁心蘭氣暈了，「王家想用錢來抹平這件事？作夢！不同意就去打官司好了！」

赫雲連城看了她一眼，沒出聲，但那意思很明白，若是狀告當家主母，郁家這臉就丟盡了。

郁心蘭氣不過，轉身便往書房裡衝，被赫雲連城攔腰抱住，無奈道：「再等等！」

過了半盞茶的功夫，賀塵飛奔而來，呈給赫雲連城一個信封。

赫雲連城道：「進去吧！」

兩人便砰砰地敲門。

郁老爺親自過來開門，臉上還有一絲薄怒，顯然對大舅子不滿。

郁心蘭向父親福了一福道：「女兒心急，便來問問，這麼簡單的要求，為何談了一個時辰都無結果。若是王家不願談，依女兒的意思，就直接去京兆尹衙門上狀紙，讓官府來判休離便是。」

王奔大怒，猛一拍桌子，喝道：「放肆！妳一個女流之輩也來對長輩指手畫腳，還懂不懂規矩，有沒有婦德？哼！妳以為京兆尹有空管旁人的事嗎？」話外之音是，你以為京兆尹他敢管與王家有關的事嗎？

郁心蘭壓根兒不看他，只當是狗吠，對父親道：「女兒身為老祖宗的曾孫女，心瑞的親姊姊，勢必要替他們討回一個公道！京兆尹大人若不敢受理，女兒大不了請出今上御賜的墨玉雙龍佩！若是因此而傷了郁府的顏面，待女兒為老祖宗和弟弟討回公道後，再來向父親謝罪！」說罷磕了一個頭。

王奔被奉承慣了，聽了這番話火氣也上揚了，「別以為妳抓了幾個丫鬟婆子就有了證據，我勸你們三思而後行，免得在公堂上丟人現眼！你們若一意孤行，王家也不會怕你們！」說罷斜眼看向郁老爺，篤定他不敢去告，也不會讓女兒去告。

赫雲連城將信丟到王奔懷中，冷冷地道：「王大人看看這算不算證據？」

❖　❖　❖

一行人來到正廳，王氏立即滿懷希望地衝上來，「大哥！」

王奔深吸了口氣，壓下心底的怨怒，沉聲道：「雖然妳日後無法生育，也會多個平妻，但郁家答應了大哥，會為妳養老，妳就好生養著吧！」

「不！」看著大哥遠去的小轎，王氏歇斯底里地叫了出來，又哭又鬧又數落郁家一門上下。

郁心蘭可沒功夫看王氏發瘋，問岳如：「這碗絕子湯是妳親手熬的？」

「是奴婢親手熬的。」

「給她灌下去！」

❖　❖　❖

「今日丞相府將同意納平妻的文書遞到郁府了，老爺說會盡快去京兆尹衙門備案，還要報請禮部求誥命呢！」千荷含著笑向郁心蘭報喜道。

郁心蘭微微一笑，讓錦兒賞了她一個大封賞。

雖是幫溫氏爭取到了平妻之位，可是溫氏那綿軟的性子，若是學不會點手段，待老太太仙去，怕是有得苦頭吃呢！

旁的不說，就說郁老爹，以前被王氏壓著，現在自由了，後院裡怕是會再進幾個女人，而王氏雖然沒有兒子可以依靠，但還是有四個女兒，前兩個嫁得不錯，郁玫定是指個宗親的，郁琳的婚事也絕不會差，而溫氏能依仗的只有她和弟弟郁心瑞，日後打起擂臺來，勝負還不一定，加之府中奴僕，許多是王氏的陪房，只怕會興風作浪……

不過，這也是許多年以後的事了，目前有老祖宗在，父親對王氏也厭惡，王氏短時間內翻不起浪花。

郁心蘭便轉而去想相公，昨天的信封裡裝的也不知是什麼，王奔一瞧便臉色大變，後來任她怎麼問，相公也不肯告訴她。

赫雲連城練完功回來，瞧見小妻子歪靠在軟塌上，望著窗外發呆。

「在想什麼？」淋浴更衣後，赫雲連城挨著她坐下，邊玩著她蔥白的手指邊問。

郁心蘭往他懷裡靠了靠，咬了咬唇道：「在想那個信封……是不是很重要的證據？會不會打亂了你的計畫？會不會惹來王家的報復？」

赫雲連城瞄了她一眼，「怕了？昨天不是挺威風的嗎？」

郁心蘭抬眸瞥了他一眼，又趕緊垂下眼睫毛裝羞澀，「我也是沒辦法，不知怎麼大娘和三姊就不喜歡我，那回去白雲寺齋戒，還設了個局要壞我名聲。那時我們母子三人到京城一個月都不到，每日裡晨昏定省，實在是沒有得罪她們……這次本就是大娘犯了大錯，居然延誤老祖宗的病情，雖說沒有直接下毒，可這跟下毒又有什麼區別？還不是因為老祖宗護著弟弟和娘親，礙了她的眼嗎？」

一通傾訴完了，又拉拉赫雲連城的衣袖問：「連城，你會不會覺得我太……惡毒了？」

赫雲連城看著她問：「若我說是，妳還會如此嗎？」

郁心蘭咬著下唇，顯出幾分掙扎的樣子，支吾道：「……會，……若她不喝絕子湯，一定會沒完沒了。我不是想著郁家的家產，只是希望娘親和弟弟日後能平順些，哪怕由長房、二房繼承家業，都比由大娘教養大的孩子當家要強，至少堂兄弟們會給娘親和弟弟一個立足之地。」

赫雲連城沒跟她討論這個問題，只問她道：「妳就不怕昨日沒鬧成，妳娘親會進退維谷？」

郁心蘭聞言一怔，「會……會嗎？」

仔細想想，似乎真的會，王奔之前的態度是多麼強硬，連她說要去打官司也無半分懼色，似乎料定她不敢去……她還真只是恐嚇一下，若真去打官司，郁家的臉面就丟盡了，父親肯定會怨恨她和娘親。失去了父親的庇護，娘親怎麼可能還有好日子過？所以……到最後屈服的肯定是郁家。

若郁家屈服了，王氏頂多老實一年半載，而她一個出嫁的閨女伸手管娘家的事，本就不合禮數，況且隔著兩座府第也管不了那麼多，那娘親不是比現在過得更淒慘？

幸虧昨日連城那個信封壓住了王奔……

思及此，郁心蘭趕緊諂媚地大拍馬屁，「不是還有相公你幫著我嗎？」

赫雲連城微微挑眉，俊顏迅速冷了幾分，「妳還需要我幫？昨日一衝進書房便同王大人叫板……」他忽地頓了頓，眼神探究地看向她，「妳似乎很喜歡自己出頭，凡事從不依靠我或是岳父大人。」

郁心蘭被他說得心一陣子狂跳：露餡兒了露餡兒了！

她可是現代女人，又是在職場上拚殺過的，所以遇事想的便是怎麼應付回擊，從沒先向旁人求助的習慣；這裡的女人卻是習慣凡事都由旁人拿主意，便是像王氏這般潑悍的，有事也是先問郁老爺或者王丞相的主意，像她這樣自作主張的刺頭，估計是鳳毛麟角。

赫雲連城審視她片刻，見她咬著下唇，長長的睫毛像小翅膀似的不停搧乎，便自己在心中給出了結論：許是以前在鄉下，她們孤兒寡母的被人欺負，娘親又是個軟性子，所以她才養成這麼橫衝直撞的脾氣……心裡不由泛起些微心疼，只是他即將上任，她也會時常出入各類貴族聚會，若還是這般莽撞，不單她自己吃虧，還會給他帶來麻煩。

因而，他少不得要提點她幾句：「以後對人對事都要做足禮數，讓旁人挑不出理來，即便受了一時之氣，也不必趕著去扳回來，所謂君子報仇，十年不晚，許多事都是可以徐徐圖之的。此外，妳是女子，又是晚輩，凡事不可強出頭，要記著自己上有公婆護著，難道父親、母親還能看著別人欺負到妳頭上，撂侯府的面子不成？再不濟，妳還有我這個丈夫。」

「便拿昨日之事來說，妳就不應該進書房，即便進了，也應當由我與王大人商量，我都讓賀塵去取證據了，難道還會撒手不管？這事原本是王家理虧，王氏犯了不孝的重罪，妳提的要求狠辣了些，卻也說得過理去，若是易地而處，王家提的要求只會更狠更毒。可妳一介女子，出言威脅朝中重臣，卻是失了禮數，犯了大不敬之罪，若是王家在岳父和我商量之下退讓了，還只是理虧，可在妳威脅之下退讓，卻是令王家丟了臉面，王丞相又是最重臉面和威儀的……」

郁心蘭驚問：「他會派人暗殺我？」

赫雲連城無語了，這小女子的腦子裡裝的是什麼？堂堂一國丞相，萬人之上，一人之下的人物，會派人暗殺一名後宅女子？她還真是太看得起自己了！

見她似乎真有些緊張，赫雲連城只好出言安撫：「丞相日理萬機，哪會刻意去尋妳的麻煩？」但有機會的情況下一定會！

郁心蘭也明白這個道理，摸著胸口保證：「以後我一定事事依著規矩來，凡事先跟相公你或婆婆商量，不讓王家人抓到小辮子。」

「小辮子？這詞兒倒是新鮮。」赫雲連城道。

赫雲連城見小妻子明白了自己的意思，便不欲多言，可郁心蘭仍是不放心，拉著他問：「不知王丞相會不會責罵父親，我就怕父親會轉而怨到娘親頭上。」

赫雲連城想了想，認真地道：「不會！」理由卻不想說，這只是他的感覺，郁家似乎早想與王家劃清界限了。

王丞相的官位愈來愈穩，手中權柄愈來愈多，已經有些觸犯到皇上的底限了，只是因王丞相在朝中的根基深厚，皇上壓著沒動而已。

郁老爺是個圓滑且有盤算的，定是已經察覺到了什麼……

兩口子正說著話，柯嬤嬤過來傳話道：「吏部下了升遷令，四爺今日升為正四品都尉，殿下說今個兒在宜靜居傳飯，還請大爺、大奶奶早些個過去。」

郁心蘭忙道了謝，塞了一塊銀錁子給柯嬤嬤。

赫雲連城也由衷為弟弟高興，從書房的多寶格中翻出一把鋒利的小匕首，這是前朝的鑄劍大師所鑄，打算送給四弟當禮物。

待晚間相見之時，赫雲飛仔細說明：「升為正四品巡察都尉，暫時負責京、盤兩地。」

巡察都尉是巡視各地軍務、考核軍功軍績的，有一定實權，但不領兵馬。

大約是升了職，赫雲飛臉上的笑容也多了幾分真誠，與大哥推杯換盞，聊得不亦樂乎，郁心蘭便陪著婆婆聊天。

長公主這陣子經常去宮中走動，與皇兄、皇嫂聯絡感情，因而對宮中最近的動向十分清楚，揀了與郁心蘭有關的先說著：「……妳三姊在這次的采女中算是最出挑的，模樣兒、身段、禮儀、氣度、才藝都是個中翹楚，上回在秋分宴上，采女們負責侍席侍酒，聽皇嫂說，十二、十三兩個都對她有些意思。皇嫂也挺喜歡她，有意想指給小十四，問了十四的意思，竟似乎不願意。」

郁心蘭真不知說什麼好了，郁玫慣會裝假樣子，才貌也的確是出挑的，可心性兒不好呀，只是這話她還說不得，沒憑沒據的說應選采女的壞話，可是誹謗之罪；但拿出憑據來說……又是與王家協定好了，讓溫氏成為平妻的條件之一，便是過往一切全數不咎。再者這時代家族觀念極重，一榮俱榮，一損俱損，將她名聲搞臭了，自己也得不了好，況且要說，也不能是她這個手足來說。

郁心蘭只有乾笑著問：「那皇舅母的意思，到底指給誰呢？」

長公主淡淡一笑，「皇子的正妃得由皇上來拿主意，皇嫂只能提一提……總之，妳會有個王妃姊姊就對了。」

長公主不知她二人的姊妹關係，還滿心替郁心蘭高興，隨即想到一事，嗔怪地看著她道：「那麼大的喜事，怎麼不告訴我？」

郁心蘭莫名其妙，反問：「什麼大喜事？」

「妳姨娘要抬為平妻了！」長公主嬌瞪了兒媳一眼，心裡還是挺高興的，這樣兒媳婦就不算庶出了，說出去也有體面。

郁心蘭驚了一下，她怕婆婆覺得她潑悍，央著連城不要告訴婆婆，等她想到合理的藉口再說，婆婆這是怎麼知道的？

長公主道：「今日入宮請安時，皇嫂親口告訴我的。妳嫡母感慨自己沒有為郁家傳下後代，便親自說服父親和兄長，要抬妳姨娘為平妻。皇兄對你嫡母大加讚賞，稱這才是賢母的典範，正打算擬旨賜塊匾額，以茲嘉許。我以前對妳嫡母有幾分偏見，以為妳也……卻是我錯了，妳嫡母是賢慧人，妳也是好孩子。」說罷，含笑夾了一塊白玉筍片放入郁心蘭碗中。

郁心蘭受寵若驚，驚恐交加。

早猜著無緣無故扶了個平妻上來，王家人肯定會找藉口往自己臉上貼金，卻不曾想人家整個就是要重塑金身。這世道許多女人被《女則》、《女戒》洗了腦，主動幫丈夫納小妾生孩子的可不是少數，主動抬個平妻上來算什麼大事？甭問了，肯定是淑妃吹的枕頭風。

我說皇舅啊，人家都有身子了，您還去她那兒過夜啊？

還有啊，婆婆，您那最後一句話是什麼意思？想教我也「賢慧」地幫連城娶個平妻？

郁心蘭極度抑鬱，這才一天的功夫，王氏就從谷底直竄上峰頂，比她預計的時間快了好幾年，好在之前已經協商好了，由老太太和溫氏一同主持中饋，皇上再多事，也管不到郁家的後宅帳冊上去，只是……

「蘭兒不舒服嗎？」長公主見郁心蘭臉色不好，忙關心地問。

「是有些……母親，媳婦先回去休息了。」郁心蘭便趁機告退。

過得小半個時辰，赫雲連城也回了屋，見小妻子懨懨地靠在引枕上，便問：「怎麼了？聽母親說妳不舒服？」

「是心裡不舒服！」郁心蘭雙手環在他的腰，將頭埋在他胸前道。

赫雲連城也聽說了，倒是不以為意，「一塊匾額而已，只是不能拘著岳母出席宮宴，在府中如何，旁人又如何知道？」

郁心蘭一想，也對，王氏那麼要面子，在府中被禁足之類的事也絕不會說給外人聽，郁玫當然是會知道的啦，不過她反正是看我不順眼的。

想開了後，郁心蘭便不再糾結。

過兩天是岑柔的及笄禮，要送什麼東西好呢？她尋思了半天，決定送自己鋪子裡的產品，便吩咐錦兒給二門傳帖子，要佟孝帶兒子佟南明日來見她。

第二日一早請過安，放了廚房採買的對牌，佟孝父子倆便到了。

郁心蘭在偏廳見了他們，開口便問佟南：「皂子和香露製好了嗎？」

佟南忙拿出一個紙包，雙手遞給蕪兒，回話道：「剛製好，按大奶奶的要求試了幾個花模的，請奶奶過目。」

郁心蘭接過紙包，一展開，一股分辨不清的花果香味便撲鼻而來，令人精神一爽。

佟南隔著簾子一樣樣解釋：「藍色瓷瓶裡的是玫瑰香露，棕色瓷瓶裡的是蘭花香露……那幾塊皂子裡，也按奶奶的要求摻了香露。」

郁心蘭一一驗過，十分滿意。這裡一共製出七種不同的花味香露和果味香露，手工皂也用花形模子壓出各種花朵的形狀，有香、有色、有樣，賣相極好。

這時代已有初級的肥皂和胰子，有去汙力，但是較鬆散，不耐用。郁心蘭並沒親自做過手工皂和花水，不過是看小說時有幾分興趣，便去網上收羅相關資料，知道熱加工法製肥皂又快又能成形，而花水是要蒸餾的，跟製酒有相同之處。正巧佟南是釀酒好手，她便將自己大體記得的花水製作方法描述一遍，讓佟南去試製。

佟南不負所望，製成了第一瓶花水，那漂浮在最上面的油脂便是精油，也被郁心蘭收集起來，每天淋浴時滴幾滴。肥皂佟南卻試製了無數次，主要是郁心蘭搞不清燒鹼和油脂的比例，只能一點點嘗試，此外還要加入一定比例的胰子，得出的產品才不傷手。

郁心蘭立即使人打了盆水來，連續用香皂清洗兩遍，都感到清爽滑膩不傷手，對效果很滿意。製成花形的肥皂，僅比賓館裡拋棄式的香皂大一點。有兩塊小方磚大小的，一塊是迷人的玫瑰香，一塊是怡人的橙花香。

郁心蘭偏愛橙花香，就留下來自己使用，玫瑰香皂則交給佟南，要他今日便找師傅雕出個玫瑰花形來，她明日用來送禮，又跟佟孝商談一下店鋪的事後，便打發父子倆回去。

次日，侯府的女眷悉數前往忠信侯府，參加岑柔的及笄禮。

侯府送了一份大禮，郁心蘭則拿著自己另備的禮品，與妯娌們和二小姐赫雲慧，在忠信侯府的二媳婦岑二奶奶的帶路下，直奔著岑柔的閨房而來。

忠信侯只擔了個虛職，因而府第比定遠侯府小得多，岑柔的院子也只有一進，主房三間，二明一暗。堂屋裡已是坐滿了岑柔的閨蜜，見定遠侯府的家眷們進來，旁人都立即起身讓座，知道這是岑柔未來的婆家人，算是上賓。

一番見禮後，依次坐下，各路人馬相互打量，常參加各類宴會的自是相互看著眼熟，面生點的，一個是郁心蘭，岑柔幫著介紹了一番，另一個，就連岑柔都拿不定是誰，細細端詳了幾眼，才驚訝道：「慧姑娘？」

旁的人都大吃一驚，再一細看，可不是赫雲慧嗎？她什麼時候也成了美人了？

郁心蘭瞧見旁人的驚訝，心下十分得意，這可是我的傑作！原本答應教赫雲慧化妝和服飾搭配，可這幾天事忙，放了赫雲慧幾次鴿子，她只好讓千葉先幫赫雲慧改了一套服裝，今日又起了個大早，收拾完自己就趕到赫雲慧的院子裡去幫其化妝。

其實赫雲慧長得並不差，濃眉大眼十分英氣，豐滿的雙唇又顯出幾分性感，可她卻偏要按一般流行的裝束來打扮自己，走柔弱嬌美路線，跟她的氣質十分不符，怎麼看怎麼彆扭。

郁心蘭只是在化妝上著重強調她的濃眉大眼，突出她的英氣，使人忽略她不高的鼻樑和略豐厚的嘴唇，著裝上以簡潔為主，馬蹄窄袖和高腰束帶襯托出她高瘦的身材和修長的雙腿，誇張的雙層立領掩飾了上半身的某些不足。

這樣一打扮，雖算不上大美人，卻絕對是讓人耳目一新的英氣美少女。

赫雲慧也是生平第一次被人用驚豔嫉妒的目光打量，羞澀的同時，對大嫂滿心感激。

自有那會來事的奶奶們不絕口地讚：「喲，真是女大十八變啊，才不過幾日不見，慧姑娘就變了個人似的，這麼漂亮了！」

赫雲慧雖是驕縱些，性子倒也直，含羞道：「是大嫂幫我裝扮的。」

眾人又分出心神來誇讚郁心蘭心靈手巧。

郁心蘭自然不會說是化妝方法的問題，而是藉機為自己即將開業的香粉鋪子做宣傳：「……不過是用了些好材料，胭脂擦得勻不勻主要是看香粉的質地……各位若是有空閒，待我的香粉鋪子開業時，我給大家遞帖子，在樓外樓聚一聚。」

眾人一時沒明白樓外樓是什麼酒樓，郁心蘭也不解釋，讓錦兒呈上她備好的禮，「岑小姐莫嫌棄，這是我的香粉鋪子日後會賣的貨品，先送一份給妳試試。」

岑柔忙親自接過來，「大奶奶贈的自是好東西。」

她用郁心蘭教的法子敷臉，雖還沒見白，皮膚卻明顯光滑細膩許多，擦上粉也不容易掉了。她正準備讓丫鬟好生收起來，郁心蘭卻開口攔住，「妹妹不打開瞧瞧嗎？我可以教教妳用法。」

岑柔忙又打開了匣子，郁心蘭取出一只漂亮的青花瓷瓶，打開瓶塞，熱情浪漫的玫瑰香瞬間盈滿整個房間，芬芳卻又不濃膩。

一屋子貴婦們的好奇心被吊了起來，待聽到郁心蘭介紹說它有水嫩、美白肌膚、淡化面部斑點的作用時，所有人的眼睛都亮了起來。畢竟紅顏彈指老，年齡長幾歲後，皮膚便不可避免的乾燥緊繃起來，況且皮膚好的人只是少數，少女們也會有諸多肌膚問題。

郁心蘭見大家有興趣，適時推銷了一下其他幾款產品：對失眠有所幫助的橙花花水、消除過敏紅腫的甘菊花水、撫平細紋的茉莉花水等等。

店鋪的另一主打產品香皂也在推銷之列。因她的廣告語盡往青春美貌上靠，在坐的貴女貴婦們都恨不得立時衝到她店鋪裡去，各樣搶上一份。

新產品發布會開得如火如荼之際，門外的丫鬟唱名道：「郁府五小姐到。」

郁心蘭一怔，怎麼郁琳也來了？

岑柔向郁心蘭解釋道：「我二嫂就是吏部侍郎王大人的四女兒，與妳們是表親。」

郁心蘭聽了「哦」了一聲，這些貴族之間果然都沾親帶故，只看是直接還是拐彎的。

說話間，郁琳便扶著紅杏的手走了進來，岑柔忙上前迎接。

郁琳讓紅杏遞上禮單，含羞致歉：「我母親與二娘身子不爽利，便差我來觀禮，萬望海涵。」

岑柔忙客氣幾句，讓了座。

郁琳發覺郁心蘭也在，忙上前屈膝行禮，「四姊安好。」

「五妹安好。」郁心蘭回了半禮，心中訝然，這火爆小妹今天怎麼這麼沉得住氣？

郁琳今日的表現的確令人刮目相看，坐下後又與郁心蘭話起了家常：「……二娘的情況好些了，胎兒也穩了，陸太醫說再吃幾副藥就能下床走動了。瑞哥兒後日便參加秋闈，侍奉的書童和僕人，老祖宗都挑好了，四姊只管放心。」

郁心蘭一面含笑應對，一面暗自驚訝，這小丫頭是被哪位高手指點過嗎？以前是被慣壞了，驕縱霸道，卻是不笨的，這會子沉下氣來，倒教人不敢小看了。

姊妹倆聊了幾句，便有兩人插話進來，一個問香露的事，一個則打聽郁府抬平妻的內幕。

王氏從京中聞名的妒婦華麗轉身為賢妻一事，已經傳遍京城的每一個角落，成為茶餘飯後的熱門話題，可這個話題讓郁心蘭心裡堵得慌，只恨皇上沒時間聽她分解，無法改變王氏被賜匾額的事實，因而面對那人的提問，只是輕描淡寫地道：「大娘賢慧，一切以郁家香火為先。」

這話真難讓人相信，那人是光祿寺上卿夫人，與郁心蘭不熟，儘管滿心滿眼的八卦因子，也不得不收了口。

二奶奶卻忽然道：「怎麼可能？妳嫡母不是最潑悍最小心眼的嗎？要不然令弟怎麼會流落外地十年？」

這是要揭她的短，丟她的臉面嗎？

外人一般只會知道哪府有幾位嫡出子女，至於姨娘小妾庶出子女的數量並不清楚，因而旁人只知郁心蘭是庶出，卻不知她是外室所生，二奶奶不知是怎麼知道的，還故意在外人面前揭露，著實可恨。

二奶奶的聲音不大亦不小，已有幾雙眼睛望了過來，郁心蘭不慌不忙地笑笑，直直地望向二奶奶略帶一絲得色的眼中，「二弟妹真是有心了，連我弟弟外出求學的經歷都打聽得一清二楚，可是有意將令嫡妹許給我弟弟嗎？」

二奶奶的父親是兵部尚書，官居一品，讓一品大員的嫡女嫁與一個二品大員的庶子，可不算是打臉嗎？

二奶奶頓時又惱又臊，想起母親極寵小妹，這話若是傳到母親的耳朵裡，自己可有得排頭吃，當下不敢再言。

郁心蘭也不想讓旁人看侯府的笑話，轉而繼續推銷自己的產品。

片刻後，吉時到了，眾人一同前往岑家祠堂觀禮，依規矩是男左女右，女賓們都坐在大堂右側，前方以輕紗隔開，仍是能朦朧地看到岑柔在司儀的引導下，按部就班地行禮。

郁心蘭忽地察覺到對面有人望過來，忙抬頭去尋……似乎是秦小王爺？

郁心蘭不由得抽了抽嘴角，不就是贏了你萬餘兩銀子，至於這麼怨恨嗎？

及笄禮大約半個時辰便結束了，主人家安排了酒宴，尚有小半個時辰才開席，女賓們便約上相熟的人，三五成群地逛園子。

郁琳主動走到郁心蘭眼前問：「四姊，可否借一步說話？」

郁心蘭輕輕頷首。

郁琳便甩開紅杏，當先而行，郁心蘭緊走幾步追上去。

郁琳顯是來過岑府幾次，沿著小池塘熟練地跑了幾步，往右轉，站到一處假山後。

這裡是一片相對隱蔽的空間，郁琳立即便恢復了嬌蠻的本性，恨恨地道：「我討厭妳！就算妳娘被抬為平妻，在我心裡，妳仍是個小婦養的！」

叫她來就為了這個？

郁心蘭挑了挑眉，沒理她的挑釁，只是側著頭打量她，看她接下來想幹什麼。

郁琳卻似乎只是想罵罵她解恨，又罵了幾句後，還恨恨地踢了一腳池塘邊的小石頭。

小石頭「咚」一聲落入水中，濺起一片水花，幾滴沾著稀泥的水濺到郁琳的裙子上，氣得她大叫，拿眼瞪著郁心蘭，「都是妳害的，妳賠我裙子！」

郁心蘭瞧著她直樂，「明明是妳自己踢的石頭濺出的水……」

「把妳的手帕給我！」郁琳二話不說，搶過郁心蘭手中的帕子便擦裙子，可池塘的水是最濁的，帶了不少泥土，愈擦反而愈髒，氣得郁琳一跺腳，使小性子跑了。

郁心蘭眉頭一皺，立即也轉身便走，同時喚道：「錦兒、蕪兒，過來扶我！」
才剛走兩步，錦兒便急忙忙地跑上前來，扶住主子的手，焦急地道：「五小姐沒為難您吧？」
郁心蘭輕搖螓首，轉眸去尋蕪兒，「蕪兒這丫頭呢？」
錦兒回道：「她說五小姐和紅杏鬼鬼祟祟的，她跟去看看，要婢子稟告一聲。」
蕪兒這丫頭愈來愈機靈了，只是不知她家裡還有些什麼人在王氏的莊子上，若不能知根知底，用起來總覺得不放心。
正思索著，眼前忽地出現了一道陰影。
郁心蘭挑了眼攔住去路的男子，垂眸道：「麻煩秦小王爺讓個路！」
秦肅兩手交互拂了拂袖口，忽然恭恭敬敬地施了個禮，口中言道：「秦肅給表嫂見禮。」
郁心蘭只得回了一禮，便繞過他走了。
秦肅目送她走遠，方轉頭向身邊的小廝道：「去問一下那丫頭，知道怎麼說？」
那小廝一臉諂媚地笑，「小的知道。」得了主子准許後，一溜煙跑了。
郁心蘭回到岑柔的小院，正面遇上欲往外走的禮部侍郎陳夫人，郁心蘭忙上前見禮。
陳夫人是個熱情直爽的，拉著她的手道：「今日府中有事，來晚了，沒跟妹子說上幾句的，一會兒宴會我們坐一桌。」
郁心蘭自是應下，又陪著陳夫人去園子裡逛了逛。一般女孩兒的及笄禮邀請的都是親戚，跟陳夫人聊話後，郁心蘭才知道，忠信侯夫人是秦小王爺的姨母，而秦小王爺的姑奶奶，便是當今太后。
郁心蘭恍然大悟，陳夫人便問：「怎麼？」
郁心蘭道：「剛才在後園子裡撞見秦小王爺，我正奇怪了。」

陳夫人聞言，不甚在意地道：「自家外甥，來請個安罷了，妳可別小看這位秦小王爺，他十一歲時便因護駕有功，皇上封了一個郡王爵位，雖不是世襲，可他本人就是晉王世子，等日後承了爵，便是雙冠王爺。」

郁心蘭笑笑，心道：雙冠王爺也不是皇帝！

不多時便有忠信侯府的丫鬟前來相請，宴席要開始了。

郁心蘭挨著陳夫人坐下，酒席間貴夫人點著席上諸位夫人，悄悄地向郁心蘭逐一介紹，包括她們的家世、夫妻關係、兒女親家等等。郁心蘭用心一一記下，日後她常要與各府來往，這些資訊都是極為有用的。

之前赫雲慧也向她介紹過一些，那是在秋分宴上，左右耳目眾多，說得沒這般詳細。

陳夫人言畢，頓了頓又道：「妳改天有空到我府上玩一天，我給妳好好說道說道。」正好瞧見主席面上幾人，又忙壓低聲音道：「謹王妃想將月藍郡主許給秦小王爺，這會兒正攀談關係呢，妳那大舅母也想將妳表妹王姝許給他，不過我聽說，被妳大舅父斥了一頓，也不知是不是真的。」

陳夫人說完便看著她，希望從她這兒得點兒八卦，郁心蘭很遺憾地表示：「舅父家的事我可不清楚。陳夫人與我家大姑奶奶交好，想必聽說過我家的事兒……」

陳夫人這才點了點頭，笑道：「我原也只是想告訴妳，京城裡又要多幾門親家了。」這便是含蓄地說，又有人要趁結兒女親的時機拉幫結派了。

秦肅是十二皇子明子信的伴讀，明子信是劉貴妃所出，身分高貴，人又謙和，在朝中頗有聲望。郁心蘭聽連城說過，這陣子皇上接連交了幾樁大事給十二皇子辦，十二皇子都辦得極為出色，令皇上讚賞有加，一時風光無人能出其右，而謹王是皇上的兄長，當年皇位的最大競爭對手，因而皇上登基後，就以手足情深的藉口留他在京城，不允他回封地坐大。

謹王在京城無職位，封地隔得又遠，想來心中極其鬱悶，只是他當年能與皇上一爭長短，手中也應有些勢力，可這般直接與晉王府聯姻，就不怕皇上猜忌？至少晉王府是怕的吧？晉王已是玥國唯一的異性王，自從府中出了一位太后娘娘之後，就淪為外戚，秦小王爺手中還握著實權，哪敢這樣跟謹王府攪在一塊？

如此看，王姝的機會就大得多。不過，王丞相一直看好十四皇子，會跟十二皇子的人結親嗎？

胡思亂想間，宴會便結束了，蕪兒仍沒有回來，郁心蘭開始著急，正想央岑柔派人幫她找一找，錦兒悄聲道：「蕪兒說她在二門處的馬車裡等奶奶。」

郁心蘭聞言不動聲色地點了點頭，與婆婆妯娌們一同向主人家告辭，乘小轎到二門換乘了自家的馬車。

郁心蘭的馬車裡已經坐了兩個人，蕪兒和紅杏。待郁心蘭和錦兒上車後，空間立即窄小了，紅杏不由自主地抖了一下。郁心蘭示意錦兒幫忙看著車外，自個兒小聲盤問是怎麼回事。

蕪兒稟道：「婢子跟著五小姐和紅杏到了無人處，聽五小姐吩咐紅杏將奶奶您的帕子交給誰。婢子不知是何事，便斗膽趁五小姐走後，扭著紅杏先到這兒來等奶奶。」

郁心蘭的臉頓時冷了下來，郁琳胡鬧一通，原來是為了要她的帕子，送給誰？肯定是男人！雖然她還沒問紅杏話，紅杏已經嚇得直哆嗦，偷瞧一眼郁心蘭冰霜的俏臉，帶著哭腔道：「婢子……婢子什麼都不知道，求四姑奶奶放了婢子吧！」說罷便開始哭。

蕪兒低斥道：「閉嘴！妳想叫人過來看熱鬧嗎？」

紅杏剛才是被蕪兒一通恐嚇著，嚇得不敢聲張，這會兒腦中靈光一閃，不如大叫幾聲，大奶奶下不了臺，只好放了自己……念頭還沒轉完，嘴就被蕪兒給堵住了，手足也被蕪兒和錦兒一左一右壓住。

郁心蘭輕輕挑開車簾，向隨行侍衛說想去娘家坐坐，請他代為問長公主婆婆可否。

不一會兒，那侍衛過來回話說：「殿下允了。」自有隨行主管分了幾位侍衛和小廝，護送著郁心蘭一行往郁府而去。

想到現在府中主持中饋的是老祖宗和溫氏，紅杏嚇得臉都白了，拚命地「嗚嗚」叫著，不住眨眼睛，示意自己有話說，可郁心蘭現在不想聽。

馬車直行入郁府二門，郁心蘭乘小轎直接到達槐院，紫菱沒料到大奶奶會突然前來，忙親自奉了茶，彙報了一下溫氏的病情和紅槿的培訓情況。

郁心蘭點了點頭，又道：「我去東廂房，妳讓人守在外面，我不想被打擾。另外，差個人去跟老祖宗報訊，說我晚些再過去請安。」

紫菱一一應了，親自帶人將東廂房收拾好，小榻上的錦墊、引枕都用湯婆子暖過，已是深秋，天氣已有些寒了。

郁心蘭舒舒服服地喝了口熱茶，暖了暖身子，才吩咐帶紅杏進來。

紅杏是個大丫頭，只怕比平常官家千金還嬌貴些，被晾在院子裡吹了這麼久的冷風，早嚇得魂都飛了，再看到郁心蘭小榻邊豎擱著的那條三指寬、兩尺長的竹板，不用郁心蘭問，便哆嗦著主動交代了。

原來今日郁府僅郁琳一人參加岑柔的及笄禮，在外正大街上遇上同去觀禮的晉王府的儀仗。按照規矩，郁府的馬車要避讓在路旁，請晉王府的儀仗先行。郁府的車夫自是將馬車趕到路旁的一條小巷子中，這時，秦小王爺的長隨霍新卻忽地求見，提出要郁琳幫秦小王爺拿一方郁心蘭的帕子。

郁琳一開始妒恨交加，以為秦小王爺對郁心蘭有意，想要一條帕子做個念想。

霍新則說秦小王爺是另有用處，並承諾辦好後，晉王妃的生辰宴會邀請郁琳參加如何如何。郁琳是認識霍新的，自是覺得這是在情郎秦小王爺面前表現的機會，這才一口應下。之前紅杏正是要拿帕子交給霍新。

現在，手帕自是被蕪兒搜了出來，呈還給郁心蘭。

郁心蘭恨恨地一笑，讓蕪兒親自去請郁琳過來。

郁琳本是在忠信侯府外等著紅杏，卻左等不來右等不來，後來親眼瞧見晉王府的儀仗走遠了，才意識到紅杏出事了，竟想都沒想一下是不是要派人去找找紅杏，就急忙忙地下令回府。忽聽到蕪兒請見，又被蕪兒詐了幾句，風急火急地衝到槐院來要人。

郁心蘭待郁琳一走進東廂房，便下令：「將門從外面鎖死，不論聽到什麼動靜都不許開門。」

錦兒和蕪兒得了令，立即開始逐人。

郁琳虛張聲勢地道：「妳想幹什麼？綁架我的丫頭，我都不跟妳計較了，妳還想打我不成？來呀，妳打呀！只要妳打我一下，我就去告訴三表姊去！」

郁心蘭歪頭打量她兩眼冷笑道：「就憑妳？妳能入宮嗎？」

郁琳得意地昂首道：「我只要跟姨母說一聲，姨母就會告訴淑妃娘娘，妳等著挨板子吧！」

郁心蘭的眸光冷了幾分，「姨母還真是能幹，旁人一個月才能入宮一次，她倒是隨時能遞消息進去。」

郁琳的心猶如被一記重錘擊中，發出「轟」的一聲巨響，驚得她兩眼發黑、兩耳失聰。她……她剛才說了什麼，她怎麼能把這麼重要的事情順嘴說了出去？

皇宮是禁止通任何消息的！忠義伯夫人想將消息傳給女兒淑妃娘娘，先要買通外廷侍衛，消息遞到內宮處時也有侍衛，再往內有太監總管、跑腿的小太監，最後才能報到淑妃耳朵裡。

這是一條線，加之皇宮的守衛及太監們還要換班，若有把握隨時傳消息進去，這得買通多少人？而淑妃入宮不過兩個月，再神通廣大也沒有這樣的本事，必是王丞相收買的人馬！

郁心蘭心底有些發寒，這王丞相到底想幹什麼？

郁琳慌了好一陣才強自鎮定下來，辯解道：「我剛才可什麼都沒說，妳休想誣告我，妳沒有證人！」說著瞪了屋內的第三個人紅杏一眼。

當務之急，並不是跟郁琳掰扯這個，郁心蘭只作不理，問她：「妳今日是不是在外正大街的小巷子裡私會男人？」

郁琳立即瞪向紅杏，兩眼凶光直冒。

「不必看她，是禮部侍郎陳夫人、二部郎中柳夫人和忠勇伯夫人問我的！」郁心蘭說白話眼都不眨一下。

郁琳駭得小臉發白，嘴唇哆嗦幾下，「哇」的一聲哭開了：「妳……妳騙我……妳騙我……是紅杏告訴妳的，不是……不是別人說的……嗚……」她真的急了、怕了，被人傳與男人幽會，她的閨譽就全毀了。若對方是秦小王爺還好說，偏偏是個秦小王爺的長隨，這讓她情何以堪？

郁心蘭絲毫都不同情她，冷面厲聲斥道：「我騙妳？妳脖子上長的是什麼？豬腦子嗎？居然在大庭廣眾之下躲在小巷子裡跟男人密謀！大街上人來人往，巷子裡也住著人家，妳敢擔保無人看見？忠信侯府裡那麼多賓客，妳也敢讓紅杏去前院找秦小王爺的小廝……」

「霍新說了……他會到後院二門處躲著。」郁琳弱弱地插話辯解。

郁心蘭氣得隨手將茶杯砸到她身上，「妳還好意思說？二門就沒人看見了嗎？妳們主僕二人跟同一個男人糾纏不清，傳出去整個郁家的臉面都會毀在妳的手裡。妳不管我這個庶出姊姊的臉面我不怪妳，可妳別忘了，妳還有個嫡親的三姊姊正在宮中待選，要是妳這事兒傳了出去，她也只能找根橫樑自盡了事，免得被人從宮裡退出來！」

要不是這個世界的女人的名譽太過脆弱，又是牽一髮而動全身，郁琳的名聲毀了，她也會跟著倒楣，郁心蘭還真想將這事兒鬧大些，讓世人都來瞧瞧王氏教出來的都是什麼女兒。

郁琳早被郁心蘭的話給唬得傻了，哭得上氣不接下氣，之前一心只想著討好心上人，這會兒卻是擔心被人瞧見了，四下亂傳，那她就絕無可能嫁進晉王府了。

郁心蘭等她哭得聲音都沙啞了，方冷冰冰地道：「明兒個起，妳自己派人出去打聽打聽，看是否有流言蜚語，若是發覺有，馬上告訴父親，讓父親想辦法幫妳擺平！妳也不必哭給我看，妳這叫自作孽，我是半點不會心痛的！這也算是給妳一個教訓，日後做人要積德！」

郁琳猶不悔改，「都是妳，誰叫妳這麼討厭！」

「彼此彼此，我也很討厭妳！今兒這事兒我就記下了，若妳再敢將歪腦筋動到我身上，我大不了豁出去這身皮，也要叫妳身敗名裂！」

郁琳和紅杏兩個都驚呆了，真不敢相信這世上還有郁心蘭這樣的女人，寧可自損八百也要毀敵一千！名譽對女人來說，不是比生命還重要的事嗎？

郁心蘭鄙夷地瞥了一眼呆若木雞的主僕二人，喚人來開了鎖，便去梅院向老祖宗請安，順道看望一下用功讀書的弟弟，這方打道回府。

坐在搖晃的馬車裡，郁心蘭展開手帕左瞧右瞧。其實她這塊帕子就算被秦肅拿了去也沒什麼，她不像別的女子那樣喜歡將名字繡在帕角，她的帕子從來都是沒有半根繡線的，因為繡花雖很漂亮，可是摸上去會有點硬硬的，她總擔心會刮疼皮膚。

回到靜思園時，已是晚飯時分，赫雲連城見她回來，臉色不豫，便沒傳飯，而是將丫頭們都打發出去，抱著她問：「怎麼了？回娘家受氣了？」

「不是，是秦小王爺把我給氣著了！」郁心蘭將今日之事敘述一遍，問他：「連城，你說秦小王爺要我的帕子幹什麼？隨便給個男人壞我名聲，還是打算丟到哪個殺人現場嫁禍給我？」

「此事我來處置，妳不必煩惱！」

儘管赫雲連城的聲音依然動聽，神色也如往常一般平靜，可郁心蘭還是從他眼中捕捉到了一閃而逝的滔天怒火，猶如即將噴發的火山。

郁心蘭心中一甜，立即乖巧地表示：「我都聽你的。」

相公既然說不用她煩惱，她就不再去想這事兒了，開始忙碌起新店開張和果莊拋售的事宜。有錢能使鬼推磨，這句話在這個世界也同樣管用。

參之章

果莊求售拋誘餌

自從在岑柔的及笄禮上開了一個小型的產品發布會後，郁心蘭就時常收到各府女眷們的拜訪帖子。許多僅有一面之緣的人都聲稱想與她結交，赫雲彤更是直接殺上門來，開口便抱怨：「妳個小沒良心的，虧我拿妳當親妹子一般看待，妳卻有好東西也不知會我一聲，難道還怕我不給銀子？」

郁心蘭趕緊讓座，親自奉茶，「妳是我的大姑子，我哪能不想著妳呀，這不是這幾天忙嗎？又知道妳素來是用得金貴，正打算挑個好瓶兒裝好了給妳送去呢！」

這話兒聽著熨貼，赫雲彤露出笑容，嗔道：「我哪裡是那種挑剔人？妳先拿些來給我瞧瞧。」

郁心蘭忙令錦兒去內室取了個小匣子過來，裡面有兩小瓶香露、四塊花形的小香皂，一一介紹了用法和特性。

赫雲彤邊看邊聞邊笑道：「妳怎麼琢磨出這些個玩意兒的？若真是好用，妳再多給我些，我送與我那掌家的婆婆用用，若是得了她的眼，平王府以後的胭脂香粉就從妳鋪子裡買了，每年至少也是萬餘兩銀子。」

郁心蘭眼睛一亮，笑道：「我正有這個意思，便多準備了幾匣子，想讓姊姊帶回府去送人呢！大姊也可向妳的閨友推薦推薦，妳認識的人多，又有許多掌了一府中饋的，我的鋪子日後可就不愁生計了！妳放心，妳日後的胭脂香粉和香露，我都包了！」

赫雲彤笑啐了她一口，「那得看我用得喜歡不喜歡！」

正說著話兒，赫雲慧又登門拜訪，她是跟著郁心蘭學化妝技術的。

赫雲彤嚷嚷著要看看，「偏是平王府跟忠信侯府沒沾半點親，否則我那天也就能看到二妹驚豔的樣子了。」

郁心蘭也不藏私，當著赫雲彤的面耐心地教赫雲慧……的大丫頭輕染。

甘氏得知兩個女兒都在靜思園，使人來傳喚幾次，兩姊妹這才依依不捨地告辭，到甘夫的宜安居請安。

甘氏很不喜歡自己的女兒跟那房的人走得近，開口便斥道：「沒事總往那邊跑幹什麼？」

赫雲彤自動忽略不想聽的話，拉著赫雲慧轉了個圈，問道：「母親，妳看妹妹漂亮嗎？」

甘氏這才細看了二女兒一眼，當下高興道：「慧兒這麼一打扮，還真是個美人兒！妳父親正在幫妳物色佳婿，快到一年一度的秋山圍獵了，各地駐軍將領也要回京述職。聽說這次兵部準備提升三位年輕將軍，都是未成親的。」

天下間大概也就甘氏會這般直白地跟女兒談論婚嫁問題了，赫雲慧羞得紅了臉，卻也沒扭捏地跺腳跑開。

赫雲彤便取笑她：「小妮子開始思春了！」

赫雲慧立時又羞又惱，追打姊姊。甘氏則在一旁含笑看著女兒們玩鬧。

且不說這母女三人如何其樂融融，只說郁心蘭剛送走了兩位姑子，二門處又遞了帖子進來，是兵尚書府的李大奶奶。

李大奶奶是第一個要求買果莊的人，她放出風聲要拋售果莊已經有十天了，之前已經有人隱約打聽過價格，李大奶奶這會兒才姍姍來遲，是在玩欲擒故縱？

赫雲連城剛好練完功回來，郁心蘭忙拉著他進內室，小聲說起李大奶奶又來了，只怕是為了果莊的事。

赫雲連城不甚在意地道：「妳只管抬價，有哪些人想買告訴我一聲，都先別應，最後我告訴妳賣給誰，差的銀子，我補給妳。」

郁心蘭趕忙應下，赫雲連城則快速沐浴更衣，避到書房去了。

李大奶奶由錦兒引進堂屋，見著郁心蘭便笑，「上回大奶奶誥封之時便要來的，可惜被府中瑣事纏住了身子，今兒特地登門賠個罪，大奶奶萬莫以為我心裡不記著妳呀！」

郁心蘭笑著讓座，「哪能啊，貴府送了那麼厚的禮，我只覺得慚愧，哪還會怪罪？」

李大奶奶那張嘴甚是熱鬧，話匣子一打開，就是兩刻鐘沒停，待續到第三杯茶時，她才話鋒一轉，表情關切地問：「聽說妳的果莊走水了？」

「可不是。」

「損失大嗎？」

「還好。」

「上回我說我婆婆喜歡那莊子，大奶奶不是不願意出讓嗎？怎麼昨個兒我卻聽人說起妳不想再經營了？」

郁心蘭點了點頭，「想開兩家鋪子，沒那麼多精力了。」

李大奶奶有些小失望，她以為郁心蘭會說是因為莊子走水，怕了，才拋售的，這樣她才好壓價，只得又擠出笑容，問道：「就不知大奶奶想多少銀子出讓，妳是知道的，我婆婆喜歡那莊子。」

郁心蘭放下茶杯，一本正經地道：「一萬兩紋銀，大同銀莊的銀票，其他銀莊的不要。」

李大奶奶屁股下安了彈簧似的，咚一下便跳了起來，隨即覺得失禮，又緩緩坐下，運了兩回氣，才壓下胸口的躁怒，咬牙冷笑，「大奶奶不想賣，直說便是，何必捉弄人？」

郁心蘭的表情甚是認真，「李大奶奶誤會我了，我是真心希望拋售，而且這個價很合理！」說著讓錦兒到內室取出一個大匣子，放在几上，打開第一層，全是黃豆大小的棕色種子。

郁心蘭介紹道：「這是百香果的種子。李大奶奶應該知道百香果吧？一時是鳳梨味，一時是香蕉味，一時是草莓味，一時又是十餘種果香混在一起，味甘甜，還有滋補、養顏、駐青春之妙用。

每年都要從荷茲國進貢幾車，只有宮中的貴人們才能品嚐得到。妳說我若是將這些種子全種下去，能收多少百果香？每個我也不賣貴了，五錢銀子，妳說我一年能賺多少？一萬兩貴不貴？」

又打開下面兩層，全是外邦才有的水果，朝中大員也只有立了大功，皇上才會賞賜一小籃品嚐品嚐。若真的投放市場，這種以往只有皇宮才有的水果，定能奇貨可居。

李大奶奶被郁心蘭忽悠得一愣一愣的，聽她的小嘴劈里啪啦算出來的收成，自己眼前也出現了一座金光閃閃的金山。

郁心蘭話鋒一轉，又道：「您說，我這果莊一萬兩貴不貴？」

李大奶奶用力點頭，晃得耳邊的步搖墜下大半，忙用手扶正道：「不……可是，您還沒種。」差點被繞進去了。

郁心蘭啜口熱茶潤潤嗓子，繼續道：「若我不賣莊子，我就能種。」這話純粹是歪理。就跟人賣母雞，硬說雞生蛋、蛋孵雞，賣一隻母雞等於賣一百隻雞是一個樣兒。

可李大奶奶之前被郁心蘭忽悠得過了，隱約覺得也許似乎大概是要一萬兩銀子，赫雲大奶奶才肯出手，可是自個兒沒這麼多錢啊！

李大奶奶又試探著問：「一萬兩銀子可不是個小數目啊，就不能少點兒？」

郁心蘭輕嘆一口氣，「我只是怕開了店沒精力打理而已，其實現在已快入冬了，莊子裡本就無事，先放著也無妨，待明年開春，我兩家鋪子都經營好了，不出讓也沒什麼，總之是不想自己吃虧，沒了地，什麼莊稼都種不成的。」說著又瞄了幾眼那匣種子。

那是明子期幫她淘換來的，玥國一直試著種植這些異國特有的作物，但一直不成功，要麼種不活，要麼結出的果實味道差很多，所以她誥封那天，明子期送來這麼一大匣子種子，郁心蘭嚴重懷疑是皇帝老兒的意思，大約是看她能將睡蓮移植到京城來……

好在她以前所在的是大型食品公司，自產自銷的那種，公司裡有研發組和技術組，經常開會討論嫁接什麼的，她不是專家，好歹也見識過，硬著頭皮上吧……難怪皇上會賜她五十頃良田！

李大奶奶連瞅了幾眼，發覺郁心蘭看著種子若有所思，越發相信她剛才所言，若沒到她想要的價格，只怕真不會出手。

李大奶奶咬咬牙，決定回去跟夫君商量商量，便施禮告退。

郁心蘭客套地挽留幾句，便遣錦兒送李大奶奶至二門，自己則趁天色好，趕緊做針線。她不會繡花，只會絞邊接縫，如今也算是把好手了，於是連城所有衣物的絞邊接縫都歸她了，好歹算是每件衣褲都出自她的手。

正埋頭奮戰著，赫雲連城從書房回來，挑簾進了內室，問道：「走了？談了些什麼？」

郁心蘭嘿嘿一笑，把自己忽悠李大奶奶的話全學了一遍。

赫雲連城聽到她要一萬兩銀子時，劍眉微挑，「一萬兩都足夠買下幾千畝良田了。」

郁心蘭毫不慚愧，「那幫傢伙燒我的莊子，還不讓我出出氣，要點損失費？」

「小心玩過了惹來麻煩。」赫雲連城把她摟入懷中，輕嘆一聲，「真不知妳膽子怎麼這麼大。」他是說要她抬價，可哪知她會抬得這麼高，簡直匪夷所思。

「那不如相公給我拿個章程，多少銀子合適？」

「五千至六千吧……」赫雲連城頓了頓，才低聲解釋道：「要得太多，怕他們以為妳已經知道了什麼。」

郁心蘭心中一驚：是啊，上午光顧著好玩了，可話都已跟李大奶奶說了，要怎麼自行圓過去？她眼珠轉了轉，想到一個好主意。

赫雲連城捏住她的小鼻子問：「又在想什麼鬼主意？」

郁心蘭趕緊辯解：「不是，在想心瑞今日應考，也不知考得怎樣。」

「過幾天不就知道了！」赫雲連城想了想道：「過幾天就打算上任，乾脆今日我帶妳出門去玩玩吧。」

郁心蘭立即歡呼一聲：「那……能不能順便帶我去鋪子裡看看？我想知道裝修得如何了，何時能開業。」

赫雲連城應允了，到外間吩咐套車備馬。郁心蘭則換上便捷的女裝，隨赫雲連城出府遊玩。

赫雲連城先帶她去了東市的鋪子，佟孝沒料到大爺、大奶奶會來，慌忙親自迎出來，引兩位主子到二樓帳房小坐。

郁心蘭只是隨意看了一圈，對夥計不卑不亢的態度十分滿意，誇讚了佟孝幾句。安亦已經在鋪內跟著佟孝學習，這會兒也進來拜見。

郁心蘭便跟他二人談起了店鋪開業的各項事宜，佟孝和安亦逐項彙報，郁心蘭聽得很認真，不時提問或給出建議。

赫雲連城對經商沒有興趣，只靜靜坐在一旁聽著，看著小妻子美麗的小臉上寫滿認真與專注，時而秀眉微蹙，令他不自覺地擰起眉峰，時而又歡欣而笑，他也不由自主地勾起唇角。不論哪種神情，都因她的專注而顯得格外生動。

時間不知不覺流淌而去，佟孝覺得腹中飢餓，才發覺漏刻指向未時一刻，早已過了飯點。

他忙小心翼翼地問：「大奶奶要在這兒用飯嗎？」

「不了！」赫雲連城搶先回答，握著郁心蘭的手出了小店。

郁心蘭問他去哪兒用午飯，他便道：「去半月樓。」

呃？半月樓不是秦小王爺的嗎？

郁心蘭壓著滿心疑問，乖乖地跟著相公來到半月樓。

此時酒樓大堂已經空了，赫雲連城要了個雅間，小二躬身引著二人上樓。

樓梯上方某人欣喜地喚道：「連城哥！表嫂！」

郁心蘭驚訝地抬頭一瞧，竟是明子期，他一身普通富家公子哥兒的打扮，頭上一根紫檀木簪子，身上一件多餘的裝飾都沒有，顯然是不願被人認出身分。

赫雲連城淡然點頭。

郁心蘭也只是福了福。

明子期已經用過飯，本是要走的，卻跟著兩人進了雅間，笑嘻嘻地吩咐小二：「好酒好菜儘管上，我要跟表哥好好喝幾杯！」

「好咧，客官！」小二大聲應著，給三人盛上上好的新茶，一甩搭子退出了雅間。可就在門一開一合之間，隔壁間的客人剛好出來，一眼瞧見屋內的三人，便道了聲「真巧啊」，然後推門而入。

進來的一共有四人，其中兩人郁心蘭認識，明子信和秦肅，另兩人卻只是恍惚有印象，應是在秋分宴上遠遠打過照面，只是男女有別，不能細看。

來了皇子，按規矩郁心蘭便不能上桌了，而是縮到赫雲連城身後坐著。

明子信笑道：「論起來妳是我們的表嫂，這也不是宮中，還是同桌坐著吧。」隨即轉頭向一名身穿月白色刻暗竹紋華衫的年輕男子道：「十三弟，你還未跟表嫂見過禮吧？」

那人原來是十三皇子明子岳，明子岳真的依言起身，一躬到地，郁心蘭忙側身避讓，又恭恭敬敬回了一禮。荷青色對襟長衫的年輕公子也施了一禮，「文淵給嫂夫人請安。」

郁心蘭忙回了一禮，心中猜測，這文淵應是十三皇子的伴讀了。明子岳看起來秀秀氣氣的，話不多，那叫文淵的，亦是斯斯文文極少開口……沉默二人組。

赫雲連城也是寡言的，桌上聊得熱鬧的便是明子信和明子期、秦肅三人。

郁心蘭一面服侍相公用飯，一面自己斯文地品嚐，同時還要分心聽男人們聊天，偷偷觀察三位皇子之間的互動，倒也不無聊。

至少表面看來，三位皇子之間手足情深，不過，在宮裡長大的人都是人精，心裡想什麼肯定不會露在臉上。

郁心蘭對明子岳有幾分好奇，從來只聽到旁人談論十二皇子明子信和十四皇子明子期，就連跟連城一樣備受皇上冷落的九皇子明子恆都偶爾有人提及，卻從未聽人說過十三皇子明子岳。

這回選妃，貴婦們都在議論，誰家的女兒會被指給十二皇子，誰家的會指給十四皇子，全都有意無意漏了十三皇子。可十三皇子的母妃也是個嬪啊，位分並不低，做皇子的人低調成這樣，總覺得怪異。

那廂明子信正好將話題拉到選妃上，指著明子期笑道：「你又溜出宮幾日了吧？今個兒母后還在絮叨，若你再不回宮，就指十個美人給你。」

明子期渾不在意，兩隻大眼彎成月牙，「隨便指多少個，只要沒搶了十二哥的心上人就成。」

明子信頗有幾分羞澀，拿眼睨了一下明子期，輕嗔道：「別渾說，沒得讓十三弟擔心，壞了兄弟情誼。」

明子岳忙道：「此事父皇自有主張，無論怎樣都是姻嫁天定，小弟不會為此與兄長生膈應。」

明子期噗的笑了出來，明子信也邊笑邊嘆道：「十三弟呀，你也太老實了一點，為兄逗你玩兒呢，做兄弟的哪能為個女人鬧不和，你說你要我說你什麼好呢？」

秦肅含笑斟了一杯酒，遞給明子岳，「都說十三殿下實誠，慎之今日才是信了。」

明子岳面紅耳赤，也不多言，接過酒一口喝下，文淵擔憂地瞧著。不一會兒，明子岳的臉色更紅了，秦肅又斟了一杯酒，文淵便替明子岳攔道：「十三殿下不勝酒力，不如由在下替下這杯吧？」

秦肅笑得風流倜儻，「成！替酒的話，一杯換三杯！」

郁心蘭瞧見文淵露出尷尬的神色，想來酒量也不佳。

明子岳便道：「還是我來吧。」

文淵卻道：「殿下，您還在吃藥，太醫說了要禁酒……」

「得，我的錯！」秦肅一聽這話，便將酒杯搶回來，「不知十三殿下有恙，慎之自罰一杯。」說罷，一仰頭就喝了個乾淨，又笑著向明子岳拱了拱手，可郁心蘭分明從他眼中撲捉到一絲輕蔑，大概是看不起這麼沒氣勢的皇子吧。

郁心蘭又瞄了明子岳一眼，身為皇子，這般老實，連普通官宦子弟的傲氣都沒有，會不會太假了一點？

或許是覺得逗一個不會反抗的人沒什麼意思，幾人又轉移了話題，說道宮中的瑣事上。

明子信問道：「十四弟，那天見你跟黃總管要了一大匣子種子，難道你想種？」

明子期拿扇柄一指郁心蘭，「表嫂誥封，我沒什麼送的，這不是想著表嫂有個果莊嗎？我便送給她當賀禮了，也是稀罕物件，不虧她。」

秦肅笑道：「虧不虧的，得由人收禮的說了算，赫雲嫂子，不知您打不打算種？若是有了收成，小弟我可要厚著臉皮討些嚐嚐鮮。」

哎喲喂，這一下子，就把話題繞到果莊上了！

郁心蘭只是笑了笑，垂下頭兒不說話。

赫雲連城替妻子答道：「果莊打算賣了。」

明子期奇道：「為何？上個月不還去住了嗎？」

「她想開店，果莊就不要了。」

明子期「哦」了一聲，道：「西郊太偏，可不好賣。」

赫雲連城揚起一抹寵溺又無奈的笑，指著郁心蘭道：「她還想賣一萬兩銀子。」

明子期的嘴張得可以吞下個煮雞蛋，旁人也是一臉不可思議。

郁心蘭只好硬著頭皮解釋了一番自己的生財理論，逗得一桌子人笑得前仰後合，她則恨不得將頭埋到桌子下去。

也好！雖然不是按照她的方法，可至少是將那話兒給圓了過去，明天李大奶奶又會上門了。

郁心蘭眼神飄了一圈，仍是猜不出李大奶奶是誰的人。赫雲連城跟明子期在這兒將話題挑了出來，恐怕不單單是針對秦肅。也不知買果莊是秦肅自個兒的意思，還是他主子明子信的意思，難道明子岳也有份？

用過午飯，明子信便向赫雲連城提出邀請：「我也是要叫你一聲表兄的，怎麼表兄都不到我府上去坐坐？小時候咱們都玩得挺親近，長大卻生分了。」

赫雲連城只淡淡地道：「腿傷未癒，實是不便。」

明子信忙又關心了一下他的腿骨的復原情況，聲音神態都透著一股子親暱。

可郁心蘭知道，在赫雲連城最落魄的時候，只有明子恆和明子期仍是如往常一般待他，這個明子信卻是不知人在何方的。明子岳的神情也顯出幾分關注，卻靜靜地沒有開口，令郁心蘭對他多了一分好感。

這一頓自然由秦肅請了，赫雲連城陪著郁心蘭去西大街的鋪面轉了轉，兩人才打道回府。

❖ ❖ ❖

幾日後，兩家店鋪都開張了。香露和香皂由於口耳相傳，早就成功地在貴族圈中豎起了高貴的形象，因而儘管價格不便宜，仍是在開業當天便搶購一空，還預定了近萬兩銀子的訂單，連帶著胭脂和香粉也售出了不少。

佟孝連夜往侯府遞了封信，彙報了當天的營業收入，香粉鋪子純利五千兩銀子。

郁心蘭笑得合不攏嘴，要是每天能賺這麼多該有多好，當然，她也知道這是不可能的，這是因不少貴婦們買了許多，手中的貨得用上一、兩個月，不過使用效果好的話，會吸引更多人來購買，月賺五千兩應當是沒有問題的。

樓外樓那邊就相對平淡了些，郁心蘭請相熟的各府夫人小姐們上樓外樓玩了一天，手把手地教了她們玩簡單的五子棋和撲克牌。

因為規則簡單，上手快，貴婦們還是挺喜歡的，只是夫人小姐們平素不能隨意出府，要靠她們傳給府中的大老爺們，慢慢將客源帶過來。

郁心蘭不是沒設想過讓赫雲連城幫忙，但一來那鋪子是她的嫁妝，本就該由她來經營，二來赫雲連城不喜歡應酬，她也不想勉強他，想求到明子期頭上，卻似乎沒有這個交情……唉，罷了，慢慢來吧。

郁心蘭翻了一下帳冊，至少收費高，樓外樓能維持收支平衡，不用她拿一邊補另一邊就成。

數錢的日子過得飛快，轉眼便是九月底，郁心蘭的正四品正服和頭面已製好，該入宮謝恩了。

長公主怕她沒經過事，臨時怯場，主動提出陪她入宮，而赫雲連城也能行動自如了，便選在同一天上任，三人一同乘馬車入宮。

進了宮門，赫雲連城先下了車，他要去大內侍衛的執事房報到，郁心蘭則與長公主乘車直達內門，才換乘輦轎，直達鳳棲宮。在殿外候了不到半盞茶的功夫，郁心蘭和長公主便被宣入大殿。來向皇后請安的各宮主子都在，郁心蘭忙三叩首恭敬地請安。

皇后道了「平身」，長公主笑著解釋：「這孩子是來謝恩的。」

皇后含笑點了點頭，讓人賜了坐，郁心蘭謝了恩，在長公主身後的小方墩上坐下。

皇后和善地道：「正巧今日大選，清容也給出個主意吧，一會兒下朝後，皇上便會過來，蘭丫頭正好可以謝恩。」

郁心蘭忙又起身福了福，「謝皇后娘娘恩典。」心中卻是驚疑不定。所謂大選，便是給諸皇子指婚，采女們入宮快一個月了，也差不多是時候了，可大選不是皇家的事嗎？理應由皇帝和皇后來主持，讓她和婆婆觀禮是什麼意思？

她的謝恩摺子早幾日就遞了進來，謝恩的時間是由宮裡定的，根本就不可能是正巧撞上了。儘管驚疑，郁心蘭的臉上依然是掛著從容自若的笑容。

淑妃瞥了她一眼，含笑道：「聽說赫雲大奶奶與郁玫姊妹情深，一會兒倒可以恭賀她一下。」隨即拿帕子掩唇輕笑道：「或許是相互恭賀。」

郁心蘭只是笑笑，沒搭腔。

這話怎麼回答？說定會恭賀，皇上還沒開始指婚呢，就這般自負地認為姊姊一定能選上，定會落個不敬之罪；說不恭賀，又將姊妹倆的矛盾暴露於人前，況且聽淑妃最後那句話的意思，皇上要給赫雲連城指婚？不然郁玫有什麼可恭賀她的？只不過，不是有一條新婚一年內不納妾的風俗嗎？反正現在想也是白想，不如以不變應萬變吧。

郁心蘭臉色波瀾不驚，淑妃瞧著便覺得很沒意思，扔塊石頭出去，總要聽個響啊！這可是她費了好一番心思，才磨得皇上為赫雲連城挑一、兩個美人的。

眾妃陪著皇后說了小半個時辰話兒，便有嬤嬤進殿稟報道：「稟皇后娘娘，三十名采女已在殿候傳。」

皇后娘娘淡然道：「帶去偏殿休息，待皇上與皇子們來後再宣。」

嬤嬤應聲退下，眾妃們便開始小聲討論這三十名采女。因為不是為皇上選妃，個人臉上的表情都很輕鬆，還笑著向三位皇子的母妃打趣兒。

郁心蘭趁機認識了一下敬嬪，十三皇子明子岳隨了她，文文靜靜的。

除了三位未大婚的皇子選正妃，其他皇子也可以挑側妃，餘下的采女則由皇上指給王侯公卿，但通常是做側室的命了。

郁心蘭很慶幸自己沒淪為側室，除了地位低下不說，還拒絕不了與人共侍一夫的命運——身為正室，攏絡住夫君的心，至少還有點轉圜的餘地，但前提是，皇上今個兒別多事！

談笑間便到了下朝的時刻，唱駕聲一聲接一聲地傳入鳳棲宮正殿，皇后帶領眾人接駕，等建安帝在龍椅上坐定後，隨侍的太監方唱道：「平身。」

皇后在建安帝身邊坐下，又給眾人賜了座。宮女們早在大殿右側掛起了紗幔，眾妃和長公主、郁心蘭等人坐在紗幔之後，諸位皇子及幾位宗親世家的青年俊才位列左側，赫雲連城也赫然在座。

郁心蘭的小手在長袖下緊握成拳，察覺到淑妃打量的目光，她忙維持住優雅的微笑。

建安帝吩咐開始後，黃公公便手捧花名冊開始唱名，應選采女五人一組進殿，像貨架上的商品一般任人挑選。

在宮中學習禮儀規矩的一個月中，宮中管事為眾采女安排過多次露面的機會，心有所屬的皇子早就向皇后透了底，而皇上對於將誰賜給誰，如何平衡朝中各方勢力，亦是心中有數，極快地指了幾樁姻緣。

郁玫被指給十二皇子明子信，王丞相的嫡親孫女王姝被指給十三皇子明子岳，兩位皇子還各有側妃一名；而十四皇子明子期只指了一名側妃，正妃之位仍舊空懸。

看著郁玫謝恩時抖動的衣袖，郁心蘭想：她肯定是很不甘心吧？

給皇子指完後便輪到皇室宗親和王侯公卿，建安帝亦是想也不想地指了幾門親，輪到第五組采女時，其中有兩人容貌氣質都十分出眾，一位是忠義伯府的嫡小姐，淑妃的親侄女江梅，另一位是敬國公的嫡四女玉媚，淑妃前夫的親妹妹。

黃公公宣二人出列，建安帝打量幾眼，頗為滿意，面轉向右側含笑問道：「清容，妳看此二女如何？」

長公主聞言一怔，下意識地回頭看了郁心蘭一眼，才笑著回道：「自是比不上幾位王妃和側妃，但亦是上乘了。」

建安帝聽後笑容淡了幾分，心下躊躇，皇妹似乎不滿意？都說比賜給皇子的正妃、側妃要差了，好像是將自己兒子不要的人給連城似的——雖然的確是如此，但端到檯面上來說，就不大好聽了。

儘管隔著紗幔，但神情還是能看清楚的，淑妃一瞧便知皇上猶豫了，怕長公主不樂意呢。

淑妃心裡急呀，這是誰將她二人排得這麼後面？已經指了幾位采女給其他親貴了，這才輪到長公主之子，難怪長公主會惱。

可皇上、皇后都在，她又不便向皇上進言，便只能話家常似的瞅著長公主笑，「其實女子並非愈美愈好，德、言、功、容，德是第一位的。旁人本宮不敢妄加斷言，但此姝是本宮的親眷，本宮自是熟悉，都是溫良淑慎的好性兒，舉止端方，知書達理，嫁去哪家都不會辱沒了夫家的體面的。」

她的聲音輕柔婉轉，說起話來極有說服力，至少建安帝似乎被說服了，便轉而看向赫雲連城，笑問道：「靖兒，你覺得她二人如何？」

叫旁人都是稱官稱，叫赫雲連城卻是用暱稱，此間的親近之意令赫雲連城受寵若驚，慌忙起身回話。

大約是動作幅度過大過快，他右臉上的面具竟掉到地下，咚咚彈出一丈來遠，立即有小太監趕上前去拾起來，雙手奉還，但他右頰長達四、五寸的疤痕，還是被江梅和玉媚瞧了個一清二楚，當下驚得「啊」的低叫一聲，倒退幾步，俏臉嚇得慘白。

淑妃的臉面有些掛不住，才誇了她們溫良淑慎、舉止端方，她二人就在聖前失儀——處變不驚是小姐們必修的禮儀。

郁心蘭腦子裡繃得死緊，飛快地搜索各類托詞，要給出一個完美的拒絕理由，反正她是絕不應允的。

長公主的臉色也極不好，自己的兒子被人嫌棄，做母親的心裡怎可能痛快？她本就不想應下今日的指婚，不是說她不願意兒子屋裡多幾個人服侍，而是她對郁心蘭這個兒媳比較滿意，這成親才四個月就往兒子屋裡添人，也太說不過去，況且還是嫌棄兒子的，豈不是令兒子心中難堪？

赫雲連城彷彿沒注意到二美的失態，神色自若地戴上面具，先向皇上請罪：「微臣失態，請皇上恕罪。」

建安帝表示無妨後，他才繼續道：「微臣沒有見過二位小姐，無法評價，望皇上恕罪。」

建安帝聞言奇道：「人就在你眼前，為何說沒有見過？」

赫雲連城躬身答道：「微臣娶妻不過數月，按習俗尚不可納妾，眾采女有可能成為他人妻妾，若微臣妄加端詳，實是失了禮數，故微臣未曾端詳。況臣妻乃皇上欽賜，德、容、言、功皆是上乘，在微臣心中，任何名門淑女也不可能越過皇上欽賜的賢妻去，因而微臣也不必看。」

一番話說得在座的男子面現尷尬，難得有機會光明正大地欣賞美女，他們可都是認認真真一個一個看了個夠的。

建安帝則被赫雲連城的話給架在半空，堂堂敬國公府、忠義伯府的嫡出小姐，又是淑妃的親戚，皇上自是沒有讓她們當妾的理由，可赫雲連城既說了旁人無法越過郁心蘭，又強調是他欽賜的，他總不好再塞兩個平妻過去，只得再恬著臉問：「這三個都是朕欽賜的，現在三人的分量在你心中都一樣了嗎？」

就衝剛才二美一見到赫雲連城臉上的疤就嚇得驚叫這一條，建安帝都自個兒能估摸出答案來。

建安帝面現尷尬之色，有個人卻笑得百花失色，不用問，自然是郁心蘭了。

她根本就沒想到赫雲連城會這樣委婉地拒絕，畢竟能讓聖上指婚是件榮耀的事，畢竟那兩位的容貌的確是出色的，而男人自古就是美人不嫌多的，而她與赫雲連城的感情還沒到生死相依的地步……今兒真算是個意外的驚喜了。

有了相公的表態，郁心蘭便沒那麼急了，悄悄鬆開一直緊攥的拳頭，這才發覺手心裡全是汗，忍不住在心裡小小鄙視了自己一把，真沒個沉穩勁兒。

淑妃的心裡被怒火燒得旺騰騰的，赫雲連城開口就是「不可納妾」，她堂堂皇妃的親眷，在他眼裡就是個妾？也不想想自己是個什麼東西！區區一個四品帶刀侍衛，若不是有個掌兵權的父親，誰會在意他？

大殿一時寂靜，赫雲連城還躬身站著，長公主便圓場子笑道：「靖兒，你這孩子，你皇舅只是讓你幫他看看人，你說那些個有的沒的幹什麼？你們夫妻恩愛，也不必拿到你皇舅面前顯擺，你皇舅和皇舅母可是恩愛了幾十年的。」

一開始赫雲連城自稱「微臣」，一是不想妄自托大，二是不想皇上拿君主、長輩的雙重身分來壓他，長公主卻一口一個皇舅、皇舅母的，免得皇兄惱了兒子。雖說之前兒子那番說詞沒什麼開罪的地方，但就怕有心人吹枕頭風，因而先明確一下親戚關係，告訴皇兄，靖兒可是您的外甥，您怎麼也要擔待一二。

話中涵義皇后如何聽不出來，皇后原是與長公主關係極好的，自是有心幫襯幫襯，況且長公主的那句「你皇舅只是讓你幫他看看人」，也給了皇后一個提示——後宮的女人不怕多，怕的是三千寵愛集於一身！

皇后優雅地抬袖掩面，笑嗔道：「清容，這話也是能渾說的？什麼恩愛不恩愛的……」

明子期笑嘻嘻地接著話道：「皇姑姑哪是渾說，天下間真再也找不到父皇母后這般恩愛的夫妻了，兒臣原就一心想效仿呢！」

他開了腔，旁的人自然是一股腦兒地附和，直讚帝后二人是天下夫妻的表率。

建安帝原本有些僵著的表情也放柔了，他極是敬重皇后，而且自己也覺得自己這個夫君當得極是稱職。

大殿裡又熱鬧起來了，可憐那五名采女腳跟都站麻了，皇后便輕輕一笑，「各花入各眼，這二位采女臣妾瞧著，倒是極好的。」

「哦？」皇上心思一動，「皇后想將她們指給誰？」

他先已讓二美單獨出列，又問了長公主和赫雲連城覺得如何，雖沒明說，但指婚之意明顯。現在硬塞給赫雲連城是不成了，但就這麼讓人退下去，又覺得失了面子，若皇后能給她二人指門親，便是最好不過，之前問長公主的話就算是幫著相看相看好了。

皇后端莊一笑，指著敬國公的小女兒問：「皇上可覺得玉媚與淑妃有幾分神似？」

被點名的玉媚俏臉一紅，屈膝福了福，「謝皇后娘娘之讚。」

就這麼一蹲身的當兒，楊柳細腰輕輕款擺，的確與淑妃的嬌柔十分神似，皇上微瞇了眼，含笑頷首。

皇后便輕聲道：「皇上仁厚，已有八年未選妃了，可臣妾卻要為皇上著想。以往入宮的妃子們年紀已大，服侍皇上力不從心，淑妃妹妹又有身孕，不若將此二人納入宮中服侍皇上……不知皇上意下如何？」

「這……」皇上沉吟，又微微打量了玉媚一眼。

幾十年的夫妻，皇后還有什麼不明白的，暗中遞了個眼色給兒子。

明子期便笑道：「依兒臣看，此二美理應服侍父皇，一則品行有淑妃擔保；二則此番選美也未說只是給兒臣們選妃。父皇整日操勞國事，理當有兩朵解語花相配才是。」

皇上板起臉斥道：「天下間哪有你這般給老子挑人的？不懂規矩！」

長公主卻笑道：「十四也是一片孝心，皇兄您就莫斥責他了。依臣妹看，後宮本就是由皇嫂統領，皇兄您也莫拂了皇嫂一片好意。」

眾后妃也極力附和，反正自淑妃入宮後，她們便極少見到皇上了，再多進二十個人也不礙事，若能由此奪了淑妃的寵，倒還是件大快人心的事。

皇上便肅容道：「那就由皇后定奪吧！」

皇后笑道：「傳本宮懿旨，封江梅為江才人，傍劉貴妃而居；玉媚封媚才人，傍德妃而居。」

二女忙磕頭謝恩。

淑妃恨得擰斷了帕子，好妳個皇后，還說端莊賢淑，我看妳才是最陰險的！明知此二女都是我的親戚，卻賜居到旁人的宮殿，不就是擺明想分我的寵嗎？

她滿心希望皇上能說兩句，至少讓一個住到自己的梓雲宮來，可皇上什麼都沒說，看過最後一批采女，便帶領眾臣去御書房了。

待建安帝的龍輦走遠後，宮妃們便小聲恭喜劉貴妃與德妃，她二人的宮中有了新人，皇上也能多留宿幾日，可不是值得恭喜嗎？

唯有郁心蘭糾結得那叫一個深，真想大聲問出來，難道就沒人注意到江才人是淑妃的侄女嗎？姑侄倆同侍一夫算什麼事兒？就沒人注意到嗎？真的沒有嗎？

這個問題糾結得她秀眉難展，長公主以為她是為了之前指婚的事兒不開心，在宮中又不好寬慰，便早早地向皇后告罪請辭。

皇后挽留了一番才允了，又意味深長地看著郁心蘭笑道：「可得早些讓妳婆婆抱上孫子，這般體貼的婆婆可是天下少見。」

郁心蘭自是知道長公主一開始便有心幫自己推了指婚的，忙跪下磕頭應道：「心蘭謹遵皇后娘娘教誨。」

皇后笑道：「這孩子還害羞了，本宮的教誨便是讓妳早生貴子，為何不敢直接應了？」

郁心蘭被說得羞紅了臉，心道：「這我如何敢應，孩子又不是想有就能有的，若是可以，我也想早生個兒子出來鞏固地位呢！」

皇后這廂已轉了話題，跟長公主聊起明子期，愁道：「……好說歹說，才敢指個側妃與他，抱孫子還不知是哪年哪月。」

長公主便安慰皇后：「十四還是個孩子心性，我看皇嫂這回給他挑的側妃溫柔敏慧，定能幫著收收心的，再不濟，我讓靖兒好好開導開導他。」

皇后道：「那便好，十四自幼就愛黏著靖兒，日後讓唐羽也多與蘭丫頭親近親近，讓她跟著學學怎麼攏絡夫君。」

郁心蘭垂頭不語，只讓長公主出面應付，她心裡毛毛的，她哪知道怎麼攏絡夫君，她好像就沒討好過赫雲連城呢。

出宮的時候，赫雲連城也隨同一起，他今日還不用當值，仍舊是三人同車回府。

待馬車離宮門漸遠，赫雲連城方問母親：「母親，前兩日您入宮的時候，皇后可曾向您提過今日之事？」

長公主輕輕一嘆，「沒有，當時還說讓蘭兒晚幾日再入宮謝恩，昨日接到內務司傳回的帖子，我還覺得奇怪呢。現在想來，是淑妃的意思了，卻不知她到底何意。」

赫雲連城淡淡地道：「忠義伯府最近與丞相府走得很近。」

長公主怔了怔，隨即蹙眉，「這麼早就開始為肚子裡那個謀劃了？」

郁心蘭聽了幾句，便猜出了個大概，皇上龍虎精神，再活個二十年不成問題，若淑妃一舉得男，又一直受寵的話，所生的皇子日後也有爭奪皇位的機會，可那時只怕已經立了太子，想推翻太子重立，就得有實力，所以淑妃的娘家便尋上丞相，還想拉攏赫雲連城，恐怕是看中侯爺手中的兵權，以及長公主與皇上的關係。

但這事兒皇上不是一點都沒察覺吧？要不然，怎麼會將郁玫指給十二皇子，將王姝指給十三皇子，一個孫女一個外孫女，王丞相幫一個就得打壓另外一個……淑妃也是王丞相的外孫女，怎麼算來算去都是王丞相贏？

「想什麼呢？」赫雲連城看著她問。

從在馬車裡起，小妻子就擰著眉不知想些什麼，小嘴裡還嘟囔囔的，偏偏他又聽不清。

郁心蘭被問得一怔，說出來也不知他願不願意告訴她，索性反問他：「連城，今天……那個……在大殿上，你為何要那樣說啊？不怕拒絕了皇上，皇上惱你嗎？」

赫雲連城淡淡地道：「女人麻煩，而且她們是淑妃的人。」

郁心蘭黑了臉，咬著唇問：「就沒有別的原因嗎？」

赫雲連城頭也不抬地問：「還要什麼原因？」

就不能是你自幼看母親與大娘爭來鬥去覺得這樣不好，因而立志終身不納妾嗎？弄得好像是我自作多情一樣！

郁心蘭悲憤地腹誹，不過她也知道不可能，婚前沒有感情基礎，婚後才四個月，就算要日久生情，這日子也不夠久。況且，她好像也沒刻意討好過他，平日裡他喜歡自己動手，她頂多就是為他盛幾碗飯、縫幾身衣……花還不是自己繡的呢。

郁心蘭想來想去，決定從現在起認真討好相公大人，於是立即討好地問：「晚上想吃什麼？我做給你吃。」

這倒是稀奇了！赫雲連城挑眉瞥了一眼她討好的笑容，心下了然，老實不客氣地點了一串菜名，頗有幾分為難她的意思。

不過，郁心蘭從很小就自己做飯了，燒菜自是難不倒她，雖然有幾樣沒聽過的菜色，但問了廚娘方法就成了。

郁心蘭說幹就幹，差人將菜名送去大廚房，讓廚娘將食材配好，幾樣沒聽過的菜色，著蕪兒仔細打聽清楚炒製程序，便在小茶房忙開了。

小茶房裡有兩個煤爐，火焰也不小，郁心蘭忙了一個時辰後，六葷兩素總算置辦好了，就在小耳房裡淨了手和臉，洗去油污味，才隨著丫鬟們回上房。

赫雲連城已坐在偏廳的圓桌前打量那一桌菜了，郁心蘭帶著矜持的笑容，坐到他身邊，夾了一筷她最拿手的五香栗子雞，放在他碗中，淡定地道：「嚐嚐看，與廚娘做的可有不同。」

赫雲連城細細品了，卻沒說話，將目光放道冬菇扒鴨掌上，郁心蘭忙又夾了一筷給他，他品了後仍不說話，直到將所有菜色都嚐完，郁心蘭終於忍不住了，嬌嗔道：「好不好吃，給個話呀！」

「還行。」赫雲連城淡淡地道。

郁心蘭洩了氣，她本來是對自己極有信心，吃過她手藝的人都說好，可惜眾口難調啊！

低頭悶悶扒了兩口飯，再抬頭時，發現五香栗子雞已經空了，郁心蘭嘴角直抽，「只是還行，你吃那麼多！」

赫雲連城一本正經地道：「我喜歡這道菜，炒什麼樣都吃。」

郁心蘭又再次洩了氣，待連城掃完三份菜色，郁心蘭終於爆發了：「也得給我留一點吧！」

嗚……搶的都是她愛吃的！

赫雲連城勾唇一笑，附耳低喃：「一會兒我餵飽妳。」

……這個色男！

❖ ❖ ❖

沒兩日，明子期跟著赫雲連城一同回府，看見郁心蘭便笑，「表嫂，我是來蹭飯的。」

郁心蘭跟他見了禮，抿唇輕笑，「不知殿下想吃什麼菜，我也好叫人準備。」

明子期頗有當客人的自覺，當然，是在赫雲連城的注視下，違心地道：「連城哥喜歡吃什麼，我就喜歡吃什麼！」

赫雲連城入內換了常服，與明子期去書房議事，郁心蘭自下去準備午餐。

一關上書房大門，明子期便卸下一臉的玩世不恭，難得正經地問：「父皇今日問你表嫂莊子的事了？」

赫雲連城點了點頭，點翠山的事是個祕密，皇上交給明子期去查，是因為信得過這個兒子。而明子期卻信任赫雲連城，自作主張告訴了他，卻是沒事先徵得皇上同意的。

赫雲連城安撫他：「我照以往那般回了皇上……這事我沒告訴子恆。」

明子期點頭笑道：「我還信不過你嗎？父皇這兩日都歇在流雲宮，九哥這下當有機會了。」流雲宮是德妃的宮殿。

赫雲連城面露喜色，明子期搖頭道：「十二哥最近忙得很呢，他到底比九哥多了幾年時間結交朝臣，十三哥倒是親自去丞相府下了聘。」

看來，有了王姝這個皇子妃，明子岳也打算行動了，說到權勢，朝中還真沒有能與王丞相相抗衡的。

赫雲連城修長的手指敲敲書桌面，淡淡地道：「我今日見過子恆了，他說隨天意。」

明子期挑了挑眉，記得以前九哥是很積極的，難道是這幾年被打壓得滅了雄心？他想了想，表態道：「那個位置我是沒興趣的，你若要幫他，我就幫你。」

赫雲連城深深地看了他一眼，誠懇地道：「多謝！」

明子期笑了笑，知道赫雲連城肯定想不通，自己為什麼幫他都不幫親兄弟……實在是幼年的記憶太讓人傷心了，他同母的親哥哥要害他，出手救他的卻是眼前這個只有一點血緣的表哥，後來三個死於山崩之中，也不知算不算是報應。反正由此他對那個位子冷了心，那個位子太高太冷，他不希望自己的兒子們也這般手足相殘。

兩人聊起朝中動向，直到郁心蘭親自到書房相請，兩人才去偏廳用飯。

明子期小嚐了一口後，便哇哇大叫：「真好吃！難怪中午在宮裡，連城哥也不多吃幾口，原是被表嫂的手藝給養刁了嘴！」

郁心蘭謙虛兩句，然後拿眼覷赫雲連城。

赫雲連城被她看得不自在，只好承認道：「是不錯。」

郁心蘭得意地一揚小下巴，「我就知道！偏偏還死咬著不肯說，非要十四殿下戳穿你！」

明子期吞下一大口菜，嘻笑道：「叫我子期就行，表嫂別這麼見外。」

郁心蘭先看向赫雲連城，待他點頭應允了，才改了口，這令赫雲連城十分滿意。

一頓飯吃得明子期心滿意足，竟賴上了，每天跟著赫雲連城下值，從一開始有什麼吃什麼，到後來全盤品嚐，席面上完全換成他愛吃的了。

郁心蘭便單獨煲一小盅湯給連城，顯示相公還是不同的。一連三天如此，明子期實在是忍不住好奇心了，「連城哥，一盅湯而已，你不必小氣到看都不給我看一眼吧？」然後壓低聲音問：「是不是生子的？」

赫雲連城一記厲瞪眼過去，明子期嘿嘿地笑，然後又變得正經，很嚴肅地跟郁心蘭說：「表嫂多吃幾副鹿胎試試吧，妳若是不早些有訊兒，打連城哥主意的人會愈來愈多。」

郁心蘭聽得直撇嘴，不是幾個月前還沒人肯嫁給他嗎？轉眼行情就這麼好了？

赫雲連城卻放下碗筷，瞪他道：「吃你的！」

明子期張了張嘴，嘟囔了一句：「我是怕表嫂心情不好，燒出來的菜便沒味道了。」

郁心蘭瞧了一眼赫雲連城，直覺他有事瞞著自己。待送走了明子期大神，郁心蘭便主動往赫雲連城身上靠，摟著他的精細腰身，小腦袋在他身上蹭來蹭去。

赫雲連城被她蹭得體溫升高，手自然而然往想摸的地方而去，卻被郁心蘭半途捉住，「你有事瞞著我！」說著委屈地眨著大眼睛。

赫雲連城嘆息一聲無奈道：「一點小事而已。」

郁心蘭見他鬆了口氣，忙撒嬌道：「小事也說來聽聽嘛！」

見她一副不達目的誓不甘休的樣子，赫雲連城也只好據實相告：「今日勇毅侯要請我喝茶，說他有兩個適齡的女兒，我沒去。」

很簡短，但足夠明確了。

赫雲連城道：「都是看父皇近來與母親親近了。」

「都？」郁心蘭起了高音，原來還不止勇毅侯啊！

赫雲連城乾脆封住她的唇，免得她再問，反正他能處理的事情，不必告訴她，白惹她煩心。

激情湧動中，他附耳輕喃：「快給我生個兒子！」

作夢！等我有了身子，婆婆就會給你安排通房了。

❖　❖　❖

郁心蘭第二天起了個大早，早早地到長公主婆婆的宜靜居請安，又服侍著婆婆用完飯，才回去處理廚房採買的雜事。

如今的管事媳婦們老實多了，再不敢胡亂報帳目。

郁心蘭瞧見靜念園的補品都要了雙份，不由得問：「這是怎麼回事？」

路有家的稟道：「回大奶奶，二奶奶今日一早診出有身子了，按例是要備補品的。」

郁心蘭便道：「那是應當的。」又囑咐錦兒記得發對牌。

忙完廚房的瑣事，郁心蘭便回靜思園備了一份禮，帶著錦兒、蕪兒和小茜去靜念園恭賀。

三奶奶早就過來了，正同二奶奶聊著天，聽到唱名，兩人對視一眼，都在暗想：咱們這一房與那一房走得又不近，她來幹什麼？

二奶奶歪在榻上不動，三奶奶起身去迎了郁心蘭進來，故作親切地笑道：「二嫂不宜多動，還請大嫂原諒則個。」

郁心蘭笑斥：「一家子妯娌，誰計較這些個！」

二奶奶在榻上欠了欠身算是見禮，笑道：「大嫂不怪就好，嫵月，去把那包大紅袍開了，煮給大奶奶吃。」

嫵月脆生生應了退下，郁心蘭從蕪兒手上接過禮盒，打開來遞到二奶奶面前，「得知妳大喜，沒什麼準備的，送套小孩子的玩意兒，希望妳早生貴子。」

盒子裡是一套赤金打造的小刀劍，正是男孩子玩的玩意兒，分量也足。

二奶奶喜上眉梢，連笑容都真誠了許多，「這麼貴重，多謝大嫂了！」

郁心蘭笑了笑，客套幾句，三奶奶也在一旁湊著趣兒。嫵月捧了茶盤進來，奉上茶和點心，郁心蘭端起茶杯意思一下，不是她小心眼，實是對二奶奶沒什麼信心，吃食還是注意些的好。

二奶奶被她那句「早生貴子」打動，倒是很真心地取了塊栗子糕，親手遞給郁心蘭，「這是厲嬤嬤做的，味道不同的。」然後取了一塊自己吃，示意無妨。

郁心蘭卻在她一抬手間聞到一股香味，忙道：「我之前送妳的那些香露，千萬別用了，有身子的人用了不好。」

三奶奶聞言眸光微閃，大嫂她……難道真希望二嫂生長孫？

❖　❖　❖

一連幾日，郁心蘭都堅持服侍婆婆用過早飯再離開，這天，長公主拉著她坐到自己身邊，關心地問：「怎麼了，不是說過不用妳立規矩的嗎？是遇上什麼難事了？有事直管跟我說，不必藏著掖著。」

長公主原以為是兒子和媳婦鬧了彆扭，可仔細觀察了幾天，小倆口還是滿黏乎的，靖兒看著蘭兒的時候，總是眼神溫柔，與對外人的冷峻那是完全不同的。長公主想了幾日，未得出結論，這才索性直接問了。

郁心蘭只是輕輕一笑，「母親，媳婦沒有什麼為難的事，就是想著孝順孝順您。」

原來是為著拉攏關係！長公主聽懂了，她倒不介意這份親近，她膝下無女，兒子總歸是不那麼細心兼貼心的，難得有個嬌俏的小女孩兒圍著她親親熱熱地說笑，她也覺得很窩心。

婆媳兩個說了一通子閒話，柯嬤嬤瞅了個空當兒上前回話：「啟稟殿下，宮裡遣了陳太醫來為您請平安脈。」

長公主微微一笑，「宣吧。」

柯嬤嬤忙去傳了陳太醫進來，紀嬤嬤則掛上紗幔，為長公主捲起長袖，手腕處墊上一塊絲帕。郁心蘭站在長公主身邊相陪。

陳太醫進來磕頭請安後，便為長公主請了平安脈，恭維了幾句，便收拾醫箱打算回宮。

長公主道：「且慢，請陳太醫為本宮的兒媳也診一診吧。」

郁心蘭一怔，她好端端的，沒必要啊。可長公主已經令紀嬤嬤上前來服侍了，郁心蘭也只好將手腕伸出，陳太醫診過後，依舊是好話：「少夫人的脈象平穩有力，身體康健。」

長公主卻似乎不信，急聲道：「還請太醫仔細把一把，為何……」話到一半，卻又不說下去，瞧了郁心蘭一看，笑道：「妳還要放廚房採買的對牌，且去忙吧。」

郁心蘭便施禮告退，心中卻對長公主留陳太醫單獨說話頗有想法，必定是問她有沒有身孕，或為何還沒身孕這類的……唉，古代的媳婦真不好當啊！

而長公主打發走郁心蘭，的確是要問陳太醫這事兒，「陳太醫，你只管告訴本宮，少夫人她身體是否有恙，為何成親四個月了，還沒有一點訊兒？」

陳太醫呵呵直笑，「殿下太心急了些，四個月並不算什麼，少夫人的脈象的確很好，身體康健，您放心，她肯定會為您生個白胖孫子的。」

長公主聞言便落下了心，輕笑道：「是啊，本宮太心急了些。」然後打發紀嬤嬤相送，陳太醫便施禮告辭了。

長公主緩緩地靠到美人榻的引枕上，柯嬤嬤便跪在榻邊，拿起美人錘輕輕幫長公主捶腿，說起閒話兒來：「老奴便說殿下您是太心急了些，陳太醫也說大奶奶沒事兒的。」

長公主輕嘆一聲，「這我也知道，我自個兒不也是半年後才懷上的嗎？可是上回她不是給了妳一張藥單嗎？我怕她吃了不少，會不會落下什麼病根，妳瞧，前些個兒老二家的不又有了嗎？」

柯嬤嬤只能安慰道：「大奶奶腰細臀豐，一瞧就是個好生養的，殿下只管放寬心便是，這祖母啊，您是當定了的。」

長公主輕輕一笑，隨口道：「或許是吧。」便想著心事沒再言語。

柯嬤嬤也識趣地沒再進言，只專心捶腿。

定遠侯今日下朝較早，直接到了宜靜居。長公主忙親自迎上前接了侯爺的披風，交給柯嬤嬤，傍著侯爺到偏廳小坐。

侯爺顯得甚是愉快，囑咐柯嬤嬤和紀嬤嬤道：「這幾日幫著殿下收拾行囊，大約初七左右就會起程去秋山了。」

長公主微笑問道：「是要去狩獵了嗎？靖兒能去嗎？」

侯爺道：「自然，他現在是皇上的隨身侍衛，怎麼能不跟去？」

長公主這下才是真正開心了，靖兒已經幾年沒參加秋山圍獵了。

秋山圍獵說起來不過是陪著皇帝玩幾天，可這卻是皇帝對一個臣子是否滿意的徵兆，誰會讓不喜歡的人整天圍在自己身邊？之前幾年，皇上都沒允赫雲連城參加，今年終是允了。

長公主想到一件事兒，每年圍獵的時候，皇上都會帶上幾位妃子，妃子們自是不會參加打獵的，因而便會邀請一些得寵的朝臣們的妻子參加，說白了是陪妃子們解悶的，但也算是一項殊榮，因而長公主問：「蘭兒可以陪著去嗎？」

侯爺淡淡地瞧了她一眼，「妳若想讓兒媳婦陪著，跟皇后說一說不就成了。」

長公主定神一想，也是啊，求侯爺可不如求皇后來得快。她想要郁心蘭去，並不單是要提高郁心蘭在貴婦圈中的地位，也想讓靖兒能獵幾頭母鹿，弄幾副鹿胎給郁心蘭服下。

鹿胎中的極品便是雪鹿的鹿胎，可雪鹿的數量極少，僅聽說過的幾副雪鹿鹿胎都存在皇宮之中。這些日子進宮的次數多了，自然打聽到一些消息，比如說，淑妃嫁入敬國公府三年未有所出，而入宮後僅兩個月即有了身孕，便是因為皇兄讓淑妃連服了三副雪鹿鹿胎的緣故。

雪鹿鹿胎弄不到，但聽說現殺現取的鹿胎效果比存放久了的鹿胎好得多，長公主才會起了這番心思。

那廂郁心蘭放完了對牌，回到靜思居擬了一份冬季樓外樓的推廣計畫，封了信封，讓錦兒拿著給賀塵，讓賀塵送至樓外樓去。

賀塵和黃奇兩個本是赫雲連城的貼身侍衛，不算在每個院子的四名侍衛之中，以往都跟著赫雲連城上任，但因這回赫雲連城擔任的是建安帝的貼身侍衛，他二人不方便跟著進宮，便在府中閒了下來。郁心蘭本著有人用白不用的原則，時常讓他倆辦點兒到府外跑腿的差使。

賀塵去了沒多久便回來了，還帶了一個人——安泰。安泰是看了信後，激動不已，便請等著要回話的賀塵帶他來見大奶奶，要與大奶奶商量商量。

郁心蘭每日除了辦點廚房採買的事外，便沒事可幹，於是專心研究樓外樓的推廣策略，琢磨了許多大酒店和公司行銷方式，才置弄出這麼一套符合古代人的生活習慣，又較為新穎的方法，這才能讓安泰這個經商的老手這麼激動。

面對安泰提出的一連串問題，郁心蘭都耐心地解答，也與安泰有商有量地擬定幾個細節。

安泰安了安心，懇切地道：「若是大奶奶真能請來十四殿下，那麼安泰便能保證在年底前，樓外樓的生意能趕超香雪坊。」

香雪坊便是郁心蘭的香粉鋪子，現在可以說是日進斗金，因而聽到安泰這麼自信能趕超香雪坊，郁心蘭自是十分高興，鼓勵道：「若能在年底的那個月營利與香雪坊相同，我多給你一個月的月俸。若能趕超的話，就多給兩個月月俸。」

安泰聽後十分激動，一來是他的月俸每月有十兩，比旁的店鋪的掌櫃多出幾成，二來這也是實現他自身能力的一個機會，他原本卯足了幹勁要大幹一場，哪知生意一直紅火不起來，眼瞧著另一家店鋪這般欣欣向榮，他自是憋著一口氣，難得有這麼好的機會，他一定會讓大奶奶認同他的實力。

其實說白了，就是現代的名人行銷，當然，樓外樓也要做足準備，在那群達官貴人的眼中不能掉了份子。郁心蘭分析來分析去，樓外樓的生意一直不溫不火，主要還是少了襯場子的人。

郁心蘭是個女子，出於禮教，不方便拋頭露面，上回請來諸多官太太玩樂一場，雖是造出了些聲勢，但這時代的男人大男子主義很重，不見得會玩女人玩的遊戲，而且這些官太太平時要對付小妾討好相公，不見得回家就會幫著推廣，因而見效緩慢。

正巧下個月初便是明子期的生辰了，郁心蘭打算做東，掏腰包為他辦生辰宴，地點自然是選在樓外樓。

安泰得了准信兒，忙回鋪子準備一應事宜，郁心蘭則回上房休息做針線。赫雲連城回府通常要到晚飯前，有時還會在宮中用飯後才回府。

今日才剛到申時，赫雲連城便回了府，問了蕪兒大奶奶是在茶水間，便換了衣裳過來尋她。

儘管赫雲連城時常不在府內用晚飯，但郁心蘭每日還是會親手炒幾樣菜等著他，今日才進茶水間指揮著小丫頭揀菜切菜，赫雲連城便走了進來，瞧了一眼道：「別準備了，我們今日到外面去吃。」

郁心蘭自然是滿口答應，隨著赫雲連城來到一處雅致的小院，見到主人家，才知道是帶她來見九皇子明子恆，同行的還有狗皮膏藥一樣的明子期。

明子恆算是與赫雲連城關係最好的皇子了，生得俊眉朗目，溫文爾雅。他二人今日都被聖上欽點參加今年的秋山圍獵，自是十分開懷，尤其是明子恆，建安帝今日還令他多到吏部走動走動，學習如何考校官員，這不就表明建安帝已經慢慢消除了對他的戒心了嗎？

明子期笑盈盈地舉杯，「為在圍獵中旗開得勝乾一杯！」

三名風華絕代的男子相視一笑，各自舉杯相撞，發出愉悅的脆響。

赫雲連城會帶郁心蘭過來，是因為九皇子妃也在此。九皇子妃唐寧是一名豐腴不見肉、纖細不見骨的精緻美人，出自忠勇王府，是名郡主。

她溫柔如水，未語先笑，熱情又不顯急切地拉著郁心蘭到屏風後的小桌前坐下，笑道：「讓他們男人玩去，咱們玩咱們的。殿下與赫雲大人是莫逆之交，咱們也當多親近親近才是。」

郁心蘭笑了笑，一時不知該與唐寧聊些什麼，便從明子期的側妃說起：「……那天只隔著紗縵見一眼，倒是個極美的人兒，待她與十四殿下成親後，也讓十四殿下帶過來，讓咱們也認識認識。」

唐寧笑了笑，「那是我的妹子唐羽……」躊躇了一下道：「不過是個側妃，若是太過受寵，怕被人非議。」

郁心蘭囧了，真沒想到帶側妃出來，還會被人非議的。

「圍獵時得多帶些衣服，秋山比京城冷得多。」兩人聊著聊著便聊到了秋山圍獵。

唐寧得了口諭，可以陪同前往，但明子恆之前已經跟她說過，赫雲連城的妻子並沒在名單之中，她一時嘴快提起，不由得萬分尷尬，忙端了茶杯掩飾。

郁心蘭瞧著覺得怪異，可後來唐寧再不肯提圍獵之事，她也就沒多問。只回府時問了赫雲連城一聲，知道自己不能同往，雖說有些小遺憾，但到底沒期望過，也就沒什麼好失望的。她隨口說起幫明子期辦生辰宴的事：「……自然是等宮中的宴會結束後，再另擇一日請些相熟的世家公子來耍一耍，也好替鋪子宣傳一下。」

赫雲連城笑著親了她一口，「就妳主意多！不過不必妳掏銀子，我跟他說一聲，這點銀子他還出得起！」

郁心蘭大喜，「如是甚好！」

見相公目光灼灼地望著她，知他何意，只好閉著眼送上芳唇……

第二天晌午，長公主從宮裡回府後，便告訴她：「快準備行囊，一同去秋山，初七便起程，只三日了，可別誤了行程。」

郁心蘭立即興奮了起來，說到底，她還是喜歡玩樂的。

❖　❖　❖

秋山離京城二百餘里，有高山有平原，十分利於狩獵。不過皇帝的儀仗連綿數里，隊伍硬是行了四天，才到達秋山別宮。

別宮亦分內外兩層，內層為皇帝和嬪妃們的居所，外層則分給隨行的大臣及其家眷。侯爺一家子基本都來了，自然分了個大院落，膳食自有尚膳監的太監們送來。

第二日一早，男人們便整裝待發，而赫雲慧一身勁裝，更襯得她英姿颯爽，豪氣十足地騎上駿馬，跟在父兄身後。

郁心蘭看著忍不住羨慕，赫雲慧是習過武的，自然能參加狩獵，而她卻要陪那群個個不是省油的燈的宮妃娘娘們。

長公主早已坐上步輦，輕喚了一聲，才將滿心豔美的郁心蘭喚了上來。

狩獵之前還有一個儀式，儀式在山腳下的平場上舉行。對面半山坡上有一個觀景臺，臺後還有一排十來間房舍，是給觀景觀累了的娘娘們、夫人們休息之處。

此時，陪同圍獵的娘娘和夫人、奶奶們，已經聚集在觀景臺半圓形的圍欄邊，邊笑邊觀望。長公主和郁心蘭是到得最晚的，下了步輦，忙上前見禮。

皇后代表一眾嬪妃道：「隨行在外，不必多禮，納個萬福便成。」

郁心蘭見無人送上跪墊，便規規矩矩地納了個萬福，向一眾娘娘們請安，又福了福，向四周的長輩們請安。

人群中，竟發現了王氏的身影，帶著高貴矜持的笑容，等著她單獨上前見禮。在人前，郁心蘭自然是不會失了禮數，忙上前去納了個萬福，輕聲道：「母親也來了。」

王氏端著最優雅的貴妃風範道：「是啊，得蒙皇后娘娘邀請，妾身榮幸之至！」說著向皇后深深一福……敢情還是上回賜匾額的餘震效應。

王氏拉著郁心蘭的手，輕輕拍了拍，慈祥和藹地道：「氣色真不錯，看來妳在侯府過得極好，為娘也就放心了！妳也莫擔心，妳姨娘雖是還有兩個月才生產，但府中已經為她請來了兩個穩婆，即便是提前發作，也不礙事的！」

那語氣無不透著對溫氏的關切，似乎是想讓郁心蘭安心的樣子，可是聽在郁心蘭的耳朵裡，卻覺得她話中有話，什麼叫「即便是提前發作」？娘親又不是第一次生孩子，提前發作的可能性比頭胎要小得多，難道是王氏又要整什麼妖蛾子？可現在郁府掌權的是老太太，應當不會由著王氏亂來才是。

郁心蘭沉了沉紛亂的心緒，衝王氏感激地笑道：「多謝母親操勞了。」

王氏笑嗔道：「妳這孩子，我一心盼著她給郁家添個嫡子，操勞些又有什麼關係？妳放心，等生下嫡子，滿百日之後，郁家自會開祠堂，請族譜，讓你們母子四人改了位分的，妳嫡女的身分是跑不掉的。」

這話兒，不就是在提醒在場的人，她現在還是個庶女嗎？

郁心蘭一臉孝順乖巧的表情，誠心地道：「女兒自是放心的，母親便是因著此事得了陛下的嘉獎，連陛下都知曉的事兒，女兒能不放心嗎？」頓了頓又道：「三姊得以賜婚十二殿下為正妃，女兒一直沒時間回府恭賀，還請母親回府後幫女兒道聲恭喜！另外，也請母親向王姝表妹道聲恭喜！」

王氏臉上的笑容僵了一僵，隨即強笑著應了一聲，為了賜婚給十二皇子而不是十四皇子，郁玫回府後不知砸了多少瓶兒杯兒，這丫頭明明知道，還故意這般嘲諷。

郁心蘭瞧得分明，心下暗忖：定是王丞相將心兒偏到自己的親孫女那邊去了，否則王氏笑得也不至於這麼勉強。

與王氏客套了幾句，郁心蘭便輕聲道：「此處風大，母親小心頭髮！」說罷回到長公主身邊。

王氏惱火地攥緊著手，飛快地掃了四周一眼，見無人關注剛才郁心蘭的話兒，這才放下心來。出嫁的女兒就是別人家的人，她縱然有心再拉著郁心蘭擠兌幾句，卻也說不出挽留的理由。

淑妃一面看著對面的開獵儀式，一面悄悄地打量這母女倆的情形。

皇后見遠處整齊的隊伍開始走動，知道狩獵馬上要開始了，便道：「一會兒他們都會衝入山裡去，也沒什麼看的了，咱們女人不如到廳裡候著吧。」然後笑看著淑妃道：「尤其是妳，有了身子的人，不可久站。」

淑妃忙低頭道：「悉聽娘娘吩咐。」

真要是個聽話的，就不該吵著來！磕著碰著要算誰的？

皇后在心中冷哼一聲，扶著太監的手端莊地先行。

眾人隨在皇后身後，進入觀景臺後的小廳內休息。

話題自然是隨著皇后轉的，才沒聊上幾句，太監總管黃公公便低頭走進來，撲通跪下稟道：

「奴才給皇后娘娘請安，給各位娘娘請安。皇上口諭，賜淑妃娘娘軟輦一部，隨朕狩獵。」

皇后大驚：「若是動了胎氣可如何是好？」

黃公公忙陪笑道：「皇上只是想讓淑妃娘娘到牛頭角看一看狩獵的場景，已命百名侍衛隨行，斷不會有任何危險。」

牛頭角是一處小山角，就在觀景臺的對面，有一條寬廣的山道直通，軟輦又有八人抬著，的確是不會有什麼危險，只不過卻顯示出皇上待淑妃與眾不同，只因以前也曾有過妃子自行到牛頭角觀望，還被皇上斥責過，言道狩獵乃是男人之事，女人不得近前。

這會子所有的目光都落在淑妃的臉上，淑妃依舊是那副嬌嬌怯怯的樣兒，並不顯得得意，還萬分愧疚的樣子向皇后福了一禮，歉聲道：「皇后娘娘……臣妾這便遵旨而行，可否？」

皇后淡淡一笑，「既是皇上的口諭，妳且去吧。黃公公，讓服侍的人仔細些。」

黃公公趕忙應了，扶著淑妃走了出去。

等軟輦一走遠，廳裡就開始嗡嗡作響「啊，寵成這個樣子」，每個人的聲音都很小，可匯在一起卻嫌大了些。

皇后年歲已高，受不住吵，呵斥了兩聲，便先擺駕回宮了，餘下諸人便也散去。

肆之章　秋山圍獵掩內情

建安帝到底年歲高了，只獵了一個上午，便先回行宮休息，到下午下半晌的時候，其餘諸人才陸續返回行宮。晚上自是要在大殿開宴，點收各人戰果，優勝者皇上有獎勵。

今日勝出的是十四皇子明子期，他居然獵到一頭豹子。

明子期大大咧咧地笑道：「父皇，兒臣不用您賞什麼物件，只要您允了兒臣生辰由兒臣自個兒辦就成。」

建安帝一聽只是這麼點要求，自是應允，笑罵道：「可不許胡來！」

明子期故作委屈地道：「兒臣哪會胡來，到時請在座諸位到樓外樓一聚，還望各位賞個臉兒。」說著團團一揖，還偷偷向紗縵後擠了擠眼。

郁心蘭自是明白，赫雲連城肯定已經跟他說過了，瞧見在場的都是朝中得聖寵的高官，她就禁不住喜上眉梢，往赫雲連城站處連瞧了好幾眼。

赫雲連城一直陪在建安帝身邊，不過還是察覺到了妻子的目光，便往紗縵這方瞥了一眼。

酒過三旬菜過五味，建安帝興致愈來愈高，便問道：「在座諸位都是朝中重臣，理應才華橫溢，不如就來個擊鼓傳花吧。」身邊的淑妃不知嘀咕了幾句什麼，建安帝大笑道：「……嗯，女眷也來吧，免得成日裡說咱們男人小瞧了妳們。」

大臣們附和著哄堂大笑。

女眷們卻羞紅了臉，也有頗有才華，暗地裡興致勃勃的。

郁心蘭倒是不怕的，她肚子趕時髦裝了那麼多古詩名句，不怕接不上。

擊鼓傳花是花傳到某人手中時鼓點停了，就由此人作詩一首，或者彈琴一曲。可以由上一位倒楣鬼出題，也可以由鼓手出題。

第一輪的鼓點比較長，輪到一位吏部的官員，他作了一首詩，建安帝道：「差強人意。」

第二輪便是女眷這邊的，紅花剛好到郁心蘭手中時，鼓點便停了。她正準備順口來一首古詩應應景，哪知淑妃娘娘笑道：「皇上，臣妾還不知是哪位得了紅花，可既是來跟你們男人們比試的，臣妾便要出個題，以今日的狩獵場景作首詩。若是她作得好，你們男人必須每人罰三杯酒！」

建安帝笑道：「愛妃是想與朕打擂臺嗎？好，朕就依了妳！只是，對女子來說，以狩獵作詩可不容易，這樣吧，隨意是詩還是詞，只要作得好，朕便率先自罰三杯！」

自有那會來事兒的大臣笑捧道：「原來今日的擊鼓傳花是打擂臺啊，娘娘真是有膽識！」

郁心蘭只撇嘴，淑妃坐在皇上身邊呢，又不用她作詩，算哪門子有膽識！只不過……這花和鼓點是早就配合好的吧，否則怎麼會剛好到她的手中，若是到了哪位嬪妃手中，作不出詩來，丟的可是皇上的臉面。

長公主立即關切地看向兒媳，輕聲問：「妳行嗎？」

郁心蘭笑著點了點頭，暗自琢磨，關於狩獵的，她只記得王維的《觀獵》和蘇軾的《江城子》，但中間的典故都太多了，這裡的人聽了，肯定覺得莫名其妙。

看著小太監送到眼前的紙和筆，郁心蘭輕笑道：「勞公公換張大些的來。」事實是她只練過大字，沒寫過小楷。

那小太監立即換了張長卷，郁心蘭凝神思索片刻，便揮筆寫下幾行大字，小太監立即捧著呈到聖上面前。

黃公公幫著誦道：「天子聊發少年狂，左牽黃，右擎蒼。錦帽貂裘，千騎卷平岡。欲報傾城隨萬乘，親射虎，看歷郎。酒酣胸膽尚開張，鬢微霜，又何妨，氣衝雲中，何日定四方？會挽雕弓如滿月，西北望，射天狼。」

一闕詞唸完，皇上眸光暴漲，驚喜之色溢於言表。眾朝臣也驚得面面相覷，如此豪情壯志的詞，會是女子所作？

蘇東坡此詞本就豪興勃發，氣勢恢宏，郁心蘭又妙巧地將玥國上古神話中的歷將軍代入詞中，比擬天子狩獵時的豪邁之姿。而定四方，是歷任玥國國君的夢想，建安帝才會如此欣喜若狂。

「好好好！好詞！好字！」建安帝含笑問：「此詞是誰所作？」

小太監忙稟報道：「是赫雲大少夫人。」

「賞！」建安帝大手一揮，一連串的賞賜便脫口而出，而淑妃則瞧著白宣上龍飛鳳舞的大字，臉色發黑。

皇上說話算數，說了自罰三杯，便是自罰三杯，在座眾臣自是遵從遊戲規則。接下來遊戲繼續，可每到女眷這邊的時候，每隔一個人，總會輪到郁心蘭一次，而且每次都是命題作詩，有時是前一位倒楣鬼，有時是鼓手，有時是男子宴中不服氣者。

一場夜宴下來，郁心蘭一共被鼓點敲中六次，作詩六首，就是再傻的人也知道這是有人故意而為，何況這群心眼比旁人多出數倍的大臣們？

聽著她一首接一首的妙詩佳句，折服了會場所有的人，每一雙眼睛都偷偷往紗縵後面窺探，想目睹驚世才女的風采。

而秦肅則是端著酒杯，既沒喝下也沒放下，半晌一動也不動，怎麼都想不通那個砸他賭場的女人會吟詩……真是人不可貌相啊！

就連自認為熟知她的赫雲連城和明子期，也是怔怔得感到驚訝。

驚豔之餘，人們也紛紛臆想，不知究竟是誰想為難赫雲大少夫人，結果卻令其出足了風頭，可謂搬起石頭砸了自己的腳。

建安帝素來大方，無論是誰，作的詩好便會賞。

男子中只有兩位領了賞，而郁心蘭則首首不落空，身前小几上已經堆滿了珠寶玉器，吃食都另外挪到一張小木杌上去了。

坐在她前方的九皇子妃唐寧朝她笑道：「原來妹子這般才華，竟一點風兒也不透，可是真人不露相呀！」

郁心蘭謙虛道：「我這是急出來的，若是沒賞賜，我也作不出來。」

赫雲彤苦於在另一端，不方便湊過來說話兒，便向左右位置上的貴夫人們介紹道：「那可是我弟媳……」

偏王氏坐得離赫雲彤不遠，聽旁人對郁心蘭讚不絕口，滿嘴又是苦又是澀。溫婉那個賤婦有這般才華？竟能教出這樣才情的女兒？

王氏自認才藝雙絕，卻也知自己作出的詩與郁心蘭作出的差距有多大，心中更是憤慨，老爺便是因此而看上溫婉那個賤婦的嗎？還有淑妃也是，瞧不清情形嗎？還讓這個死丫頭出風頭！

這話怨得淑妃有點冤，第一次的確是她讓人做的手腳，想讓郁心蘭出醜，即便是沒出成醜，她也不會玩兩次一樣的把戲，這不是此地無銀三百兩嗎？

因而隨著紅花每一次落入郁心蘭手中，她的心都要跟著撲通猛跳一下，這是誰要害她，若是一會兒皇上著人查探，她要如何回答？

淑妃拿目光掃向自己的太監總管仲公公，示意他去威脅一下鼓手。

仲公公自然是領命而去，可情形依舊如此，淑妃都覺得自己撐不住了。

建安帝也察覺出她的異樣，關切地問：「愛妃臉色不佳，可是不舒服？」

淑妃忙順杆往下爬，「臣妾覺得胸悶。」

皇后聞言便道：「大約是人多嘈雜了，妳是有身孕的人，自是受不住。」

於是皇后便吩咐內侍們送淑妃回宮休息，建安帝沒有異議，似乎沒有注意到淑妃勾魂的眼神，而是將目光轉向上前填酒的媚才人。

直至戌時，恩宴方結束。郁心蘭與其他貴婦一同拜倒恭送聖駕，卻有一名管事太監上前來傳聖上口諭：「赫雲大少奶奶，聖上口諭，傳您隨駕伺侯。」

郁心蘭心中一緊，不及細想，便隨在公公身後，追上了前方的聖駕。赫雲連城也在駕前服侍，看到他的身影，郁心蘭略寬了寬心。

十六台的龍輦行至花園時，建安帝忽然吩咐駐輦，扶著黃公公的手臂下了輦後，淡淡吩咐道：「靖兒、蘭丫頭，你們陪朕逛逛花園，其他人在此候著。」

「微臣領旨。」赫雲連城看了郁心蘭一眼，兩人並肩隨在建安帝身後，在花園中逛了起來。今夜月明星稀，月光給花園中凋零的植物披上了一層銀光，比白日更多了幾分雅致。

建安帝走走停停，忽然問道：「蘭丫頭的學問不錯，是跟誰學的？」

郁心蘭忙道：「臣婦自幼與姨娘和外祖……溫老先生一同生活，姨娘與溫老先生都教了些。」她一時嘴快，像在榮鎮那樣稱溫老先生為外祖父，心知犯了規矩，趕緊改口。

好在建安帝沒注意這個，只是問：「溫老先生可是讀書人？」

「是，曾於先帝三十五年中過二甲第二十二名進士。」

「哦，那曾任何職？」

「回皇上，不曾。」

建安帝心中微訝，三年才出幾個進士，再如何總能補一個七、八品的小知縣做一做的，不過他打算使人去查清楚，因而並沒繼續追問下去，反而指著近前的一株楓樹道：「妳就以此樹為題作詩一首吧。」

啊？還要作詩？郁心蘭琢磨一番，硬著頭皮吟了一首：「澗草疏疏螢火光，山月朗朗楓樹長。南村犢子夜聲急，應是欄邊新有霜。」

建安帝看著她若有所思道：「倒是挺有野趣的，妳還真會作詩，只是……風格卻迥異。」

郁心蘭忙解釋道：「其實，今夜所作之詩，都是臣婦往日所作，心境不同，風格自會各異。只有那闋詞是在觀景臺上，看到皇上與諸位大人豪氣干雲，臣婦心生豔羨，這才豪壯了一番。」

「原來如此，也算不錯了。」建安帝點了點頭道：「想打獵，明日就讓靖兒帶上妳吧，朕身邊侍衛足夠多了，不缺他一個。」

郁心蘭又驚又喜，忙磕頭謝恩。

赫雲連城忙辭謝，直到建安帝說：「你媳婦可比你直率多了。」他才單膝點地，謝主隆恩。

天色已晚，建安帝擺駕回宮，郁心蘭則與赫雲連城同乘一頂小暖轎回了竹馨居。

剛進得院門，紀嬤嬤便迎上前來道：「稟大爺、大奶奶，侯爺在殿下寢房內，請大爺、大奶奶回來後立即過去。」

兩人不敢怠慢，忙隨紀嬤嬤而去。長公主寢房的外室內燈火通明，侯爺俊美的臉微微繃著，顯得有些急躁，見到他二人進來後，倒是一派輕鬆隨意狀，問郁心蘭道：「剛才皇上找妳何事？」

郁心蘭忙一五一十說清楚，侯爺只是點了點頭，對她道：「妳先下去吧。」

郁心蘭只得向公公婆婆施禮告退，而赫雲連城則多留了一刻來鐘，才回到他們倆的房間。

打發走了丫頭們，郁心蘭便拉著赫雲連城問道：「你說，皇上後來問我那些話是什麼意思？」

連城淡淡地道：「妳作的那首豪邁之詞，便是男人也很難做出來，皇上……可能以為是父親作的，所以才多考校了妳一番。」

原來是這樣，那麼後來幾盤遊戲中的鼓手會落點落得那麼好，也是皇上示意的了？

郁心蘭輕嘆一聲，蘇東坡的詞的確是豪放，就是男人也很少能寫出來，也難怪皇帝會懷疑是侯爺所作。老驥伏櫪，志在千里，是好事，亦是壞事。一則說明還有報國之心，二則說明仍想握著兵權不鬆手，端看皇上是怎麼認為了。

她忍不住問：「我是不是給父親添了麻煩？」

赫雲連城道：「也不算，妳也證明妳會作詩了，再則……這也是遲早的事。」

的確也是如此，若皇上要猜忌一個人，是不需要理由的。貌似這個皇帝疑心是比較重的，可是為什麼就那麼寵著淑妃呢，要說她長得漂亮，可宮裡最不缺的就是美女，就算是以前入宮的顏色老了，皇帝只要一聲令下，禮部便會大張旗鼓地選秀，要說是那股媚態，貌似青樓的姑娘們還更勝一籌。

郁心蘭便同赫雲連城談起了淑妃：「……劉貴妃雖沒隨行，可有德妃娘娘在，論理也當是德妃娘娘坐在皇上右側才對。」

赫雲連城已經在上下其手，可面對著完全沒有進入狀態的妻子非常無奈，只得說：「淑妃的兩位兄長都連升了幾級，一個小小的座次算得了什麼。皇上的事我們管不了，不如幹點該幹的事情……」

他的唇暗示著，手引誘著，郁心蘭終於想起自己的責任了……侍寢。

第二日一早，赫雲連城便神清氣爽地去御前報到了，郁心蘭則懶了好半天才勉強爬起來，一來腰痠腿疼，二來精神上就懶懶的，估計是秋乏了。

才剛洗漱好，紀嬤嬤便帶著一個手持托盤的小宮女進來，衝著郁心蘭福了福道：「大奶奶安好。這是殿下特意吩咐老奴熬的補湯，給大奶奶補身子的，還請大奶奶趕緊趁熱喝下。」

說罷一揚手，身後的小宮女立即端著托盤上前來屈了屈膝，將托盤上的瓷盅擺到小桌上，揭開蓋兒，一股濃香撲鼻而來，略帶些微腥和少許中藥味兒，其中必定有人參、茯苓這類的補品。

郁心蘭勉強扯了扯嘴角笑道：「多謝嬤嬤了，先擱著吧，我得先去向母親請安，怕晚了會誤了給皇后娘娘請安的時辰，等一會兒回來再熱了喝。」她真不想吃什麼補品，補也得對症呀，她的身體並沒什麼不好的地方。

可紀嬤嬤得了長公主的吩咐，哪裡會依，笑著解釋道：「今日皇后娘娘身體違和，已經免了眾人的請安了。若是想去觀景臺的，只管跟內務監的總管說明，內務監自會安排小轎。殿下說今個兒不急，您只管先喝了這份湯再去向她請安。」

郁心蘭沒有辦法，這是婆婆的一番好意，總不能不識抬舉，只好拿小勺小口小口地吃起來，味道其實還不錯，雖有點腥味，但整體上還是很香濃的，只是分量也太多了點……

吃完一碗，紀嬤嬤立即又給她盛上一碗，還笑著道：「奶奶可以慢慢吃，反正這一盅是必須吃完的。殿下說了，您什麼時候吃完，什麼時候再去請安。」

把郁心蘭推說吃不下的話給堵在肚子裡了，她只好擰著眉將這一大份補湯給喝了下去，然後摸著撐圓的肚子苦笑，「紀嬤嬤，我路都走不動了。」

紀嬤嬤笑道：「沒事沒事，老奴去跟殿下稟報一聲，她定會免了您請安的。」

郁心蘭哪能做這種沒規矩的事，忙撐著腰起來，跟紀嬤嬤一同往長公主屋中去，還順手塞了一大錠銀子給紀嬤嬤，「嬤嬤一早熬湯辛苦了。」

紀嬤嬤笑了笑，也沒推辭。

向長公主請過安，赫雲連城便請好假回來了，向母親說明：「……皇上允了兒子帶蘭兒去獵場玩一天。」

長公主笑咪咪地道：「難怪這丫頭坐在這兒心神不寧的，原是等著你帶她去玩兒呢。去吧，你們年輕人喜歡熱鬧。」

郁心蘭不好意思地告了罪，騎上赫雲連城特意為她借來的溫馴母馬，直往獵場而去。

雖然玥國人尚武，但皇帝打獵時，獵場都已經被御林軍有效地監控起來，三步一崗五步一哨，真正的猛獸是竄不到皇帝跟前的。

郁心蘭的騎術不精，只敢讓馬小跑，這樣的速度自然是談不上狩獵的，遊玩還差不多。明子恆與他們擦身而過，只是打了個招呼便策馬跑開了。倒是明子信和秦肅還特地慢下幾步寒暄，話裡還推崇郁心蘭為「玥國第一才女」。

這稱號讓郁心蘭很是羞愧了一把，兼之不想讓別人當電燈泡，便以不妨礙他們狩獵為藉口，趕著人家走了。

一路行來，郁心蘭看著時不時冒出來的御林軍，一個疑問在腦中形成，於是便問連城道：「既然獵場裡有這麼多的御林軍，為何六年前山崩的時候，沒聽你說有人來救援？」

赫雲連城原本愉悅的俊臉一黯，馬鞭指前對面的高山道：「當時我們去的是那座山頭，那邊沒有安排御林軍。」

郁心蘭哦了一聲，又問：「那……當時是否在下雨？或者前些日子下了暴雨？」

赫雲連城搖頭，「沒有，每次圍獵，欽天監都要夜觀星象，選前後十餘天都不會有雨的日子行獵，怎麼會下雨？」

郁心蘭的心裡愈來愈覺得這事兒透著詭異，說是大皇子想贏得比賽，可大皇子是皇后娘娘嫡出的皇長子，身分比別的皇子尊貴得多，這樣的人不應當是特別愛惜自己性命的嗎？又怎麼會想到跑到無人把守的山頭去，是誰在他跟前攛掇的？

而且秋山樹木茂盛，之前幾天又沒降雨，與山崩形成的兩大條件——植被破壞、暴雨等災害天氣完全沒有吻合的地方，怎麼會突然產生山崩？

「連城，能不能帶我去當時出事的地點看一看？」

「有什麼好看的，就是半壁斷崖……」赫雲連城明顯不願意提到那裡。

郁心蘭不好說出自己的猜測，因為只是猜測而已，只好撒嬌道：「人家就是想看一眼而已，然後罵那裡幾句。」

赫雲連城覺得好笑，便帶她到一處高坡上，指著前方道：「這裡就能看到。」說著從懷裡掏出個小圓筒給她。

居然是一隻單筒望遠鏡！

郁心蘭好奇地接過來，往眼前一送，果然清晰地看到對面的斷崖。斷崖中段有一條羊腸小徑，應是當年他們行經的小道，再往下依然是懸崖。

郁心蘭忍不住輕嘆道：「這麼凶險的地方，你們為什麼不阻止大殿下呢？」

赫雲連城抿了抿唇，不是沒阻止，一來大皇子不聽，二來當時他們都是血氣方剛的少年，被人激了幾句，也覺得若連這條小道都不敢過，實是丟臉。

郁心蘭忙問：「是誰激你們？」

赫雲連城怔了怔，「一名侍衛……名字不記得了，他也葬身山底了。」然後瞧了她一眼，反問道：「難道妳覺得可疑？但是，當年皇上嚴查過，並沒發現可疑之處……年輕人急於立功表現，衝動些也難免。」說罷神情黯淡幾分。

郁心蘭本就沒有把握，怕他又想起不開心的事，忙轉了話題：「既無可疑，我們去別處吧。」

赫雲連城便幫她調轉馬頭，往樹林裡去。

郁心蘭仍拿著望遠鏡東張西望，忽地道：「咦，父親和大娘在那邊！」

赫雲連城往她指的方向瞧了一眼，輕嘆道：「應是祭奠甘舅舅吧。」

郁心蘭心中一動，忙問：「甘舅舅是怎麼去的？」

赫雲連城道：「那時我還小，不是很清楚。只知先帝們都是在賀山圍獵的，皇上臨時起意到秋山圍獵，那時皇上登基不久，四周還有些狼子野心之人，皇上來秋山的第二日便遇襲了，甘舅舅是御林軍都統，護駕而亡的。」

原來如此，護妹夫當然沒有護駕名聲好了，只是侯爺看起來是個很忠心的臣子，怎麼會幹這種欺君的事？

郁心蘭一肚子疑問得不到解答，索性不管了，在樹林邊緣玩了一陣，赫雲連城獵了兩隻野兔，兩人便返回了行宮。

紀嬤嬤來稟告說：「皇后娘娘已經起身了，殿下讓您回來了就去安和宮請個安。」

郁心蘭忙應下，換過一身衣裙，便到安和宮請安。

皇后和藹地給她賜了座，坐在長公主身後，陪同狩獵的命婦們都在此處，除了淑妃。

皇后有些頭疼，一邊與眾人交談，一邊用手按著太陽穴。

郁心蘭感覺有人悄悄靠近自己，回頭一看，竟是赫雲彤。

赫雲彤嬌嗔地問：「一早跑哪去了，還想找妳聊聊，順便炫耀一下大才女是我弟妹呢！」

郁心蘭被她說得挺不好意思，唐寧也湊了過來，搖了搖手中的望遠鏡，笑道：「我知道她到哪兒去了。」

三個女人湊到一堆，就比較顯眼了，皇后的目光便掃了過來。

王氏忽然討好地笑道：「皇后娘娘，臣婦聽說清心曲有安神之功效，可緩和您的眩暈症，不如讓蘭兒為您彈奏一曲，她的琴藝亦是十分出眾的。」

忽然被點到名的郁心蘭一怔，急道：「稟皇后娘娘，臣婦不會清心曲……但是臣婦的嫡母是會的。」說罷含笑看向王氏，又悄悄拽了拽赫雲彤的衣袖。

赫雲彤會意，幫腔道：「早聽聞王氏當年乃京城雙姝之一，若能聽聞王氏彈奏一曲，實乃三生有幸。嘻嘻，我也是沾了皇后娘娘的光。」

王氏臉上的笑容僵硬起來，郁心蘭說的她可以不理，平王世子妃說的卻不好推卻，何況她還拿皇后說事兒？

王氏的姊姊，淑妃的母親大王氏也是臉色一變，看向郁心蘭道：「妳怎麼可能不會清心曲？女子修身養性，都要習此曲的。」

郁心蘭看這姊妹倆的模樣，更肯定了自己的猜測，這兩人不知在搗什麼鬼，堅決不能彈琴，於是羞澀地道：「姨母恐是不知，外甥女我自幼木訥，過於安靜，所以老師沒有教這支曲子。」

王氏還想再說，皇后淡笑道：「王夫人若是不願為本宮撫琴，亦是無妨的。」

話音剛落，便有人站起身來，輕聲道：「賤妾願為娘娘彈奏清心曲。」說話的正是剛入宮的媚才人，據說也頗為受寵。

王氏心中大急，趕忙搶著道：「臣婦豈會不願為皇后娘娘彈奏？不敢勞動才人大駕，還是臣婦來吧！」

自有宮人抬上了瑤琴，王氏端坐琴前，心中發緊，目光往琴弦上溜了一圈，才抬手輕撫。

郁心蘭的確沒聽過這個世上的幾支曲子，卻也能聽出王氏彈的這曲調忒怪異，多處是跳躍，粗嘎難聽，這樣的曲子也能修身養性、安神爽氣？

郁心蘭沒聽過清心曲都這般覺得，在座這些自幼學習過的貴婦們，更是面露詫異之色，王氏彈的這叫什麼啊？

王氏自是有苦說不出，有幾根弦是不能碰的，少了幾階音符，還怎麼能成曲調？

一曲結束，王氏漲得滿臉通紅，跪地帶著哭腔道：「臣婦疏於技藝，請皇后娘娘責罰。」

皇后和藹地道：「王夫人一片好意為本宮撫琴，何來責罰？妳素日要操持家務，疏於技藝也是情有可原，快快起來吧。」又轉頭吩咐沈嬤嬤：「妳帶人將琴收下去，咱們聊天，別再彈這勞什子了。」

眾妃及眾命婦自是附和，不過看向王氏的眼神卻帶著明顯的輕視，王氏恨不得能找個地洞鑽進去，她一世的才名就毀在這支曲子上了……都是郁心蘭這死丫頭害的！

郁心蘭見眾人聊天的話題無非是誰家的女兒才貌如何性情如何，實在是乏味，便抽時機進言，推廣她店鋪裡的休閒活動，拿了飛行棋和撲克牌出來。

在場有幾位是去樓外樓玩過的，都說有趣，皇后也來了興趣，拉著德妃和長公主玩起鬥地主。

郁心蘭教了幾盤，見她們玩熟了，便藉口淨手，出大殿，往偏殿耳房裡去尋那張琴。

一位小宮女告訴她：「淑妃娘娘來了興致，剛剛差人拿走了。」

怎麼又是淑妃？我怎麼就得罪她了？郁心蘭真是滿心無奈。

大約是新遊戲吸引人，皇后竟不覺得頭暈了，直玩到皇上回來，一眾宮妃、命婦慌忙扔下手中的撲克和棋子，叩見聖駕。

建安帝背負雙手，看著這一桌桌的玩意兒，不由得問道：「這是什麼新鮮玩意？」

皇后笑著介紹了一番，指著郁心蘭道：「這丫頭帶來的。」

建安帝輕笑，「鬼主意還挺多的！過來，教教朕吧！」

郁心蘭忙狗腿地站到皇帝身後當軍師，告訴他鬥地主的規則。

建安帝玩了兩遍便上手了，還能精確地算出另兩人手中剩餘的牌，再根據她們出牌的方式，推測出各人手中具體的牌。

郁心蘭不由咋舌，皇上，您的腦子是怎麼長的，自發帶了記牌器和透視眼的！

建安帝興致勃勃地玩了幾盤，就覺得太簡單了，皇后和長公主合起來都不是他的對手。

郁心蘭心中一動，便將橋牌的規則告訴他。橋牌的規則並不複雜，但要玩精玩好，卻需要智力和一定的運氣，而且是二對二的遊戲，必須有搭檔。

建安帝細一琢磨，覺得這種遊戲應當有趣，只是舉目四望，盡是一群婦孺，只好等皇子大臣們狩獵回來後，立即宣了三人進來伴駕，讓郁心蘭再將規則解釋一遍。

來的都是極睿智之人，聽了兩遍便記住了，在她的指導下玩了一局後，便可算精通了。

於是建安帝與秦肅一邊，王丞相與平王一邊，展開激戰。這些人都是人精，一個個滿心都是算盤，漸漸的，郁心蘭就看不出他們的出牌用意了——她的段數太低。

待後來幾位皇子來請安後，也迷上了橋牌。郁心蘭當了一夜教師，頗感疲憊，長公主便向皇后娘娘告罪，帶著郁心蘭先回了。

淑妃在安幼居中久候皇上不至，差了幾趟人去打聽，都說是在玩牌，她只好打發人去宣了大王氏進來。

大王氏進了東暖閣，就瞥見一張斷弦的瑤琴，眼皮不由得一跳。

淑妃早就打發宮女太監們出去了，板著臉，陰森森地瞪著母親。

大王氏吞了口口水，陪笑道：「娘娘這是生什麼氣呢？」

「我為什麼生氣？」淑妃冷笑，「母親難道不知？」

大王氏輕咳一聲，「還不是妳姨母她……」

「姨母她想整治不聽話的庶女，所以叫我宮裡的人在琴弦上動手腳，好讓那個郁心蘭當眾出醜是吧？皇后身體違和，她卻斷了琴弦，最好能治她個不敬之罪是吧？」淑妃愈說愈氣，俏臉都有些扭曲了，「合著我這個淑妃就是給姨母當槍使的人？妳就不想想，萬一皇后著人調查，查到我宮裡的太監怎麼辦？」

王氏忙替她撫背，「哎喲，寶貝兒啊，莫氣莫氣，小心氣壞了身子，妳肚子裡還有龍種呢！」

淑妃順了口氣，示意母親坐下，苦口婆心道：「母親，妳莫要賓主顛倒了，我若生下個皇子，姨母、表妹她們都得是我的奴才，我皇兒的奴才，妳怎麼現在反而成了她們的奴才了？」

「妳也知道妳姨母她被那個……」

「我知道，妳都說過幾遍了！」淑妃不耐煩地打斷了母親的話，鄙夷道：「匾額我都替姨母求了，若還整治不了一個姨娘，我看姨母也不必當這個正室了，自請下位的好，免得丟了外祖父的臉！」

接著又說起昨晚夜宴之事：「幸虧皇上沒追究，否則我怎麼解釋，難道說是幫姨母出氣？才剛在皇上面前誇她母慈女孝！還有，我入宮時日短，又得寵，宮中多少人盯著？光是將梓雲宮的宮女太監們收歸己用，我都花了不少銀錢，讓姨母再拿些銀子給我。」

大王氏訕訕地道：「上個月不是才給了妳五千兩？」

淑妃怒道：「在宮裡五千兩算什麼？扔出去連個響兒都聽不到！妳去告訴姨母，若想我幫她的三女婿十二殿下在皇上面前說好話的話……」後面的話也不必說了。

大王氏只好一口應承下，反正不是要她掏腰包。

❖　❖　❖

第二日一早，赫雲連城又去陪伴皇帝，郁心蘭卻懶懶的，失了看熱鬧的興致，向皇后、諸妃、長公主請過安，便歪在美人榻上看書。

赫雲彤和唐寧來尋她去觀景臺玩，郁心蘭只不想去，百般推脫。偏巧三奶奶也過來尋她玩，不由得問：「大嫂該不是有了吧？我剛懷上的時候，也是這般，什麼事都提不起精神。」

赫雲彤和唐寧聞言便目光灼灼地看向郁心蘭，郁心蘭怪不好意思，「不是啦，我小日子剛過沒幾日。」

赫雲彤不由得有幾分失望，三奶奶卻暗中鬆了口氣。

郁心蘭道：「我真不想動，不如我們下跳棋吧。」

三人一聽，也都贊成了，在郁心蘭房裡玩到晌午，郁心蘭早讓蕪兒去同尚膳監說明了，將唐寧等三人的飯食送到她這兒來。

今早起來又撐了一大盅補湯，郁心蘭這會兒並不餓，等在一旁看她三人用飯。

赫雲彤斯文地用完飯，抹了抹嘴角，正想說服郁心蘭動一動，忽地傳來幾聲急促的號角聲。聲音遙遠卻尖銳，赫雲彤、唐寧、三奶奶三人的臉色大變，騰的便站了起來。

郁心蘭被三人的舉動嚇了一跳，猛然想到古時軍隊不就是用狼煙和號角來傳訊兒的嗎？莫非是獵場那邊出事了？

她連忙問道：「能聽出是什麼訊號嗎？」

赫雲彤的嘴唇都哆嗦了，「三短三長……是皇上……有事兒了！」

四個女人再也坐不住，急忙忙地來到禁門外，請求拜見皇后。

號角響亮，整個行宮都能聽到，在禁門處候見的貴夫人有十餘人之多，無不臉色惶然。

郁心蘭攥緊拳心，祈禱赫雲連城不要出事……皇上身邊有十幾名貼身侍衛，還有這麼多御林軍，一般應該沒事的吧？

兩炷香後，才有太監來傳懿旨，皇后宣眾人覲見，御林軍方開門放行。

這次隨行的宮妃及貴婦共五十三人，安和宮的大殿中已有二、三十人，加上她們這十餘人，已經聚集了大半，尚有十餘人在觀景臺，皇后已令太監及御林軍去請。

旁人都惶惶不安，唯有皇后鎮定自若，端莊威嚴的氣質一如往常，她淡淡地道：「前方還未有情報傳來，爾等不可自亂陣腳，敢危言聳聽者，一律杖斃。」

話音一落，大殿內嗡嗡的議論聲頓時消下去許多。在座的諸位都是養尊處優的貴婦，平日裡再怎麼高貴端莊、心狠手辣，遇上此等大事，心裡頭也是慌的，可皇后娘娘已經閉上眼假寐，她們也不敢多問，更不敢哭，慌急得鼻尖都滲出了汗水。

明知有事發生，卻不知是何事，這種恐懼最是折磨人的心。

看著大殿中眾多搖搖欲墜的身影，郁心蘭起身出列，主動請求撫琴幾曲。

皇后張開眼細細看她，眸中隱含讚賞之色，頷首道：「准了。」

太監們立即布好琴桌和瑤琴，郁心蘭端坐琴前，略一思索，一連串優美動聽、基調靜美的音符便從琴弦飛瀉而出，繚繞殿樑之上。

從〈春江花月夜〉到〈平沙落雁〉、〈漁樵問答〉，眾人的心緒被琴音感染，漸漸從紛亂歸於平靜。幾曲終了，郁心蘭深施一禮，又回至座位上坐下。

大殿上的氣氛比之前輕鬆許多，皇后笑道：「處變不驚，臨危不懼，這才是大家風範！」

一句話說得眾夫人汗顏，覺得自己一把年紀，還被郁心蘭這個小毛丫頭比了下去，實在有失體面，便強撐著說笑起來。

一刻鐘後，終於有名傳令官在殿外稟報：「稟皇后娘娘，皇上在獵場被狼群攻擊，御林軍已前去解救聖駕。」

大殿內偽裝出來的歡快氣氛立時消散，眾人都驚恐不安，「獵場裡怎麼會有狼群？」

皇后低喝一聲：「閉嘴！吵嚷什麼？」然後向傳令官道：「再探再報。」

隨後再傳來的消息令眾人如墜冰窖，前去救駕的御林軍被蛇群困住了。

這樣冷的天，蛇都進洞了，這些蛇群必然是有人故意為之的，敢向皇權挑戰，只怕是有了十足的準備，殿內的貴夫人人人自危了起來。

皇后不願將人分散，令太監宮女搬來幾張軟塌，讓淑妃、德妃、長公主等人去榻上休息，並下令御林軍嚴守內宮六處大門，隨行服侍的宮女、太監們則將大殿團團圍守起來。

郁心蘭伴著長公主坐下，婆媳倆的手緊緊握在一起，沒有人言語，大殿內靜得落針可聞，時光一點一點滴過，窗外的天空漆黑一片了。

就連郁心蘭都快要覺得沉默得幾乎窒息的時候，大殿外傳來嘈雜的聲音。

皇后趕忙端身坐好，揚聲問：「可是皇上回宮了？」

有人回道：「稟娘娘，一隊騎兵過來了。」

自有太監迎上去探問，但片刻後，率先進殿的是一身血衣的定遠侯。

殿內貴婦忙側身避讓，定遠侯顧不到這麼多，向皇后抱拳躬身道：「請皇后娘娘移駕偏殿。」

皇后欲扶著太監的手進偏殿，竟被定遠侯攔了下來，只允皇后進入。

淑妃也忙翻身起來，想跟進偏殿去，也被定遠侯攔住。

淑妃道：「侯爺，皇上應當願意見我的，肯請侯爺代為傳個話兒。」

定遠侯揚手招來兩名軍官守住偏殿大門，淡淡地道：「傳話可以，還請娘娘稍候。」說罷轉身關上殿門，留下了淑妃急得咬牙。

此時殿周邊圍了一圈鐵騎軍士，長公主細細打量幾眼，悄聲向郁心蘭道：「這是侯爺的親衛，黑雲鐵騎。」

郁心蘭還沒醒過味來，王氏尖銳的聲音就在耳後響起：「什麼？他們不是御林軍？那他們憑什麼到內宮來，定遠侯想幹什麼？」

只差沒直接說造反了啊！

長公主眸子出現怒意，呵斥道：「王夫人大驚小怪是何意？我夫君是玥國的兵馬大元帥，定國安邦自是他的責任，御林軍若是有傷亡，他帶兵護駕有何不對？」

原本就心存疑慮的貴婦們，現在都用懷疑的目光看向長公主婆媳倆，還下意識地往後仰了仰身子，彷彿想離她們遠一點，免得被她們抓了當人質。

長公主氣苦，可有的事兒是愈描愈黑的，只有等皇后出來才能說明一切。

王氏還在不依不饒，「那侯爺的兵馬為何要包圍大殿？」

郁心蘭討厭這種感覺，便揚聲衝王氏道：「母親實是多慮了，女子不得干政，侯爺如何用兵，自是皇上部署的，何須向您言明？況且我與婆婆都在這兒，您只管安心等著便是。」

這也是變相地告訴大家，侯爺若有不軌之圖，她們婆媳早就走了，要關也只會關妳們！

赫雲彤和三奶奶也趕過來幫腔，王氏翕了翕唇，雖然心中很懷疑今日之事是定遠侯自編自演的謀反之計，卻也不敢再說什麼。

大廳內又安靜下來，半個時辰後，軍士們送來可口的飯菜，旁人唯恐有毒，都不願嘗試，只有長公主、郁心蘭、赫雲彤、唐寧和三奶奶幾人吃得噴香。

直至亥時初刻，皇后才從側殿出來，鎮定地道：「皇上受了些輕傷，要將養幾日，妳們且都各自回去休息，明日不必來請安了。」

眾命婦聞言，忙跪拜告退，急著回去問自家老爺是否受了傷。

皇后示意長公主和郁心蘭多留一步，待人走後，才輕嘆一聲，略帶疲憊地道：「皇上現在誰也不信，所以要留靖兒貼身服侍，此事，妳們不要對外提及。」

婆媳二人忙一口應承，皇后才允了二人回去。

淑妃怯怯地上前幾步，請求見一見皇上。

皇后和藹地道：「今日晚了，皇上已經歇下，妳還有身子，也早些回宮歇著吧，明日我再問問皇上的意思。」

淑妃輕咬下唇，端的是楚楚可憐，可皇后已經扶著太監的手，往後殿去了，壓根兒沒瞧見，她也只好悶悶地回了安幼居。

「妳說，皇上到底傷得有多重？為何皇后不讓我覲見皇上？」淑妃問自己的乳娘蔡嬤嬤道。

蔡嬤嬤邊服侍淑妃梳洗，邊回道：「應當頗重，不然怎麼不讓娘娘見一見？皇上如此疼愛娘娘，怎麼捨得讓娘娘擔心？」

這番話讓淑妃的心糾結了起來，摸著腹部道：「老天爺可要保佑皇上安然無恙，我和肚裡的皇兒還要依仗皇上呢！」

蔡嬤嬤笑道：「皇上是真龍天子，自有神明保佑。」說著解下淑妃腰間的香囊道：「這保胎的香囊有些時日了，味道淡了，老奴再幫您換一個。」

淑妃打了個哈欠，「好吧。」

蔡嬤嬤扶著淑妃在紅木雕花大床上躺下，不著痕跡地從枕下摸索出一個香包，納入袖中，幫淑妃掖好被角，放下床簾，輕手輕腳退了出去。

蔡嬤嬤回到後罩房，見左右無人，便鑽進牆邊的灌木叢中，挖了一個小坑，將兩個香包中的藥材全數倒入坑中，埋了起來。

做完這些，她又謹慎地四下張望了一番，這才回到自己房內去休息。

待蔡嬤嬤房中傳出均勻的呼吸聲，一道黑影從牆頭躍下，鑽入灌木叢中搗鼓了一陣，又躍上牆頭，飛速地朝安和宮的方向而去。

安和宮的偏殿和寢室之間，夾著一個窄小的密道，從外面是看不出來的。黑影直接竄入偏殿之中，叩了一下牆上的秋遊圖，一道窄門便打了開來。黑影閃身沒入密道，順著臺階旋轉而下，臺階的盡頭有幾間燈火通明的密室。

建安帝與定遠侯在中央最大的房間內，坐在書桌兩端，注視著桌案上的沙盤。建安帝看起來完全沒有半點受傷的萎靡之態，見到黑影進來，便對定遠侯道：「你去看看靖兒吧。」

定遠侯施禮退下，黑影立即呈上剛挖出來的少許藥材，又簡單地將探看到的情況複述一遍。

建安帝揮手讓他下去，「繼續盯著。」

待黑影走後，皇后才從屏風後轉了出來，輕聲道：「看起來，淑妃並不知情。」

建安帝冷哼了一聲，「知不知情有何不同？」

皇后張了張嘴，原想說上幾句什麼，最終化為一嘆……

不到幾日，行宮中就傳開了，此次遭遇狼群襲擊，赫雲連城護駕有功，即將提升為正三品禁軍上品大將軍。

三奶奶不無羨慕地道：「身為皇上的貼身侍衛，自是有機會護駕救駕的。」

一連幾天，赫雲連城都沒有回竹馨居，但皇后每天都安排了小暖轎來「接送」赫雲連城，郁心蘭知是要瞞下他從未回院子的事，因而對家中的其他人都沒提及。

故而聽到三奶奶泛酸的話語，郁心蘭也只是微微一笑。

赫雲慧有點悶悶的，只喊著無聊：「既不能回京，又不能打獵，這種日子何時是個頭啊！」

郁心蘭嗔了她一眼，「說了待陛下的傷好一些便會返京，妳剛才的話可莫給旁人聽了去。」

郁心蘭忽地想起蕪兒昨日取飯時看到的情形，忍不住問：「聽說，昨個兒秦小王爺似乎到咱們竹馨居來了……」

三奶奶掩唇輕笑，「可不是，秦小王爺還讚二姑娘馬術精湛呢！」看來秦小王爺真的對赫雲慧示好了。

想起上巳節時諸多美女在秦小王爺面前撫琴吹簫變相討好，他都愛搭理不搭理的，這人自視甚高，怎麼可能看上赫雲慧？赫雲慧即使精心打扮，也是以特別的英氣吸引眼球，離大美人尚有一段距離。

看在最近交情還不錯的分上，郁心蘭婉轉相告：「秦小王爺少年得意，眼界甚高，難免……」話還未說完，便被赫雲慧打斷：「他得意個什麼勁？我看到這種女裡女氣的男人就討厭！」

郁心蘭差點將口中的茶噴了出來，不知道自認為貌賽潘安的秦小王爺聽到這番話會有什麼反應，會不會漲紅了那張白嫩嫩的小臉？

正說笑著，錦兒和蕪兒提著食盒走了進來，三奶奶一瞧漏刻，「喲，都到飯點了，咱們走吧。」拉著赫雲慧告辭了。

三奶奶走遠幾步後，輕嘆道：「還好妳對秦小王爺無意。」

赫雲慧不解，「怎麼？」

三奶奶瞧了瞧左右無人，才壓低聲音道：「大嫂娘家的五妹相上了秦小王爺……都不算祕密了，若是妳對秦小王爺也有意，她定會是編排秦小王爺的不是，讓妳打消這個念頭。」

侯爺和夫人們對孩子相對比較寬容，訂下的幾門親事，都事先問過兒女們的意思，三奶奶那人精似的，自然聽得出郁心蘭沒說完的話裡有什麼意思，她見赫雲慧最近與郁心蘭走得近，少不得要拆分一下，那是自己的親小姑，不是嗎？

赫雲慧聽到三嫂這麼說，果然蹙起了眉，自己不喜歡是一回事，旁人作怪挑著不喜歡又是一回事，只是她還有些遲疑：「大嫂……不是這種人吧？」

落人口實的話三奶奶自是不會說的，只說有歧義的話：「相處久了妳自會知道她是哪種人。」

屋裡，錦兒邊擺碗筷邊道：「剛才去尚膳監取飯，路上遇到個小廝，向我們打聽大爺的事。」

郁心蘭一怔，忙問：「妳們怎麼說。」

蕪兒答道：「就說是早出晚歸。」

郁心蘭這才放了心，赫雲連城幾日未歸，丫頭們是瞞不住的，好在她用皇上的命令壓住了……卻不知這樣何時是個頭，也不知皇上的用意是什麼，更擔心赫雲連城是不是受了傷，有沒有人悉心照顧。

郁心蘭都不知道一向爽直的自己會擔心這麼多的瑣事，夜深了，才滿腔心事地睡下。朦朧間身邊彷彿多了個火爐，暖暖的，在這初冬天氣裡極是令人安心。

郁心蘭不由自主地靠了過去，手足並用地纏了上去，火爐也很體貼地包圍她，令她倍感溫暖。只是漸漸的有點過於溫暖了，身上多處竄起了火苗，躁動不安……郁心蘭終於被躁醒，才真切地感受到熟悉的親吻，綿密地在臉頰和頸間遊移，火熱的大掌在胸前輾轉揉捏……

郁心蘭倒抽口氣，不確定地問：「連城？」

赫雲連城抬起頭來，在黑暗中注視著她，低柔的聲音中帶著愉悅的笑意：「醒了？」

聽到他的聲音，知道他無礙，久懸的心終於可以落下，郁心蘭又是開心又是委屈，眼眶一熱，有種想流淚的衝動。

赫雲連城的夜視力極佳，瞧得分明，忙問：「怎麼哭了？」

郁心蘭忽而察覺自己對他太過掛念了，可她卻不知他是否掛念她，心下又氣惱起來，抬頭張嘴，就往他肩下咬下去。哪知咬到了一口紗布，還有淡淡的藥草味，她大驚，輕呼道：「你受傷了？」

赫雲連城立即壓住她的唇，叮囑道：「不能讓外人知曉。」

原本不打算多說，郁心蘭哪裡肯依，一通胡攪蠻纏，赫雲連城只好告訴她：「本已帶著皇上逃出了狼群包圍的圈子，竟遇上一支冷箭，我替皇上擋了一箭，皇上沒事，對方應當沒看清楚，所以才放出話說皇上受了傷，那些人肯定按捺不住，還會有行動。」

郁心蘭覺得心都縮成了一團，也不知是疼還是緊張的，反正是緊緊的。

她一連串地問：「傷口深嗎？是不是還要你裝作沒受傷到人前露面？你會不會有危險？」

赫雲連城驚訝於她的敏銳，怕說得愈多她愈擔心，只好以吻封唇，順道解了相思之苦。

第二日一早，郁心蘭率先起來，讓錦兒和蕪兒準備好熱水和洗漱用具，便打發她們退出去，然後撩起床簾，坐在床邊欣賞睡美男。

今早一醒來，她才發覺赫雲連城臉上那道長疤不見了，想是這幾日在皇帝身邊療傷被發覺了，索性就不裝了。

赫雲連城喜歡趴著睡，記得以前在網上看過，說這種睡姿的人擁有一顆童真的心，不知道告訴他這種說法後，他會有什麼反應？

郁心蘭一邊胡思亂想，一邊看著他僅有一絲細小疤痕的幾近完美的右臉，心中揣測著兩半完美的側面組合起來會是什麼樣子。

「想什麼呢？」赫雲連城撐起身來坐好問道，見小妻子沒有反應，便親了她一口，然後十分有趣地發覺小妻子雪白如玉的臉紅成了鍋悶大蝦。

「沒……沒什麼……」郁心蘭轉身就跑，跑到水盆前無意識地反覆擰毛巾……天啊，她剛才居然發花癡！

赫雲連城猶自不解，毀容六年，旁的人不論男女見到他，就會露出或驚恐或厭惡的表情，他早沒了那份第一美男子的自覺，尋思著是不是自己胸前的繃帶讓小妻子害怕了？

他自己穿戴好，走過去從後環住小妻子，柔聲道：「傷口雖深，不過宮裡的傷藥很好，只要不用力繃裂了傷口，養些日子就沒事了。」

郁心蘭這才意識到，她居然花癡得忘了他的傷勢了！回過身，看著眼前恍若天神般俊美的容顏，右頰那道極淺的疤，不但不失色，反倒給他憑添了幾分男子氣概。

郁心蘭忽地覺得一陣子氣悶，強自笑了笑，「那也得小心，傷口裂了，就更難癒合了。」說罷便服侍他刷牙淨臉。

赫雲連城察覺到她的沮喪，卻又百思不解，他還要去御前侍駕，便想等下值後再問個詳細。

兩人攜手來到小廳用飯，正在擺飯的巧兒和小茜兩人手一鬆，「乒乓」兩聲，兩根瓷勺摔得粉碎。兩個丫頭猶自不知，仍將癡迷的目光纏在男主子臉上。

赫雲連城眸光一寒，嚇了兩個人一個激靈，她們才意識到自己的失態，慌忙蹲下去撿拾地上的碎片。

錦兒和蕪兒趕緊上前幫忙擺好碗筷，盛上甜粥，又夾了幾筷點心放在主子的碟中。

郁心蘭壓下心頭的火氣，暗暗地告訴自己，吃飯的時候生氣對消化不好，會發胖的，不值得不值得！

巧兒和小茜收拾完瓷碎片，又羞答答地走進來，扭著身子萬福，「奴婢失手打碎瓷勺，還請大爺恕罪。」說著含羞瞥了赫雲連城一眼，面上一片緋紅。

郁心蘭差點沒拍案而起，請個罪還能拋媚眼，可以更無恥一點不？

赫雲連城瞥了兩婢一眼，冷冷地問：「瓷片在哪兒？」

兩婢子一怔，隨即搶著答道：「倒在院子裡了。」

赫雲連城冷道：「跪到瓷片上去！一是罰妳們損壞物件，二是罰妳們越過大奶奶向我請罪！」

巧兒和小茜大驚失色，跪到瓷片上，膝蓋不是會跪出血來？

兩人還想求饒，被赫雲連城冰寒的目光一掃，一個字都吐不出來。

錦兒眼瞧著兩位主子都動了怒，連忙低聲喝道：「還不快去，想叫人來拖嗎？」

巧兒和小茜滿腹委屈地磕了頭退出去。

赫雲連城用過早飯便要去上值，臨走前趁人不備，悄聲道：「原來早上娘子妳看著我發呆，是被為夫迷住了啊！」

郁心蘭小臉頓時暴紅，啐了他一口：「哪有？你少臭美！」

赫雲連城勾唇一笑，乘小轎入宮面聖。

巧兒和小茜望著他徐徐遠去，指望大爺能憐憫她們一下，旋即瞧見大奶奶凝了冰霜的俏臉，立時又噤若寒蟬地低下頭。

郁心蘭沒理會她們，轉身進屋了。蕪兒忙遞上熱茶，勸慰：「大奶奶何須跟她們置氣？」

郁心蘭心道：我不是跟她倆置氣，兩個丫頭我還拿捏得住，我只是心煩。連城又要升職了，瘸腿好了，疤痕消了，狂蜂浪蝶……該是要來了。

唐寧和赫雲彤這幾日悶得發霉，每日都會到郁心蘭這兒來下棋閒聊，郁心蘭瞧著時間差不多，便讓錦兒叫巧兒和小茜去屋裡跪著，到底是自己的陪嫁丫頭，傳出去自己也沒臉。

過不多久，唐寧和赫雲彤果然來了，三人已經成了密友，說話便沒了那麼多的顧忌。

唐寧輕嘆，「原本說明日便啟程返京了，淑妃娘娘卻忽地不舒服了，皇上又要再盤整幾日。」

赫雲彤也是嘆息，「竟比當年寵雪側妃更甚。」

唐寧道：「那倒也比不上雪側妃，這陣子皇上除了定遠侯爺和赫雲大爺外，就只見一見皇后，我聽說淑妃每日求見，都被皇上婉拒了。」

郁心蘭的八卦之心頓起，趕忙兒問：「雪側妃又是誰？」

「雪側妃是皇上當皇子的時候納的側妃，寵得不得了，聽說是個溫婉的美人兒，可惜……生延平公主的時候歿了。對了，延平公主與靖兒可是同一天出生的呢，而且……」赫雲彤話未說完，三奶奶和赫雲慧到了，她便停了嘴。

三奶奶施了禮，左右看了看，笑道：「可不是說什麼祕密吧？之前還挺熱鬧的，我們來得是不是不巧啊？」

她倒知道把赫雲慧拉上，大姑奶奶再怎麼樣不看重她，也是疼自個兒的親妹妹。

郁心蘭便笑，「三弟妹說的這是什麼話，都是親戚，有話哪還會避著妳？」

三奶奶便不客氣了，拉著赫雲慧坐下，錦兒和蕪兒奉上茶點，三奶奶喝了一口，笑問道：「怎麼妳屋裡就兩個丫頭？還有兩個呢？」

大約是早上三奶奶聽到了什麼吧，畢竟都住在一個大院裡，雖說分成了幾個小院，但只隔著一個月亮門，聲音大點都能互相聽到。

郁心蘭可沒興趣將自己房裡的事拿出來給人笑話，於是自動忽略了三奶奶的問話，繼續追問赫雲彤：「那位延平公主，必定很得皇上寵愛吧？」

赫雲彤輕嘆一聲，「自然的，皇上將延平公主過繼給皇后娘娘撫養，可惜五歲的時候得了一場大病，歿了。」

眾人於是感嘆一番紅顏命薄之類的，便轉了話題。別瞧三奶奶柔柔靜靜的，平素鮮少說話，可一開口，話題倒是挺豐富的。

郁心蘭尋思著，以往三奶奶是不大靠自己的邊的，這陣子卻天天來自己屋裡報到，估計主要是想同唐寧和赫雲彤交好，什麼話兒都是溜著這兩人的邊說，奉承卻又不會過於諂媚。

夫人外交的確是非常重要的，郁心蘭深諳此理，已經在心中籌畫著回京之後，趁相公升職的機會辦個宴會……當然是以自己的名義，侯府辦的不算在內。

今日赫雲慧沉默得反常，神情有些懨懨的，郁心蘭便藉故淨手，拉著她到偏廳，問她道：「今日怎麼了，沒點兒精氣神。」

赫雲慧瞧了郁心蘭一眼，煩躁地道：「晉王妃約母親下午去她院裡摸牌，還叫上我。」說著看了郁心蘭一眼，「也不知是什麼意思。」

郁心蘭一怔，記得晉王府同定遠侯府並沒有什麼交情，晉王妃突然請甘氏去打牌，還要帶上赫雲慧，怎麼想都好像有點要結親家的意思。不過要說晉王妃會看上赫雲慧，郁心蘭可不相信，畢竟有赫雲彤執馬鞭追打夫君在前，換成普通人家都會斟酌一下，她妹妹會不會有同樣的愛好，何況是正受聖眷的王府。

只不過這種事可輪不到郁心蘭出主意，只能笑著安慰：「去玩玩，多認識幾個人也好。」

赫雲慧又深深地看了郁心蘭一眼，她是個存不住話的，便直問：「妳妹妹相中了秦小王爺？」

郁心蘭微微蹙眉，正色道：「婚姻之事乃父母之命，媒妁之言，哪有自己私下相看的道理。」

赫雲慧輕哼道：「父親和母親當初可是讓大姊相看了大姊夫，才將婚事定下來的。」

郁心蘭滿臉黑線，呵斥道：「這話切莫再提，父親和大娘允了妳們相看，原是一片愛護之意，唯恐妳們嫁得不合心意，可到底與世俗不符，傳了出去，對大姊的名聲極是不好！我五妹也一樣，那話兒我不知妳是聽誰說的，可傳將出去，不止五妹名聲毀了，我也跟著沒臉面，還望二姑娘以後說話前請先三思！」

赫雲慧被郁心蘭嚴肅的表情唬住，忙訕訕陪笑，「就是三嫂跟我說的，我也沒跟外人提。」

我就知道這個三弟妹老喜歡暗中使絆子！郁心蘭撇了撇嘴，那一房的人唯恐爵位和家當落在這一邊，平日裡小動作不斷，雖說暫時沒造成什麼影響，可就怕隨著連城的官職愈來愈高，她們的動作會愈來愈大，畢竟連城身後有個皇帝舅舅，他們不可能不懼。

若要讓甘氏放心，最好的辦法就是完全不插手侯府的事務，表明自己對權力沒有興趣。

可上回的加料補湯，讓郁心蘭對放手廚房採買一事很是猶豫，除非能在大廚房換上幾個自己的管事，或者在靜思園開個小廚房。只是這兩點都很難辦到，得好好琢磨才行。

郁心蘭想著心事，面上卻如常與赫雲彤她們說笑。待到晌午，唐寧、三奶奶、赫雲慧都告辭了，赫雲彤卻留了下來，用過午飯，便與郁心蘭擠在一張榻上歇午。

郁心蘭知大姑奶奶這是有話要說，便主動開口相詢：「大姊有何賜教？」

赫雲彤「噗」的笑了，「說這文縐縐的話，妳酸不酸？」

郁心蘭也笑了出來，兩人笑了一陣，赫雲彤才斂了容，正色道：「有些話原不該我來說，可我怕妳和靖弟兩個年輕，一不留神便著了人家的道兒。」

郁心蘭聽她說得鄭重，便也收起了玩笑的心思，仔細聆聽。

赫雲彤繼續道：「這些話是我的公爹平王爺教導我和相公的，這也是平王府歷經三代仍受聖寵的緣故。咱們是皇親，原本就與二弟、三弟他們不同，只要沒有重大過失，旁人便動不了咱們的地位，所以，妳記得勸服靖弟，別摻和到立儲的事裡去。」說著又嘆息了一聲，「他原是九殿下的伴讀，只怕滿心想著為九殿下出力，我看唐寧郡主也挺攏著妳，八成是有這樣的意思，不希望你們與他們生分了。只是，若是一家子齊心協力擁護一個倒也罷了，偏偏……」

郁心蘭心中一動，忙問：「難道二弟、三弟另有了打算？」

赫雲彤道：「應該還沒定下來，但已經有不少人在拉攏他們了。這些人看中的還不就是父親手中的兵權？拉不動父親，便打兒子女兒的主意。」

難道晉王妃請甘氏打牌，是秦小王爺的意思？為了幫十二皇子找個強大的助力，他還滿有獻「身」精神的嘛！

赫雲彤也知道了這件事，撇了撇嘴道：「秦小王爺雖未娶妻，可小妾通房都有二十多個了，雖說多半是旁人送的，可他亦是來者不拒，母親才不會看上這樣的人，晉王妃這主意是打錯了！」

不等郁心蘭感嘆完秦小王爺該如何編排值夜表，赫雲彤又道：「並非伴讀就一定要幫皇子的，妳最好勸得靖弟置身事外，六年前的事還不夠給他教訓嗎？」

郁心蘭不知該接什麼話，輕嘆一聲。眼看著明子信和明子期十八歲的生辰就要到了，皇子妃也都賜下了，等回了京，皇上就該給他們分府封爵，接下來該立儲了……當然，前提是回京以後。

可昨晚聽連城說了幾句，似乎御林軍中混入不少謀逆分子，皇帝稱病賴在秋山，也是在等暗中的人按捺不住吧？若不能先除去這些異類，回京的路只怕凶險著呢！

不過，赫雲彤的這番好意，郁心蘭還是心領了。

晚上，赫雲連城依舊回得很晚，郁心蘭一直沒睡，在等著他，手裡還拿著火摺子，下定決心要看一下他的傷口。

赫雲連城拗不過她，只好解開紗布給她看，傷口在左胸，一寸來長，應是取箭時特意劃開的，好在已經結痂。

「看完了？我冷了。」赫雲連城急著纏紗布。

郁心蘭正要幫忙，忽然覺得不對勁，早幾天更冷，他還只穿單衣呢，就這麼一會兒的功夫，怎麼就說冷了？

「等一下，你後背是不是也有傷？」郁心蘭睜大眼睛瞪著他，敢騙我，你會死得很慘！

赫雲連城敷衍道：「摔下馬來，總會有點擦傷。」

「一點擦傷你會急著遮掩？」郁心蘭根本不信，硬逼著他轉過身去……那片寬廣的後背上，至少有十數條極深的抓痕，有幾處還被狼的利爪撕得血肉模糊，整片後背沒有一處好肉。大約是胸口中箭只能仰臥，後背的傷口總是磨擦，傷口才僅有些軟痂，彷彿動一動，就會撐破，滲出血來。

郁心蘭雙手捂嘴，不讓自己哭出聲來，因為淚水已經流下，完全無法控制。

赫雲連城滿心無奈，他就知道會這個樣子，只得一邊纏著紗布，一邊安慰道：「看起來重，其實沒事了。」

郁心蘭接過他手中的紗布幫忙，他自己哪能纏得好。

郁心蘭輕輕地抽泣著，抖著雙手好不容易幫他纏好了紗布，才哽咽著問出一句：「很痛吧？」

赫雲連城認真地想了想，才回答：「不算痛吧，那時我昏迷著，沒覺得怎樣。」

郁心蘭忍不住又哭了起來，赫雲連城只覺得頭皮發麻，束手無策，他真不知該怎麼應付女人的眼淚，只好抱著她躺下，蓋好被子，撐著身子輕輕吻她臉上的淚珠兒。

可郁心蘭的淚珠兒彷彿春雨似的，不要錢地往下掉，赫雲連城滿嘴都是鹹味了，只好換上手，拿了枕邊的帕子去抹。

郁心蘭哭了一陣子後，總算是止了淚，其實她自己也覺得這樣挺丟人，她多大個人了，自小受了什麼委屈也只是暗自滾幾滴淚珠兒便沒事了，今天哭了個夠本，將來年的眼淚水都流完了。

「終於天晴了嗎？」赫雲連城輕輕吻了吻她，略帶調笑地問，大手伸入她的衣襟中撫著。

赫雲連城原是軟玉溫香抱了個滿懷，自然有點綺麗的心思，可小妻子哭成這樣，他總不好強行求歡，便只有等她哭完。其實一開始他還覺得小妻子太過嬌氣，有些無奈，甚至有點頭疼，女孩子家的也太愛哭了，他這個當事人都不覺得有什麼，她只是看到這個傷就哭成這樣。

可小妻子邊哭邊輕輕撫摸著他的傷口，那細小輕柔的動作好像想代他痛一般，讓他的心裡漸漸湧上一股說不清的滋味，好像被沾了糖水的綿花塞了滿心滿眼一樣，心裡眼裡都是沉沉的滿滿的，卻又甜甜的。

郁心蘭還抽噎著，伸了手將他抱住，氣息不順地道：「你胸口的傷可壓不得，今晚靠著我睡，不比床板舒服些？」

赫雲連城怔怔地看了看她，才輕聲問：「不會壓得妳不舒服嗎？」

「沒事的，你養好傷要緊，萬一那起子賊人又來了怎麼辦？對了，你們可有點頭緒？」郁心蘭問完又後悔，這似乎不是女人能問的問題。就算是在現代，如果丈夫是警察，公事方面也不能問的。

赫雲連城沒計較這些，他的心塞的都是滿滿的觸動，第一次覺得有妻子真的很好……真的好！以前只是覺得多個妻子多份責任，只是知道妻子是要相依相伴一生的人，得尊重得愛護，郁心蘭私底下常愛搞怪，他也時常會心一笑，覺得有人相伴也挺不錯，可像現在這樣只想著將她擁入懷中，再也不鬆手的感覺，卻是第一次。

赫雲連城感動完了，郁心蘭早哭累睡著了。

唉，這樣睡的確比較舒服，傷口也不疼！

赫雲連城掙扎了許久才入睡，迷迷糊糊間思量著。

第二日一早去，小夫妻倆攜手去用早飯，巧兒和小茜便老實了，在靠牆的條几上負責夾菜、擺盤，沒往飯桌前湊。

郁心蘭掃了一眼，大體還算滿意，昨個兒讓她倆跪了大半天，下午她讓蕪兒給二人送點按摩油，順帶讓蕪兒點醒她們二人，若還是不知事，她就只有想法子打發了。

赫雲連城夾了塊芙蓉開口餃放在她的碟中，吩咐道：「吃飯！小小年紀，心思別那麼重！」

小妻子打量那兩個丫頭，他自然知道她在想什麼，卻覺得花心思在婢女身上很不值得——不喜歡發賣了便是，犯得著吃飯都有一口沒一口的嗎？

郁心蘭自然是聽話用飯。用過飯，赫雲連城仍是乘皇后差來的小轎入內宮。

小轎一離開，傻站在月亮門處的三奶奶便顯了出來，聽到郁心蘭喚她，她才不好意思地走上前問：「大哥怎麼變樣了？」

郁心蘭笑了笑，「皇上賜了聖藥，疤便消了。三弟妹今日來得這麼早，用過飯沒？」

三奶奶笑，「用過了。剛才母親打發人來說，父親今日不去內宮伴駕，要我們都去大廳，我是來請大嫂的。」

「啊，那三弟妹等我片刻。」

郁心蘭趕忙回屋換了身暖雲色萬字不斷頭的緙絲褙子、梅紅色的百子裙，披上一件絳色鑲灰貂毛的大氅，同三奶奶一齊去大廳請安。

如今已是十月下旬，清早都開始飄雪花了，廳內早就燒起了八個火盆，將大廳燒得暖暖的。

郁心蘭和三奶奶原打算先在門邊散散寒氣，甘氏和長公主都熱情地道：「站在門邊幹什麼？快過來，這裡有火盆！」

二人這才脫下大氅，向長輩請安，與同輩見禮後，各自坐在婆婆身邊。

定遠侯一家，除了赫雲連城在宮內當值，赫雲徵年紀幼小、二奶奶有身子沒跟來秋山外，其餘人等都聚在大廳內，人人的表情都甚是嚴肅，想是侯爺有事要宣布。

侯爺品了口香茗，眸光掃了一圈，才淡笑道：「都繃著做什麼？我要說的是好事。」

甘氏不知是不是昨日在牌桌上聽得了什麼風聲，聞言眸中透著希冀，眉間藏著喜意，說話的聲音格外殷切：「夫君有什麼話便直說吧，這樣賣關子，便是聽了喜訊，我也沒得賞錢給您！」

侯爺哈哈大笑，「妳就知道喜訊是同妳有關的？」

長公主唇邊的笑意淡了幾分，這樣的玩笑，她是不敢同侯爺開的……

侯爺笑完了，才說正事：「靖兒這次護駕有功，聖上已著內臣擬旨，升靖兒為禁軍上品大將軍。恩旨今日就會下來，明日靖兒會先回京，與余將軍交接。蘭兒，妳陪靖兒回去。」

郁心蘭忙起身萬福，「媳婦謹遵父親教誨。」

三奶奶有些急切地問：「那……父親，余將軍如何處置？」

郁心蘭想起前幾日討論赫雲連城的新職位時，赫雲彤便說過，現在禁軍上品大將軍乃是三奶奶的娘舅……這算不算連城搶了余將軍的差事？

侯爺別有深意地看了三奶奶一眼，淡聲道：「先去吏部候命，待軍部重整時再安置。」

這話說得三奶奶俏臉一白，郁心蘭莫名，不過侯爺接下來的話便給了她答案：「上回靖兒查獲的私賣糧草一案，如今已全部徹查清楚了，皇上仁厚，不欲連坐過多，但高將軍教子不嚴，有失督導，皇上擬削職為民，涉案人員一律流放，抄沒家產……兵部會空出許多職位，策兒暫擬接任太僕寺馬廠總管，傑兒接任飛兒的職位，飛兒任二等侍衛，恩旨這幾天便會下來。你們要切記，這是皇上對我赫雲一家忠心護主的恩賞，切不可得意忘形！」

郁心蘭聽後仔細琢磨，這幾天她問了赫雲彤不少軍職方面的知識，大概能知道，二爺赫雲策直接從正六品升到從四品，連升三級，不過太僕寺馬廠是管軍馬的地方，有油水，卻沒實權；三爺赫雲傑，那個位置是正五品，考核軍務的，有一定權力，但不帶兵；四爺赫雲飛的二等侍衛是從四品，也升了一級，無權，但卻是天子近臣……看來皇帝還是更信任長公主所生的兒子一些。

甘氏的兩個兒子都謀了好差事，雖然沒有老大職位高，不過她暫時還是滿意的，三位少爺就不用提了，一個個認真聆聽侯爺教誨，臉上是繃不住的喜悅。

若二奶奶在，也會很高興的吧，二爺這個職務油水可不少，軍隊裡每年得採買多少馬匹啊。

唯有三奶奶，這幾個職務原本都是她的兄長或親戚的，可因私賣糧草一案被牽連，都關進大牢了，父親還被削職為民，連娘舅也……余將軍雖沒說削職，可候職一候幾十年的人都有。

大約是三奶奶的神色過於暗淡，侯爺便出言安慰道：「老三媳婦兒也不用太過憂心，親家高老爺雖無官職，但皇上並未說抄家，年紀大了，尋片田莊住著，頤養天年，也是極好的。妳是我赫雲家的媳婦，只要妳好好侍奉傑兒，教養子女，沒人敢小瞧妳。」

赫雲傑也道：「正是如此。」

三奶奶忙恭順地應了，收斂起臉上的愁苦。

郁心蘭卻知道，男人們總是將事情想得很簡單，沒有娘家支持，三奶奶自己都會覺得低人一等，貴婦們聚會的時候，冷言冷語怎可能少？

只不過，郁心蘭管不了也不想管，她回到房間後便指揮丫頭們收拾東西，準備返京。

晌午之前，聖旨果然下來了，令赫雲連城明日返京接任禁軍上品大將軍一職。

可是下午的時候，郁心蘭卻染上了風寒，確切地說，是被風寒了。午飯前侯爺賞了她一杯茶，非要她當面喝下。喝下後，她便開始頭重腳輕，渾身發熱，骨子裡卻發冷，蓋多少棉被都沒作用。整個下午她就躺在床上，躲在被子裡，邊出汗邊發抖。

赫雲連城急忙請了太醫診脈，一眾熟識的貴婦都來探望了她。原本這樣重的病是不宜趕路的，但赫雲連城捨不下嬌妻，郁心蘭也極想回京，皇上便恩賜了一輛青氈四輪豪華馬車給她。

那馬車寬大得足以躺下七、八個人，要用四匹馬才拉得動，怕誤了行程，皇上還特意恩准郁心蘭越級使用六匹馬拉車，配備了一百名兵士，小夫妻便起程返京了。

赫雲連城乘坐的小馬車內，郁心蘭窩在他懷裡，有氣無力地哼哼。

赫雲連城疑惑地摸摸她的額頭，「解藥都服下去兩個時辰了，熱也退了，怎麼還這麼難受？」

郁心蘭哼了兩聲，嬌聲道：「燒了一晚上，當然不舒服啦！」真是的，我好歹也是配合你們金蟬脫殼之計的主要演員，不多撒下嬌，你哪會記得我的功勞啊！

赫雲連城親了親她的額頭，不無擔憂地道：「我們要三天才能到京城，只怕途中有危險，妳真不該來的。」

郁心蘭撒嬌地往他懷裡鑽，「有你在，我不怕！」心裡卻道：我不來誰來？讓別的女人裝成我，讓你抱上抱下的，萬一就這麼以名聲為藉口賴上你了怎麼辦？這種傻事我可不幹！

赫雲連城的小馬車總會停在大馬車旁，緊緊挨著，郁心蘭每天在兩個馬車間爬來爬去，外人看來，都是赫雲連城將她抱上抱下大馬車。原本兩人可以乘坐一輛馬車，卻要弄得這麼費事，有心人便會想，是不是兩輛馬車中還藏了一個人？

頭兩天都很順利，離京城已經只有一個白天的路程了，這天晚間投宿的時候，郁心蘭的心情格外好，差一點裝不出病態來。

軍士們照例包下一整間客棧，將夥計們都打發回去，只留下掌櫃聽命。燒水、煮飯、炒菜這些事，是軍士們親力親為。

郁心蘭洗了個舒服的熱水澡，又細心地幫相公擦了後背，聽到房門叩響，便轉過屏風，問了聲：「誰？」

「是我，李采。」

郁心蘭把門開了一條縫，將托盤接過來，笑道：「妳去休息吧，我這兒不用伺候。」

因怕路途中有危險，長公主特意將自己的女侍衛撥了李采、李杼兩姊妹來服侍郁心蘭，四婢則留在秋山，與大部隊一同返京。

客棧不比府中，李采知道自己不方便進去，便道：「我們就住在隔壁，賀塵、黃奇在另一邊的隔壁。」

郁心蘭點頭示意自己明瞭，關上了房門。

赫雲連城淨身出來，看到桌上的飯菜便嫌棄，「我不吃。」

郁心蘭是個好吃好玩的性子，每過一個集鎮，就會要李氏姊妹去幫她買上一大堆的零嘴和當地的特色吃食，還總哄著他每樣都嚐上幾口，又坐在馬車裡不動，他的肚子現在還是飽的。

郁心蘭也不餓，卻將飯菜倒了些到窗臺上的花盆裡，見相公不解其意，解釋道：「這天氣飯菜不會壞，我怕老闆熱一熱又賣給別的顧客，這多不好。」

實在無事可幹，兩人便早早睡下，赫雲連城的雙手又開始不老實，郁心蘭拍了他一巴掌，「不許亂動！」自打知道他傷得那麼重，郁心蘭便不許他再碰她，任他怎麼解釋床上運動不需動到後背也沒用。

顏，思忖著，趁她睡熟了偷襲行不行？

赫雲連城正值血氣方剛的年紀，又有佳人在懷，哪裡睡得著，睜著眼睛注視著懷中甜美的睡顏，思忖著，趁她睡熟了偷襲行不行？

忽地，他全身的寒毛都立了起來，這是習武之人在臨危險之時，身體下意識的反應。

赫雲連城心生警覺，忙豎耳細聽，安靜，外面安靜得可怕，連之前有的士兵們值夜的走動聲都聽不到了。

他迅速且悄然地為郁心蘭穿上薄褀和外套，郁心蘭迷迷糊糊地眨了眨眼，赫雲連城忙用僅二人能聽見的聲音道：「噤聲，情形不對！」

郁心蘭一個激靈便醒了，赫雲連城忙捂住她的口鼻，怕她急促的呼吸被門外的人聽見。郁心蘭也意識到這一點，忙眨了兩下眼，示意自己明白，改用自己的小手捂住了口鼻。

赫雲連城飛快地穿衣，正在這時，房門被人輕輕撥開，幾條人影閃了進來，就著走廊上暗淡的燈光，郁心蘭數出有四人。這幾人衝進房內，先查看了桌上的飯菜，然後便似乎鬆了一口氣，朝床鋪的位置而來。

薄而陰冷的長劍伸入床簾之中，郁心蘭的心提到了嗓子眼，還未等長劍挑開床簾，赫雲連城的劍就直刺了出去，噗一聲入肉的悶響，對方悶哼了一聲，就軟軟地倒了下去。

這變故來得太快，來人萬萬沒料到床上的人是醒著的，儘管也提防了，卻相對大意了，這才讓赫雲連城一招得中要害。

赫雲連城一招擊殺一人，也知是運氣，何況他還有個需要保護的嬌妻，於是趁那名殺手倒下，其餘殺手錯愕的一瞬間，抱著郁心蘭飛躍到屋中一角，將郁心蘭護在身後，自己則守住屋角，將小妻子保護在相對安全的三角地帶。

郁心蘭不敢出聲，對面的殺手有六人之多，加上之前已死在赫雲連城劍下的那名，居然有七人。一開始她數了只有四人的，可見殺手的身手有多快，快得進門她都看不清。

這六人亦是受過特殊訓練的高手，立即向小夫妻撲來。赫雲連城揮開長劍反擊，但卻死守著角落，不退一步也不肯進一步。

胡亂中，郁心蘭披的是赫雲連城的外套，連風兜和口罩都戴上了，看不清容顏，又站在一張小杌上，身影無形中高大了許多。殺手見赫雲連城寧可放棄腿下的靈活挪動也要護著她，以為她是他們想找之人，因而進攻得不算太猛，只想先消耗赫雲連城的體力，再將二人生擒。

郁心蘭看著走廊上洩進來的燈光，心想這樣不行，這樣明顯是赫雲連城在明處，殺手在暗處，赫雲連城的一招一式對方都能看清楚，而殺手的招式，赫雲連城卻只能以光影來判斷。

她手中握著一支精鋼製的彈弓，是她在尚風軒花五兩銀子買來的，這回狩獵特意帶著，還指望能用上一回，結果現在卻用來保命。另一隻手掌中握著六枚鋼珠，可她沒把握在赫雲連城忽高忽低的手臂間能打倒桌上那盞細腳油燈。

在她猶豫間，忽聽一陣疾風聲向自己襲來，赫雲連城揮劍格開那枚暗鏢，卻被兩柄長劍趁虛而入，直擊面門。他不慌不忙回劍側身，避開這致命一擊，但因顧著身後之人，不能避得太開，仍是被劍刃劃出兩道血口。

郁心蘭就著昏暗的燈火看得分明，心中一緊，不再猶豫，揚臂張弓，一枚鋼丸直往對方六人而去。六名殺手閃身避開，她又是一枚鋼珠，「砰」的一下擊倒了油燈。

耶！郁心蘭在心中小聲歡呼了一下，俐落地掏出火摺子吹燃火苗，用彈弓將火摺子彈了出去。這次就不需要準頭了，火摺子落在桌上，立即燃起了火光，將屋內照得明亮起來。

赫雲連城趁殺手一怔的當兒，長劍一挑，三名殺手的面巾飄落在地。

「是你！」赫雲連城的聲音透著如三九天般的冰冷。

殺手不待回答，安靜的客棧外響起了一連串的馬蹄聲，上百匹馬迅速來到客棧外，將客棧團團圍住。六人面色大變，這不是他們的人，他們中埋伏了。

這六人都是殺手中的高手，可既然露了相，此時再跑已然無用，只有殺了眼前兩個見過他們的人，他們才能真正安全。至少也要將兩人綁為人質，才好從容逃路。

六人殺心頓起，手中的劍揮得像車輪一樣，赫雲連城也知道只要再堅持一刻，就能等到援兵，自然是半分也不敢鬆懈。可這六人單獨的任何一個都不比他差多少，現在同時瘋狂進攻，他又不能暢快地騰挪避閃，應付得極為吃力。

感覺到自己能活動的範圍愈來愈小，郁心蘭也知道赫雲連城支撐不了多久，便將鋼珠放在皮筋上，在一名殺手攻至近前之際，猛地射出一彈。

那名殺手全力應付赫雲連城，以為有身邊人的配合，郁心蘭玩不出花樣來，因而疏於防範，鋼珠激射入眼，痛得他大叫了一聲。

此時他才發現屋內不知何時多出了四名侍衛，正與他的同伴纏鬥……

接下來的一切就像看電影一樣，大隊的官兵蜂擁而入，屋內還有五名高手，六名殺手並沒有抵抗多久，除一人嘴快吞毒自盡外，其餘人都被生擒。

赫雲連城將妻子交給李采、李杼照顧後，便拖著疲憊不堪的身軀到外面清理戰場，直到天明才回來，與郁心蘭待在馬車內睡了一整天，進京後又直奔禁軍軍營，郁心蘭則被官兵送回了侯府，直到第三天清晨才看到丈夫。

李采向她解釋後，郁心蘭才知道，原來她們早發覺了燒飯的水中有迷魂湯，為了麻痹對手，故意中計，為的就是將敵人誘來……只是這樣也太危險了吧？郁心蘭心中不滿，她是個現代人，可沒古人那種誓死捍衛皇權的忠誠。

此次一共捉住了一百餘名匪徒，要審訊、要偵查，還要維護京城的平穩安定，赫雲連城忙得天昏地暗，郁心蘭只有每日做了好吃的在家中等他，但他極少回來用晚飯。

半個月後，侯爺、甘氏、長公主等人才返回京城，郁心蘭向父母親請過安，侯爺也回兵部忙公務去了，眾女眷則說起分開後的經歷，直說是凶險。

原來狩獵時放了狼群之後，對方便安排了一支數百人的敢死隊，要衝入行宮捉拿皇后。幸虧侯爺及時調來了當地的駐軍，才阻了一阻。原本若是御林軍中之人全數可信，倒是可以張網捕魚，請敵入甕的，可是保護得好好的獵場裡能進數百匹狼，這些御林軍中定然有奸細，皇上只好放棄這個機會，改為誘敵深入。

皇上讓赫雲連城回京，還特意送了輛大馬車，裝作是他要悄悄返京一般，還怕對手不相信，赫雲連城和郁心蘭走後，便又尋了個由頭，讓另一位大臣返京，用的是同樣的手法；行宮裡卻又露出一點跡象，好似他又沒回京。讓對手分不清他到底在哪裡，只好將手中的人兵分三路去探……終於被皇上逐個擊破了。

眾人感嘆了一番皇上英明，郁心蘭見甘氏和長公主有疲憊之色，便懇請兩位婆婆先行休息。

二奶奶沒去秋山，聽得興致極濃，與三奶奶送了婆婆回屋休息後，又乘著小轎到靜思園來。郁心蘭昨天等赫雲連城等到很晚，正打算補個眠，聽傳報說二奶奶來了，只好披上外套到外廳迎接。

二奶奶已經進了大堂，郁心蘭忙招呼她到暖閣裡坐，「外面冷，暖閣裡燒了地龍。」

錦兒等人奉上茶水和果子點心後，郁心蘭便調侃道：「今個兒什麼風把二奶奶給吹來了？」

二奶奶輕輕一笑，「還不是惦記著大嫂，想著過來向大嫂請個安。」

天底下能把謊話睜眼說得這麼順的人，二奶奶認了第二，怕是沒人敢認第一。之前府中沒人的時候，內宅的事甘氏自是全權交給二奶奶去辦，郁心蘭回府後，二奶奶怕郁心蘭要分權，自然是躲著她走的……郁心蘭回府也有半個來月了，她今個兒才想到來請安，還好意思說心裡頭惦記。

郁心蘭只是微微一笑，並沒揭穿。

二奶奶又閒扯了兩句，終於將話題轉到了正事上：「我家二爺真的升職了？」

「嗯，父親是這麼說的，我和大爺離開行宮的時候，恩旨還沒下來，後面的情形不知如何了，反正二爺去吏部報過到，一會兒就會回來，二弟妹直接問二爺不好嗎？」

正說著話兒，三奶奶也來了。郁心蘭往炕裡挪了挪，讓三奶奶也能坐到短炕上來，並向二奶奶道：「妳怎麼不問三弟妹，她可是隨父母親一同回京的。」

三奶奶問明是什麼事兒，便半帶著酸意地道：「上回父親的確是這麼說了，還說過幾日便會有恩旨，可是一直沒下來。」說著又嘆了口氣，「還是大哥運氣好，這回皇上使的萬全的誘敵之計，大哥又立了一功了。」

這話郁心蘭可不愛聽，皇上的計謀的確是好，可是赫雲連城也是拿命拚出來的，那身上一道又一道的新舊傷口，可不是運氣好的象徵。

於是她便毫不客氣地拿話噎回去：「三弟妹這話說得可太虧理了。皇上的計謀的確英明，可也要有實力的人去執行，才能在故意中了敵人奸計的情形下全身而退。妳當用胸口中了一箭大難不死憑的是運氣嗎？憑當他以一敵六不落下風也是運氣嗎？三弟妹與其整日裡盯著我家大爺的運氣，不如回去看著妳家三爺。三爺不是馬上要升為皇上身邊的二等侍衛了，日後也有護駕的機會了，也能展示三爺的運氣了不是？」

三奶奶被噎得臉通紅，光想著酸一酸大嫂，不想把自個兒夫君給繞進去了，若是日後三爺立了功，大嫂也來個是運氣，給三爺知道了源頭，三爺定會怪罪她的。

郁心蘭嗆了回去，心情便好了，看著三奶奶訕訕的表情直樂，「三弟妹吃點果脯，這是我莊子上產的，自己醃的。我也是運氣好，西郊的土地種果樹不錯，種出的果子製成的果脯也比外面賣的要好吃些。」

還拿運氣說事兒，三奶奶真不知該怎麼介面了，見二奶奶伸手便拿果脯，忙暗中覷了一眼，二奶奶悻悻地收了手。

三奶奶安生了，郁心蘭便向二奶奶道：「二弟妹有了身子，暫時還是別太勞累了。之前廚房的採買一直是我負責，日後還是由我來擔著，一會兒我讓紫菱去妳那兒將帳冊取回來。」

二奶奶立時尷尬了，心道：我怎麼就這麼嘴欠跑到靜思園來聽消息呢？

她笑了笑道：「這是不是應該問問母親的意思？」

郁心蘭可沒耐心等著她回過甘氏，也笑了笑道：「上回就是母親親口答應的呀，還向父親誇我管得好呢。我是看二弟妹妳有了身子，我這個當大嫂的能分擔一點是一點，可不能讓妳累著動了胎氣，說不定是咱們赫雲家的長孫呢。」

二奶奶心底的一點怨氣被「長孫」兩個字給抹平了，細細一想，的確沒有什麼比生個長孫更重要，待自己有了長孫傍身，還怕拿不到府中的權力？

於是二奶奶便爽快了，「也是，一會兒就讓紫菱姑娘去靜念園取帳冊吧。」

三奶奶暗自著急，連使了幾個眼色，二奶奶都沒看見，只好找了個藉口，拉著二奶奶出了靜思園。二奶奶和三奶奶同乘一輛青幄小油車，一出園子，三奶奶便嗔怪道：「二嫂怎麼不動動腦子想一想，她為什麼要拿回廚房的採買？妳現在有了身子，就不怕她在食材上動手腳？別聽她說得好聽，一口一個長孫的，等妳滑了胎，什麼都遲了！」

二奶奶嚇了一跳，拍著心口道：「妳可別唬我，大嫂只是發個對牌而已，負責採買的都是母親手下的管事，廚房的管事和廚娘也是母親的人，她哪有這個本事？」

三奶奶一臉不願與她多談的樣子，「妳不信就算了，當我沒說！合著我一心為妳著想，倒成了個挑撥離間的人！」

二奶奶陪了笑，心裡卻還是有些不以為然，也不是沒上過妳的小當，對妳可不怎麼放心，而大嫂若真不想讓我生下孩子來，當初不告訴我不能用香露不就成了，何必繞那麼大個圈兒，還得另外花銀子買通廚娘，妳當我真是傻子！

而三奶奶則在心中盤算著，要怎麼才能讓二奶奶生個閨女下來，或者乾脆就生不下來。自己娘家已經倒了，在這府中唯有靠三爺和公爹婆婆的疼愛，和一、兩個兒子撐腰。公爹是個公平的，婆婆對她也不錯，可三爺就不靠譜了，心裡頭花花著呢，見一個愛一個，誰也愛不長久。她這個正妻之位若想坐得穩，就得一個兩個的女人幫他收進房來，憋屈不憋屈？而自己生下燕姐兒之後也快七個月了，三爺也沒少上自己房裡來，可肚子卻沒動靜……

兩人各懷心思坐車到了岔路口，方分了車各自回院子。

伍之章　滑胎嫁禍透疑雲

三奶奶回到靜心園，便聽到堂屋裡傳來一陣輕笑，略帶沙啞的笑聲，可卻有股勾人心魄的誘惑力。她一聽便聽了出來，這是燕姐兒的乳娘，這會子會在堂屋裡這樣浪笑，定是三爺回來了。

進了堂屋，果不其然，赫雲傑正抱著燕姐兒逗著玩兒，燕姐兒的乳娘劉氏笑盈盈地站在赫雲傑跟前，幾個有點姿色的大丫頭都環繞在赫雲傑身邊……哼，果然是蒼蠅不沾無縫的蛋！

三奶奶在赫雲傑身邊坐下，從赫雲傑手中接過燕姐兒，親了一口，笑吟吟地問：「爺今日去吏部，可有說什麼時候給您安排新職務？」

赫雲傑懶洋洋地笑道：「沒說，皇上剛回京，還得等幾日吧，反正是板上釘釘的事，急什麼?正好休息幾日，多在家中陪陪娘子。」說著又抱過了燕姐兒逗著玩。

燕姐兒如今八個多月，眉眼已經長開，生得極像赫雲傑，一雙狹長的鳳目高貴又嫵媚，笑起來兩個小渦，人見人愛。赫雲傑原本一心盼個兒子，是不大待見燕姐兒的，如今也當寶貝似的，在秋山的時候還時常念叨。

三奶奶見赫雲傑對女兒上了心，心裡也是極舒坦，到底是自己身上掉下來的肉，雖然失望過，卻還是心疼的，也虧得燕姐兒會長，知道黏她爹。

赫雲傑逗了一陣子便沒了興致，將女兒遞到劉氏手中，目光在劉氏高聳的胸部溜了一圈兒。

三奶奶心中有氣，趕忙拉著赫雲傑進屋。

赫雲傑調笑道：「喲，這是幹麼，大白天的，娘子可太心急了些！」

三奶奶打發走了丫頭，沒好氣地道：「三爺還真是個隨意的性子，大爺都已經上任半個多月了，您這升職的事兒卻光聽到雷聲沒見雨點兒，吏部那裡問不出，也當去問問父親啊。當初父親可說了，是這回護駕有功，特意恩賞咱們家的。」

赫雲傑說起這個便有些不耐煩，「父親說了有就是有，我總去問只會讓父親心煩，妳當二哥不急嗎？他不也沒去問？我覺得妳應當多向二嫂學一學，她從來不管二哥的公事。」說著便打起簾子往外走。

三奶奶急道：「剛回來又上哪兒去？聽說外面還不太平呢！」

赫雲傑回頭挑眉輕嘲道：「三奶奶是不是管得太寬了？」

三奶奶心頭一窒，只好軟下聲音，好聲好氣地道：「我是怕您有個什麼閃失呢，一會兒我讓秋葉進來伺候可好？」

這算是討好了。赫雲傑也知道自己這個娘子平素是個傲氣的，便放下簾子又走到炕邊歪著。

三奶奶忍著氣，她如今已經不是高將軍的女兒了，只是一介平民百姓之女，再也無法在夫君面前拿起架子，只能退一步，先求得夫君的支持。在秋山的這一個月裡，都是她陪著三爺，以三爺的個性，她知道他已經膩了……

出門喚了秋葉進來伺候，三奶奶便乘小車去往小花園。

如今是十一月，小花園裡的茶梅、日香桂、海棠、水仙都開了花，三奶奶讓秋水捧了個花瓶兒，優雅地採著日香桂。這種花有桂花的香氣，花形也很美，拿來裝瓶挺不錯的。

小花園入門處的對面就是青松院。青松院也不算小，住著侯爺的幾位妾室，平日裡侯爺很少來，甘氏不想瞧見她們，從不讓她們請安，幾位妾室都是窩在房裡做針線或吟詩作對打發時間，但小丫頭們則是坐在廊簷下聊天，她們比不上屋裡伺候的大丫頭，沒有火盆可燒，只能看著對面的園子打發時光。

「咦，三奶奶回來了，還親自來採花兒……這麼冷的天。」小丫頭鶯歌邊跺腳禦寒邊道。

正巧繁蔭路過，便停下來問：「三奶奶進園子了？」

鶯歌向她福了福，「回繁蔭姑娘的話，是的呢，婢子剛剛看到的。」

棋兒便笑道：「姑娘不是也想去採花嗎？不如看看三奶奶採的什麼花兒，侯爺讚過三奶奶的插花最是雅致啊！」

繁蔭便笑了笑，「也是，我跟著去學學。」說罷讓棋兒帶上一只花瓶，兩人一同出了青松院，到了小花園。

果然在小花園裡見到了三奶奶，繁蔭忙上前打招呼，先福了一禮。

三奶奶福了半禮，笑道：「您太客氣了，您是父親的人，怎麼也算是長輩，怎麼先向我施禮？姑娘這是……來採花？」

繁蔭點了點頭，「都說三奶奶插的花雅致，便特意跟來，想學一學。」

繁蔭是甘氏的陪嫁丫頭，給抬了個妾，卻不是姨娘，只能稱姑娘。三奶奶知道甘氏並不待見繁蔭，原是不想多與她說話的。

繁蔭卻難得見到三奶奶，想拉著她套套交情，說起這陣子嫵月常來收集花瓣上的露珠，「聽說是喝了露珠茶容易生兒子，上一胎，二奶奶就是用的這種方法。」

三奶奶聞言心中一動，略略有了一個主意在腦中模糊地形成，卻還要細細想想，便敷衍地衝繁蔭一笑，「多謝姑娘了。」

繁蔭露出一抹動人的笑容，謙卑地道：「繁蔭只是希望侯爺能多幾個孫兒，三奶奶的身材一看便是好生養的……」

這話女人都愛聽，三奶奶的笑容便多了幾分真誠，教了繁蔭一套插花，才乘車回靜心園。回到屋內，秋葉已經不在屋裡了，三奶奶不由得問：「爺怎麼把人打發走了？」

赫雲傑撇了撇嘴道：「那丫頭看著無趣得很！」

三奶奶笑問：「那爺瞧著哪個丫頭有趣呢？您只管說，就算是別的院子裡的，我也幫您要來，開了臉，給抬個妾。」

赫雲傑上上下下打量了三奶奶好幾眼，才驚怪道：「娘子怎的忽然賢慧了？」

三奶奶嗔了他一眼，「我何時不賢慧了？我懷著身子的時候，不是讓秋月秋日服侍你了嗎？」

赫雲傑嘿嘿一笑，心道：服侍是服侍了，待孩子一生下來，妳就急不可耐地將她倆配了人，這也算是賢慧嗎？

不過難得妻子做出這般大方的樣子，他便沒理會之前的事，直接道：「我就瞧著大嫂身邊的巧兒挺不錯的。」

三奶奶暗恨得咬牙，臉上卻是輕愁地微笑，「巧兒啊……怕是大嫂給大爺備的呢！」

赫雲傑挑眉一笑，「大嫂那四個大丫頭都生得漂亮，就是那四個小丫頭也生得水靈，大哥哪用得著這麼多，妳想法子給我討一個巧兒來，我心裡自會疼妳。」

三奶奶咬著牙，笑著應下了。

❖ ❖ ❖

靜思園裡，郁心蘭也正問著這半個月她們四個丫頭的事兒，四個丫頭逐一回答後，她便打發了三人出去，只留下錦兒和紫菱伺候。

紫菱早在郁心蘭去秋山的第二天便被郁老爺打發回侯府了，說是嫁出去的女兒潑出去的水，不好總讓女兒的人服侍溫氏。人都走後，紫菱便將府中的情形跟郁心蘭說了一番，府中的主子都走了，只有二奶奶和侯爺及二爺的幾位妾室，倒也算安生。不過紫菱特意讓千荷與靜念園的灑掃丫頭交好，打聽到了一些事兒，二奶奶自己懷上了，便不太在意方姨娘了，可方姨娘最近卻有些動作，時常打發丫頭出府採買東西，千葉曾跟過一次，好像是回方姨娘的娘家……

郁心蘭聽後蹙了蹙眉，但也沒在意，只是道：「妳讓千荷盯著，有什麼不對再告訴我便是。他們院子裡想怎麼折騰都是他們的事，只要不是想把髒水潑到我頭上就成。」

紫菱忙應下，輪到錦兒，郁心蘭要她把這段時間巧兒和小茜的表現說一說。

錦兒想了想道：「主子們不在，平日裡便沒什麼活計，大爺的官服和衣裳都在繡著，不過三爺倒是來過竹馨居幾次。」

郁心蘭撇了撇嘴，這位三爺還真是風流，就這麼個丫頭也盯著。只不過，到底把不把巧兒給三爺，她卻還沒拿定主意，一來是巧兒並不是個會聽話的，二來她也沒往別人院子裡塞人的習慣，所謂己所不欲，勿施於人，不是嗎？

只是郁心蘭沒料到，第二天，三奶奶會親自找她來要人。

郁心蘭心中不痛快，三奶奶尋這種藉口來要人，擺明了就是想暗中擺她一道，給三奶奶一個丫頭，轉眼就讓三爺收了房，傳出去指不定說她的丫頭怎麼怎麼勾引男主子呢，弄不好還會將矛頭指到她的頭上來，三奶奶還可以到侯爺和甘氏那兒哭訴委屈。

於是，郁心蘭讓錦兒給三奶奶換了杯六安茶，道：「三弟妹還是先安安神，妳這麼風急火急地找我要丫頭，我若是不給，顯得我小家子氣，可若是給了，這其中卻有些難處。我是個不會調教人的，這萬一哪天巧兒出了點錯，落在外人的眼裡，好似是我特意塞個丫頭給三弟妹添堵似的。」

「我看這樣吧，三弟妹既然喜歡巧兒打的絡子，我便讓她多打幾個送給弟妹，至於巧兒的按摩手藝，妳差個丫頭過來跟她學一陣子便是。人就還是要在我這兒，我也沒幾個得用的丫頭，真沒時間讓她去妳院子裡，或者妳不舒服了，就到我這來一趟，我讓巧兒給妳好好鬆鬆筋骨。」

三奶奶的一片用心被這番話給堵得嚴嚴實實，之前她想著，她提出喜歡巧兒的按摩手藝，郁心蘭便是不給人，總歸要給幾分薄面，讓巧兒到她的靜心園去服侍她一下，或是教教她的丫頭。只要巧兒進了靜心園，她便有法子讓三爺生米做成熟飯，到時人也幫三爺要到了，還落了郁心蘭的臉面——看妳的丫頭都是什麼貨色，這麼心急地爬爺們兒的床！

可沒想到郁心蘭不但不給人，還不讓巧兒去她那兒，只讓她的丫頭來……

三奶奶低頭啜了口茶，趁機想了想，才抬頭笑道：「我幼時練騎射，落下個肩胛易酸的毛病，若總到大嫂這兒來打擾，那怎麼好意思……其實呢，我的丫頭以前也學過按摩，卻總是不得法，嗯，能不能讓巧兒到我院子裡去教一教呢？我不急，挑大嫂沒事兒的時候讓她去就成。」

又說自己有肩周炎又說不急的，說到底還是想讓巧兒去她的院子。

郁心蘭心中暗忖，必定有鬼，必定有鬼啊！

於是含笑道：「這可真是不太好呢。等我這院子裡有空閒的時候，多半是大爺回府，用過晚飯之後，那會子讓巧兒去到妳院子裡，三爺也在呀，雖說是主僕，但到底男女有別，總要避避嫌才好，若是衝撞了三爺就更是罪過了。三弟妹不必總是親自來，差個丫頭來學就是。」

被拒了兩、三回，郁心蘭還直接點到了男女大防上，三奶奶到底不是程氏那般的厚臉皮，也不好意思再說了，又怕是自己的用心被郁心蘭猜出，忙藉著飲茶偷眼打量，只見郁心蘭淺笑盈盈，不憤不惱，好似完全是無意之言，真的覺得不方便而已。

三奶奶倒有些安心，若是郁心蘭答應得爽快了，她還會擔心巧兒是不是她老早安排好的棋子，不然府中這麼多漂亮丫頭，三爺怎麼就看上大嫂這的巧兒了？

巧兒一時半刻要不成了，三奶奶便轉了口風，閒聊了會子家常，尋了個藉口告辭了。

郁心蘭送她至青幄小油車上，待小油車轉出了院門，才返身回寢房內，吩咐道：「讓安嬤嬤來一趟。」

不多時，安嬤嬤便挑簾進來，恭恭敬敬地納了個萬福，問詢道：「大奶奶尋老奴何事？」

郁心蘭道：「安嬤嬤坐，紫菱去給安嬤嬤泡一壺老眉君。」

安嬤嬤忙道不敢，推辭了一番，才在炕邊的腳榻上側身坐下。

郁心蘭捧著暖呼呼的茶杯，也不拐彎兒，直接問：「上回我讓嬤嬤想的事兒，不知嬤嬤想得如何了？」

安嬤嬤明白是問巧兒和小茜的事，便將自己尋思出的主意細細說了。郁心蘭聽後沉吟，法子是好的，就是狠了點兒。不過若不如此，也拿捏不住人，就算不讓她們幫著往回傳什麼消息，總不能讓她們胡說自己的是非。

安嬤嬤揣測著大奶奶的心思，小心地解釋：「老奴後來又去探過這兩個丫頭的口風，也讓院子裡的其他小丫頭們試過，這兩個丫頭心都高得很，看中了侯府的奢華，一心想當主子，若是大奶奶好心幫她們尋個正經的婆家，她們只怕還覺得是在折磨她們。」

這倒也是，這時代很多女人以能嫁進豪門為榮，即使當個妾，也是個主子，像定遠侯府這樣的門第，府中的二等丫頭過得都比普通的商戶千金舒服，吃穿用度無不是上品，若是給她們許個什麼管事，日後還要自己操持家務，只怕她們會覺得這是自己在整她們。

郁心蘭便點了點頭，「這事兒嬤嬤安排著吧，跟紫菱通通氣。」

安嬤嬤忙應下來。

郁心蘭又問些院中哪些婆子堪用，她手下能辦事的太少了些，要提拔幾個上來，上回安嬤嬤推薦的陳順家的，郁心蘭便覺得不錯。以前是戶商人家的管事嬤嬤，只是那家人經營失敗，才被轉賣出來的，現在已經將物品處交給陳順家的管理了。

安嬤嬤這回又提了兩個人：「一個是許旺家的，一個是楊天家的。」又細細說了兩人的長處，郁心蘭便道：「安嬤嬤若是覺得這兩人得用，只管安排她們差使便是。若是提了等，就去內宅總管那兒改個帳冊，好按等級發月銀。」

安嬤嬤聽她完全順著自己的舉薦來，心中滿是被賞識的感激，忙應下道：「老奴正打算安排許旺家的管灑掃，楊天家的管花草。」

郁心蘭點了點頭，又安排了一下近期院子裡的事務，便讓安嬤嬤回了。

想到如今已經是十一月上旬，月底娘親就應當要生了，弟弟的秋闈也不知考得如何，一般出榜都是考完的一個月後，本是從秋山圍獵回來便可以出榜的，因著聖駕遇襲一事，現在京城還不安寧，皇榜至今未張貼。

郁心蘭很想知道一點郁府的事情，可這年代出嫁的女兒不能總往娘家跑，就是差人去也不合規矩，郁府有挺長一陣子沒給她送信了，還真不清楚老太太的病況如何，娘親的身子怎麼樣。昨兒個王氏又回了京，她覺得有些不安。

紫菱瞧見大奶奶秀眉微蹙，便尋思著問道：「奶奶可是擔心娘家的事兒？」

「嗯。」

「不如讓錦兒帶著千荷回趟郁府。昨兒個侯爺不是賞了幾張皮子給奶奶嗎？奶奶送一件給老太太表表孝心，旁人也挑不出理來。」

郁心蘭覺得這理由甚好，便讓紫菱去安排。到下晌的時候，錦兒帶著千荷回來了，稟明老太太的身子調養了一陣子，已經好多了，能自個兒下地走動了，而府中的事都是太太協助著老太太操持的；溫氏的平妻名分已經在官府備了案，府中人已經稱其為二夫人，身子重了些，但精神還挺好。王氏回府便窩在菊院沒出來，三小姐也一直在自己的院子裡繡嫁衣，只有五小姐平時去她那兒走動走動……

總之一句話，一切正常。

郁心蘭思忖著，王氏大約是在秋山受了驚嚇才這般窩著的吧？郁玫大約是認命了？不論怎樣，十二皇子的母妃是劉貴妃，身分是很顯貴的，她身為正妃，也是極大的榮耀了。

錦兒又送老太太備的回禮給呈上，郁心蘭瞧了瞧，是些冬季裡用得著的小物件、一些食材、果乾和補品，笑道：「老祖宗總是這般客套。」

錦兒笑道：「可不是，婢子也百般推辭，老祖宗卻一定要讓帶過來，說是寧遠莊子上產的，今年才交來的秋俸，比京城不差。」

郁心蘭聽後，神情認真了些，仔細翻看這些果乾和食材，邊問道：「老祖宗可是說，每樣都送了些給我？」

錦兒道：「是的，老祖宗說每樣都請大奶奶嚐一嚐。」

她這陣子看了地理誌，知道寧遠雖是個小城，但卻是四季如春，出產的果蔬糧食的確比旁的地方要好。郁家原本是寧遠的大世家，在那裡有田有房，每年都要送秋俸來京，溫氏少不得要嚐嚐時鮮，好在這些食材中並沒有孕婦忌食的。

❖　❖　❖

赫雲連城照例回得很晚，眉宇間難掩疲憊之色，因他在軍營中有大夫照顧，回府時倒不必再清洗了，直接到屏風後更衣。

郁心蘭這才坐到梳台前梳理頭髮，準備就寢。

忽然感覺身後有人輕擁住自己，抬眼就瞧見銅鏡裡映出赫雲連城的身影，俊美的臉龐在朦朧的燈火下彷彿鍍了一層金光，令人心跳加快，不敢逼視。他俯下身，將下巴擱在她的秀髮上，星眸望著鏡中的她，姿態親暱。

郁心蘭心中一跳，笑著問他：「差事怎麼樣了？可有進展？」

赫雲連城搖頭道：「沒有，怎麼用刑也沒用，都是些死士。」

「與其反覆用刑，不如攻心為上……」郁心蘭將自己這幾日琢磨出的法子慢慢說給他聽，基本是從警匪片裡學到的套供方法，融入這個時代的習俗。

赫雲連城聞言細細琢磨了一番，覺得可行，眸光一亮，「明日試試，若是能套出口供來，妳可是立了大功了。」

郁心蘭輕笑，「我只是擔心你太勞累，況且我想的法子不就是你的法子，我要立功做什麼？」

赫雲連城聞言一笑，將她打橫抱起。

郁心蘭慌了，小聲道：「那個……我的小日子來了……」說著仔細打量他的神色。

赫雲連城的俊臉上閃過一絲失望，「好幾日沒跟妳親近了，怎麼不晚一天再來？」

還好不是因她沒懷上而失望，郁心蘭這才放下心，隨之又失笑，「這種事哪能是我說了算。」

赫雲連城依舊抱著她上了床，躺到她的身邊，修長的手指靈活地解著她的衣帶。

郁心蘭睜大眼，「不行……」

赫雲連城略帶調侃地看向她，「為什麼不行？」

剛剛還說為什麼不晚一天來，明明是知道這段時間不能同房的！

郁心蘭有點結巴了：「你、你、你明知道……」

赫雲連城笑得有點邪氣，「明知道什麼？」

郁心蘭扭著身子拒絕，赫雲連城便在她耳旁輕聲笑道：「睡覺穿外裳做什麼？快脫了衣裳才好睡覺。」

郁心蘭氣結，這傢伙剛才的表情動作，哪裡像只是要睡覺的啊？平素看著老實的傢伙，居然也是調戲人！

赫雲連城的手已纏繞上她的腰，不過沒有進一步的動作，只是靜靜地抱著她。

郁心蘭轉了個身，背貼在他的胸膛上，心裡想著娘親要生產了，她身為女兒卻不能回府探望，除非他能帶她出府，於是便道：「連城，明日……」

「嗯……」身後之人從喉間逸出低吟，聽起來帶著朦朧的睡意。

郁心蘭心下一嘆，便道：「沒事，你睡吧。」

赫雲連城沒答話，已經睡著了，他真是太累了……

郁心蘭想，還是自己找個藉口稟明了長公主，回府去看一看吧。

第二日向長公主稟明後，長公主立即同意了，郁心蘭便乘車回郁府省親。先去看望了老太太，才到溫氏住的槐院中來。溫氏的肚子很大，腳背都腫了起來，現在不方便下床走動了。

郁心蘭問過岳如，娘親沒有什麼別的不適，這才放下心來，又請了兩位穩婆進來，好生交代一番，賞了每人五十兩銀子。

兩個穩婆喜出望外，急忙大表忠心，保證好好替溫夫人接生。郁心蘭知道這兩個穩婆是老太太請來的，人倒還是放心的。

剛打發穩婆下去，郁老爺的兩名侍妾秋容和玉柏便過來向溫氏請安。郁心蘭沒什麼話與她們說，便到菊院去見王氏，於情於理，這位也是她的嫡母，再怎麼討厭，也是禮不可廢。

王氏也不待見她，待她請過安後，便道：「我這兒沒事，妳去看妳娘親吧。」

郁心蘭笑道：「已經看過了，正要回去了。」

「嗯，那紫絹妳代我送送四姑奶奶。」這擺明就是趕郁心蘭走了。郁心蘭自然是樂得順從。

等郁心蘭一走，王氏便冷笑了幾聲，撫著小榻扶手邊的玉石獅子道：「聽說秋容和玉柏兩個每天都去溫氏那兒請安是吧？」

許嬤嬤忙應道：「是的，下人們都這麼說。」

王氏冷哼，「怎麼就不見她倆每日到我這兒來請安？我這個正妻的身分可是皇上都知道的。」

許嬤嬤跟著王氏久了，聽話聽音，立即便差了小丫頭去攔著兩個小妾，要她們到菊院來向夫人請安。

兩個小妾自是不敢得罪王氏，只得低著頭進了院子。

王氏今日出奇的和藹，問及昨日老爺是宿在玉柏屋裡的，也沒半點惱色，反而鼓勵她道：「妳年紀跟溫夫人差不多，加緊時間懷上一個，日後也有個依靠。」

玉柏一驚，迅速地抬眸看了王氏一眼，戰戰兢兢地道：「多謝夫人。」

王氏又轉向秋容，依舊笑得和藹可親，「這次秋闈和哥兒考得如何？」

提到這個，秋容便苦笑，「原本他今年才考入國子監，老師是不贊成他參加這次秋闈的，可這孩子心急，想先試一試，婢妾聽和哥兒話裡的意思，只怕考得不大好。」

哼，什麼心急，是怕郁心瑞搶在他前面中了舉人吧？只要你們心中有計較就好，我就怕你們一點不在意！

王氏心中冷笑，面上卻是一派柔和，「妳也莫責怪他，學問不是一下子就能學好的，就算考不上也沒什麼，咱們這樣的人家，不一定要通過科舉才能當官。」

這世間當官有兩種方式，科舉和舉薦。科舉是給窮人設的，後來貴族子弟也喜歡參加，為的是博個名聲，若是考不上，也可能通過舉薦當個低階的閒官兒，再想辦法往上升。別的官員有沒有資格舉薦且不說，王丞相是絕對有的。這種話，王氏以前從來沒說過。

秋容不由心中一動，心跳就加快了起來，看向王氏的目光就帶著幾分討好，「那還要託夫人的福才成……」

王氏淡笑，目光幽遠莫測，「自然，怎麼說都是一家人嘛。」又看向玉柏，「妳若是能生個兒子出來，能幫我一定也會幫。」

玉柏忙又道謝，心中升騰起無限希望，如果她能攏住老爺的心，多留老爺幾日，應該也能懷上個孩子吧？

看著兩個小妾眼中的光芒，王氏輕笑，溫婉啊溫婉，妳以為平妻是這麼好當的嗎？

兩妾告退後，沒多久，秋容又轉了回來，王氏聽到稟報微諷地一笑。

許嬤嬤不由得讚道：「夫人好計量，一瞧就知道秋容心眼兒多些。」

王氏難掩得色，整了整衣袍道：「讓她進來吧。」

❖　❖　❖

郁心蘭回到侯府，又去向長公主請安，說了幾句閒話，才回到靜思居。

剛用過午飯，赫雲連城就回來了，絕色的俊顏上滿是興奮，整個人如同初陽一般吸引人的目光。郁心蘭看得不錯眼珠子，直到他狠狠親了她一口，她才醒過神來，瞟了一眼屋內尷尬研究地磚的丫頭們，薄嗔道：「幹什麼呢！」

赫雲連城揮手讓丫頭們退下，才道：「妳說的法子真管用，才半天就撬開了三個人的嘴。」

郁心蘭驚喜地挑眉，「真的？那知道誰是幕後之人了嗎？」
赫雲連城點了點頭，「已經報給皇上了，皇上說要好好賞妳。」
郁心蘭嗔道：「說了別說是我出的主意嘛，我的還不就是你的。」她真不想太出風頭，有句俗話叫槍打出頭鳥啊！
赫雲連城卻是另一番想法，目前朝中的局勢愈來愈亂，幾位皇子都卯足了勁兒拉攏朝臣，擴大各自的勢力。
如今有幾位皇子都向他拋出了橄欖枝，他若幫，自然也是幫九皇子明子恆，可這樣一來必定會成為旁人的眼中釘。因而他希望郁心蘭在皇上的心目中能有一席之地，日後也不怕旁人以勢壓人，若有人汙告之類的，皇上至少能讓她分辯一下。
皇上給郁心蘭的賞賜自然不會這麼快下來，得抓住幕後之人再說。據赫雲連城說，是以前與皇上搶過皇位的梁王。梁王早早地被踢出了局，到封地上逍遙自在去了，卻不曾料到他在封地坐大，竟有了謀朝篡位的野心。
不過郁心蘭覺得，敢遠隔千山萬水到秋山去行刺，應當京城中有人與梁王聯手才是。她跟赫雲連城提了這話，他只是點了點頭，「殺手都是梁王的人，這人很狡猾，除非抓到梁王，從他口中套問還差不多。」
他頓了頓又道：「原本我請命帶兵討伐梁王，但皇上還是派了父親去。」
郁心蘭聽出他語中有些遺憾，忙寬慰道：「你還年輕，皇上自然更信任父親一些，待過些時日，自有你建功立業的機會。」
赫雲連城輕笑，「胡說，我只希望這世道太太平平的，可不想為了建功立業去打仗。」
郁心蘭靠在他懷裡小意兒奉承，「難得你這麼為百姓著想，將百姓的生死放在首位，真是個光明磊落的大丈夫……」

相處了幾個月，赫雲連城也算是摸清了一些她的脾性，聞言並不得意，只是挑眉道：「有什麼話就直說吧。」

郁心蘭撇了撇嘴，吭哧半晌才道：「其實也沒什麼，就是母親她……今日又在問我……小日子的事了。」

每個女主子的小日子都要記錄在冊的，一來是方便丫頭們準備所需物品；二來是方便男主子安排夜宿。所以昨兒個郁心蘭身上來了，今天長公主就知道了，一個勁兒地納悶，連連追問她那兩副鹿胎湯喝下去沒有。

怎麼會沒喝呢？每回都是紀嬤嬤在一旁監視著她喝完的，撐得她中飯都不用吃……

雖然到最後長公主也沒說別的，可郁心蘭不得不開始擔心了，她嫁給赫雲連城也有半年了，肚子一直沒訊兒，家中長輩開始著急了，這萬一要是想往這院子裡塞人怎麼辦？就是不塞人，要她自己尋個丫頭開臉怎麼辦？

可惜她不說明白，赫雲連城並不知道她的心思，無所謂地道：「來了就來了，妳直接告訴母親便是了。」

郁心蘭氣結，從他懷裡掙出來，轉過身幽怨地瞪著他道：「你怎麼不明白？我怕……怕母親要給你納妾。」

赫雲連城一怔，原來是為了這個，他挑了挑眉，問道：「妳的意思呢？」

郁心蘭嘟囔：「我嫁進來還沒一年呢……」

赫雲連城調侃地道：「哦，那就等一年後再納妾好了。」

還真想著納妾呢！

差一點兒沒把郁心蘭給氣暈，抿緊小嘴，鼓著桃腮瞪他。

赫雲連城暗暗發笑，面上卻一本正經地道：「別瞪了，再瞪眼珠子要出來了。我這不是順著妳的意思了嗎？」

郁心蘭氣結，「要順我的意思，就不許你納妾！」

赫雲連城挑眉，「為何？」

郁心蘭哼道：「還有什麼為何，你見過哪家的後宅平靜的？就像王氏和我娘親，其實王氏心氣不順我是能理解，只是她要害的是我娘，我不可能不幫自己的娘親。但若是我父親不在外面拈花惹草的話，這些骯髒事兒也就不會發生……」

赫雲連城歪頭看她，「那豈不是沒有妳了？」

「怎麼會？若我們有姻緣，我便是托生到旁人的肚子裡，一樣也是你妻子。」

郁心蘭一說完，不由得大窘，好像她非要嫁給他一樣，俏臉便緋紅了，瞪了唇角含笑的某人一眼，辯解道：「這不是重點……」

話沒說完就被赫雲連城給打斷了，「重點是妳要做一個好妻子。」他用曖昧不明的目光上上下下打量郁心蘭好幾眼，附在她耳邊輕聲道：「若妳能做個好妻子，讓我覺得這屋子裡不用再進人，我便不納妾，誰說也不納。」

郁心蘭有點發昏，愣愣地看著他半晌才問：「那……要怎麼樣才算是個好妻子？」

赫雲連城放開環著她纖腰的手，一邊往屏風後走一邊道：「這得妳自己去想。」

郁心蘭深吸了一口氣，賣什麼關子！自己想就自己想，憑我看了那麼多部愛情片，還怕搞不定你一個古人？

赫雲連城換了常服，轉出屏風時見小妻子還在那兒捏著拳頭給自己打氣，不由得莞爾一笑，本來還想逗逗她，只是這陣子他太累了，看見床就走不動路了。

下午好好地歇了一覺，赫雲連城整個人都精神百倍，醒來後還以為會看見一張溫柔的笑臉，殷勤地服侍他起床，哪知郁心蘭根本不在屋內。他不由得嘆氣，自己穿好了衣服，出了內室，就見小妻子盤腿坐在靠窗的短炕上翻帳冊。

他湊過去瞟了一眼，驚訝地問：「妳的香粉鋪一個月能賺這麼多？」居然有一萬千餘兩。

郁心蘭解釋給他聽：「這是剛開張，人家瞧著覺得新鮮，訂貨的自然多些，買回去的東西總要用上一、兩個月，下個月就不會有這麼多營利了。」

赫雲連城蹙眉問：「那妳預計一個月能營利多少？」

郁心蘭將佟孝說給她的客流量這些都做過統計，估算出了一個保守的數字，「一個月三千兩左右吧。」

赫雲連城定定地看著她道：「那你知道我的年俸是多少，王丞相的年俸是多少嗎？我的年俸一萬兩，王丞相是兩萬兩。」

郁心蘭抿了抿唇，她明白他的意思，太賺錢了會讓人眼紅，也許，等皇上下回要賞她的時候，她應該想法子弄個護身符來。

郁心蘭將自己的想法告訴相公，赫雲連城斜睨著她問：「妳覺得皇上會有這閒心來管你的嫁妝鋪子？」

不管就不管，用得著用這麼鄙夷的口吻嗎？

郁心蘭噘起小嘴，小腦袋在他肩上蹭了蹭，撒嬌道：「那你幫我想想法子啊，總不能看著我被人欺負了不是？」

赫雲連城啞然失笑，這不過是要防範的事兒，還沒成事實呢，她就說得這般委屈了。不過，早些防著也好，若真被人欺到頭上，少不得又要費一番周折。他想了想，便道：「我明日去問問子期的意思，他反正閒得慌，妳讓出二成乾股給他……」

郁心蘭睜大眼睛，二成乾股——真是肉疼啊！

赫雲連城沒好氣地伸手捏住她的小鼻頭，「怎麼這麼小家子氣？二成乾股不過一、兩千兩銀子，讓他當了這個老闆，他就得幫妳管著店子，誰還敢欺到他頭上去？再者，妳的香粉如今也就是在市面上賣一賣，若是能賣到宮裡去，妳自個兒算一算，划算不划算！」

賣到宮裡去？就算不要普通的香粉，每年光是香皂和花水、香露就能賺翻，而且皇宮當家的是皇后，皇后是誰，可不就是十四皇子的生母嗎？這麼說來，二成的乾股還真是不虧！

郁心蘭將心裡的小算盤打得劈里啪啦直響，索性大方一點，笑咪咪地道：「不如我的樓外樓也讓給他二成乾股，他負責帶客源過來就成。」

如今十三皇子明子岳和十四皇子明子期的生辰都過了，聽說只是在秋山隨意擺了個宴席，官員們還沒送禮呢，這些人少了一次大拍馬屁的機會，心裡慌不慌啊！

赫雲連城輕哼，「妳也別想得太美了，我明日去跟他說，還不一定呢，他就愛閒著，並不喜歡多事。」

郁心蘭立即大拍相公的馬屁，又是按肩又是捶腿的，赫雲連城繃不住笑了，「得了，妳這手勁兒跟撓癢癢差不多了，想讓我幫妳，多做些好吃的來就行。」

郁心蘭自是懂的，相公喜歡吃她做的菜嘛！今晚的菜，她親手做了幾個，赫雲連城還算滿意，不過他年紀輕，又習武，縱使晚上吃飽了，到了夜間還是會有些餓。

郁心蘭便尋思著，不如到小花園裡去採幾朵日香桂，這種花的香氣與桂花相似，卻又清淡一些，放在糕點裡應當不錯。

赫雲連城喜歡吃帶香味的甜點，這是郁心蘭親手給他做糕點後才發覺的，以前也沒見他對大廚房送來的點心有什麼特殊的要求，想來是覺得一個大男人喜歡吃女人家吃的東西，有些不好意思。

想到桂花糕要煮半個來時辰，郁心蘭用過晚飯，便讓錦兒和巧兒陪著，乘小轎到小花園裡採花。

入了夜，小花園的門便關了，錦兒給守園門的婆子幾十個大錢，那婆子點頭哈腰地道：「大奶奶來了，請進請進！」

小花園都是小徑，小轎進去不方便，郁心蘭便讓抬轎的婆子們到園門處的小房內烤火取暖，也給了幾十個大錢買幾碟花生米、小零嘴吃著。婆子們喜出望外，簇擁著進了小房。

園門處的小房不過現代的五、六平方公尺，因而僅一個火盆就很溫暖了。那守門的婆子是章家的，面帶豔羨地問：「聽說大奶奶為人大方親切，能跟大奶奶的人真是好福氣呀！」

那群抬轎的婆子也道：「可不是嗎？咱們就是給抬個轎，往常別的主子什麼時候打賞過……」

正聊得熱鬧，一名管事嬤嬤走了進來，板著臉喝道：「這是怎麼回事？」

章婆子忙解釋：「大奶奶要進園子裡採些花，這幾名是抬轎的，大奶奶讓她們在這裡歇腳。」

管事嬤嬤臉皮一變，將章婆子拖到一邊，低斥道：「不是說了晚上不能放人進園子？妳忘了陶嬤嬤的交代了？」

章婆子嘴角一抽，也壓低了聲音道：「陶嬤嬤今日還沒來了，以往也要戌時初刻才會來。」

管事嬤嬤這才放下心來，但還是很不滿，「以後記住了！」又狠瞪了章婆子一眼道：「要不是看妳是我弟妹，我哪會派給妳這麼好的差事？妳給我把嘴門關緊一點！」

章婆子嘴裡應著，心裡卻在說：那事兒我又沒說出去，瞎操什麼心！府裡又沒說不讓晚上進園子，頂多唬唬小丫頭，大奶奶是主子，難道我還能攔著她不成？

郁心蘭在小花園裡逗留了滿長的一段時間，晚間四野漆黑，伸手不見五指，僅靠錦兒和巧兒手中的燈籠，要找到花瓣舒展、花香沁人適合做糕點的日香桂，頗花了一番功夫。

採夠了要用的花朵，回到園門處時，卻發現那四個負責抬轎的婆子袖著手，縮在轎子旁，冷得直哆嗦。

郁心蘭蹙眉問道：「怎麼將妳們趕出來了？」

一名婆子走上前福了福，低眉順眼地道：「剛才花園的管事嬤嬤來了，說奴才們在門房處歇腳，不合規矩。」

好似並沒有這條規矩啊！

郁心蘭腳跟一轉，便往門房而去，章婆子瞧見，忙迎了上來，陪笑道：「大奶奶有何吩咐？」

郁心蘭彎起唇角，看似溫和地笑道：「我請幾位嬤嬤到房裡坐一坐都不允，哪裡還敢吩咐妳什麼事？我倒不知道小花園的門房何時變得這麼金貴了，連讓人歇歇腳也不許。只不知，是所有人都不許呢，還是獨獨我吩咐的人不許進來？」

章婆子就是個下等粗使婆子，哪裡敢擔這樣的罪名，駭得當即跪到地上磕頭，「冤枉啊大奶奶，老奴真是冤死了，是花園的管事丁嬤嬤不許她們坐在房裡，說是不合規矩，老奴還替幾位姊妹求情來著。」

郁心蘭挑眉問道：「跟著服侍的丫頭、婆子、小廝，報訊兒也好，辦正事也好，等主子的時候哪個不是在門房歇腳？這怎麼就不合規矩了？妳去把丁嬤嬤叫過來，我倒要好好問問她。」

她不是個愛挑事的人，可一個小小的花園管事嬤嬤也敢忤逆她的話，這是把她的臉面往地上摔呢！她倒是要看看這丁嬤嬤背後是什麼人，公然挑唆奴才給她摔臉子。

丁嬤嬤不多會兒便被章婆子尋來了，抬頭對上郁心蘭明亮清冷的眼，丁嬤嬤不由得打了個寒顫，大奶奶好足的氣勢！

她開始後悔了，早知道這位大奶奶會不依不饒，開始就讓這四個婆子在門房裡歇著，讓章婆子守在外面就是了。

丁嬤嬤一面想著，一面向郁心蘭福了一禮，卻老半天沒聽到大奶奶叫起身，只得維持這個半蹲的姿勢，陪笑著問：「不知大奶奶喚奴才來有何吩咐？」

郁心蘭低頭摩娑著小手爐上的祥雲花紋，沒搭理她。

丁嬤嬤只得自抽了一個嘴巴，「哎喲喂，是老奴不懂看眼色，居然讓大奶奶的人到房外候著。可是老奴也是怕章婆子只顧著聊天，不記得差事了，這才……」

郁心蘭抬頭清冷地瞥了她一眼，淡聲道：「抬轎子的人都是車馬處的，並非我的人。既然花園是由妳管，妳有妳的管法，我也不好說道什麼，妳自己去向那四個婆子賠個禮，她們若是算了，我也就算了。不然，我倒是想去問問妳的管事，自己手下的人辦事不辦，卻賴到旁人頭上，這算個什麼管法？若是沒這管人的能力，還是不要管的好。」

讓我一個管事嬤嬤去向幾個粗使婆子賠禮？丁嬤嬤倒抽口涼氣，當下臊得滿臉通紅，心裡的怒火也撲撲地竄了起來。可是，不賠禮的話，大奶奶就要去找大管事……

丁嬤嬤權衡再三，擠出一抹笑來，從腰包裡掏出兩個銀錁子，大約二錢重，雙手捧上，小心翼翼地道：「是老奴做事沒有章法，原也應當先請示過大奶奶再讓她們出去，老奴認罰，這幾個銀錢給那四個姊妹買壺燒酒暖暖身。」

這是變相的賠罪了，若真向四人道歉，她這張老臉就沒處擱了。況且她寧可賠銀子也不願去大管事那兒理論，說明這事兒是她自己的意見。

郁心蘭尋思笑了笑，「丁嬤嬤出手真闊綽。」花園的管事嬤嬤一個月也就一兩銀子的月銀……

丁嬤嬤咬牙笑道：「老奴罪過，落了大奶奶的臉面，這些銀錢便當是大奶奶賞給她們的！」

郁心蘭瞥了巧兒一眼，巧兒立即上前拿了銀錁子，出門賞了那四個婆子。郁心蘭也懶懶地起了身，軟飄飄的丟下一句：「丁嬤嬤以後辦事要謹慎些。我是個軟性子，這便不罰妳了，若換成別的心氣高的主子，妳這一頓板子可是少不了的。」

丁嬤嬤忙點頭哈腰地賠罪，又是多謝「大奶奶教誨」，將郁心蘭送上轎，親眼看著她離去，才狠狠抹了把額頭的虛汗。

章婆子上前來問：「這事兒要不要告訴陶嬤嬤？」

丁嬤嬤狠瞪她一眼，「當然要！若是日後出了岔子，妳擔得起嗎？」說完，丁嬤嬤便走了，章婆子則關緊了花園的大門，縮進小房取暖去了。

一個嬌小的人影從花園門房斜對面的花叢中閃出來，沒入黑暗之中，極快地追上郁心蘭的小轎，又從徑邊的花叢中竄過，搶到前頭回了靜思園。

小轎一停，郁心蘭扶著巧兒的手下了轎，轉身向四個婆子道：「讓陳嬤嬤取點點心給妳們。」四個婆子忙道不用，郁心蘭已扶著巧兒的手進堂屋了，陳順家的則笑嘻嘻地過來拖著一個婆子便走，「我們奶奶最是大方，說賞便賞，妳跟我去拿吧。」

陳順家的帶著那個婆子進了西偏廳的小耳房，一邊包點心一邊跟那婆子閒聊：「以往只是打發點賞錢，今天姊妹們可是受了什麼委屈？」

那婆子從頭到尾學了一遍，憤慨道：「是大奶奶讓咱們姊妹進去休息的，丁嬤嬤竟將咱們趕出去，這不是打大奶奶的臉嗎？」

陳順家的也憤慨了幾句，叮囑她別四處亂說，包好了點心，打發婆子們走了，轉身到上房向大奶奶回話：「說是隱約聽到陶嬤嬤吩咐過的這類的話。」

又是陶嬤嬤！之前千荷也聽到丁嬤嬤和章婆子在我走後，說要告訴陶嬤嬤！

郁心蘭心思轉了一圈，沒動聲色，這事兒是自己無意中撞見的，或許跟自己沒關係，只要讓人注意一下便好，先打發陳順家的下去休息，自己則到小茶房做點心。

錦兒先一步回來，已經將日香桂洗淨，蒸成熔融狀，揉進麵粉裡。

郁心蘭接過揉好的麵，往裡調香料、酥油，眼角餘光忽然瞥見錦兒總是搓著手，便問道：「怎麼？很冷嗎？」

錦兒嚅嚅地道：「手有些冷……」

「去爐火上烤烤，剛才揉麵是不是用溫水？」

「是用溫水，不過，洗完花後，手就覺得冷。」知道主子是個隨意的人，錦兒便有什麼說什麼，倒也不是要邀功，只是覺得奇怪，「婢子是用溫水洗花，洗完後手還是溫的，骨子裡卻發冷。」

郁心蘭調麵的手頓下來，被錦兒一番話給震住，也不知是不是心裡暗示，居然覺得自己的手也在發冷。她將手抬到鼻子下仔細嗅了嗅，有酥油味，有茴香味，還有……薄荷香！沒錯，薄荷的香味，雖然很淡，但是她經常分辨食用香料，還是可以聞得出來。

郁心蘭心情一鬆，便安慰錦兒道：「是薄荷，沾了手，是會覺得冷。」隨即又奇怪，「妳加了薄荷在裡面？」

錦兒搖了搖頭，「沒有，婢子都不知道薄荷是什麼。」

郁心蘭才記起，玥國是沒有薄荷，她曾想自製薄荷精油，結果根本沒人知道薄荷是什麼，只好作罷。她明明採的是日香桂，怎麼會有薄荷的香味？

郁心蘭總覺得這裡面有什麼名堂，快速地做好點心，放在籠屜裡上火蒸，囑咐錦兒看著火，自己則回到上房向赫雲連城借人，「能不能讓賀塵去一趟小花園，再幫我採一些日香桂來？不要讓人發覺了。」而後將日香桂裡有薄荷味的事告訴了赫雲連城。

赫雲連城出去吩咐了一聲，沒多久，賀塵便採了幾枝日香桂過來。郁心蘭摘下一朵小花放在口中嚐了嚐，並沒嚐出薄荷的味道來，還真是奇怪了，她不甘心地又吃了幾朵，仍是沒有。

赫雲連城便道：「妳不是說薄荷是可以吃的嗎？就是有也沒什麼吧？還是妳根本就弄錯了？」

郁心蘭白了他一眼，「很淡很淡，但我的確聞到了，應該不會錯。」

玥國都沒有的東西也不知妳怎麼知道的，還這麼自信。

這話赫雲連城當然不會說出來，只是道：「就算弄了些薄荷粉之類的在花上又如何？如今這北風吹得，有誰會去小花園？」

這也是郁心蘭想不通的地方，薄荷是懷孕之初的人不能吃的，她一開始就直接聯想到二奶奶身上，二奶奶懷著身子才兩月呢，可二奶奶如今害喜得厲害，聽說只能喝白粥，有一點香味、油腥的東西都吃不得，自不會有人拿日香桂做糕點給二奶奶吃。而她今日去摘日香桂，只是臨時起意……

百思不得其解，郁心蘭便不去想了，自然也不會跑去提醒二奶奶別吃園子裡日香桂做的點心，人家指不定以為她有病呢。

過了兩日，因為殺手已經招供，赫雲連城每日都能準點回來，郁心蘭便在未時三刻開始準備晚飯。其實侯府是不允許各院設小廚房的，偶爾在小茶房弄點吃食還是允許的，所以所需的食材郁心蘭基本都是讓婆子們到集市上去買，名貴的難買到的才去大廚房要。

這天正在小茶房忙碌著，巧兒急急地跑進來，喘著氣道：「稟大奶奶，五爺和八少爺來了。」

赫雲徵這陣子上了童子學，上回郁心蘭回娘家回得匆忙，沒帶他同去，赫雲徵便自個兒在童子學裡尋著了郁心瑞，兩人的年紀相當，又是姻親，自然便走得近了。

今日赫雲徵特意帶了郁心瑞過府來看嫂子。

郁心蘭聽說弟弟來了，忙讓錦兒將蒸好的糕點裝盤，令巧兒看著火，燒一壺滾茶端過去，自己到耳房急匆匆淨了手，對著靶鏡整理了一下妝容，才從容地回到上房正堂。

赫雲徵正指著牆上的名畫，告訴郁心瑞這幅畫的來歷。

郁心蘭莞爾一笑，調侃道：「喲，原來五爺是這麼博學多才，以後得讓心瑞跟你多學學！」

赫雲徵連忙回身行禮，叫了聲「大嫂」，小臉卻羞紅了，他就是個搗蛋鬼，哪裡博學多才了，大嫂就愛捉弄他。

郁心瑞再見到姊姊很是高興，規規矩矩行了一禮。郁心蘭發覺半個月沒見，弟弟的手腳又利索了許多，看來已經快恢復了，便懇請小五道：「五爺有空也指點一下心瑞的武藝行嗎？」

「當然行。」小孩子都好為人師，赫雲徵自然是一口應承。

「進屋裡說話，屋裡燒著地龍。」郁心蘭將兩個小傢伙趕進東暖閣，丫頭們奉上了果子點心，小傢伙們吃了兩口點心便大呼好吃。

郁心蘭笑道：「好吃也慢點吃，一會兒要吃晚飯了，五爺今個兒就在靜思居用吧。心瑞，你也留下，我一會兒差人給府裡送個信。」

郁心瑞忙點頭，他正好有事同姊姊說。赫雲徵用完飯便回母親那兒，赫雲連城也去了書房，將屋子讓給郁家姐弟說體己話。

郁心蘭打發走了下人，便問道：「最近你和娘怎麼樣？」

郁心瑞忙將娘親和他的日常起居都說了，他如今住在老太太的院子裡，沒什麼好擔心的，溫氏那兒自也有岳如照顧著。如今老太太管著後院，處罰了幾個不安生的管事，也還算穩妥。

自上回被馬撞傷，又被郁心蘭指點了一番，郁心瑞也似乎在一夜間長大，對身邊的人和事都用心了起來。

他本就聰慧，又立志要保護好娘親和自己，所以遇事也知要多多思量。

「賀穩婆的兒子濫賭被抓了，她急著回家籌銀子救兒子，所以向老太太請辭，還退還了訂金。老太太不便強人所難，放了她出去，正要再尋一個呢。」郁心瑞此番來，主要是告訴姊姊這事。

郁心蘭蹙了下眉，眼看著二十來天娘親就要生產，臨時請來的穩婆也不知可不可靠。她琢磨後問：「老太太年紀大了，不可能親自去選人，不知這新來的穩婆是哪些人推薦的？」

郁心瑞也早打聽清楚了，「一位是三嬸推薦的，替藍姊姊接生的；一位是六嬸推薦的，還有一位是秋容姑娘推薦的，老祖宗說，明日讓三人都過來，她問一問再決定。」

郁心蘭挑眉問：「秋容怎麼向老祖宗推薦的？」

當初溫氏是姨娘的時候，都沒資格往老太太跟前站，秋容只是個侍妾，論說連梅院的大門都進不去，至於三嬸和六嬸，聽說自從老太太管家後，東西兩院又熟絡起來，本就是沒分家的，想到老太太面前獻獻殷勤，得點好處也正常。

郁心瑞道：「秋容姑娘每天去娘跟前請安立規矩，聽說穩婆辭了，便向娘推薦了。」

郁心蘭沉吟了一下，她沒跟父親這兩個小妾說過什麼話，卻記得秋容一說話便是眼挑眉毛動的，很有股子風情，況且聽說當年她兩個侍寢之後，王氏必賜落子湯，這樣還能生下庶長子的人，可不會是個簡單的人物。幸運的是，那時王氏也年輕，認定自己會生出嫡子，所以也沒把這個庶子放在心上。

「明日，想法子讓老祖宗留下秋容推薦的那個穩婆，這些日子你多到槐院走動走動，注意一下秋容的行蹤。」郁心蘭決定給秋容一個機會，看她是不是像她表現出來的那般伏低做小，對娘親沒有威脅。

若她別有所圖，只要防範得好，便可以抓個現行，還能讓軟弱的娘親長點教訓。

見天色不早，郁心蘭便派馬車送他回府，叮囑道：「有事只管來找我，老祖宗那兒，你也可以透點話兒。」郁心瑞一一應承，乘車離去了。

赫雲連城回房的時候，郁心蘭還撐著香腮對燈沉思，他不由得問：「怎麼了？妳娘有事？」

「請的一位穩婆辭工了，總覺得不對勁，老祖宗那時跟我說，這兩個穩婆的家世也考察過的，怎麼忽然就有了個嗜賭的兒子？」

「明日讓黃奇去查一下便是。」赫雲連城安慰她：「還有些日子才生吧？沒事的。」

「嗯。」郁心蘭乖順地應了，又問起明子期入股的事。

「子期說幫妳爭取到宮中的供奉再說，不然他不好意思占這二成乾股。」

郁心蘭噗哧一笑，想不到明子期是個有便宜都不占的人。

第二天郁心瑞差人送了封信來，已經留下秋容推薦的龍穩婆，他找門房問過，秋容前幾天差丫頭出府兩次，說是買絲線，大半天才回府。

黃奇調查的結果，那賀穩婆的兒子是被新認識的朋友帶去賭場，才賭上癮的。

郁心蘭聽後直皺眉，都是最近幾天的事，太湊巧了些。她飛快地提筆給郁心瑞回了封信，讓黃奇交到弟弟手中。待都安排好了，只等著答案揭曉的那天就成了。

將人都打發出去後，赫雲連城便一把將郁心蘭撲倒，鼻尖抵著鼻尖，眼睛對著眼睛地問：「已經六天了，妳的小日子完了沒有？」

郁心蘭臉一紅，啐道：「你還算日子？」

赫雲連城將手伸進她衣襟裡，輕聲曖昧道：「我是度日如年，自然要算日子。」

郁心蘭抬眼望向丈夫，彎月般嫵媚的眼睛，總是盈滿秋水，一下子就把赫雲連城的心神都勾去了，他迫不及待地俯下頭深吻，大手已經自動地在下面找到了答案，再不想拘著自己的慾念。

兩人親吻得難分難捨，體溫愈升愈高，正要暢快淋漓地宣洩之際，寢房外傳來急促的拍門聲，「大爺，二奶奶小產了，侯爺請您二位立即去靜念園！」

這種時候被打斷，是件很窩火的事件，可惜小夫妻倆還發不出脾氣，是侯爺吩咐的啊！而且發生了這種事，即使事不關己，心中也會不舒服。

郁心蘭長嘆一聲，「二奶奶怎麼會小產？為什麼需要我們去？」明明可以明天報過來，自己再去安慰一下便是。

她心中一動，上轎前招賀塵過來問了兩句，才與赫雲連城一同去了靜念園。

侯爺和甘氏、赫雲傑、三奶奶都已經到了，見她二人進來，甘氏也沒轉彎兒，直接道：「晨兒此次早產，不是意外，許太醫已經確診了，是食用了對胎兒不利的東西引起的。晨兒自孕後，一切飲食皆由乳娘厲嬤嬤管理，沒有半點錯漏之處，侯爺和我很不願相信，但是，此事只有老大、老三你們兩房人有干係，你們是自己承認呢，還是要侯爺來審？」

甘氏的話音剛落，赫雲傑便大呼冤枉：「父親、母親，您們怎麼能懷疑我呢？我和二哥可是親手足，怎麼會害二嫂？」說罷瞥了赫雲連城一眼，雖然沒說什麼，但那意思卻很明顯，大哥跟我們可不是一個肚子裡出來的。

侯爺聽了這話卻陰雲滿面，森森地問：「你只和你二哥是親手足？」

赫雲傑嚇了一跳，忙硬著頭皮解釋道：「我……孩兒的意思是，孩兒和二哥自小就很親近……斷不會做這種事情！這……即使要是問，按長幼次序也應當先問大哥啊！」

郁心蘭在心中嗤笑，明明是你自己搶著說話的。

赫雲連城十分冷靜，淡淡地問：「大娘懷疑我們，證據呢？」

甘氏道：「前些天蘭兒不是送了些秋俸到廚房嗎？誰知道是不是被什麼藥水泡過的，孕婦不能吃的？晨兒這幾日可是吃過的。」

也就是只懷疑我嘍？

郁心蘭見眾人都望向自己，並不急著辯駁，而是反問道：「那大娘又是因何懷疑三爺呢？」同時藉著長袖的遮掩，握了握赫雲連城的手，要他不要急著說話。

「妳——」甘氏語塞，強硬道：「妳先解釋妳的！」

郁心蘭含著笑，語氣恭敬，態度卻強硬地回道：「府中哪個沒往廚房送過秋俸，媳婦也是得知這個慣例，才遵循的。莫非大娘只是懷疑大爺和媳婦我，讓三爺和三弟妹來只是給我們點體面？若是如此，媳婦先謝過大娘的體恤。只是媳婦卻不知，大夫可有明說，二弟妹是因何食物而致滑胎的？」

赫雲策這會子正巧從內室出來，聽到郁心蘭的問題，便答道：「大夫說是服用了極為涼性之物。」兩眼陰鷙地盯著郁心蘭，彷彿她就是謀害他孩子的真凶似的。

郁心蘭渾不在意，轉而看向侯爺與甘氏道：「既然父親和大娘讓媳婦自辯，媳婦能否請靜念園的丫頭僕婦們來問話？」

甘氏還想要她先解釋秋俸的事兒，侯爺卻道：「可以。」

郁心蘭又提了一個要求：「媳婦斗膽請父親安排侍衛守住各園子的大門以及廚房，任何人等不得隨意走動，除非有父親您的手信。」

甘氏喝道：「妳想幹什麼？」

郁心蘭恭順地微笑，「查案！謀害侯府的子嗣，可是重罪，媳婦怎能不謹慎從事？」

侯爺深深地看了她一眼，道：「准！」他的話一出口，貼身的侍衛立即領命出去，親衛們隨即將整個後宅看管了起來。

甘氏心有不甘，低責道：「我問妳的問題，妳為何不敢回答？」

我才不會無緣無故去回答關於秋俸的問題，這都多少天了，妳想做手腳還不容易？本來就不打算送到廚房去的，還是紫菱她們非說府中其他主子都是這樣，我才勉為其難地送了……果然，出問題了不是？

郁心蘭挑眉道：「還請大娘稍安勿躁。」

甘氏氣躁，可是侯爺坐在身邊不動如山，她也只能乾瞪眼。

不多時，靜念園的丫頭僕婦們都被帶到大廳外。

郁心蘭請侯爺的親衛先將眾人帶去偏廳，一個一個帶進來盤問。

粗使的丫頭婆子當然不必問了，她們根本就接觸不到二奶奶的飲食起居，先是問厲嬤嬤和二奶奶的貼身大丫頭嫵月和彎月。

三個人的說法基本一致，二奶奶這陣子害喜得厲害，胃口不好，她們一直讓大廚房只送些小米粥之類，今日好不容易有了些食慾，便貪吃了幾口二爺的菜餚，哪知傍晚便開始腹痛，接著就滑胎了。

郁心蘭讓親衛們將三人帶下去，另看管在一間房子內，這才衝甘氏微笑道：「大娘也聽到了，那些菜餚原是給二爺備的，是二弟妹自己取用，怎麼能責到媳婦的頭上？媳婦哪有那個神通，讓二弟妹偏挑選媳婦送的秋俸做的菜餚？」

她這麼說自然是有道理的，可甘氏卻不相信，赫雲策也有疑惑，不由得道：「難道就不會是每樣秋俸都沾了藥，只要晨兒吃上一口便會滑胎？」

郁心蘭冷笑，「二弟非要我擔這個罪名不成？敢問二弟，可否知道二弟妹喜歡吃些什麼？」

赫雲策立時僵住，「這……厲嬤嬤知道。」他是個大男人，哪會在意妻子喜歡吃什麼，只有妻子在意他的分。

郁心蘭便笑了，「連二弟都不知道的事兒，我又怎麼知道？我送的食材種類有限，若正好都是二弟妹不愛吃的呢？」

赫雲策語塞。

三奶奶似乎是在為郁心蘭著想一般，輕聲問：「大嫂再仔細想一想，是不是有這個可能，那些個秋俸無意中沾了什麼涼性的藥物，大嫂不知道？」

聽著好像在幫忙開罪似的，可是，再無意也讓二奶奶滑胎了，這責罰自不會少。

郁心蘭含著笑瞥了三奶奶一眼，「三弟妹真會說話兒，寧遠城離京城數百里，送來的秋俸都是乾貨，數量也不少，若是要『都』不小心沾上些藥，那得用個多大的罈子，放上多少藥粉，花多少時間，才能讓那些個香菇、乾筍不小心打個滾兒？」

三奶奶立即漲紅了臉，囁嚅地道：「是我說錯了，大嫂莫怪！」一臉的惶恐，惹人憐愛。

郁心蘭卻是半分情面也不留，「審案之時，還請三弟妹慎言，不會推案便不要說話，方才也沒人問妳。」

三奶奶一張俏臉漲得通紅，偷眼瞧了瞧侯爺的面色，只見侯爺面沉如水，眸光深邃，只盯著手中的青花纏枝水仙的茶杯，卻似乎沒聽到大嫂斥責她的話。而赫雲傑只顧著偷眼打量因微惱而紅了俏臉，更顯豔麗的大嫂。她心中惱恨，卻也只能咬了咬唇，恭順受教地點了點頭。

甘氏的心思只放在不能讓郁心蘭脫罪上，於是道：「妳若是無辜的，只需讓大夫去查一查廚房餘下的存貨就成了。」

郁心蘭卻道：「都送到廚房四、五天了，誰知道是哪個動過手腳？就是查出來了，媳婦也是不認的。」

廚房裡的管事都是甘氏的人，這話等於是在說甘氏讓人動了手腳。

甘氏勃然大怒，猛地伸手一指，喝罵道：「妳是說我指使廚房的人害了我的孫子？那些人都是我的陪房、我的人，我會害我的孫子？」

郁心蘭斂了笑，換上一副懇切的表情，十分真誠地道：「媳婦自不會這樣懷疑大娘，在這府中，沒人比大娘更想抱一個長孫了。」

說到這裡頓了頓，話裡的暗意讓甘氏臉皮一僵，侯爺也抬頭看了郁心蘭一眼，她這才接著道：「媳婦只是覺得，大娘千萬不要把奴才們犯的錯都攬到自個兒頭上。莫說是幾個廚娘和管事媳婦，就算是令出如山的軍中，也不是沒有敗類，難道一、兩個不成器的東西，就要怪罪到父親身上不成？媳婦不會舉例，還請父親莫怪。媳婦只是覺得，大娘您平日裡事務繁忙，難免有管顧不到的地方，那些個眼欠手短的奴才，只怕會為了幾兩銀子做出些下作事兒來，只要能查出這些下作的東西，處罰了便好。」

侯爺聽聞後點了點頭，便朝外面的親衛道：「去廚房將管事媳婦和廚娘都帶過來。」

事情已經在朝她希望的方向發展了，郁心蘭便低了頭，優雅地品茗，不再咄咄逼人。

赫雲連城的眸中也露出輕鬆之意，上轎之前郁心蘭問賀塵的話和讓賀塵辦的事兒，他可是聽到了的，知道她已經有了成算，便打算讓她自己去應付，不行了他再幫忙。

不多時，廚房的相干人等悉數帶了過來，其中竟還有賀塵和黃奇。

甘氏如同陰暗百日的花朵見到了一絲陽光，興奮得兩眼放光，指著賀塵和黃奇問：「老大，你的侍衛去廚房幹什麼？」

赫雲連城不急不忙地道：「大娘只管問他們吧，免得串供。」

甘氏給氣得心口一窒，然後又瞪了郁心蘭一眼，覺得以前老大再怎麼樣，也不會當著侯爺的面這般不給自己臉面，一定是這個女人給帶壞的。

郁心蘭垂眸裝優雅，自然是沒看到這個怒瞪的，甘氏只覺一拳打空的失落感縈繞心中，只好順了口氣，學著郁心蘭將人一個個帶上來，問賀塵：「說，你們倆到廚房幹什麼？」

賀塵恭敬地答道：「大奶奶說二奶奶滑了胎，只怕是吃了什麼不乾淨的東西，吩咐卑職和黃奇去廚房外盯著，免得有刁奴在廚房動手腳或是毀滅證據。」

甘氏氣息一窒，急問：「你……去了多久？」

賀塵道：「大奶奶聽到傳報，便令卑職們去了，正好看到幾個人在翻食材。卑職們想，這會子主子們都快安寢了，這起子奴才只怕是別有用心的，便先將其看管了起來。」

甘氏這會子就真的是心驚肉嚇了，臉色刷的一下血白，卻還強自鎮定道：「我派了人去查廚房，難道我的人也是別有用心之人？」

郁心蘭更認定了心中的猜測，甘氏自是不會害自己的嫡孫，定是見二奶奶滑胎了，便想將事兒賴到自己的頭上，事後再悄悄查真正害二奶奶的人。因是臨時起意，所以人也應當是臨時派去廚房做手腳，賀塵他們堵住的人應當是甘氏的人。

郁心蘭此時更加悠閒起來，只差沒翹個二郎腿哼幾句小調了。而甘氏卻有些坐立不安，怕被侯爺看出些端倪來，她恨恨地盯了郁心蘭一眼，沒想到這個十幾歲的小姑娘居然有這麼多心眼兒，連這一碴都想到了。

侯爺面色陰沉，讓賀塵將那幾人帶上來，一瞧，除了葛嬤嬤是甘氏的陪房外，其餘三人都是侯府的家生子。那葛嬤嬤也是個口齒伶俐的，直說自己是奉甘氏之命來查廚房食材的，並非什麼為非作歹之人。

因為之前懷疑是廚房送的吃食上出了問題，這話兒也套得起來。

赫雲連城眸光深邃，他很想讓人搜一搜這幾人的身，只怕懷裡還藏著什麼藥材之類。郁心蘭也想到了這一層，可是若是些涼性的藥物，她們只需說自己上了火，這是自己吃的下火藥，就難以辯駁了。因而她便按住了赫雲連城的手，不讓他開這個口，反正侯爺在這兒，侯爺自會處置。

侯爺帶的親衛都是些特訓過的精銳，很快將廚房各人搜了一遍，什麼珍菇、靈芝片、碎燕窩之類的珍貴食材搜出來一大堆。

甘氏的臉色比大便都難看，這些人剛才她可是劃到了自己麾下的，如今卻被捉了個賊贓，雖然東西都不多，但偷就是偷，要她如何在侯爺面前下得了臺。

郁心蘭細細瞧了幾眼，忽然問道：「不知我送去的秋俸可有檢查，裡面有沒有含藥物？」

一名親衛躬身回道：「回大奶奶，在葛嬤嬤她們手中的食材發現了一些藥粉，其他的沒有。」

郁心蘭「哦」了一聲，笑讚道：「葛嬤嬤不愧是大娘手下的紅人，一查就查出有問題的食材來了。」這句話暗藏的意思，在座的都能聽懂。

甘氏怒極，伸手便要拍桌子，手肘卻忽地一麻，知道是侯爺在警告她，只好忍下這口氣。

赫雲策顯然不清楚母親的打算，聽說是郁心蘭送的食材中有藥粉，當即便紅了眼眶，若不是顧忌著父母和大哥都在，真能撲上來撕了郁心蘭，便惡狠狠地道：「妳這個歹毒的惡婦！」

話沒說完，就被赫雲連城喝斷：「住口！對大嫂如此無禮，你的禮儀都到哪兒去了？」

赫雲策恨聲道：「她謀害我的兒子，不是惡……」

這回喝斷他的是侯爺：「閉嘴！一點彎曲都看不出來，魯直得如同莽漢，豈堪大用！」

侯爺這話說得極重，赫雲策只覺得著耳中「咚」一聲悶響，心頭彷彿被巨錘捶過，又震又痛，甘氏亦然。

本就是很簡單的概率問題，有的食材中有藥粉，有的又沒有，先不說二奶奶吃不吃，郁心蘭要如何保證有藥粉的食材正好送到二奶奶面前？除非是廚房有她的人，可惜剛才甘氏已經將人都攬到自己名下了，郁心蘭也就自然脫了干係。況且誰會這麼傻，在這麼多食材裡加藥放在廚房好些天，不是在等著別人來查嗎？

赫雲策並非蠢笨，只是太過傷心罷了，畢竟已經連失了兩個嫡子，任誰都承受不住，失去判斷力也是正常。可他此時內心的惶恐比傷痛更堪，兒子沒了還可以再生，但父親斥責他「豈堪大用」，莫非已經將他排拒在繼承人名單之外了？

他惶急地跪下，向侯爺反省道：「是兒子蠢笨，被喪子之痛蒙蔽了雙眼，錯怪了大嫂，還請父親諒解！」

侯爺只是挑了挑眉，他又忙轉向郁心蘭，態度誠懇地道歉。

甘氏為了兒子的前程，少不得要安撫郁心蘭兩句：「蘭兒，此事既已查明與妳無關，還請妳看在策兒剛剛喪子的分上，寬宥一二。」

既然甘氏都承認與她無關了，郁心蘭便顯得極明事理地道：「媳婦自然不會怪罪二弟。二弟，你起來吧，男兒膝下有黃金，大嫂不敢受你這一拜。」

不敢受也受了！赫雲策氣得鼻孔直噴粗氣，卻還要再三道歉。

甘氏只想和稀泥，把廚房的事兒攬和過去，於是笑得和藹可親兼滿懷欣慰，「只要不是你們手足相殘，侯爺和我就覺得欣慰了。這樣吧，今日也晚了，我們就先回去休息，這事兒明日我再來徹查。」

怎能讓妳這麼輕鬆過關呢？既然妳想往我頭上潑髒水，我若是不反擊一下，讓妳也痛一痛，妳怕是不會記得教訓，有事沒事地就想往我頭上扣屎盆子。

郁心蘭臉色凝重，極其鄭重地道：「大娘，媳婦覺得今晚必須查出來才行，否則到了明日，怕有心之人已經將證據抹去了……」

甘氏一怔，攪盡腦汁想怎麼回應，又聽到郁心蘭繼續道：「其次，媳婦送去廚房的食材是沒有任何藥粉的，可現在一部分食材中竟然查出了藥粉，可見廚房中的人並不安分……當然，媳婦覺得這不是大娘您的責任，您事務繁忙，如何能管得了那起子心懷鬼胎之輩，只怕她們還拿著您的仁慈當軟弱可欺。況且民以食為天，若是飯菜中讓人動了手腳，那就真是防不勝防了。」

甘氏的臉紅了又白，白了又紅，可偏又找不出什麼話來反駁，食材中加了藥粉是實打實的，她管理不善也是實打實的，只要郁心蘭不是說那藥粉是她派人去加的，她就已經覺得阿彌陀佛謝天謝地了。

侯爺似乎聽郁心蘭的話聽出了點意思，頗感興趣地問道：「哦？那老大家的，妳覺得廚房應當如何管才好呢？」

郁心蘭先起身福了一福，才回道：「回父親的話，媳婦的意思是，最好讓她們相互監督，這樣的話就可盡量避免此類事情的發生。」

侯爺更有興趣了，「怎麼個相互監督？」

郁心蘭嫣然一笑，「這主意只是針對廚房人多手雜難以管理來定的，並非是針對大娘，還請大娘切莫往心裡去。」

說完這幾句開場白，她才繼續道：「廚房管著全府上下一千餘口的吃食，雖然分了執事，有管主子吃食的，有管侍衛吃食的，有管僕從吃食的，但人手太多，難免出亂子。以前的管事婆子都是……一派的，難免抱成一團，真有事發生的時候，會相互包庇。」

「媳婦的意思是，將現在的管事婆子分幾個到其他地方辦差，另尋一些人進去管事，比如母親從宮裡帶出來的嬤嬤，或者我，或者二弟妹，或者三弟妹的陪房婆子。並且，要每一攤都有兩個出處不同的管事，這樣才能相互監督。」

甘氏鐵青著臉道：「說白了就是妳要安插人手進廚房對吧？」

郁心蘭恭順地道：「請大娘明鑒，媳婦並非只是安插自己的人手進去，而是讓母親、二弟妹、三弟妹的人都進去，各人的奴才對主子最是忠心，自會管好主子的吃食，各人吃起飯菜來也會覺得安心許多。而食材這些都是府中有定例的，誰也不可能多拿一毫，要另外加菜都得自己掏銀子，自有管食材的管事管著，所以這種方法對任何一個人來說都是公平的。」

不待甘氏反駁，郁心蘭又笑看向定遠侯，謙虛地道：「媳婦這也是從大爺近日看的兵書上學到的，軍中除了大將軍外，不是還設有監軍一職嗎？一是為了防止將士們在外野心勃勃，對皇室不忠，二是防止大將軍侵吞軍款，虐待士兵，總之是為了大將軍能更好地履行自己的職責而設的，對吧？若廚房裡有各處的人相互監督，媳婦相信，像今晚這樣的事，應該是不會出的。」

侯爺微微頷首，沉吟片刻道：「沒錯，這法子的確是好，就按妳說的辦吧。」說罷淡瞥了甘氏一眼。

甘氏氣紅了臉，抗議道：「我不同意！這樣子各管各的，以後辦大宴的時候怎麼辦？」

侯爺微蹙了眉，「只是換幾個管事，讓各人安安心而已，並非只聽各自主子的命令，又怎麼叫各管各的？若是連幾個小管事都管不好，那還要大管事幹什麼？」

總管廚房這一邊的大管事，也是甘氏的人。

甘氏一聽這話兒，便知侯爺已經對她起疑心了，心不禁怦怦直跳。

侯爺帶兵打仗號稱常勝將軍，自不是那等只知奮勇殺敵的莽夫，心機之深沉、用計之詭祕，就連她父親都是讚不絕口的。他每日裡除了軍務還要練兵，忙不過來，所以相信她，將後宅都交給她打理，完全不過問，但並不表示他真的什麼都不懂……

甘氏不敢再說什麼，只好勉強點了一下頭，強笑道：「有侯爺這句話就行，我就怕各人的奴才只肯聽各人的話。」

郁心蘭連忙表態：「到了廚房，就得聽廚房大管事的安排，媳婦相信大娘是公正的，也相信大管事是公正的，自不會故意挑理埋汰誰的奴才。」

這話又給她下了一個套子，甘氏深深吸了一口氣，慈愛地點了點頭。三奶奶也早想往廚房裡安人了，也忙跟著表態，明日各人就會將選好的人手送去廚房聽差，這事兒便算是定下了。

甘氏真沒想到原是想栽贓到郁心蘭頭上，卻被她反算了一把，丟了廚房的半壁江山。雖說最後還是她們這一房的人數多些，可長公主從宮裡帶出來的那些人，可個個都是人精，根本不好應付……早知如此，就不去惹這個死丫頭了。

先不說甘氏心中如何後悔，只說二爺赫雲策，到底是自個兒的兒子，他在意的還是誰害得他妻子滑胎，於是適時地提出了這個疑問。

其實早在聽說二奶奶是服用了極涼性的物質之時，郁心蘭就隱約地猜出是什麼，只是不知道二奶奶怎麼會去吃日香桂，於是又讓帶厲嬤嬤和二婢過來，讓她說一說二奶奶平日裡的飲食都有些什麼。

郁心蘭聽了幾遍，不得要領，心想覺得她們肯定瞞下了什麼，否則這麼簡單的飲食，是不大可能被人下藥的。

她加重語氣，冷凝地道：「妳們可要想清楚了，真的只有這些？若是漏了什麼，可就是妳們害了二奶奶，日後二奶奶再有身孕，旁的人一樣可以用同樣的方法害了她。」

厲嬤嬤倒抽了一口涼氣，掙扎了一下，才道：「還……還有露珠茶。」

郁心蘭追問：「什麼露珠茶？」

厲嬤嬤避重就輕地道：「就是用每日清晨的露珠燒的茶，二奶奶喜歡喝那個。」那露珠茶二奶奶自以為是生子的祕方，自是不願讓旁人知曉的，所以厲嬤嬤和嫵月、彎月之前說了幾遍，隻字未提。

提到露珠茶，赫雲連城自然也想起前幾日晚上的事兒，眸光頓時陰沉了下來。而三奶奶的眼珠子卻轉了轉，被細心觀察眾人臉色的郁心蘭給捕捉到。

侯爺瞥了長子一眼，淡聲道：「靖兒知道些什麼？」

赫雲連城便將那晚郁心蘭採日桂香做糕點，發現有些花上有薄荷的事說了。

甘氏冷笑道：「有些？這可就古怪了，蘭丫頭送到廚房的食材上也是有些有藥粉，怎麼什麼都是有些，這下毒的人可真是高明啊！」

郁心蘭完全無視甘氏話裡的嘲諷，輕柔地回道：「大娘有所不知，若是有人知道二奶奶喜歡喝露珠茶，那麼就可以只下在一部分花上。」

這問題她本來是沒想通的，現在卻想通了。看樣子這露珠每天都是由嫵月或彎月去收集的，收集露珠是件體力活兒，一朵花一片葉上才幾滴露珠，要收集一壺露水，可得一個來時辰，她們肯定不會走來走去，絕對是固定站在離園門最近的地方，收集滿了便走。

而那晚太黑，她也只是在離直通園門的幾株樹採採花，可賀塵卻不一樣，園門已關，她又讓賀塵不可驚動他人，賀塵必定是從園子的圍牆處躍進去的，方向不同，那片的花自然就沒有抹上薄荷。

郁心蘭又順便提了一句：「而且聽說陶嬤嬤不讓人晚上進小花園。」

陶嬤嬤也是甘氏的陪房，一聽這話兒，甘氏的臉又黑了。

陶嬤嬤被押來後少不得要拷打審問，侯爺的親衛可不是內院執刑罰的粗使婆子，下手狠，又專往人最痛的地方抽，她自然扛不住，供出了主謀琴操和同夥——丁嬤嬤、章婆子。

琴操是赫雲策的貼身大丫頭，俏麗溫順，赫雲策硬是愣愣的半晌沒回過神來。

琴操見陶嬤嬤已經招供了，便也沒有掙扎，平靜地說出原委。她原給二奶奶剛進門那會兒，沒有主母的允許，便不算過了明路，二奶奶說得好聽，待我懷了身子後便給妳開臉。

可待二奶奶真的懷上後，卻只讓自己的丫頭服侍二爺，而她還落下了一個每月落紅時間長的怪病，就算二爺私下裡想讓她服侍，她也沒辦法。

琴操尋著個出府的時機，找京城有名的松鶴堂的大夫把了脈，才知道自己被人下了絕子的藥。她立時便想到了二奶奶的頭上，可是她是奴，二奶奶是主，她又如何報得了仇？

直到前陣子她無意中發現二奶奶每天都喝露珠茶，而且是每日天不亮，嫵月便悄悄抱著出去收集，幾乎每天就是固定收集那幾株樹上的，她這才有了這個主意。

她一家人因將她賣入侯府而過上了好日子，哥哥還做起販運香料的生意，因她易生濕疹，她哥哥特意在鄰邦替她尋來薄荷——她叫銀丹草——治病，她娘家的人每年都會託人帶一大包給她的。

琴操招供完，陶嬤嬤就嚎叫著撲了上來，又撕又咬又打，親衛連忙將二人分開。

陶嬤嬤仍是哭罵道：「妳個不會下蛋的賤蹄子！妳騙我！妳騙我！」

罵完又撲上前去，想抱住甘氏的大腿，哀求道：「夫人，求您看在老奴半輩子替您做牛做馬的分上，好歹饒了老奴這一回，老奴自會結草銜環相報啊！夫人，老奴替您做過牛馬啊！夫人，老奴是被琴操這個賤蹄子騙了呀……」

原來陶嬤嬤年歲挺大才得了一子，疼愛得不得了，現在門房當差，無意間見過琴操一次，便上了心，立志非她不娶。陶嬤嬤左打聽右打聽，聽說二爺還沒收用過，便想厚著臉皮到甘氏那兒求個恩典。哪知她那兒子竟偷機溜進後院，直接找琴操表白了。

琴操只提了一個條件，晚上封了小花園，方便她入內施藥，她自有辦法讓二爺、二奶奶答應她下嫁。拗不過兒子，陶嬤嬤便依了琴操，心想二奶奶日後仍是會有身子的。

可剛才一聽琴操不但被二爺收用過，還不能再生育，心中那個悔呀，真恨不能撕了琴操。

陶嬤嬤還想再哭訴一番，赫雲策早已忍耐不住，一腳踢得陶嬤嬤倒飛出去，撞在牆上，又滑落在地，噴出一大口血。

赫雲策又幾步走到琴操面前，揪住她的頭髮，左右開弓，狠狠地搧了十幾個耳光，再看琴操，已經成了人頭豬面，牙齒都脫落了幾顆。

「賤人！」赫雲策又怒又恨。

琴操服侍他六、七年，溫柔可人，細心體貼，他原是對她有幾分情意，還想著尋個機會讓二奶奶抬了她的位分，可這點情分是怎麼都比不過他未成形的兒子的。

郁心蘭冷眼看著，直到侯爺道：「先押起來，明日處置。」說罷，便撩袍起身。

眾人恭送了侯爺和甘氏後，也各自乘車回院子了。

此時已是三更，在古代都能算是凌晨了，而赫雲連城四更天便要起身，小夫妻便簡單地收拾一下睡了。

郁心蘭起來的時候，尚睜不開眼，她不過睡了三、四個小時，可還要趕著去向婆婆請安，再派發廚房的對牌，只能回頭再補眠了。

長公主這幾天月事在身，她有點痛經的毛病，昨晚早早地睡了，今日早起聽紀嬤嬤說，昨晚侯爺的親兵封了後院，便知府中出了事，少不得要問一問來請安的長媳。

郁心蘭沒有隱瞞一分一毫，說完之後又起身福了福，言辭懇切：「媳婦希望母親能派兩名得力的嬤嬤去廚房管事，順帶教導一下媳婦手下的奴才，也好讓媳婦能安安心心喝口湯。」

長公主聞言，自是想起她那份加料的湯水，於是立即吩咐道：「柯嬤嬤，妳去安排兩個人手，下晌我帶去給甘夫人。」又對郁心蘭道：「妳也挑兩個人來吧，上午便送過來，有些規矩可以先教教她們。」

郁心蘭忙又向長公主萬福道謝，長公主笑著拉起她：「咱們婆媳，說什麼外道話！」

郁心蘭又趁機將自己的打算稟明婆婆：「媳婦想下個月將廚房採買的差使還給二弟妹。如今廚房裡有了咱們自己的人，媳婦沒什麼好擔心的了，便想多留些時間做針線，服侍夫君。」

理由說得極好聽，其實是她想忙自個兒店裡的生意，看不上那個小差事。

長公主順著這話兒道：「也好，妳多些時間，好好休息，養好身子，多給靖兒添幾個孩子。」然後又說了一通哪府的夫人剛添了孫子，怎麼怎麼白胖可愛，哪府的某少是連城的玩伴，年歲與他相仿，卻已是兒女成群。

郁心蘭撐著微笑，認真聆聽，偶爾換上豔羨的表情，表明心跡，我也是很願意要孩子的。

長公主對此十分滿意，又安撫她幾句，說侯爺與自己都不急，要她千萬別有什麼心裡負擔，瞅瞅時辰不早，便放她去辦差了。

郁心蘭出了宜靜居，長長呼出一口氣，婆婆那樣子哪裡是不急，根本就是急死了，還自行決定以後每月宮中的太醫來請平安脈時，順便捎帶上她，就怕她的身子有何不妥。

今日放對牌的時候，場面極有秩序，每個管事對著郁心蘭都笑得一臉討好，大約已經知道廚房的管事要大換血，因而想討好她，希望能被留下，畢竟廚房採買可是個油水很足的差事。

郁心蘭瞧在眼裡，面上不動聲色，心裡也是愛莫能助，要換下誰並不是她能夠說了算的。

回到靜思園，郁心蘭使人喚了陳順家的進來。

陳順家的是老太太在郁心蘭出嫁前幾個月才買來的媳婦子，年紀並不大，三十左右，她以前是商戶人家的家生子，還做過大丫頭，算有見識，知道對主子來說，一個奴婢最重要的就是忠心。因而隨郁心蘭進了侯府後，一直老實安分。

郁心蘭也知道，自她嫁入侯府後，府中人等沒少使銀子收買她的人。她的陪嫁，老太太都是仔細幫她挑過的，雖說跟著她的時間短，但都還懂道理，知道自己應當忠於誰，所以郁心蘭試探幾次後，便將重點放在機智、敏銳上，主要是要挑伶俐堪用的人出來。

陳順家的一開始並不起眼，大約在舊主人家是當管事，肩不能挑手不能提，但安嬤嬤發覺她很會說話，很會看眼色，這才給她個機會，那次郁心蘭回郁府，便推薦了她同去。

那一回她表現得忠心護主，又幾次很見機地堵住了婆子們的嘴，令郁心蘭對她青睞有加，當時就賞了她二兩銀子。回侯府後卻沒起用，故意晾了一陣子，她仍是照常幹活，沒有半分不滿的情緒，是個很沉得住氣，也很恭順的人。

因此，郁心蘭覺得她可以重用，想讓她去廚房。

陳順家的聽了大喜過望，廚房管事可是個有油水的差事，哪個主子想吃得舒心點，都會打賞，一個月下來，賞銀絕對比月銀多。

陳順家的反應自是在郁心蘭的意料之中，她不動聲色地聽著陳順家的表忠心，這會子當然是滿心感激，可在那種地方待久了之後，卻又難說了，所以還必須再施恩。

於是，待陳順家的說完，郁心蘭便和顏悅色地道：「只要妳好好當差，自是少不了妳的好處。我聽說，妳當家的和兒子被賣到另一戶人家，對吧？妳可想要一家團聚？」

怎麼會不想一家團聚呢？陳順家的激動得手都抖了，嘴唇張了幾次，怕大奶奶只是許個空頭承諾，自己白興奮一場，可若是不說，會不會失去一次大好機會？

她嚥了口口水，顫聲道：「老奴自是希望能一家團聚，若大奶奶能幫老奴一把，老奴一家人都必定做牛做馬，以死相報。」

郁心蘭微怔，隨即笑道：「妳只要當好廚房的差事，讓我能吃上幾口安心飯就成了。等妳當家的和兒子都回了妳身邊，妳還能享享天倫之樂，別動不動死啊死的。」

她原不過是像公司許諾員工年終獎金那樣，給陳順家的一個奔頭，哪知陳順家的會說出這麼重的誓言，古人跟現代人果然是不同啊。

郁心蘭示意陳順家的起身，問她可知家人都被賣到了何處。陳順家的忙答道：「我當家的和老大賣給城西石榴巷一戶姓彭的商人，老二賣給南郊的古員外。」

郁心蘭沉吟了一下道：「若是賣到兩戶人家，贖回來自是麻煩一些，但我答應了妳，就自會做到，妳只管放心。」

「有了大奶奶的這句話，老奴哪有什麼不放心的？」若是郁心蘭答應得太痛快，她還覺得有些假呢。

郁心蘭點了點頭，喚了錦兒進來，讓她拿自己的名帖遞到回事處，叫安泰入府一趟，隨即又賞了陳順家的三兩銀子、兩支銀簪、一只純銀鑲紅寶石的手鐲，以及三種花色的上好尺頭，讓其製幾身新衣，要當高等管事，衣著可不能寒酸。

叮囑完後，便讓紫菱帶陳順家的去宜靜居，先讓長公主的嬤嬤提點一下。

紫菱上前來道了喜：「以後要稱妳陳嫂子了，陳嫂子大喜啊！」

陳順家的客氣了一番，千恩萬謝地走了。

郁心蘭暫時無事，便小睡了一會兒。紫菱回來見大奶奶只蓋了床薄被便歪在短炕上睡了，忙換上一床厚被，幫她除了鞋襪，讓她睡得更舒服一點。

出了寢房，紫菱將四個大丫頭叫到耳房處，好一通責罵：「大奶奶睡在內室，許久沒喚人進去服侍，妳們居然不知自行進去看一看！這麼大冷的天，讓大奶奶僅蓋了一床薄被，若是大奶奶萬一落下什麼病痛，妳們四個擔當得起嗎？」

錦兒和蕪兒臉一紅，趕忙認錯；巧兒眸光閃了閃才認錯，卻解釋自己在繡花，這是大奶奶派下來的活計，而小茜根本不覺得自己有錯，嘟囔道：「平素大奶奶便不大喜歡喚人進內室服侍，婢子不進去，也是怕衝撞了大奶奶，惹大奶奶不悅。」

紫菱涼颼颼地掃了小茜幾眼，說是個丫頭，可是唇紅齒白、明眸善睞，頭梳雙環髻，用嫩粉的綢帶紮了蝴蝶結固定住，鬢邊一支點翠鑲綠松石圓頭簪，一支鎏金喜鵲等高步搖，耳後是對拇指大小的明月璫，脖子上一條純銀鎏金鑲藍寶項鏈，兩隻手腕上各一個瑪瑙鐲子、一串麝香珠子，一件收腰緊身領邊鑲灰鼠毛綠錦小襖，身下墨綠石榴裙……

這通身上下，至少也有兩百兩銀子，當然，首飾都是大奶奶賞的，大奶奶對手下人從來就很大方，何況身邊的丫頭衣著體面，也是當主子的體面，不過，這樣的妝扮就是當個姨娘也夠了。

紫菱冷冷地一笑，一針見血地道：「只有大爺在內寢的時候，大奶奶才懶得喚奴婢們進去服侍，若只有大奶奶一人，妳只管到門簾處問詢一聲奶奶不要用人，妳再忙妳的去。沒聽到大奶奶回音，就該進去看看大奶奶是否歇下了，這是做奴婢的本分，從前沒人教過妳嗎？」

小茜聽得氣惱不止，卻又不敢同紫菱嗆聲，只咬了唇，雙眼含淚，欲哭不哭，有幾分淒苦。

紫菱覷了一眼默不作聲的巧兒，朝小茜冷笑道：「妳還不覺得自己有錯？先回屋子去，等妳什麼時候想明白了，什麼時候再回上房伺候！」

小茜一聽臉就白了，哆嗦著唇道：「妳……妳……無權處置我！」

紫菱揚高了聲音：「誰說沒有？我是房內的管事，自然有權處罰犯錯的丫頭，又不是發賣，妳著什麼急？怕大爺回來了，妳沒機會獻殷勤？」

小茜小臉一白，「哇」的就哭開了。她原在王氏的莊子上當差，受的禮儀訓誡可不比千金小姐們差，再有什麼攀高枝的心思和舉動，卻也是聽不得旁人當面指出來。只因大爺根本就不曾多瞄她一眼，她沒有憑仗，便只能先護住自己清白的名聲，否則本就是個奴婢，還沒了名聲，賤上加賤，大爺更是不可能垂青她了。

小茜想到這一點，便要尋死覓活。

另三個丫頭亂成一團，忙著攔她、勸她、安撫她。

紫菱冷哼一聲，「讓她去死！撞柱也好，跳井也好，割脈也好，妳們別擋了她！」

小茜聞言一僵，錦兒和蕪兒都聽話地放開了小茜，退後兩步。巧兒雖晚了一拍，但也放開了她，退後兩步，把個小茜吊在半空不上不下，大好年華，青春美貌，她哪捨得去死？

紫菱冷冷地道：「不死了嗎？不死就回房思過去，罰妳今晚不許用飯！」

小茜覺得萬分委屈，可是紫菱平素對她們幾人就很嚴厲，一有什麼不合規矩禮儀之處，就會對她們進行處罰，鐵面無私。她也知道紫菱對她向大爺獻殷勤有所不滿，自是不敢再執拗，邊抹著眼淚邊回自己屋間去了。

一等大丫頭在後罩房都有單獨的房間，小茜回到房內就撲到床上哭，她真的覺得自己很委屈，哪個大丫頭不希望得到少爺的青睞？況且她們這種陪嫁丫頭本就是當通房的，紫菱憑什麼鄙視她？她倒是忘了，就算要當通房丫頭，也得事先經過郁心蘭的同意，否則就是背主。

正哭得傷心，一個人影悄悄地走了進來，帶關上房門，坐在她身側，滿是憐愛地問：「怎麼了，誰讓咱們小茜姑娘受委屈了？」

小茜收了淚，驚訝地回過頭來……

紫菱打發走了小茜，便讓三個大丫頭各幹各的活去，然後回到寢房，挑簾進了內室。

郁心蘭已經醒來了，伏在炕桌上雕著花兒，見到紫菱便笑道：「紫菱姑娘好威風啊！」

紫菱俏臉一紅，嬌嗔了主子一眼，「就沒見過這樣的大奶奶，沒個正形兒，奴婢這不是為了您嗎？還落一身埋汰！」

郁心蘭輕輕一笑，指了指炕桌對面的炕頭，示意紫菱坐那兒。

紫菱也知主子是個不計較什麼身分的，這會兒屋裡也沒別人，她便搭了一半身子側坐著，問起昨晚的事兒來。

昨晚二奶奶滑胎，這種事一般怎麼都會扯到哪個主子的頭上去，傳出去就是家醜，因而當時甘氏只讓兒子媳婦們進屋，丫頭僕婦都立在院子裡，聽不到裡面的說話。

郁心蘭正好有疑問，便將情形說了一遍。

紫菱咋嘴道：「那個琴操哪來這麼大的膽子，居然連主子都敢害，她的規矩都是誰教的，也太失敗了，而且她這麼做，就不怕牽扯到家人嗎？」

郁心蘭心中一動，因為看到了三奶奶那閃爍的眸光，以為這事兒多少應當與三奶奶有關，哪知最後是由一個大丫頭一力承擔了下來，昨兒個她就總覺得哪裡不對勁，原來是在這裡。

她一直以一個現代人的方式來思考，受了迫害肯定要回擊，可她卻忘了，這裡的人是分尊卑的，而且是一生下來就註定了的。身分卑賤的人一般都很認命，尤其是奶奶跟通房丫頭之間，基本是奶奶要做什麼，丫頭都不能反抗的，何況琴操還沒過明路，就算二奶奶當面要琴操喝下絕子湯，琴操也只能喝下去。

以尊卑為前提，這份回擊就顯得過激了一點，也直白了一點。

退一萬步說，琴操要害二奶奶，應該有許多時機，想法子讓二奶奶不孕，而不是等二奶奶懷孕了，身邊的人都有了防範之後，再謀害二奶奶肚子裡的孩子，若是被二爺知道了，二爺哪裡能饒了她？可昨晚郁心蘭看琴操的眼神，應當還是很在意二爺的。

所以，只能說，琴操必定是被誰給挑撥的……

郁心蘭嘆了口氣，她心中認定的人選就是三奶奶。三奶奶應是不願二奶奶搶先生下嫡子吧？

都說二爺不花，可二爺有一妻一妾兩通房，號稱有花名的三爺卻只有一妻一通房，三奶奶的手段比二奶奶可高得多了。

紫菱顯然也想到了這一點，遲疑了一下道：「奶奶，奴婢覺得還是把小茜配出去吧。」

郁心蘭抬眼看了看她，示意她繼續。

紫菱便將剛才她觀察到的情形說了說：「巧兒的妝扮很搶眼，卻不會過分花俏，行事也有章法，人也比小茜機靈得多。雖說心大一點，但愈是聰明的人愈怕死，按照安嬤嬤的主意，應當還是拿捏得住。怎麼說，放一個聰明的丫頭到三爺身邊去，也好分分三奶奶的心不是？可小茜就不同了，她空有美貌，沒半點機靈勁兒，傻人容易被人利用，萬一哪天她成了旁人手中的筏子，來尋奶奶的麻煩怎麼辦？」

郁心蘭點了點頭，她也有這個意思，所以巧兒可以放給三爺，可小茜卻只能配出府去。可這個丫頭心高得很，要找個合她心意的只怕很難，到底主僕一場，小茜也沒做什麼很過分的事兒，雖然對大爺有些心思，可這府中現在有這心思的奴婢多得去了，她要殺一儆百，卻也不想無故便心狠手辣，落人口實。

最終，郁心蘭只是淡淡地道：「反正妳今天處罰了她，她若有什麼想法，以她那沉不住的性子，很快就會有所行動，妳多注意便是了。」

然後又跟紫菱商量起蕪兒的事：「讓佟孝去王氏的莊子上查她的身世，都幾個月了還沒回音，這回廚房上我想派兩個人去，可廚房在外宅，派過去的必須是媳婦子，我想給她說門親事，卻不知道她的意思。」

紫菱道：「奶奶指她一門親事，是看得起她，何必還要問她的意思？」

郁心蘭淡淡一笑，她到底不是古人，做不來這種勉強人意志的事件，況且蕪兒除了在白雲寺那一回出賣過她，後來一直很安生，而且辦事也沉穩機靈，所以她希望能讓蕪兒打從心底裡自願，否則強迫出來的，事後蕪兒辦事不用心，倒楣的還是她。

陸之章

嚴審刁奴護至親

轉眼到了下晌，安泰過府求見，郁心蘭在偏廳見了他。

她此次讓安泰來，主要是讓安泰去贖陳嫂子的當家人和兩個兒子。

安泰接下任務，又將佟孝託他帶的一封信交給大奶奶。

郁心蘭展開一看，正是燕兒的身世，原來燕兒竟是王丞相的……孫女。

郁心蘭回到內室，便讓人將燕兒喚了進來，錦兒和紫菱守在門口，不讓人進去打擾。

燕兒屈膝福了福，覺得今日大奶奶看她的目光很怪，便不敢出聲，小心翼翼地在心裡回想，自己近日可是做了什麼讓主子厭煩的事情。

郁心蘭盯了她半晌，才緩緩地問：「我一直忘了問妳，妳的父親是誰？」

這般發問，自然是已經知道了。燕兒俏臉瞬間變得雪白，撲通一聲便跪了下去，砰砰地磕了兩個頭，含著淚道：「婢子只知老子是莊子上的門房，只可惜走得早，如今婢子是個無父之人。」

佟孝在信上已經寫得很清楚，燕兒是王丞相三兒子的通房丫頭所生，不過她老子娘仗著有幾分姿色，便妄想姨娘之位，被王三奶奶趕到莊子上，配給一個門房小廝，成親之時就發現有了她。可那莊子離京百多里，她老子娘也沒法子傳訊兒給王三爺，再說了，王三爺知道了，認不認還不一定。

郁心蘭沉了沉心，問道：「如今妳有什麼打算？」

燕兒一怔，隨即忙表白道：「婢子只想這輩子能服侍大奶奶……只服侍大奶奶。」

原本聽了前半句，郁心蘭臉心便一沉，轉到後半句，才鬆了一口氣，問道：「為什麼？」

燕兒愣忡忡地道：「婢子的老子娘，自小就告訴了婢子的身世，娘一心想讓婢子能認祖歸宗，可婢子光是看著莊子上的大管家那幾個妻妾鬧成那般，婢子就不想回到大宅門裡去，也下定決心絕不做小的。婢子以前害過大奶奶，可……可那是，婢子怕老子娘被王夫人發落……現在，婢子已經想清楚了，婢子絕對不會再背叛大奶奶了。」

有佟孝信裡提到的一些事情，郁心蘭自是信了她的話，伸手扶了她起來，問她道：「若我給妳許個人家，讓妳到廚房去當個管事，妳可願意？」

蕪兒聞言幾乎是沒有片刻猶豫，立即又跪了下來，誠心地道：「婢子願意！」

郁心蘭輕笑，「妳就不怕我隨意給妳指個人？」

蕪兒也笑道：「大奶奶最是心善的，婢子相信大奶奶。」

郁心蘭心中已經有了一個人選，可也得讓兩人先見一見再說，正要透露一二，門外傳來錦兒興奮的聲音：「大奶奶容稟，恭喜大奶奶、賀喜大奶奶，八少爺中了舉人了，郁府剛送來了喜報！」

這可真是個天大的驚喜了！郁心蘭騰的便站了起來，趕忙道：「快！快拿喜報給我看！」

十一歲的舉人，只怕玥國歷史上也極少有吧？

❖ ❖ ❖

自出榜之後，郁府門前便格外熱鬧，各府來送賀儀的管家們絡繹不絕，幾位親家老爺還差了自己的兒子親自前來。

兒子如此爭氣，郁老爺也覺面上有光彩，嘴裡說著謙虛的言辭，可臉上都是無法壓抑的得色和自豪。

郁心蘭扶著赫雲連城的手在二門處下了馬車，赫雲連城往前院的書房而去，郁心蘭則改乘了府內的小轎直奔梅院。

老太太正與王氏、四奶奶、五奶奶、六奶奶說笑，郁玫、郁琳姊妹和諸位叔伯的嫡女庶女歡聚一堂，屋內一派喜氣洋洋，與屋外的寒冬天氣成了鮮明的對比。

一見郁心蘭轉過中廳的六扇琉璃屏風，六奶奶就誇張笑開，「哎呀，新舉人的姊姊回來了！」

郁心蘭向老太太和太太、王氏、各位嬸嬸請了安，老太太往引枕裡靠了靠，身前空出個地兒來，向紫穗道：「快給四姑奶奶布個座兒，加個手爐。」

王氏完美的笑臉就那麼一僵，郁玫的目光也幽暗了幾分，郁琳更是雙眼噴火。

老太太歪在短炕上，炕桌的另一頭是太太和王氏，郁心蘭一個晚輩坐在老太太身側顯得過於拿大了些，雖說出嫁的女兒算是貴客，可郁玫馬上就要成皇子妃了，也不過是坐在王氏下首的椅子上而已。

老太太完全是一番喜歡之意，覺得今兒個是瑞哥兒的好日子，怎麼也得給他的親姊姊一點體面，況且這屋裡坐的都是自家人，不必講究那些個虛禮。可她老人家認為的一家子中，很有幾個不拿郁心蘭和郁心瑞當一家人的，自然就生出了妒意。

四奶奶含笑往一側挪了挪身子，「蘭丫頭，過來我這裡坐，我讓丫鬟給妳裝個手爐，這時天氣還不那麼冷，妳抱著暖一暖也就把凍緩了。」

她坐的是一張寬大的交背大椅，兩人擠一擠便能坐下，正解了郁心蘭的尷尬。

郁心蘭忙笑道：「那就委屈四嬸嬸了。」說著與四奶奶擠著坐下了。

郁玫仍是一副溫柔嫻靜的大家風範，巧笑盈然地道：「八弟真是上進，這麼點兒年紀就成了舉人，明年春闈可不就能考個進士回來了嗎？」

說著深深打量了一眼郁心蘭身上那件深藕荷色繡淺紫海棠花彩蝶穿飛的褙子，這樣時新的圖案，顏色也配得極好……一會兒描下花樣子來也繡一件，到時自己穿上定比她穿著好看。

郁心蘭發覺了她的目光，笑意深深，「承三姊姊吉言，可我覺得瑞弟的年紀太小了些，明天的春闈和殿試，考的都是策論，他的見識上定難比過成年之人，還是先進國子監讀書，晚三年，到下一屆再試一試的比較好。」

老太太也贊成道：「正是這麼個理兒，三年後心瑞也才十四歲，若是中了狀元，可不就是年紀最輕的狀元了嗎？」

屋內眾人於是一齊笑嘆：「真是郁家列祖列宗保佑啊，我郁家又會大興大旺了！」

王氏和郁玫、郁琳一同在心中啐道：狀元是那麼好考的嗎？不過郁琳自從上回被郁心蘭抓了個小把柄之後，再不敢明著跟郁心蘭叫囂，也就只能在心裡罵一罵，圖個痛快。

正說話間，門外的小丫頭唱名道：「大姑奶奶和二姑奶奶來賀喜了。」

郁老爺的長女郁瑾和次女郁英走進中廳，眾人又是一番相互見禮，才依次坐下。

話題仍舊是圍繞著郁心瑞中了舉人這件大喜事。

郁家是傳了百家的書香世家，家族人中人中過舉人的不知有多少，但像郁心瑞這般十一歲就有了功名的，還真是頭一人，想當年郁老爺也是十二歲上才考上了秀才。

說話間便過了小半個時辰，郁心蘭便稱去看看溫氏，然後就要告辭回侯府了。

老太太嗔道：「去看看妳娘親是應該的，可今天是什麼日子，妳不在這兒留飯，妳公爹婆婆必會怪罪咱們郁家沒有規矩。」

郁心蘭便笑著應下了。

郁瑾和郁英也站起來道：「我們還沒正正式式向二娘請過安的，就隨四妹妹一起去吧。」

郁心蘭含笑應下，心中卻鄙夷，這兩人也太會裝樣子了，居然可以虛情假意到這種地步，當著王氏的面說向她娘請安。

老太太和太太卻十分讚賞地點了點頭，兩姊妹便起身隨郁心蘭往外走，及至最後，郁玫和郁琳也一同前往槐院。

溫氏到底年紀大了，懷著近十個月的胎兒，現在下地走動十分吃力。郁瑾和郁玫都是十分殷勤地衝上前去，一人扶一邊，笑道：「二娘在炕上坐著就成，咱們就討個嫌，在您這暖閣裡敘敘話兒。」

溫氏本就是個好脾氣的，見兩位大小姐這般客氣，自是誠懇地相讓：「都坐到炕上來吧，讓紫槿給多安幾個錦墊靠枕。」

溫氏被抬了平妻，吃穿用度自是不同了，身邊的大丫頭也多添了兩個，以前的紅槿升成了一等丫頭，名字自然改成了紫槿。

紫槿帶著兩個小丫頭進來，安好了錦墊和靠枕，郁心蘭幾姊妹便脫鞋上了炕，圍著炕桌兒盤腿坐下。

郁瑾和郁玫都是擅談的人，輕言細語地詢問溫氏日常的飲食起居，然後笑道：「二娘可要給我們添一個弟弟才成！」彷彿有多真心地替溫氏高興一般。

郁心蘭含笑看著她倆表演，掃了一眼悶頭喝茶的郁英和面露不平之色的郁琳，心想：這兩個人還可愛一點！

一會兒便說到了郁玫出嫁的日子上，欽天監將好日子定在來年的三月初九，郁瑾朝溫氏笑道：「那時可是連族譜都改了，您可就真真是三妹妹的嫡母了，這三妹妹的嫁妝，您多少要表示表示呀。」

說著歪頭笑看溫氏，一副小女兒撒嬌耍賴的嬌俏樣子，可她到底已經快二十歲，又當了幾年婦人，再做這種小女兒的姿態，看著多少有些彆扭。

溫氏一怔，這才想到，是啊，明年我就是玫丫頭的嫡母了，這嫁妝怎麼都得幫她出一點的。

按照郁家的規矩，兒子娶妻所有費用都是公中出，女兒出嫁的嫁妝，公中出一半，父母親自己貼一半。當初郁心蘭出嫁，是郁老爺和老太太貼的那一半兒，這回郁玫出嫁，溫氏出嫁妝倒也說得過去，但由郁瑾開口就很詭異了。一個出嫁的女兒，再是嫡親的妹妹，父母要如何操辦妹妹的婚事，都與她無關了。

郁心蘭輕笑道：「聽聽，聽聽，這可是尚書府裡的大奶奶，親妹子出嫁，滿世界幫著要嫁妝，就是想免了自己那份禮嗎？」

郁瑾知她是指自己逾矩找溫氏討要嫁妝於理不合，但郁玫總不能自己說，母親又被拘在菊院出不來，她不說，還有誰能說？溫氏白占了個嫡母的名頭，卻什麼也不做，這怎麼成？

再者說，當初郁心蘭出嫁的時候，那嫁妝多麼風光，可郁玫嫁得比郁心蘭還好，那嫁妝自然得比得過郁心蘭的……可這話兒卻不好當著郁心蘭的面說。

當下，郁瑾也只能笑道：「我怕二娘忘了，被人說道，哪就是想賴了三妹妹的添妝禮？」

郁玫羞得臉兒緋紅，嗔道：「妳們能不能不要拿我打趣兒？」

郁瑾也見好就收，「好好好，不說了不說了！」

郁心蘭抬眸瞥了一眼娘親，溫氏正微擰著眉頭發愁，她手中才多少銀子，哪裡能拿得出像樣的嫁妝？

雖然很不想為郁玫添妝，可這是溫氏當平妻後第一次嫁女，總不能落下個苛刻女兒的把柄在旁人手裡，郁心蘭撇了撇嘴，心道：實在是要幫郁玫添妝，大不了我來出嘛，娘親愁什麼愁！

這裡，老太太身邊的大丫頭紫芹來催眾人去梅院用飯。到了梅院的膳廳，郁心蘭才發覺男人們也到了，忙上前給父親和三位叔父請安。

郁老爺指著兩位年輕男子道：「去給你兩位姊夫請安。」

然後介紹一番，大姊夫賀鴻是禮部尚書長子，身穿寶藍色對襟襖袍，領口袖邊都用白狐毛滾邊，再加鑽石鑲嵌，顆顆鈕扣都是赤金鑲鑽的，而腰間配了根鑲紅藍寶腰帶，兩邊各垂一只巴掌大的極品藍田玉佩，頭上金冠束髮，金冠上還鑲著一顆鴿蛋大的夜明珠，隨著他腦袋的擺動而顫顫不止，整個人渾身上下閃閃發光……

看得郁心蘭眼角狠命地抽了兩下，差點被其光芒灼傷了眼睛。

她上前屈膝福了福，「大姊夫安好。」

賀鴻忙起身還禮，「四妹妹好。」

一雙眼珠子幾乎黏在郁心蘭臉上，郁瑾當即黑了臉，可他仍是不知收斂。

赫雲連城正被郁心瑞拉著問赫雲徵的事兒，沒注意到這邊的情形。

郁心蘭心中冷笑，面上卻似不解，摸了摸自己的臉道：「大姊夫，可是我臉上有什麼東西，你要這般瞧著？」

賀鴻一怔，當即尷尬萬分，支吾道：「呃……那個……」

郁瑾沒料到郁心蘭會在大庭廣眾下讓夫君難堪，若是夫君覬覦妻妹，傳出去她還哪有臉面？當即搶著答道：「其實是四妹妹妳長得與我小姑子有幾分相似……夫君大概是有點吃驚。」

賀鴻臉都漲紅了，趕忙道：「正是正是！」

赫雲連城已經發覺了這邊的狀況，走到妻子身邊嘲諷道：「有幾分相似就驚成這樣，如何能成大事？」

賀鴻的表情更尷尬了，他去考過科舉，但僅考了個秀才，所以在官場混了幾年，仍就只是個從五品的閒官兒，平日裡在家就常被父親責罵，如今還要被妹夫嘲諷，偏偏還辯駁不得……

郁老爺也對大女婿的舉止不滿，可總不能讓他當著這麼多人的面前丟臉，長女還要跟他過一輩子的不是？於是忙清咳兩聲，打圓場道：「蘭兒，那是妳二姊夫。」

二姊夫蔣懷是忠正伯的三子，身穿月白色天雲錦薄襖袍，富貴卻不華麗，眼神也很正，郁心蘭對他的印象比較好。

見過禮後，女子們坐到一側，老太太解釋道：「都是一家人，便在一起吃了，日後都要多多來往才是。」

她有心讓郁心瑞和郁心和兩兄弟多與幾位姊夫親近，日後到了官場也好有個照應。

郁心和這次參加秋闈考得也算不錯，但沒能拿到舉人的功名，仍舊是個秀才，看向弟弟的眼中就忍不住帶上一絲嫉妒，被郁心蘭給捕捉到了，心裡頭就是一沉。

用過飯後，一家人又聚在一起閒聊了幾句，郁心蘭把弟弟叫到一旁，關心了幾句，聽說他也打算先到國子監入學，待自己有把握之後再參加春闈，心裡很是高興，弟弟不是那種浮誇之人。

西時正，眾人便各自散了。

郁心蘭與赫雲連城回到府中，又向侯爺和長公主彙報了一下郁心瑞的喜訊，侯爺誇讚了幾句，小夫妻倆回院子自行安置。

赫雲連城還要惱怒賀鴻覬覦妻子一事，叮囑她道：「以後少同妳大姊來往！」

郁心蘭輕笑，「好。其實你不說，我也沒興趣跟大姊來往，她那人假得很。」

赫雲連城這才露出點笑意，「嗯，像妳這種真性情的女子的確少。」說著將她撲倒，邊吻邊道：「我們得好好為妳弟弟慶賀一番。」

郁心蘭以為他要作東辦個宴會什麼的，哪知他慶賀的方式是，「給他生個外甥吧。」

郁心蘭無語了……

❖ ❖ ❖

因為郁府收了許多賀禮，第二日便辦了個答謝宴，這回去赴宴的是侯爺與甘氏、長公主。快到晌午的時候，長公主差人給郁心蘭送了個訊兒，溫氏要生了。

郁心蘭聽了訊後，眸光一沉，預產期還有半個月，早不生晚不生的，偏趕在府中宴客的時候生，無論是郁老爹還是老太太、郁心瑞，都要招呼賓客，沒法子到產房外候著，那麼溫氏身邊就只有兩位穩婆和岳如了。

她細想了想之前安排的各項事宜，應當不會有什麼疏漏才是，可到底還是不放心，催著車馬處給備了車，帶著紫菱、幾個大丫頭和一眾婆子，風風火火地趕到了郁府。

從側門進了府，避過了前院和後院的宴廳，郁心蘭一行人直奔槐院。

路上正遇到紫槿往槐院跑，郁心蘭叫住紫槿，細細問起發作的經過，倒也沒什麼可疑，提前生產是常事兒。

但紫槿焦急道：「昨晚劉穩婆便肚子不舒服，直瀉了一夜，今早連起都起不來，現今在產房裡的，就只有一個新請的穩婆，和張嫂、秋容姑娘三人。婢子剛剛去催了林管家，讓他快些再去請個穩婆過來。」

郁心蘭一怔，「這麼久了，都沒請來？」

紫槿便道：「車馬都差出去接人了，小廝們只能跑著去，自是慢些的。」

郁心蘭的眸光更暗了幾分，快步走進中廳。

四奶奶被打發來陪伴溫氏，可古時的規矩，產房是汙地，除了穩婆和服侍主子的出了嫁的媳婦子，外人都不能進去，她們只能在廳上侯著。

郁心蘭可不講究這些個規矩，徑直往產房內走去。

四奶奶嚇了一跳，忙攔住她道：「四姑奶奶，您不能進去，您可還沒生育過的，若衝撞了什麼，日後要子嗣可就難了！」

四奶奶完全是出於一片好意，這風俗郁心蘭剛才也聽紫菱說了，可她怎麼能放心娘親由秋容和那個什麼穩婆接生？雖說她有所安排，可到底還是要親眼見著娘親生產才好。

於是笑道：「多謝四嬸嬸提醒，但我還是想進去看一看，看一眼便出來。」

紫菱也急忙攔著她，「大奶奶，不行，您可還沒身子的！」然後給錦兒幾人使了個眼色，擁著她到炕上坐下，藉整理引枕的機會，輕聲道：「岳如進去了，您再進去，人家有什麼手段也不敢使了。」

郁心蘭呼了一口氣，沉了沉心情，便沒再堅持。

還是關心則亂啊。其實都已經安排好了，不可能會出什麼錯漏。

四奶奶見她坐下了，這才鬆了口氣，忙在她身邊坐下，說著閒話兒，又讓丫頭們擺飯，想拉她去偏廳。

郁心蘭搖頭道：「四嬸嬸去吧，我就在這用飯。」

四奶奶無法，只得讓丫頭們把飯擺到炕桌上。

內室裡傳出溫氏一聲高過一聲的痛呼，隨著時間流逝，漸漸沙啞，漸漸一聲低過一聲。

郁心蘭的心緊緊揪著，只不過一個時辰左右，她卻覺得好似過了一年那麼長……內室內裡終於傳來溫氏攢盡全力的一聲高喊，接著便是嬰兒響亮的哭聲。

郁心蘭和四奶奶同時站了起來，欣喜地道：「生了？」說著便要往裡衝。

紫菱忙過來按著大奶奶坐下，寬慰道：「都已經生了，您還擔心什麼？這會子若是開門關門的，怕寒氣進去，凍著了夫人和孩子怎麼辦？等穩婆給孩子淨了身，包裹好了，自然能瞧得見。」

郁心蘭一想也是，便安心坐下待消息。

幾乎在同時，張嫂將門打開一條縫，向外報喜道：「是個哥兒。」

四奶奶立即拊掌，「哎呀，這可是十三少爺呀，恭喜恭喜，恭喜妳們夫人了！」

丫頭媳婦們一片恭賀之聲，幾個人搶著去前院和梅院報訊兒，這可是能得大賞的差事。

郁心蘭也很替娘親和弟弟高興。娘親生了這個兒子，不但她自己的地位保住了，就連弟弟的性命也保住了，否則的話，就僅有一個嫡子，仍是怕有人打壞主意，可是有兩個嫡子，想下手除去，又不露痕跡，難度就成倍增加了。

坐等了一刻鐘左右，忽聽內室內裡傳出岳如的一聲嬌叱，「妳想什麼？」

郁心蘭眼睛一瞇，手掌憤怒地緊握成拳，剛剛已經平安生產了，還以為秋容她放棄了，卻沒想到她真要一條道走到黑……

不多時，岳如押著和穩婆從內室裡出來，一掌將其劈暈，向郁心蘭屈膝行禮後，呈上一枚小小的紅色藥丸，稟道：「婢子看見這個婆娘想將藥丸塞到夫人的……肚子裡。」

郁心蘭瞧了一眼，示意岳如將藥丸放到炕桌上，問她：「夫人呢？」

「累了，現下睡了。」

郁心蘭點了點頭，「先讓夫人睡一下，晚些再來審這婆子。」

這一次，她一定要溫氏親耳聽聽審訊的過程，要讓她學點點心眼兒。再者，現在府中還有客人，郁老爺和老太太都無法過來，她一個出嫁的女兒也不好越俎代庖。

申時正，客人們終於散了，郁老爺和老太太、太太、王氏興沖沖地來到槐院，看望剛剛生產完的溫氏和新出生的小寶寶。

郁心蘭正抱著小弟弟看，小傢伙胖胖的，不像別的小嬰兒那樣皺著臉，這會兒正睡得香甜。

郁老爺自女兒手中接過小兒子，高興得不得了，拿手指戳了幾下他的小臉，希望他能睜開眼睛看一看自己。

老太太嗔道：「你吵我的曾孫兒幹什麼？」

幾人逗了一會兒，才發覺廳上的氣氛有點怪異：穩婆被綁在牆角，四奶奶早就尋了個藉口溜了，三房的醜事兒，她聽了只會尷尬。

「她怎麼了？」郁老太太指著穩婆問。

「回老祖宗，這穩婆想將這丸藥塞到母親體內。」郁心蘭呈上藥丸回道。同時，讓人將溫氏從內室抬出來，一定要娘親旁聽一下。

穩婆忙辯解道：「回老祖宗，這藥是有利產婦傷口癒合的，是老婦家的祕傳方子！老婦是看貴府給的謝儀豐厚，才想著給二夫人用的，可憐老婦人怎麼解釋，這位姑奶奶都不肯聽！」

王氏聞言便責怪道：「蘭兒，妳怎麼能這麼不講道理。」

郁心蘭欠了欠身，維持應有的禮儀，淡淡地回道：「女兒已經去請陸太醫了，一會兒陸太醫來後，便會知道這是什麼藥了。」

穩婆一聽會給太醫驗藥，當即便嚇得白了臉色。

郁老爺和老太太看在眼裡，還有什麼不明白的？

郁老爺恨得一拍桌子，「說！是誰指使妳的？」

穩婆仍是強辯道：「老婦人說的都是真的。」

不撞南牆心不死！

不多時，陸太醫便被請來了，仔細驗了許久，蹙眉道：「這是不讓傷口癒合的藥，若人受了傷，抹上這種藥，就會一直血流不止。」

郁心蘭聽到這話後氣得手指直抖，若岳如沒及時發覺，娘親的傷口就永不會癒合，總有一天會流光血而亡，可外表上看起來，卻是產後血崩之症。

旁的人自然也想到了這一點，郁老爺好聲好氣送走了陸太醫，轉回來後，指著穩婆道：「給我打，打到她說實話為止！」

穩婆早嚇得鼻涕眼睛一起流，忙捉住郁老爺的袍襬道：「我說我說，是個男人給我的藥，還給了我一百兩銀子，可那個男人我不認識，他還蒙了面，長什麼樣我都不知道呀！」

郁老爺自是不會相信的，當即讓人將穩婆拖出去打，可無論怎麼打，穩婆都是這句話，因為那男人說了，如果她不照辦就殺了她一家。

王氏聞言輕嘆，「不知道男人是誰？這可怎麼抓？」

郁心蘭看向秋容，輕聲問：「秋容，妳有什麼想說的嗎？這個穩婆可是妳介紹的。」

秋容忙跪到地上分辯道：「四姑奶奶明鑒啊，這穩婆是婢妾生和哥兒時的接生婆婆，妾婢覺得她手運好，接生的多半是男孩兒，才推薦的。何況，當時也有幾人入選，並非一定要選她。」

郁心蘭輕笑，「推得倒是乾淨。」又問穩婆：「那個男人有什麼特徵，妳一點也不記得嗎？」

穩婆被打怕了，當即道：「他的聲音有點怪。」

郁心蘭點了點頭，向郁老爺和老太太道：「相公的手下巡城的時候，無意中抓了幾個宵禁後夜行之人，蘭兒讓相公把他們帶來了，給穩婆聽一聽他們的聲音，看有沒有那人在裡面？」

郁老爺深深看了女兒一眼，撫鬚點頭。

片刻後，穩婆便從那幾個男人的聲音中分辨了一人出來，尖叫道：「就是他！」

這人當即被賀塵帶入了廳內。

因為幾人收押之後，禁軍已經審過他們，所以賀塵直接報上了這人的名字：「他叫司其貴，遊手好閒，以收保護費為生。他有一房妻室，司何氏。」

郁老爺蹙眉看向郁心蘭，郁心蘭微微一笑，「司何氏是何人，得問一問秋容才知道。」

秋容心中大驚，本來岳如忽然從床頂躍下，就已經讓她驚惶不已了，如今再聽郁心蘭這麼一問，當即便明白，自己所做的一切都已經被四姑奶奶知曉了。

可她仍要強辯，畢竟沒有人看到她跟司何氏交往，她們也的確是十幾年沒交往了。

「婢妾不明白四姑奶奶在說什麼，妾婢在府中，從來沒出去過，不可能認識這個司何氏。」她邊說，邊覷了一眼王氏。

秋容看向王氏的目光很快很隨意，但郁心蘭還是看了個一清二楚。

其實秋容有什麼理由害溫氏？就算溫氏死了，嫡妻也還有一個王氏，王家不可能再允許抬一個平妻上來，況且，秋容是歌姬出身，就是郁家也不會允許她成為平妻，那麼，只有這種可能，她得了什麼人的允諾，可以給自己的兒子謀一個好前程。

當母親的人做什麼噁心的事情，必定都是為了自己的孩子。

可是，為了自己的孩子去害人性命，這是對母愛的污辱！

郁心蘭的眉眼都是冷的，瞧著她冷笑道：「妳不願意承認也沒關係，反正問司其貴或者司何氏也是一樣。」

賀塵立即將司其貴帶下去用刑。司其貴這會兒才嚇傻了，他之前被抓，因為牢中有幾個同樣原因被關的人，以為只是宵禁夜行之事，這事兒可大可小，他又沒偷東西，關幾天自然會放的，卻沒想到是為了這事兒。

這也是郁心蘭特意交代的，若是太早審問了，剛才要他們每人說一句話的時候，他肯定會想辦法變聲，穩婆便認不出來了。

只不過，秋容辦事雖然隱祕，但因郁心蘭早早地防備了她，派人跟蹤她，自然有把握指認秋容，可是王氏那裡卻很難收集到證據。

司何氏也很快被帶了上來，不必用刑就嚇得什麼都招了。司何氏與秋容十幾年前同為內閣侍讀學士吳大人府中的歌姬，感情頗佳。當年吳大人將秋容贈給了郁老爺，吳夫人卻把司何氏配給了自家的小廝，後來吳老太太大壽之時，兩人得了恩典，出了吳府自己謀生，自此，秋容與司何氏就再也沒見過面。

秋容自以為沒人知道她與司何氏的關係，卻不曾想司何氏也是個心眼多的，悄悄跟在秋容的丫頭身後，將其從哪個門入府、何時入府都記載了下來，一是想日後敲詐，二是怕秋容殺人滅口。

郁老爺將司何氏的口供與郁府角門的記錄一對，剛好套上，秋容的臉當即就白得沒半分血色，她也不知道要怎麼解釋怎麼辯駁了，只能拚命地磕頭。

她磕得很用力，沒幾下，額頭上就青腫一片，還滲出了血絲，但是席位上坐著的幾人，沒有一個人同情她，只是冷眼看著她用力磕下去。

老太太老邁，今日陪了一天的客，精力有些不濟，便喝問道：「說，為什麼要害二夫人？」

秋容已經磕得頭暈眼花，何況這個問題她無法回答，若被郁老爺和老太太知道她這麼做是為了兒子的前程，只怕日後郁老爺和老太太都會厭惡和哥兒。

她頭昏腦脹地看向王氏，期望看到一個讓她安心的眼神……可惜，沒有。頓時，一股無比的悲傷情緒湧上心頭。王氏並沒有要她做什麼，只是給了她一些暗示：若郁家只有王氏一個嫡母，王氏自然會為郁心和爭取前程，王氏自己是沒兒子的，百年之後總要有個送終的人……

於是，她臆想著，溫夫人是有兒子的，一定會壓抑自己的兒子，日後郁心瑞當了官，更加可以隨意處置她們母子倆……所以她才會一門心思地要除去溫氏。

她很後悔，可惜後悔永遠只能是後悔，現在說什麼都沒用了，她無力地搖搖頭，緩緩地道：「婢妾一念之差，以為自己能作平妻，所以才……婢妾知錯了，求老爺和老祖宗責罰。」

郁心蘭冷冷地看著秋容，正要問她為何會有這種想法，忽聽軟榻上的娘親輕輕喚了自己一聲。她忙走過去問道：「娘親，怎麼了，覺得不舒服嗎？」

溫氏柔柔一笑，抬手幫女兒將一縷頭髮順到耳後，輕聲道：「時辰不早了，妳先回去吧。」

郁心蘭睜大眼睛看著娘親，這種時候要我走？

溫氏溫柔地道：「娘知道怎麼辦了，為了妳的兩個弟弟，娘也不會再忍了，妳不必擔心，回去服侍妳公婆和夫君吧。」

郁心蘭低頭想了想，我的確不可能永遠代娘親處理事情，這事兒已經明瞭了，讓她自己處罰秋容也好，長長心性兒。於是，她便笑道：「如此，女兒便告辭了。」

又向老太太和郁老爺施了禮，告辭出府。

❖ ❖ ❖

一連三日過去，郁心蘭回門參加幼弟的洗三禮時，才從紫槿的口中得知秋容「病」了，病得很重，沒幾日便去了。因只是個小妾，郁家只為她準備了一口薄皮棺材，郁心和自始至終不知生母死亡的真相；而王氏，因為她發毒誓說她絕對沒有指使秋容，老太太和郁老爺便相信了——這年代的人相信鬼神，敢發毒誓自然是心中無愧的。

可是，郁心蘭恨恨地想，也得看王氏的誓言是什麼吧？沒指使算什麼，若是暗中挑唆、誘導，難道就不算犯罪嗎？

待客人走後，郁心蘭坐到床邊陪娘親聊天，自然就說到了王氏免責一事。

溫氏柔柔地一笑，「我知道，可是秋容不指證，沒有證據，咱們也奈何她不得，不如裝作不知，讓她越發自大，日後總會露出馬腳來。以前我事事相讓，因為她是妻我是妾，如今既然身分不同了，我自不會再這般好欺。害人的事我不會做，但防人應當還是防得住的。」

迎著娘親溫柔中帶著堅定的目光，郁心蘭只得壓下心頭的擔憂，笑了笑道：「您能想通自是最好……若有什麼事，多問問老祖宗的意思，也好多個人幫忙拿主意。」

溫氏輕笑著拍了拍女兒的手，「瞧妳這話，好像妳是當娘的人似的。」

郁心蘭也噗哧一笑，她跟溫氏，的確好像是反過來的。

溫氏忽然遲疑了一下，郁心蘭輕嗔道：「娘親，有什麼話就直說嘛。」

溫氏聽後，這才笑道：「是這樣的，妳三姊的嫁妝，我自然是要出一份的，可妳也知道，娘的手中現在哪有什麼銀錢？我想來想去，妳的果莊正好不想經營了，不如先給她做嫁妝，待日後娘有了銀子，這贖莊子的銀子，娘一定會還給妳的。」說著臉露紅暈，「若是向別人賒欠，別人也不會願意……娘只好厚著臉皮來求妳了。」

若是別的東西，郁心蘭二話不說會雙手奉上，她怎麼可能不幫娘親撐場面，可果莊卻不行。

其實她有不少好的陪嫁品，可娘親獨獨提到果莊，就真是古怪了。

「娘，妳怎麼會想到要果莊的，郁玫親口找妳要的嗎？」

溫氏搖了搖頭，指了指新提上來的大丫頭紫羅道：「這丫頭給娘出的主意。」

郁心蘭淡淡地瞥向紫羅，平聲問道：「妳怎麼會想到要我的果莊的？」

紫羅心中一跳，忙跪下回話：「婢子前兩天去廚房交代飯食時，聽三小姐身邊的丫頭們談論三小姐的嫁妝，三小姐似乎想多要幾個莊子，畢竟莊子才能再生銀子，可府裡頭在京郊只有兩個莊子，還得留一個給五小姐。婢子又聽她們提到四姑奶奶的果莊都不想要了，這才回來給二夫人出了這個主意。」

郁心蘭細細地查看紫羅的神色，掂量著她應該沒有說謊。奴婢們私下議論主子的事再正常不過了，可是提到主子想要什麼嫁妝……除非是郁玫自己透的口風。而後又談及自己的果莊，這必然是事先安排好，故意讓紫羅聽到。

郁玫想要果莊？這應該是十二皇子的意思吧？

郁心蘭心裡輕笑，面上卻是無奈的表情，歉意地朝溫氏道：「娘親，果莊女兒早就放話拋售了，如今已經有幾個人來接洽，價錢談得也差不多了，實在是無法給您。不如這樣吧，女兒手中有一套汝窯出產的青花瓷器，汝窯的瓷器專供宮裡，市面上極少有；另有一套極品藍田玉的頭面，這兩樣東西也少說也能值個三、四千兩銀子，您拿給她添妝，絕不會丟了您的臉面。銀子您就別跟女兒提了，女兒手頭活泛，不差這一點兒。」

溫氏一聽值這麼多銀子，嚇了一跳，忙道：「不成不成，太貴重了！」

郁心蘭輕笑，「娘，那您還要我的莊子？我的莊子對面拋售，可是一萬兩起價的。」

溫氏當即就驚呆了，她以為一個莊子只要、一二千兩左右呢。

郁心蘭握著娘親的手道：「您就別推了，這些是女兒給您撐場面的，無論如何您要收下。」心裡卻補充道，我當然不會白給郁玫，日後總要連本帶利地收回來的。

溫氏又推辭了幾句，捱不過郁心蘭的伶牙俐齒，只得答應了。郁心蘭說回府就將東西裝好箱，待娘親坐滿月子後，差人送到郁府來。

此時，紫槿抱了十三哥兒過來，郁心蘭接過來，小傢伙迷迷糊糊地眨了眨眼，黑亮的眼睛直直地盯著姊姊，好像真的看到眼裡了似的。其實小嬰兒要到三個月左右才會有一點視力，現在都只是無意識的凝望，不過郁心蘭仍是十分歡喜，逗了一會兒才告辭回府。

如今已經是冬季，前幾日紛紛揚揚下了幾場雪，將京城的街道房舍都染成了白色。郁心蘭坐在溫暖的馬車中，忽然想去店裡瞧一瞧，便吩咐車夫轉向。

郁心蘭讓馬車停在店鋪的斜對面，自己扶著錦兒的手慢慢地穿街而過。

店內的夥計不認識她，以為是親自上門的顧客，熱情地上來招呼道：「這位夫人，請問您想買什麼？」

郁心蘭有心考一考夥計的業務水準，故作隨意地問：「你們這裡有什麼？」

夥計隨即詳細地介紹了一番，並不是每樣都介紹，而是針對她的皮膚和冬季保養的要點，擇重介紹。郁心蘭對這個夥計的服務很滿意，瞥了紫菱一眼，紫菱會意地上前問道：「請問小哥怎麼稱呼？」

夥計忙報上自己的名字，殷切地看著幾人，希望這位看起來氣勢十足的夫人能多訂一點貨品。

郁心蘭給店裡的夥計定的薪水比別家店鋪多一點，多得並不多，但夥計們的收入還包括按銷售金額來提取傭金，這一部分的收入可就遠遠高於薪水了。不過，傭金是分層次的，免得有人打聽到夥計們的提成，就能算出她們店裡的收益來。

郁心蘭挑了挑眉，在夥計殷切的目光下，轉身走了。

夥計只得恭送出來，鞠躬道：「歡迎下次光臨。」

紫菱跟上來扶了大奶奶上車，安置好後，才輕笑道：「他並沒露出不滿之色來。」

郁心蘭滿意地點了點頭，這樣的夥計才好，看起來佟孝將她的現代員工培訓理念運用得不錯。

回到府中裡，赫雲連城已經下朝回府了。

郁心蘭換了家常的小襖，坐到他身邊道：「今日娘親向我提出要果莊來給三姊添妝了。」

赫雲連城聞言怔了怔，眸光一暗，問道：「妳怎麼回的？」

「我拒絕了，另外給了些物件給娘親……你說，會不會是十二殿下的意思？」

「也許吧，今日十二殿下還說要請我吃酒。」

呀，這就開始拉幫結派了？

郁心蘭問：「那你去了沒？」

「去了。殿下相邀，卻之不恭。」赫雲連城輕笑一聲，聲音中透著十足的嘲弄，「明知我跟子恆的交情好，還以為一點點蠅頭小利就能讓我動心。」

其實吧，郁心蘭並不贊成什麼你是哪個皇子的伴讀就一定要輔佐哪個皇子的觀念，萬一你伴讀的那個皇子性情兇殘，或者是個十足的蠢物呢？她倒是贊成赫雲彤的說法，誰也不幫，實在是要幫，也應當挑選一個有明君潛質的皇子。

明子信在朝野的風評是極佳的，為人謙和，禮賢下士，母妃劉氏出自順郡王府，親舅舅順郡王在朝中也是有根基的。

不過，郁心蘭對明子信的印象卻好不起來，大概是因為在梓雲宮的那一回，他跟秦肅一起談論她吧。那種時候談起她撫琴給秦肅聽之事，怎麼都不可能是好意。

郁心蘭事後琢磨過，她跟明子信又沒仇，明子信也不至於為了秦肅的一點銀子就跟自己一個婦道人家為難，多半還是看出淑妃有意針對自己，才有意討好淑妃，畢竟現在是淑妃最得寵啊，有淑妃在皇帝耳邊吹幾陣枕頭風，不比文武百官的讚美來得快來得有效？

所以，得罪了她也沒關係吧？

郁心蘭不由得皺了皺小鼻子，赫雲連城抬眼瞧見，一時興起，又捏住她的鼻尖，害她呼吸不暢，「討厭！」

郁心蘭掙不脫，便伸手去撓他的癢癢。

赫雲連城還真是個怕癢的，當即就鬆了手。正要捉弄她幾下，門外紫菱揚聲稟報：「大爺、大奶奶，十四殿下駕到。」

郁心蘭挑了挑眉，赫雲連城倒是一臉篤定地笑道：「應當是送銀子來了。」

郁心蘭「啊」了一聲，莫非是宮中的供奉談下來了？

兩人整裝出了內室，到大廳外迎接。

明子期只帶了小桂子一個人來，瞧見赫雲連城倆口子，便笑得一臉促狹，「大白天的躲在房裡，也不怕悶壞了！」

郁心蘭暗翻了一個白眼，這種程度的調侃也想讓我臉紅？

赫雲連城是個道地的古人，怕小妻子受不了明子期的口沒遮攔，輕責道：「胡說什麼！」

明子期一臉無辜的模樣，「我是說你們怎麼也不到莊子裡去走動，讓我也好去蹭蹭飯呀！」

說著已經到了臺階前，赫雲連城夫妻將其讓進東暖閣，吩咐丫頭們沏壺上好的香茗，多備幾碟子點心果乾。

明子期就是個吃貨，看到郁心蘭用果莊的果子製的果乾，立即嚐了一顆，感覺很好吃，就連丟了幾顆到口中。

待他吃飽喝足了，赫雲連城才問：「今天怎麼有空出宮。」

明子期輕嘆一聲，「我再不出宮，以後沒機會出了。」

郁心蘭詫異了，「您犯錯了嗎？皇后娘娘要禁您的足？」

明子期先叫了一句：「我說表嫂，你就別總您啊您的了！」然後才道：「父皇說要給我分府了，我以後搬出宮來住了，還怎麼出宮呢？」

郁心蘭差點沒暈倒，這也好嘆氣。

明子期又抱怨了幾句，才賊笑道：「不過，有錢就好過日子，搬出來就搬出來吧。」說著從懷裡掏出一疊印了紅印的紙，遞給郁心蘭。

郁心蘭展開一看，竟是份准許她的香雪坊直供皇宮花水、香露、香皂的通文。皇宮自然是不會跟商家簽定什麼契約的，通常是頒旨或發通文，有了這個，以後香雪坊的生意就更大了。

郁心蘭實在是壓抑不住內心的興奮，兩隻眼睛都快彎成元寶狀了，忙起身到內室拿了乾股合約出來，雙手遞給明子期。

明子期只是隨意地瞥了一眼，就交給小桂子，讓小桂子代為收著。

「表嫂，先說好，我只要每月有銀子進口袋就成，若是有人為難店子，妳就告訴我，別的事兒我可不想管。」

「一定一定！」郁心蘭連忙點頭。

她本來就是請個管場子的，也沒打算讓他參與到管理當中去，人家是什麼身分，哪會沒事去站櫃檯。

她高興了一會兒，立即想到了生產問題。現在主要是由佟孝的長子佟宗帶著兩個弟弟佟陽、佟新，請了十名工人一起進行加工。佟孝的三個兒子負責成分的配比，這是最關鍵最核心的技術，一份香露的效果如何，就是由它裡面的成分和各種成分所占的比重來決定的。

可現在這十幾人已經在加班加點地幹活，才能保證香雪坊的供應需求，皇宮的採購量一定很大，這樣的話就必須增加人手了。可增加了人手，就會有製作方法和配方洩密的危險……

明子期和赫雲連城都注意到她情緒的變化，剛剛還好好的呢，這會兒就擰眉咬唇的了。

郁心蘭便將心中的擔憂說了出來。

明子期嗤笑道：「這有什麼，我來找人吧，誰敢洩密，看我怎麼整治他們。」

郁心蘭一聽，成啊，這年代尊卑有別，用皇權壓人雖然不厚道，但確實能解決她的難題。「成！這事兒就交給你辦了，我五日內就要招到十五至二十個人手才行，會釀酒的最好！」

「包我身上了！」明子期隨意得很，彷彿招幾個匠人是再輕鬆不過的事情。

有了明子期的幫忙，郁心蘭很快就招到了十六名手工高超的員工，佟宗負責教導他們手藝。

皇宮採買的第一批單子很快就下來了，各色的香皂、香露、花水都要了一百份，光這一單就賺了四千多兩銀子。

郁心蘭笑得合不攏嘴，日子就在她整天數錢算帳中慢慢過去了。

一晃就是一個月，郁府給十三哥兒辦了滿月酒後，郁老爺請了族長和族中的長輩，開了祠堂，將溫氏、郁心蘭、郁心瑞的名分重新定下。郁心蘭被請到郁府，在祠堂外向郁家的祖宗磕了三個頭。

按這世間的習俗，嫡子女都只用單名，郁心蘭在族譜中的名字就變為了郁蘭，心蘭算是乳名；郁心瑞則叫郁瑞，剛剛滿月的十三哥兒，由族長為他取了個有氣勢的名字，郁龍，意喻龍章鳳彩。

郁心蘭其實覺得這名字好普通啊，可郁老爺卻似極滿意，她也不便發表意見。

十三哥兒的滿月酒之後便是小年夜了，侯府裡最近異常的忙，郁心蘭卻在此時撂了挑子。

她早不想管廚房的差事，如今長公主身邊的吳嬤嬤和任嬤嬤、陳嫂子已經安排進了廚房，她沒什麼好擔心的了，而二奶奶小產的月子也坐完了，她便讓錦兒捧著那本帳冊，同她一起去靜念園找二奶奶。

二奶奶正和三奶奶商量著年節禮，甘氏將這差事交給了自己的兩個兒媳婦。

甘氏最近心氣很不順。

任嬤嬤和吳嬤嬤的身分相對而言比較高，所以她只能安排她倆當大管事，可沒曾想這兩人對廚房現有的制度提出了無數條整改意見，小的地方她倆可以自專，大的條例還是得甘氏同意。

甘氏自然是多數不同意的，可這兩位嬤嬤絲毫不氣餒，一次不同意就兩次，兩次不同意就三次……但凡在廚娘和小管事那兒抓到一點點與她們要改進的條例有關的小錯兒，兩人就會報到甘氏這兒來，把個甘氏煩得不行，可兩位嬤嬤又沒什麼失禮之處，小錯兒再小，那也是錯。

甘氏咬定了不讓長公主的人得逞，只能壓下心火與她兩人慢慢周旋，這時間上就沒得那麼多的空檔了，只好將手中的一部分事情交給兒媳婦來辦。

郁心蘭來得突然，二奶奶和三奶奶怔了怔，聽了她的來意後，二奶奶不由得竊喜在心，三奶奶的目光卻變得幽深起來。她疑惑地問：「這廚房採買的差事，不是大嫂秋獵回來才剛從二嫂這裡接過去的嗎？怎麼二嫂滑了胎您就急著還回來？啊，我的意思是二嫂目前的身子還有些虛。」

二奶奶一聽，看向郁心蘭的目光就變得複雜了。這話聽起來，好像是郁心蘭特意接手廚房，就為了讓她滑胎似的。

郁心蘭只裝作沒聽出來，笑吟吟地回道：「事理先從廚房開始，我學了一陣子，也當讓二弟妹也學學。再者，三弟妹，做大嫂的我要說妳兩句，二弟妹滑胎是件多傷心的事兒，我送回帳冊，就是希望能給她分分心，讓她別總想著傷心事兒，愁壞了身子，妳怎麼還總是提起？」

三奶奶臉色十分尷尬，支吾道：「我……不是故意的，二嫂，對不住！」

提起這話兒心情的確是沉重了幾分，二奶奶搖了搖頭，又長嘆一聲。

郁心蘭便勸道：「妳也寬寬心，孩子日後還會有的。只是再小心防著一點，別讓那起子有歹心的人有機可乘。」

二奶奶恨恨地道：「琴操那個賤婢，居然……居然……我恨不得剝了她的皮，平日裡裝得那般柔順，沒曾想是個心狠手辣的！」

郁心蘭道：「是嗎？平時這麼柔順的人，怎麼忽然一下子歹毒起來了？莫不是有什麼原因吧？其實我覺得吧，她若想給妳下點什麼藥，平時便能下，非要等妳懷了身子後再下手做什麼？」

二奶奶怔住了，這話兒也有點道理，那會是什麼原因呢？

三奶奶道：「自然是不想讓二嫂生下兒子來，奪了二爺的寵呀。」

郁心蘭輕嘆道：「可能吧。唉，二弟妹也是命苦，這樣傷了身體，也不知道要修養多久。」她飽含同情地看了看二奶奶，又轉向三奶奶道：「三弟妹，妳就努力努力，為父親和大娘生個長孫出來呀。」

二奶奶猛地抬頭看向三奶奶。

三奶奶的眼皮狠命地一跳，乾笑道：「這哪是我想就有的？」

瞥眼瞧到二奶奶不善的目光，三奶奶心裡更是急，想將戰火引到郁心蘭身上去，輕笑道：「大嫂難道不想生長孫？」

郁心蘭只當沒聽見，問二奶奶道：「琴操說的露珠茶是什麼？」

二奶奶支吾不語，這是她的祕方，怎麼能告訴別人？

郁心蘭只好改問三奶奶：「三弟妹，妳知道嗎？妳院子裡的玉荷跟琴操走得很近呀，我的丫頭好幾次看到她們在一起談天說地呢。」

三奶奶聽到郁心蘭的話，心猛跳了一拍，玉荷的確是跟琴操說過什麼，也是她指點的，可是大嫂是怎麼知道的？明明每回她都交代玉荷尋個無人之處再說呀。可是，大嫂既然能說出玉荷的名字，想必她的丫頭的的確確是看到了的……

三奶奶正焦急著怎麼回答這話兒，又聽郁心蘭向二奶奶道：「其實要我說吧，琴操真是個傻丫頭，好好地求求二弟妹，妳這般賢慧的人兒，難道還會不讓她過明路嗎？何必非要害得妳滑胎，既引人注目，讓父母親查到了她的頭上，又失了二爺的心，連性命也丟了。」

二奶奶聽完這番話，垂下眼瞼，手指隨意地翻著帳冊，完全陷入了自己的思緒之中。

郁心蘭也不等她想清楚，歉然道：「呀，我還有事兒，先告辭了，兩位弟妹有空兒到我的靜思園來坐坐。」說罷，扶著錦兒的手便走了。

三奶奶坐在二奶奶身旁，彷彿椅子面上釘了釘子似的，也趕緊跟著站起來告辭：「三爺怕是要回來了，我先回去看看，下晌再來尋二嫂商量年節禮的事兒。」

二奶奶意味莫名地看了她一眼，只輕輕地「嗯」了一聲，態度比之前疏遠了好幾倍。

三奶奶只作不知，笑著福了一福，也扶著秋水的手走了，出了園子追上郁心蘭的腳步，輕聲道：「可否請大嫂借一步說話？」

郁心蘭奇怪地瞧了三奶奶一眼，才鬆開扶著錦兒手臂的玉手。三奶奶的大丫頭秋葉則往一條小徑上走了幾步，那處有一座小型假山，秋葉將假山邊的圍欄擦了三遍，又侍上薄棉錦墊，這才退到遠處。

這架勢，是要長談？

郁心蘭與三奶奶一同坐到圍欄上，兩人都看著圍欄裡淺水上的浮萍不說話，郁心蘭反正是不急的，她沒做過虧心事啊。

到底還是三奶奶耐不住，輕輕地蹙起眉頭，俏臉瞬間染上了輕愁和淡淡的委屈，明亮的眸子裡也蓄上了水光。她本就生得十分漂亮，柔柔弱弱嬌滴滴的那種美人兒，這麼一蹙眉、一欲泣，真是能把人的心給揉碎了……

郁心蘭不錯眼地看著，良久，才輕嘆一聲：「三弟妹生得真是俊！」讚歎之意溢於言表。

三奶奶差點兒變臉，她這般憂傷，大嫂居然不問她受了什麼委屈，或有什麼傷心事兒？「大嫂說笑了，論到顏色，我們幾個妯娌間，哪個也沒大嫂生得俊！」

郁心蘭輕笑，謙虛了幾句，不過也沒太謙虛，又說到自己的鋪子裡賣的貨品上去了，只道是保養出來的。

三奶奶可不是來跟她討論這個的，見大嫂始終不問她委屈的原因，只好自行說道：「大嫂可是對我有何不滿之處？若是愚妹有得罪大嫂的地方，還請大嫂看在愚妹年輕不經事的分上，寬宥幾分。」

郁心蘭眨了眨眼，不解地問道：「三弟妹此話怎講？我何時說過對妳不滿了？妳怎麼會這樣以為呢？」

三奶奶心中暗惱，不是不滿，為什麼當著二嫂的面，說我的丫頭跟琴操嘀嘀咕咕，然後又暗示琴操的舉動不合情理？

可這話兒不能明著問，三奶奶便側面說道：「若不是對愚妹不滿，為何大嫂要在二嫂面前說……說我的丫頭跟琴操說笑呢？其實琴操在府中的人緣不錯，跟誰都是有說有笑的，但大嫂這般一說，二嫂怕是會誤會什麼。」

郁心蘭仍是不解，一臉的懵懂茫然，「二弟妹會誤會什麼？」

三奶奶氣惱至極，咬緊了下唇，晶瑩的淚滴就往眼眶裡盈，沾濕了長密的睫毛。

郁心蘭這才恍然大悟般，「哦——原來妳是怕二弟妹誤會妳的丫頭唆使琴操？」她含笑拍了拍三奶奶的手，安慰道：「莫怕莫怕，假的真不了，真的也假不了。就算二弟妹一時沒想通，日後也會想通的。」

這話說了跟沒說一個樣兒。

三奶奶真的氣惱，決定不再跟郁心蘭胡扯下去，直入主題道：「大嫂總是教我慎言，可為何自己卻不慎言？說話這般沒考慮的？」

郁心蘭輕輕一笑，帶著少許輕嘲，「三弟妹怎麼不自稱『愚妹』了？要我說呢，咱們都是一家人，妯娌之間講究那些個虛禮做什麼，以後就這樣妳妳我我的說話好了。」頓了頓，直視三奶奶噴火的眼眸道：「我的確是教過三弟妹幾回，請三弟妹慎言，可三弟妹妳聽過嗎？若不是用這種方式點醒妳一下，只怕妳仍會隨意地說話吧？」

三奶奶急著想為自己辯解幾句，郁心蘭揮了揮手，打斷她道：「二弟妹滑胎的時候，我還教導了妳要慎言，可妳慎言了嗎？為何要對父親和大娘說我喜歡去花園子裡採花？明知二弟妹是如何中了琴操的詭計，難道這話兒不會讓父親和大娘、二弟妹誤會我嗎？」

三奶奶心中大驚，這話是我私底下同母親說的，大嫂怎麼會知道？

郁心蘭淡瞥了她一眼，輕哼道：「三弟妹最好記住一句話，若要人不知，除非己莫為。」說罷，也不再看她，徑直起身走了。

三奶奶兀自坐在圍欄上，怎麼也想不明白大嫂是怎麼知道她這番話的。

郁心蘭自是不會告訴她，這話是甘氏怕赫雲慧同郁心蘭走得太近，教訓女兒時說的。赫雲慧又不是個能藏話的人，況且這段時間以來對郁心蘭的觀感十分好，並不大相信，所以特意跑來問她。

郁心蘭當時用話兒圓了過去，也不讓赫雲慧同三奶奶提起。原本是想著，三奶奶這人就是喜歡背後搧陰風，點鬼火，說了也白說，還不如裝不知道，待有機會的時候一起還給她。

可沒曾想今天三奶奶幾次三番地想把髒水往自己頭上潑，再忍就是泥菩薩了。況且點醒她一下，這世上沒有不透風的牆，免得她沒有任何顧忌，想說什麼就說什麼。

壞話聽多了，郁心蘭也怕侯爺對自己有什麼不好的印象，不是有句話叫眾口鑠金嗎？

回到靜思園，郁心蘭便喚了紫菱、安嬤嬤進來，一同商量年節禮的事兒。侯府自是會準備一份，但郁心蘭私下交好的幾位夫人，她得另外備一份送去。

除了赫雲彤和岑柔外，還有禮部侍郎陳夫人、御史周夫人、刑部郎中聶夫人，以及大內侍衛總管何夫人。

紫菱以往幫郁老太太備過年節禮，這方面很拿手，極快地擬了幾張禮單出來。郁心蘭和安嬤嬤過目後，覺得沒問題，便讓錦兒帶著幾個二等丫頭一同準備禮品。備好後，在包裝上寫上收禮人的姓名，府中自會派小廝送到各府上去。

忙完這些，郁心蘭總算是閒了下來，便又拿出那幾顆紫油奇楠，開始雕花。她前世的時候就喜歡做些小手工藝品，一來是女孩子愛美，可奶奶並沒有很多錢給她買首飾；二來是為了賣給同學，順道賺點零花錢。

她的手工不算太好，但雕幾朵牡丹、玉蘭之類的花兒還是足夠用了，她最大的長處是會配色，又看過許多現代的帶有各國風情的首飾，奇特，是這些首飾的最大亮點。

紫油奇楠很貴重，郁心蘭準備將這串手串送給赫雲彤，給長公主婆婆準備的是用鶯歌綠奇楠雕的萬字福字珠手串。

這些珠子已經雕了有一個多月了，忙到下午，終於完工了，郁心蘭讓丫頭中手巧的千葉幫忙穿孔，用紅錦細絲線串起來。

柒之章　妻妾傾軋博位分

定遠侯府的小年只是一家人聚在一起吃了一餐團圓飯，因是一家人，並沒分男女開席，大家都坐在一桌兒。席間，侯爺提到了請甘老夫人來府中長住的打算。

甘老將軍只有一妻一妾，膝下也僅有一子一女，甘老將軍和甘將軍身故後，甘老夫人就一直一個人住在將軍府中，雖然甘氏時常過府探望，但到底是孤獨寂寞了些，況且甘老夫人腿腳不靈便，雖然上回侯爺尋來了黑龍藤，但到底年紀大了，並沒有完全恢復，行動時必須由兩個丫頭扶著。

侯爺有心將甘老夫人接到侯府來居住，也方便甘氏盡孝。不過這世間，對岳母孝順，卻沒有將岳母接來同住的習俗，侯爺說這番話，也是想徵求長公主的意見。

「老夫人年老體邁，按甘府的品級又無法請動太醫，所以我想將老夫人接到府中來修養一段時間，不知妳意下如何？」

郁心蘭暗嘆，真的要徵求長公主的意見，為什麼不私下裡談？當著一眾兒女媳婦的面，長公主就是有意見，也不好說吧？

長公主沒有片刻猶豫，當即表態道：「夫君能以孝道為先，為妻自是贊成的，就不知甘老夫人要住在何處，我也好帶著兒子媳婦們去請個安。」

侯爺面露微笑，平聲道：「妳是長公主，不必向岳母請安，讓兒子媳婦們去就成了。老夫人年紀大了，愛清靜，你們晚輩也不必每日去叨擾，逢初一、十五去請個安就成了。」

長公主展顏一笑，晚輩們忙恭聲應承，侯爺便啟筷道：「用飯吧。」

甘老夫人是在小年的第二天被接到侯府的，三位媳婦、幾位小姐和侯爺的小妾們，恭敬地候在二門處，待甘老夫人的車轎停下，立即在甘氏的帶領下跪拜伏。

甘氏當先起身去扶母親，郁心蘭等人也順勢站了起來。二奶奶和三奶奶殷勤地上前問候，小妾們也圍在甘老夫人身邊，郁心蘭倒不去湊這個熱鬧，反正不是她的正經外祖母。

侯府將松梅園分給甘老夫人住，甘老夫人自將軍府帶了二十餘名丫頭媳婦子和婆子，沒有用侯府的一個下人。

待打點妥當了，甘老夫人坐在中廳上首，身側陪著甘氏，晚輩和小妾們便向甘老夫人敬茶。

郁心蘭是長媳，第一個跪在錦墊上，奉了茶杯給甘老夫人，「請老夫人喝茶。」

甘老夫人並不接茶，而是慈眉善目地仔細端詳郁心蘭，少頃後，轉頭看向甘氏輕笑道：「這個丫頭怎麼這麼俊呀，我看，把妳的幾個老二家的老三家的都給比下去了。」

甘氏陪著笑道：「可不是嗎？老大家的可是長公主殿下親自從一眾采女中選出來的，哪是我那兩個媳婦兒比得上的。」

甘老夫人又轉向二奶奶和三奶奶，笑道：「我可是個直率人，有什麼說什麼，見到這個丫頭跟花兒似的，不讚兩句可不成，妳們兩個莫惱。」

二奶奶、三奶奶忙道：「不會不會！」

郁心蘭半點沒有被誇獎的喜悅，我還跪著呢，雙手也高高地舉著，這兩人卻說個沒完，以為這樣的軟刺我就非得吞下去不可嗎？

她輕輕一笑，又道了一聲：「請老夫人用茶。」

甘老夫人正要說話，冷不丁被郁心蘭打斷，面上的慈愛就僵硬了幾分。

可郁心蘭正在敬茶，她也不可能總是不接，那樣太過明顯，只好笑著雙手接過，裝著品了一口，放下，讓貼身丫頭捧來一個托盤，上面有一只晶瑩剔透的白玉鐲，雖不是極品羊脂玉，但也是很貴重的上品了。

郁心蘭笑著接過，站了起來。

甘老夫人的笑容更加僵硬了，她還沒叫郁心蘭起身呢，按說給長輩敬茶，長輩訓導幾句也是應當的，這個丫頭怎麼這般無理？

郁心蘭自有一番說詞：「晚輩多謝老夫人賞，老夫人今日舟車勞頓，還是早些休息的好，一會兒還有兩位弟妹、兩位妹妹和幾位姑娘要給老夫人敬茶，晚輩不耽誤老夫人的時間了。」說罷退至一旁坐下。

這完全是在體恤甘老夫人的身體，不是說她身體不好才來侯府休養的嗎？

甘老夫人也只得笑道：「真是有孝心。」

二奶奶和三奶奶、二小姐，芳姐兒依次上前敬茶，也得了不菲的禮品。

郁心蘭暗想，甘老將軍不過是個四品的將軍，之前還只是個軍校，被老侯爺賞識才提拔上來的，家底應當不厚才是，可今天這一出手，就是四個價值頗高的玉鐲，難道是把家底掏空了，就為了撐面子？

小妾們的打賞相對要輕一點，但也挺貴重，郁心蘭對這位甘老夫人倒是刮目相看了，在人情上，還是挺注重的，捨得花銀子，比甘氏要圓滑得多了。

眾人說笑了一陣子，甘老夫人便露出了倦容，晚輩們和小妾們忙起施禮告辭。

甘氏打發了眾人回去，獨自留了下來，扶著母親回內室，到炕床上躺好。

甘老夫人輕嘆一聲，「這府裡人還真是多，也難為妳了。」

甘氏搖了搖頭，「母親說什麼難為不難為的，女兒也習慣了，開了年，老四家的就要進門了，可老二家的和老三家的卻……想要個嫡孫怎麼這麼難？」

甘老夫人隨即問起她老二家的滑胎的事，甘氏毫不隱瞞地敘述一番，又將自己的猜疑說了出來：「我懷疑是老大家的在背後挑唆，老三家的就瞧見過她去園子裡採花。」

甘老夫人點了點頭，「是有可能。按說那個……琴操若是有心要害老二家的，明明可以下點絕子的藥，老二家的若是一直懷不上，她就能抬位分了，而且也不會有人懷疑她什麼。偏偏去害老二家的腹中胎兒，這不是擺明了請人來查嗎？」

甘老夫人拍了拍女兒的手道：「妳別擔心，為娘既然來了，定要幫幫妳的。當初侯爺便只想娶妳一人的，這侯府的一切就應當是妳的兒子的，不能讓旁人給搶了去。」

甘氏也覺得是這麼個理，「她明明有一個長公主府，想讓兩個兒子一個霸占侯府，一個繼承公主府，真是作夢。」

甘老夫人道：「妳千萬別性急，男人是逼不得的。說一千道一萬，妳得讓妳那兩個兒媳婦爭氣一點，多生幾個男孫出來才行，傳承了香火，比什麼都強。」

甘氏也為這事兒著急上火，「有什麼辦法呢？晨兒倒是個爭氣的，不到一年就生了長孫，可惜出痘子，這一回才懷上不到兩個月，又滑了胎……」

甘老夫人沉吟片刻道：「老大家的，得拖著不讓她有身子，妳那兩個兒子沒有嫡孫，多幾個庶孫也是好的，我聽說只有老二有一個貴妾，老三連個妾也沒有，妳怎麼也不管管她們？」

甘氏喏喏地應承了幾句，見母親真是累了，這才告辭，回到自己的宜安居。

剛下馬車，丫鬟紅箭便迎了上來，輕聲道：「夫人，吳嬤嬤在廳內等您。」

吳嬤嬤？她又來幹什麼？

甘氏聽到這三個字就頭暈，深吸了一口氣，扶著紅纓的手穩步走進大廳。

吳嬤嬤忙上前見禮，「給夫人請安。夫人，老奴是來問，老夫人的分例按什麼來定。」

原來是為這事兒！

甘氏想了想道：「每餐比我多一道菜便成了。」總不能越過侯爺去。

晚間，自然要為甘老夫人辦一桌接風酒。

席間，甘老夫人指著郁心蘭便是笑道：「這孩子真是傻，我一瞧就喜歡，改明兒讓她多陪陪我成不成？」

郁心蘭聞言，心裡就是一跳，不是吧，我可不是妳的正經孫媳，幹麼要我陪妳？是個聰明的老太太！郁心蘭想，這話不問父親問長公主婆婆，不就是想著婆婆性子柔靜，必不好意思當面拒絕她嗎？若是問了父親，婆婆說我要她面前立規矩，甘老夫人倒不好再要求了。只可惜，婆婆的性子已經多多少少被我給改了一點了……

長公主只端容不語，彷彿沒聽到甘老夫人的問話。

侯爺便道：「岳母大人若是喜歡小輩們相陪，讓晨兒和茹兒多陪陪您便是，蘭兒要服侍清容和靖兒，平日裡不得閒。」

甘老夫人真沒料到是女婿出面說道，而且還是拒絕自己。在她的記憶裡，這個女婿就從來沒有拒絕過她的要求，何況這要求並不過分啊。

按照禮法來說，我怎麼也是靖兒嫡母的母親，是靖兒的外祖母，又不是讓長公主來陪我，蘭丫頭怎麼就不能來服侍服侍我？

這麼想著，臉色便有些不大好看，甘老夫人將筷子擱下了。

長公主見此，也放下了筷子，平聲道：「老夫人既然用完飯了，我看我們散了吧，讓老夫人早些回去歇息，老人家累不得。靖兒、蘭兒、飛兒，你們去我的宜靜居坐一坐。」

三人忙應了一聲，起身恭候。柯嬤嬤忙上前抬起胳臂，長公主扶著她的手臂站了起來，卻沒急著走，微轉了身，面向著甘老夫人，凝眸淡笑，高華貴氣。

長公主都站起來了，甘老夫人和甘氏、一眾小輩們自是不能再坐著，只是奇怪長公主為什麼看著甘老夫人淡笑，眼眸卻帶著一絲不耐煩。

柯嬤嬤悄聲出言提醒道：「請各位主子們快些跪安吧，殿下近日身子一直不適，這可是強打了精神來為老夫人接風洗塵的。」

甘氏和赫雲策的臉色微微一變，赫雲傑倒是神情自若，當即撩袍跪下，三奶奶跟著跪下了，之後，赫雲策和二奶奶也跟著跪下。

甘氏求助似的望向侯爺……

其實她們一家人，平時是不跪長公主的，只有新年的時候才會行大禮，可是現下柯嬤嬤說出口了，君臣之別有如天地，不跪不行。晚輩們倒也罷了，但若是讓她和母親都跪下了，這算是往她臉上搧巴掌嗎？

這時候只有侯爺才能給求個情，讓長公主免了她和她母親的跪拜。

定遠侯卻只背負雙手，往牆側的羅漢椅上一坐，自有丫頭殷勤地上前奉茶果。

眾人的心思和侯爺的不理會，都只在幾個彈指間，甘老夫人明白女婿不願為自己出頭，立即裝出十分吃力的樣子，扶著兩個丫頭的手，費了一翻功夫才站起來，又拖著女兒屈膝下跪，口稱：「恭送殿下。」

長公主這才在眾人的跪拜中離席而去。赫雲連城、郁心蘭和赫雲飛陪著長公主走遠，赫雲策等人這才站起身來，陪外祖母和父母親到花廳小坐聊天。

侯爺似乎有絲倦意，沒說上幾句便道：「你們多陪陪外祖母。岳母大人，小婿先回房休息了。」說罷向甘老夫人抱了抱拳，起身而去。

甘老夫人神色自若，還慈愛地叮囑幾句，請侯爺多多保重身體之類的場面話。

甘氏的臉卻頓時漲得通紅，侯爺這樣一聲不吭地便走，定是去長公主的宜靜居，她的母親今天才到府中，夫君卻要去別的女人那兒留宿，讓她情何以堪？

「夫君……」

侯爺停步，略帶疑惑地回頭。

想出口的話，母親暗掐的手給攔下了，甘氏只得換了個話題：「明日要不要先將幾位親王府的禮品先送過去？」

侯爺幾不可察地蹙了蹙眉，淡聲道：「這種事妳拿主意就是了。」

沒留住侯爺，甘氏的臉色自然很難堪，又不便責問母親為何要攔著她，便將氣撒在兩個兒子頭上，「你們兩個是怎麼回事？這才剛用過晚飯，你們父親就說乏了，也不見你們關心關心父親！」

赫雲策和赫雲傑忙認錯，心裡都明白母親的無名火是從何而來的，卻都不以為然，父親想去哪兒過夜，哪是他們當兒子的人可以管得著的？他們亦是男人，知道男人的那點心思，母親又不是失寵了，為這麼點事發脾氣實在是小題大做。

甘老夫人對女兒的表現亦是十分不滿，皺著眉頭想：這丫頭怎麼這麼沉不住氣，真是愈活愈回去了！

這裡是後院接待賓客的正房花廳，左右不少侯府的家生子，想說什麼實在不便，甘老夫人於是道：「我也乏了，你們送我回松鶴園吧。」

松鶴園裡全是甘老夫人從將軍府帶來的下人，想說什麼都很方便。

甘老夫人在短炕上坐定後，便指責甘氏道：「妳也太小家子氣了，即便是侯爺想去妾室屋裡歇息，妳也不當阻攔，何況還是去長公主那裡，這話兒若是落到皇上和皇后的耳朵裡，妳又要惹上一頓教訓！」

甘氏抿了抿唇，在心底裡反駁了幾句，到底沒當面說出來。

甘老夫人見女兒受教了，便沒再提起這話，只是問：「老大兩口子感情如何？」

這話赫雲策可回答不上來，他對這個很可能繼承侯爵之位的長兄，心裡的膈應不少，所以平日裡都盡量避免撞見大哥，免得還要強打精神寒暄。

而赫雲傑呢，推己度人，認為大哥大嫂的感情必定很不錯，理由是：「娶了像大嫂那樣的美嬌娘，大哥自然是百般疼愛。」三奶奶忍不住撇嘴。

甘老夫人點了點頭，略微渾濁的目光掃了掃外孫和孫媳婦幾個，沉聲道：「我和你們母親自然是希望這侯府能由你們來繼承，可老大現在風頭正勁，他又是皇上的親外甥，若他要爭，你們是爭不贏的，只有拿著他的大錯兒才行。」

赫雲策和赫雲傑心有靈犀地同時暗忖，大錯是那麼容易犯的嗎？就算犯了，不還有二娘保著嗎？當年那麼大的事兒，皇上也只關了大哥三年而已。

甘老夫人想的卻是另外一回事，眼下諸位皇子都已成年，皇上應是要考慮立儲君了，臣子們為了各自的小主子，必定會拚命相互陷害，踩著旁人的肩膀往上爬。只要能揪出這樣的事兒來，不怕朝臣、御史們不上書，那時，皇上再偏向自己的外甥也沒用了。

只不過，若想知道這樣的隱祕，除非是能收買老大的心腹屬下或者枕邊人，否則難度很大。

甘老夫人也知道自己這個外祖母對於赫雲連城來說只是習俗上的，她也沒那麼大膽子敢以長公主的母親自居，所以她想用長輩的身分賜幾個通房丫頭給老大是行不通的，沒得越過長公主的道理。

唯一的辦法，就是買通！

甘老夫人果斷地拿出了方案：「老大總有幾個通房吧？我瞧著，正室夫人與通房丫頭間，總不會那麼和睦，你們仔細打聽打聽，有什麼嫌隙就好好利用利用。」這句話當然是對外孫媳婦們說的，後宅是女人們的天下啊。

二奶奶、三奶奶含糊的應下了，心裡卻在暗怪外祖母說話太過不忌，正室夫人與通房丫頭不睦這樣的話，怎麼能在爺們兒面前提及？

尤其是二奶奶，她這回滑胎，起因就是她容不下琴操，事後赫雲策可沒少呵斥她。

甘老夫人渾然不覺，發下話後便打發了孫輩們回去，留下甘氏繼續商量。

「剛才我注意瞧了一下，老二、老三似乎都想著爵位，妳心裡是怎樣盤算的？」

甘氏遲疑了一下，才道：「自古立長不立幼。」

甘老夫人頷首，「若是如此，妳當好好敲打敲打老三，我手頭有幾處鋪子、田莊，可以過到老三的名下，讓他得點實惠，也好安安他的心。」

說起來，甘將軍還有幾房妻妾，都育有子女，甘府的財產都是他們的，甘老夫人能動用的只是自己的陪嫁，算不得什麼，還真怕入不了老三的眼。

可甘氏也只有這個辦法，手心手背都是肉，總不能讓自己的兩個兒子先爭起來。

其實甘老夫人還有一個想法，那就是後嗣，要讓老二盡早生出男孫，而要老大生不出。只是老二那兒接連出事，甘老夫人極信命，多少有些擔心老二是那種命中無子之人，所以她告訴甘氏：「話別說死，看他二人誰先生下男孫吧，這必定也是侯爺的考慮。」

甘氏對母親言聽計從，一一應下，方告辭回宜安居歇息。

❖　❖　❖

第二日一早，郁心蘭去向長公主請安時，長公主眉梢眼角都是幸福的笑意。見到兒媳進來，也不等她伏身行禮，便穿了鞋下炕，一把扶住郁心蘭的手道：「好孩子，這大冷天，不必跪了，快到炕上來坐。」

郁心蘭還是納了個萬福，才脫鞋上炕，打著趣兒道：「媳婦覺著母親今日格外美。」長公主被媳婦這麼一調侃，當即羞得玉面緋紅，嗔了她一眼道：「小皮猴子，胡說什麼！」嘴上這麼說，心裡卻是甜的。還多虧了這個兒媳給自己出了主意，不然被那個甘老夫人踩到臉上都做不得聲。

她雖然可以自持身分不理會甘老夫人，但畢竟甘老夫人是侯爺的岳母，若是之前不打一點底子，只怕侯爺會對她產生誤會。

郁心蘭出的主意其實挺簡單的，就是讓長公主差人查看侯爺何時下朝回府，然後尋個藉口請侯爺來宜靜居坐一坐。

侯爺不會這點臉面也不給長公主，只是他到宜靜居的時候，正好聽到長公主與妾室解語、凌芷、若硯和庶女芳姐兒等人在閒聊，聽到她們說起今日郁心蘭向甘老夫人敬茶時，甘老夫人打岔說起其他事兒，讓郁心蘭跪了好一會兒的事，只是待他進屋後，女人們卻閉口不談了，長公主也沒趁機告狀，彷彿就只是閒聊時無意之中談到一般。

因而晚宴時甘老夫人說起她喜歡郁心蘭，侯爺自是不信。事有反常必為妖。上回老二家的滑胎，甘氏便針對老大家的，侯爺又不是傻子，自然不會將長媳送給岳母大人折騰。事後還顧慮到長公主似乎生氣了，特意來安慰了一番。

郁心蘭對甘老夫人此舉無法理解，就算當時甘老夫人得逞了，她每日都必須去陪一陪甘老夫人，可若是她有了什麼意外，不是很容易聯想到甘老夫人身上嗎？還是甘老夫人有什麼必殺技，難害了她還讓人查不出來？

只是，現在她只須初一、十五去請個安便成，甘老夫人那兒先派人盯著一下便成了。

另一邊，二奶奶和三奶奶都挺高興的，覺得外祖母很向著她們，而且手段明顯比婆婆大人高竿。想來也是，外祖母已經沒有兒子可以依靠了，雖然甘將軍有個兒子，也有二十歲了，可文不成武不就的，只憑著父蔭在兵部混了個閒職，日後能不能再往上升，說到底，還得靠她們的夫君來提攜。

於是，今日隨甘氏去向甘老夫人請安時，兩位少奶奶都很恭順，刻意地討好甘老夫人。

甘老夫人自是喜愛這兩個外孫媳婦，親切和藹地看著她倆微笑，「都是可人兒，侯府家大業大，平日裡幫忙妳們婆婆處置府中的事務，還要照料妳們的夫君，實在是辛苦妳們了。」

二奶奶和三奶奶忙搶著回道：「不敢當外祖母的誇讚，這都是孫媳應當應分的事兒。」

甘老夫人含笑頷首，「我也是年輕過來的，知道這份苦，所以呢，我特地去尋了幾個丫頭，送給妳們，幫妳們服侍一下老二、老三，讓妳們也能清閒清閒。來人啊，帶她們上來給奶奶們瞧瞧。」

二奶奶和三奶奶的笑容立時就僵在了臉上，怎麼回事？怎麼不是往大哥屋裡塞人，反而往她們屋裡塞人？

不一會兒，四名年輕俏麗的丫頭便被帶了進來。一字兒排開，俏生生地向二奶奶和三奶奶納了個端端正正的萬福，輕啟朱唇慢吐鶯聲：「婢妾給二奶奶請安，給三奶奶請安。」

不稱婢子，直接稱婢妾了，這麼說，至少也是個妾室，而不是通房了！

二奶奶和三奶奶忙看向甘氏，眼中滿是希冀，母親最討厭妾室的，應當會幫著推辭掉吧？

只見甘氏目光都落在四個俏丫頭的身上，含著笑，邊看邊點頭，末了，向母親讚道：「母親真是好眼光！」

眼光自然是好眼光，二奶奶和三奶奶也不得不承認，這四個俏丫頭的容顏個個是頂尖兒的，嫩得跟水蔥似的，可愈是這樣，她們心中愈是憤怒。

三奶奶沒了娘家支援，自是不敢強出頭，可二奶奶的父親乃當朝一品的兵部尚書，斷沒得任人拿捏的理兒，她當即便表態道：「我們二爺不好女色，這幾個丫頭都給三爺吧。」

三奶奶聽了差點氣炸肚皮，妳不想要二爺收，就全推給三爺，說的名頭還這麼難聽，傳出去讓旁人怎麼看待我們三爺？

她細聲細氣地道：「三爺也不是好女色之人。長者賜，原是不敢辭的，只是，三爺現在領了大內侍衛的差使，常常有些機要之事要辦，身邊可不能多了人，萬一洩漏點兒什麼，咱們侯爺都得賠進去呢。」

甘老夫人將她二人的心思瞧得清清楚楚，當即臉皮一沉，冷聲道：「爺們納幾個妾室，為的是給宗室開枝散葉，叫什麼好色？按老二家的這個說法，皇上三年一選秀，豈不成了沉溺女色？還有老三家的，妳說那些個政務幹什麼？哪個爺們兒會把皇上交辦的差使拿到後宅來談論，還說給枕邊人聽？妳這話傳給外人聽到了，還不一定給老三帶來多大的麻煩呢！」

幾句話，將二奶奶和三奶奶的藉口都給堵住了。

揮手讓四婢退下去後，甘老夫人繼續斥道：「把妳們那些小心思都收一收，妳們嫁入赫雲家，就得幫赫雲家開枝散葉！妳們自己生不出個兒子來，還不讓夫君多納幾個妾室？尤其是老二家的，妳當年拖著不嫁，如今老二都二十一了，膝下無兒無女，妳如何對得起赫雲家的列祖列宗？」

「再退一萬步說，我賜了妳們幾個，也是為著老二老三好，為了妳們好。妳們怎麼就不好好想一想，侯爺會將爵位傳給一個沒有後嗣的兒子嗎？會讓一個善妒不容的媳婦主持侯府中饋嗎？」

甘老夫人慷慨激昂地說完，用力喘了幾下，甘氏忙雙手奉上茶盞，甘老夫人接過來淺啜幾口，舒緩了一下氣息，又責備女兒道：「妳也不知道幫她們物色幾個好的，這種事還要我一個老婆子來討人嫌！」

甘氏忙安撫母親道：「母親哪裡是討人嫌，母親一片心意全是為了她們好，日後她們明白了母親的良苦用心，自會對母親感激不盡，今個兒就先由女兒代兩個媳婦向母親道謝。」

母女倆一唱一和，硬是將事情定了下來。

二奶奶、三奶奶知曉婆婆素來強硬，況且有個孝字壓著，也不敢不從，委委屈屈納了這四個小妾，心中的憤恨自是不用提。

出了松鶴園，二奶奶和三奶奶不約而同先打發大丫頭帶人回去，兩人頭一次坦誠地交流。

「哼，母親素日裡容不下父親那幾個妾室，今日說我們倒是說得挺順溜！」

「那妳打算怎麼辦？她們可是外祖母給了名分的，又是長者賜，就是三爺也得多給她們幾分體面，若拿不到她們的大錯處，根本就打發不了她們。」

「怎麼辦？按納妾的規矩辦吧！」三奶奶氣了一陣子，已漸漸冷靜下來了，笑著按了按二奶奶的肩，道：「回去我就拿出銀子來置辦幾桌酒席，請府中的人熱鬧熱鬧，咱們先商量一下，把日子錯開。」

二奶奶聞言，跟見了鬼似的看向三奶奶，眨了眨眼，將三奶奶拉到僻靜處，焦急地問：「妳是不是有什麼好法子？可一定要告訴我！」

三奶奶掙脫二奶奶的手，理了理衣袖道：「我可沒什麼法子，我只是想著，三爺遲早要納妾的，早一日晚一日有何區別？反正不管三爺納多少妾室，我都是正妻，誰也越不過我去。倒是那些個身分差不多的妾室們該著急了，有人爭寵了呀！」

是啊！若是多了兩個妾室，方姨娘就該急上火了，若是因此而滑了胎，那就再好不過了！隨她們怎麼去鬥，我只坐收漁翁之利便是！

二奶奶的精神也來了，與三奶奶商議好了兩房各自辦酒席的日子，施施然地回了靜念居。

甘老夫人賜了二爺、三爺各兩房妾室的事，當天就傳遍了侯府的每一個角落。反倒是兩位男主角因下朝較晚，最後一個知曉。

侯爺聽說此事後，皺了皺眉，覺得岳母大人未免多事了些，但他忙於西北的戰事，自然不可能分神理會這類小事，只是叮囑了一下他的親衛首領宗政都統，讓他吩咐兩個院子的侍衛們注意一下這四個小妾，定遠侯府可不是白雲山，不是誰想進就能進的。

❖❖❖

今日是臘月二十八，按這世間的習俗，今日是各類店鋪今年最後一日營業，一直要到來年正月十五後，才會再次開張。

因而郁心蘭一早便同赫雲連城說好，軍營裡若是無事，就請他早些回來，陪她去店鋪轉一轉，慰問一下員工。若是有事，就差人報個訊兒，她自己去。

現今的時局不算太安定，梁王在西北負隅頑抗，定遠侯派出了他的心腹愛將錢勁將軍前去平亂，但西北苦寒，又兼梁王已在那兒盤踞二十年，一時拿他不下，兩軍僵持了月餘。

年關將至，赫雲連城擔心梁王趁機派殺手入京行刺，因而下令城門嚴加搜查進城的人員和車輛，城內也加強了巡視，愈近年關，禁軍們愈是不得閒。

不過陪小妻子上街，也可以順便巡視城中的治安，因而赫雲連城安排好了軍務後，便回府接了郁心蘭出來。

香雪坊的貨架幾乎都空了，因要歇業大半個月，城內的貴人們都搶購了一大批貨品回去存著，今日店裡倒是十分清閒，佟孝正帶著人盤庫盤帳。二兒子佟新和安泰之子安亦則領著夥計們打掃鋪面，張貼窗花和福字。

侯府的馬車剛駛到店門口，佟新便瞧見了，忙使人到二樓請父親下來，自己則和安亦趕忙迎上前見禮。

因夥計們都在，郁心蘭不方便露面，便在馬車內誇獎鼓勵了佟氏父子和安亦幾句，又拿了五十兩銀子出來，讓佟孝請夥計們到城中最出名的半月樓去聚一聚，佟氏父子和安亦代表夥計們謝了主子的打賞。

錦兒捧了一個錦盒下車，笑吟吟地道：「這裡面是大奶奶賞給各位掌櫃、管事和活計的封賞。」說著將盒蓋打開，盒子由千荷捧著，錦兒拿出裡面有特別標記的荷包，賞給佟氏父子和安亦，又告訴他們哪些是給管事的、哪些是給夥計們的。

佟孝已經升為大掌櫃，主管香雪坊和樓外樓兩處，安亦則升為了香雪坊的掌櫃，他從錦兒手中接過錦盒時，不由得多瞧了兩眼錦兒，忽地記起禮數，忙又收回目光，彬彬有禮得到：「多謝錦兒姑娘。」

大約是站得太近，鼻端嗅到一陣清雅的芬芳，是店鋪裡賣的青花花水的香味，安亦用心記下，原來錦兒姑娘喜歡青花的香味。

錦兒自是不知安亦心裡想了些什麼，道了聲「安掌櫃客氣」，又福了福，轉身上了車。

待佟孝帶著眾人謝了賞，郁心蘭和赫雲連城便趕去了樓外樓。

如今的樓外樓，因著明子期連續兩次請了貴勳們過來玩，儼然成了貴族的私人會所，生意亦是突飛猛進。郁心蘭同樣打賞了一番後，便拖著赫雲連城陪她逛街。

近幾日沒下雪，街道十分乾淨，微風吹過，帶來刺骨的寒意和陣陣梅花清香。

臨街的店鋪都在忙著灑掃，客人並不多，因為這時人一般都會提前一個月開始置辦年貨，但郁心蘭仍是逛得興致勃勃，看到有趣的小玩意兒就買了下來，反正有侍衛和小廝幫忙拿著。

眼見日頭偏西，她終是記起今晚靜念園要給新妾辦酒席，留戀地道了聲：「我們回去吧。」

正要等車之時，忽聽錦兒驚訝了聲：「我的荷包！」

郁心蘭回頭一瞧，一名衣裳襤褸的男童飛快地往街角跑，可惜沒幾步就被賀塵給捉了回來。

賀塵很快就從小童的身上搜出了錦兒的荷包，然後請主子的示下：「是否將他送官？」

男童不過八歲左右，長得很周正，眼裡有懊悔有驚懼，卻不閃不避，而且衣服很破舊，卻洗得很乾淨。

郁心蘭莫名地便對他生出了幾分同情，柔聲問：「小弟弟，你為何要偷銀袋？」

看出主子不欲為難他，錦兒和蕪兒都上前來安慰男童，那男童終於開口說出了因由。

原來他和母親不是京城人士，是到京城來尋父親的。他父親七年前入京趕考，卻一去渺無音訊，他和母親幾個月前來到京城，因盤纏用盡，只能靠母親替人漿洗衣裳過日，可三天前母親卻病倒了，眼見母親愈病愈重，他這才起心偷點銀子給母親看病。

郁心蘭非常無語了，原來電視裡演的都是真的，她少不得要教育一番，又拿出二十兩銀子，讓賀塵和錦兒陪著男童回家，看能幫就幫一下。

郁心蘭回到馬車上，就將這段小插曲忘了，倒是赫雲連城還打趣了她幾句：「郁俠女又路見不平，拔銀相助了？」

郁心蘭不同他辯，直接撲上去撓他癢癢，卻被赫雲連城反制住，狠狠地吻了個透，直吻得郁心蘭失了力氣，軟在他懷裡，他才放開她的唇。

好半晌後，郁心蘭拉了拉赫雲連城的衣袖道：「連城，你說甘老夫人會送人給你嗎？」

赫雲連城玩著她的手指，懶懶地道：「不會。」

不會就好！甘老夫人往靜思園塞人，名不正言不順，還有安插眼線之嫌，可郁心蘭仍是擔心甘老夫人倚老賣老。為了保險起見，還是回去給長公主婆婆打點預防針的好。

❖　❖　❖

時間一晃便到了大年三十，一家人歡聚一堂，大老爺和程氏也攜全家來到侯府。甘氏將團年飯擺在正房偏廳，地方寬敞，足夠擺下十桌。

年夜飯不同於平日的酒宴，各房的妾室們也能出席，男女分席而設，中間只用一道八扇的牡丹繡面屏風隔開。排座的時候，自然是主子們一席，妾室們一席。

赫雲策新納的小妾蘇繡和湘繡，赫雲傑新納的小妾錦繡和顏繡，都是第一次出席侯府的宴會。四人性格活潑，沒吃上多久便跑到甘老夫人面前敬酒，嘰嘰喳喳地說笑個不停。

二奶奶沒好氣地撇了撇嘴，暗自嘀咕道：「噁心！」不過瞧見另一桌挺著大肚子，滿面怒色的方姨娘，心裡又沒來由的一陣暢快，這段時間二爺都沒去方姨娘房裡呢。

她高興得甚至於幫著蘇繡和湘繡道：「老夫人可要多喝幾杯才行，沒有老夫人的恩典，她們哪裡能伺候二爺呢？」

方姨娘聞言更不痛快了，可她也知道，自己愈不高興，二奶奶就愈高興，便強忍著酸意，扶著腰，挺著肚子走過來，笑吟吟地朝甘老夫人道：「是啊，老夫人，您得多喝兩杯才成呢。妾身懷著身子，沒法子伺候二爺，若不是您賜了這兩位妹妹，咱們二爺得多辛苦啊。」

又故作幸福地摸了摸肚子，生怕別人不知道她懷了二爺的骨肉。

這話聽著好像二奶奶完全失寵了，二奶奶恨得咬碎銀牙，卻又不能當著這麼多人的面說「二爺還有我呢」。

郁心蘭邊用飯，邊瞧瞧這個再瞧瞧那個，歡樂地看著肥皂劇。倒是三爺這一房，兩繡雖然總拍甘老夫人馬屁，可三奶奶卻沒露出一絲鄙夷或是憤怒的表情來。

郁心蘭朝三奶奶輕笑，「還是三弟妹大度，跟兩位新妾處得這般和睦。」

三奶奶謙虛地笑了笑，「咱們女人就是應當事事為爺著想，總不能給爺添亂啊。」

不給你們爺添亂就想給我添亂嗎？

郁心蘭心中冷笑，這段時間妳可沒少給我的丫頭上眼藥呢！

那一邊，甘老夫人被小輩們圍著哄著，心裡頭那叫一個高興，轉向上首的長公主道：「殿下啊，您也快幫老大物色幾個丫頭吧，您瞧，這麼多人服侍臣婦，您卻只有老大家的一個服侍您，太孤單了些。」

四繡亦笑道：「是啊是啊，大奶奶多為妾身們找幾個姊妹吧！」

還真是不扯到我身上就不高興是吧？

郁心蘭微微一笑，輕笑道：「妳們想要姊妹不難，一會兒我就送兩個丫頭給妳們爺去。」

四繡立時閉了嘴，乾巴巴地笑了笑。

長公主這才笑道：「人多了太吵，還是閉了嘴的好。」

也沒說誰閉嘴好，甘老夫人和四繡的臉色都有些難堪，只得假裝忘記這話，又喝酒取樂。

郁心蘭也跟沒事人一樣，繼續吃菜喝酒，卻在桌下伸長了腿，勾了蘇繡一下。

蘇繡正跟湘繡和顏繡爭搶甘老夫人面前的位置，身子正往前傾著，就這麼輕輕一下，她的身子就失去了平衡，整個人撲到前面的顏繡身上。

顏繡站立不穩，瞬間就撲到了甘老夫人身上，手中的葡萄酒灑了甘老夫人一身，還順帶將湯盅撞翻了，龍鳳雲耳羹將甘老夫人新裁的寶石紅雲錦萬字不斷頭的襖子染濕了一大片。

顏繡嚇得慌忙跪到地上，不住口地道：「老夫人饒命，老夫人饒命，是蘇繡推我的！」

甘老夫人覺得很難堪很不吉利，卻又不想在眾人面前責罵自己送出去的丫頭，只好強自鎮定道：「好了，大過年的，說什麼命不命的！我去換身衣服，妳們先用著！」

蘇繡也跪在地上，眼睛卻在席面上找尋害自己的人，按當時感覺的方向來看……三奶奶！

她暗恨得咬了咬牙，待甘老夫人讓二人起身回座後，咬著顏繡的耳朵便道：「是妳們三奶奶絆了我！」

顏繡鼻腔裡冷哼了一聲，就知道三奶奶是個不能容人的，她跟錦繡兩人過了明路，卻只在辦酒那一晚陪了三爺，其後三爺都被三奶奶霸占著。

姓高的，咱們走著瞧，看三爺能寵妳這個妒婦多久！

鬧了這麼一齣後，甘老夫人也安靜了不少，吃過團年飯，又守了歲，郁心蘭才與赫雲連城手牽著手慢慢走回靜思園。

靜思園的丫頭婆子們也聚在一起吃酒，除了府中的定例，郁心蘭還額外拿出了十兩銀子加菜，丫頭婆子們都喝得有些高了，多半回後罩房睡去了，但安嬤嬤和紫菱等人卻在花廳等著郁心蘭。

郁心蘭進了花廳，掃了一眼跪在地上的巧兒，輕輕一笑，「怎麼了這是？大過年的，咱們巧兒姑娘為何要跪著呀？」

赫雲連城不耐煩地看了一眼，眸中閃過一絲寒光，轉向妻子的時候，又隱了去，暗示意味十分濃厚地叮囑道：「快點處置了，我等妳。」說罷便穿過側門進了內室。

紫菱這才稟道：「回大奶奶的話，咱們得了大奶奶的賞，在小院子裡吃酒守歲，巧兒卻一人偷偷溜進了奶奶的房間，藏了個東西在奶奶的枕下。」說著，呈上一個小小的紙包。

紙包裡有一些細小的暗紅色粉末，氣味並不重，甚至有點淡淡的清香。郁心蘭聞了聞，似乎是她慣用的橙花精油的味道，如果把這些東西塞在她的枕頭裡，還真會以為是自己抹的精油呢。

郁心蘭無聲地笑了笑，問巧兒：「這是什麼？」

巧兒面色蒼白，她是在內室被紫菱給堵住的，就在她把藥粉塞入枕頭，手還沒來得及抽回的情況下，因而她知道自己如何狡辯也沒用，大奶奶肯定會請人來查驗藥粉的，可是她怎麼敢說出來？大奶奶必定會杖斃她的。

她唯有嗚嗚地哭，哭得傷心欲絕，希望能博得主子的同情，在她的印象裡，大奶奶是個很好說話的人，就沒見大奶奶對奴婢們高聲過。

「哎喲，可憐見的！」郁心蘭邊嘖邊搖頭，「這麼漂亮的人兒一哭，我都心疼了！快，紫菱，遞條帕子給巧兒，讓她擦一擦！多大的事兒呢，就算是死罪，我也不會讓人將妳杖斃的，那死得多難看，生生打壞了這身皮囊，我可是會心疼的！」

紫菱便在一旁笑問：「大奶奶還有什麼好法子處置她嗎？」

安嬤嬤也湊趣問道：「是啊，奶奶有什麼好法子，可否讓老奴長長見識。」

郁心蘭笑嘆：「妳們想知道，就說給妳們聽好了。巧兒生得俊啊，就連閱美無數的三爺都惦記著她呢，三奶奶可是找我要過幾回人了。若是把她給杖斃了，三爺不也會傷心嗎？所以嘛，我就想著，把她頭頂劃開道口子，灌水銀進去，讓水銀慢慢往下滲，可不就能把這整張皮給剝下來嗎？再製成人皮燈籠，送給三爺當年節禮去，也好全了三爺對她的一片心。」

紫菱和安嬤嬤都讚嘆：「大奶奶這法子真好，三爺也會感激大奶奶的。」

巧兒已經抖得如同狂風中的小草，駭得連哭都忘了，小臉慘白慘白的，嘴唇哆嗦著，想說句求饒的話都說不出一個字來。把整張皮剝下來，先不說多疼，只要一想到自己死後就是一團血乎乎的紅肉，她就驚懼得脊椎發寒，噁心得想將昨日的早飯給吐出來。

郁心蘭與紫菱、安嬤嬤笑了半晌，才轉向巧兒道：「巧兒，我這法子妳喜歡嗎？」

巧兒終於找到了自己的聲音，哭泣著哀求：「大奶奶饒命啊，婢子是被豬油蒙了心，婢子不該聽信冬荷的挑唆，婢子知錯了，婢子再也不敢了，求大奶奶饒了婢子這回！婢子日後必定做牛做馬報答大奶奶，一心一意侍奉大奶奶，絕不會再有二心，求大奶奶饒了婢子一命吧！」

郁心蘭冷眼看著她，直讓她哭到上氣不接下氣，才淡淡地問道：「妳可知為何紫菱會在內室抓到妳？」

巧兒一怔，冬荷每次拉著她說話的時候，都是趁大奶奶午歇，屋裡不用人伺候的時候，而且每回都是躲在假山下的小暗道裡，她一直以為不會有人知道，這會兒聽大奶奶一問，她才猛然覺醒，原來大奶奶一直都知道，她的一舉一動都沒有瞞得過大奶奶去。

難怪了！她趁眾人喝得高興時偷溜進內室之前，還特意看了看，所有人都在小院子裡，可沒曾想紫菱會從大床後走出來。床後有一扇小角門，是以備萬一時逃生用的，平日裡都鎖得緊緊的，當時她也沒聽到任何動靜。現在想來，是她們早就將小角門給打開了……

巧兒這時才是真的怕了郁心蘭。之前，她對這位大奶奶有羨慕、有嫉妒，甚至有鄙夷，可就是沒有過怕。郁心蘭素日裡對奴才們都是和顏悅色的，打賞也極大方，巧兒一直認為這個主子是個好應付的……卻沒想到大奶奶聲色不動間，便將她給擒獲了。

郁心蘭就是要讓巧兒打從心底裡害怕，若是不能徹底震懾住，此時就算是收服了她，日後也難免翻花樣起妖蛾子。

待巧兒自己疑神疑鬼地思忖了半晌後，郁心蘭才道：「妳將這事兒原原本本地說道一遍。」

巧兒一聽，便知這是大奶奶給自己的機會，忙事無巨細地坦白。

冬荷是靜心園中的二等丫頭，在府中也算是有體面的，早在郁心蘭才嫁過來的時候，就開始跟巧兒搭訕，無所不用其極地大拍巧兒馬屁。巧兒是貧戶女，何曾被人這樣高看過，還是被一個侯府有體面的丫頭高看，心中自是對冬荷的印象極好。不過冬荷告訴她，奴婢們走得近了，會讓主子猜忌，因而她二人見面多半是尋個僻靜處聊天。

前幾天，甘老夫人賜了小妾給二爺和三爺，冬荷便開始感嘆，不知道自己什麼時候能抬個位分，當上半個主子。府裡頭有這種想法的丫頭可不在少數，巧兒是早有這個心的，看到大爺俊美得如同天神般的容顏，一顆心就掛到大爺的身上，三爺早就被她丟到爪哇國去了。

冬荷知曉她的心思，便給她出了一個主意，只要大奶奶一年未孕，侯爺和長公主也會向大奶奶施壓，讓她抬個丫頭上來當通房。又說，在靜思園的四個大丫頭中，她的相貌是最好的，到時要大爺挑人也必定是挑她，不但可以享盡侯府的榮華富貴，還能陪大爺這樣龍章鳳質的男人一生一世。

巧兒鬼迷心竅，當即便同意了冬荷的建議。冬荷又熱心地找來一些藥粉，告訴她這是讓女子避孕的藥，只要放在枕頭中，讓大奶奶睡覺時聞到味兒便成。

「大奶奶，婢子絕無隱瞞，婢子願意同冬荷對質！」巧兒急於求功，邊磕頭邊道。

郁心蘭平聲道：「不急，先畫押吧。」

紫菱將抄寫的供詞給巧兒看。巧兒是識字的，細看一遍，確認沒有錯漏後，便簽名畫押又按了手印。

郁心蘭懶懶地站起來道：「今日太晚了，等過幾日驗出這藥粉之中是何物再來談如何處置妳吧。」說著盯著巧兒的眼睛問：「若是冬荷問妳，妳知道要怎麼說嗎？」

巧兒眼珠一轉，忙回道：「婢子就說人多眼雜，還沒放好。」

郁心蘭讚賞地點了點頭，「嗯，是個聰明丫頭！」

巧兒見大奶奶真的往內室走，不禁生出幾分焦急來，現下看來大奶奶似乎不會對她如何，可若是那藥粉驗出有別的毛病可怎麼辦？大奶奶還會不會留她的性命？那藥是冬荷給她弄來的，她全是聽冬荷一個人說道，根本就不清楚到底是什麼藥。此時細想想，巧兒出了一背冷汗，可就在她想法子分辯之前，郁心蘭的身影已經消失在玄關了。

回到內室，某美男早就已經寬衣就寢，單手支頭側臥在床上，褻衣隨意地敞開，露出寬闊精幹的胸膛，猶如林間小憩的黑豹，驚豔、優雅、慵懶，可眸中的光芒卻十分危險……至少郁心蘭覺得很危險。

她整個人靠著床對面的牆角往屏風後蹭，邊蹭邊撒嬌道：「好睏啊，都快天亮了，睡不了多久，一會兒就要起來更衣，初一要入宮參拜太后娘娘和皇后娘娘呢！」

赫雲連城輕笑，「想多睡一會兒就快點過來。」

郁心蘭忍不住打了個哆嗦，這話裡的意思，好像今晚並不打算放過她啊!

赫雲連城本來就沒打算放過她，今晚是除夕，意義非同一般。待郁心蘭更了衣過來，他立即伸手一帶，佳人柔軟的身子就被他帶入了懷中……

第二天早晨，郁心蘭是被赫雲連城拖起來，抱在懷裡，才由丫頭們服侍著梳妝淨洗的。

按品級妝扮好後，郁心蘭總算是完全清醒了，嬌嗔地瞪了一眼得意洋洋的丈夫，忿忿地扭過頭看向別處。

巧兒今天特別乖巧，特別殷勤，總是搶在另三人之前來服侍，可惜一開始大奶奶連眼睛都沒張開，這會子見大奶奶精神好了，忙又湊上前去，雙手捧上一盅茶，「大奶奶請用茶。」

郁心蘭接過茶盅的同時，不動聲色地打量了巧兒一眼：細白的皮膚毫無光澤，黑白分明的大眼中泛著幾道血絲，眼下也略有青黑的眼圈，雖然用了香粉，但仍是沒能全部掩住，想來是昨晚一夜無眠吧。

明知巧兒是想要她一句落實的話，可郁心蘭偏就不給，要多晾幾天，晾到巧兒自己將自己嚇得半死。不知結果的未來最是折磨人心，人們往往會不由自主地往壞處想，尤其是巧兒這樣做了虧心事，又地位卑下，她一句就能要她生要她死的人。

等到巧兒驚怕到了極致時，她再高高舉起輕輕放下，必定能讓巧兒感恩戴德，收服這個心大的丫頭——這麼聰明又漂亮的丫頭，用處可是很大的。

小夫妻倆都穿戴好後，便乘著府內的青幄小油車先去正房向長輩請安。正廳中，除了侯爺和甘氏、長公主，還有甘老夫人。甘老夫人有個五品的誥命，只要還能走動，年初一就必須去宮中請安。

待二爺、三爺、四爺都到齊後，赫雲連城率晚輩們先向長輩請安，長輩們則拿出早就準備好的壓歲包封打賞。禮畢，侯爺率先帶著男人們往外院走，他們去府門前騎駿馬，女眷們則在二門處登車。

剛到侯府側門，回事處的小廝小茗快步跑上來，喘著氣道：「給殿下、甘老夫人、夫人、諸位奶奶請安。」又隔著郁心蘭乘坐的馬車道：「大奶奶，方才郁府著人送了封信來，讓小的盡快呈給大奶奶。」

錦兒在外面接了信，打開車門遞了進來，又摸出一個小荷包賞給小茗。

郁心蘭與長公主同乘一車，因而看信時也沒避著長公主，原來是因弟弟郁心瑞小小年紀就中了舉人，被皇上得知，便下了口諭要郁老爺帶去宮中覲見。郁老爺依著以往的規矩，知道二兒子年紀小，皇上見過後，太后和皇后必定也是要見一見的，所以使人送信給郁心蘭，讓女兒在後宮中幫襯幫襯。

長公主展顏一笑，「這可是件大喜事，若是令弟在皇兄面前好好應對，不愁日後的前途了。」弟弟如此出眾，郁心蘭也覺得與有榮焉。

忽地記起自己準備的新年禮物，郁心蘭忙從懷中掏出一個精緻的小荷包，雙手呈到長公主面前，略含羞澀地道：「母親，這是媳婦的一點心意，願母親福運康健，天貺畢臻！」

長公主噗哧一笑，接過荷包笑道：「妳這丫頭，哪裡這麼多花樣！」心裡還是很高興的，尤其打開荷包看到一串鶯歌綠奇楠的手串後，更是歡喜無邊。

鶯歌綠奇楠雖然難尋，長公主手中卻也有幾塊，雕花的手串也不算什麼，別致的是每顆木珠上的花紋，一邊是牡丹花，另外一邊卻是一個古怪的字。長公主細細分辨，竟是由福壽安康幾個字結合在一起的。

「這、這……這是……」長公主驚訝地看向兒媳。

「這是媳婦自己沒事時琢磨出來的，還望母親喜歡。」郁心蘭羞澀地低下頭。

「喜歡喜歡！」長公主隨即就將手串戴在手腕上。

鶯歌綠奇楠沉黑中泛著淡淡的綠光，襯得長公主雪白的手腕晶瑩如玉。長公主愈看愈喜歡，忍不住又讚了她幾句。

說話間到了皇宮外，眾人下了馬車，在側門的穿堂處過了檢，登上宮中的輦車，到太后所居的泰安宮外等候詔見。

自上回秋分宴時來拜見過太后之後，郁心蘭就知道請安是個體力活，得在泰安宮的廣場上站上至少兩個時辰，還必須一動也不動，還不一定有機會覲見太后。

她在宮門處下馬車時，特意喝了一碗熱湯，在泰安宮外候旨時，可是不能拿手爐的。

長公主身分非同旁人，可以直接去殿內等候，不用吹寒風。

這回沒有等多久，便聽到太監宣自己的名字。郁心蘭忙低眉順目地與同宣的幾人一同進殿。大殿內溫暖如春，與廣場上的冷寒彷彿是兩季。行過大禮後，太后便笑道：「哀家年紀大了，記性不好了，清容，妳再指指妳的長媳給哀家瞧瞧。」

長公主忙道：「右首第一人便是。」

郁心蘭聞言忙往前一步，再次納了個萬福。

太后含笑點頭，「是個俊的，依哀家看，比明華可一點也不差。」

郁心蘭不敢抬頭，只聽得一道嬌嫩的嗓音嗔道：「老祖宗就是喜歡寒磣人家！」

長公主輕笑道：「明華公主可是皇兄最寵愛的公主，哪是我那兒媳能比得上的？」

明華公主彷彿很愛聽這句話，撒著嬌道：「皇姑姑最疼我了！」一點也沒打算謙虛。

她抬眸細細看了郁心蘭幾眼，品評道：「模樣兒的確是好的，不過配靖表哥還是差了點兒！」

郁心蘭在心裡翻了一個白眼，用得著妳來評價嗎？

太后輕責道：「這是妳父皇賜的婚，胡說什麼！」

皇后也道：「這話是妳一個姑娘家能說的嗎？快去向妳表嫂道歉。」

明華公主這才想起來，嚇得吐了吐小舌頭，模樣兒嬌俏可人。

郁心蘭自是不能讓公主給自己道歉的，忙說了幾句圓場的話，謙虛地表示自己能被皇上選中，實乃萬幸云云。明華公主嘴裡沒說什麼，心裡卻把郁心蘭歸類到虛偽的人中。心想，聽到這種話還不生氣，不是虛偽是什麼？

她老人家倒是高高在上慣了的，也不想想郁心蘭若是生她的氣，還明著表現出來，會有多大的麻煩。

太后又轉而問及其他幾位夫人的情況，問完話後原是應當退出大殿的，太后卻忽然吩咐給郁心蘭賜座。

便有太監搬了張錦杌放在長公主身後，郁心蘭謝了太后恩典，乖巧地坐到婆婆身後去了。如此看了幾撥貴婦人後，輪到了王氏，太后對郁心瑞很感興趣，問及王氏郁心瑞的事情。為什麼要問那個賤婦生的小子，考個舉人很了不起嗎？王氏心中不忿，卻也只能笑著回答。太后因想著一會兒要召見郁心瑞，便也給王氏賜了座。

王氏坐下後，趁人不備，狠狠地剜了郁心蘭一眼。她討厭溫氏，討厭郁心蘭，也討厭郁心瑞，現在她真是後悔為了生個兒子，將溫氏母子給接進京來了，若早知道他們這麼難對付，她必定會派人去榮鎮做了這母子三人。

到了最後，終於輪到郁玫進殿覲見。太后和劉貴妃是親戚，因而比較偏疼十二皇子，對郁玫亦是愛屋及烏，和顏悅色地給她賜了座，還笑道：「一會兒哀家的幾個皇孫會過來請安，也讓你們見一見。」

想到郁玫是十二皇子親自開口討來的，眾人於是都笑了，把個郁玫羞得不行。

眾命婦請過安後，候在廣場上的命婦被宮內的太監們請去偏殿休息，其餘人則在大殿陪太后、皇后聊天。不多時，皇子們來向老祖宗請安了，看著一個個玉樹臨風的皇孫，太后樂得合不攏嘴，一疊聲地道：「都坐在這兒陪哀家聊天，你們父皇那裡有人陪著，這裡反正都是親眷，不必顧忌什麼！」

皇子們自是應下，太監們忙給皇子們布座，眾人又再換了位次坐下，隨即熱鬧地談天說地。

這裡有明華、郁玫這樣未出閣的姑娘，還有郁心蘭這樣的少夫人，大殿內連紗幔都沒掛上，皇子中很有幾個好色的，一雙眼睛便在俏麗的生人臉上掃過來掃過去，可見什麼禮法到了皇家這裡，就是想遵守便遵守，不想遵守就只當是廢紙一張。

宴會還有半個時辰才開始，王氏卻忽地臉色慘白，伸手按著腹部，額頭上連冷汗都滲了出來。郁玫最先發覺母親的不適，緊張地輕喚：「母親，母親，您怎麼了？」

郁心蘭忙轉眼看去，王氏那個樣子，似乎真的哪裡不舒服，也趕忙問道：「母親，可是腹痛？」她再與王氏有心結，也得表現一下，畢竟王氏是她的嫡母。

哪知她伸出去的手被王氏一掌拍開，咬牙恨聲道：「走開，不用妳假惺惺！」

若說一開始郁玫的喚聲還沒引起人注意的話，那麼王氏這聲似乎一時沒忍住拔高了的聲音，就令滿殿的人都側目了。

太后瞧了一眼道：「可是不舒服？去，傳太醫來。」

有小太監立即應命而去，皇后也關心地表示：「王夫人若是不舒服，便去暖閣裡歇一歇吧。」

王氏慘白著臉，咬牙推辭：「臣婦不敢在太后面前放肆……」

太后和藹道：「有何放肆的，不過是歇息一下，哀家恕妳無罪。」

王氏再三推辭，終是熬不住腹痛，由郁玫和郁心蘭扶著去了西暖閣躺一躺。

王氏躺下後，郁玫便大力地一掌推開郁心蘭，恨聲道：「滾！別碰母親，都是妳害的！」

郁心蘭這便奇了，挑眉問道：「三姊這話說得小妹可聽不懂，不知能否明示？」

郁玫將銀牙咬得咯咯直響，長長的手指幾乎點到了郁心蘭的鼻尖上，「若不是妳逼母親服下那等陰寒之物，母親又如何會時時腹痛難忍？」

郁心蘭莫名其妙地問：「什麼陰寒之物？我何曾敢逼迫母親？」

郁玫的眼眶忽地紅了，手指抖得厲害，「妳敢做不敢當嗎?妳上回拿著母親的一點無心之失，逼母親服下那等絕子絕孫的陰寒之藥，難道妳就忘了嗎？」

「妳們在說什麼？」

劉貴妃威嚴的聲音忽地響起，郁心蘭和郁玫同時回身看去，皇后和劉貴妃雙雙站立在暖閣門外，似是將姊妹二人的對話聽了去。

兩姊妹忙跪伏下去，皇后道了聲「平身」，便徑直走進來，在上位坐下。

劉貴妃坐在下首，嚴厲的目光卻鎖在郁心蘭的身上，嘴裡卻同郁玫道：「玫兒，妳母親有什麼委屈，妳跟本宮說一說。」

郁玫當即哭了出來，拿手帕壓著眼角，斷斷續續地將王氏如何「不小心」踩了溫氏的裙子，讓溫氏動了胎氣，又如何被郁心蘭緊捏著這一錯處，逼母親喝下了絕子湯等，一一道來。

劉貴妃聽完後瞪向郁心蘭：「想不到妳年紀小小竟如此惡毒！本宮必定會回稟皇上，削了妳的誥命，貶為庶民！」復轉向皇后道：「娘娘莫怪，臣妾也是心疼兒媳。」

皇后的目光掃了一圈屋內眾人，淡淡地道：「且聽聽赫雲大少夫人如何分辯。」

郁心蘭並不驚慌，叩首道：「臣婦並非行過此等惡行，還望皇后娘娘主持公道。」

劉貴妃聞言目露疑惑之色，瞥了一眼郁玫，難道是兒媳說謊？

郁玫正蹙眉凝視郁心蘭，心道：她怎麼敢這般有恃無恐？明明上回請了大夫診脈，大夫說母親氣血雙寒，不宜受孕了。

片刻後，李太醫帶著藥僮急急趕到，先給皇后和劉貴妃請了安。早有宮女將屏風擺上，王氏的手從中間一個小洞伸出來，墊上了絲帕，李太醫這才給王氏診脈，半晌後道：「氣血雙寒，故而腹痛，要開些暖宮的方子。」

劉貴妃問：「可能診出氣血雙寒的原因？」

李太醫面露難色，支吾不語。

皇后道：「實話實說，本宮恕你無罪。」

李太醫這才委婉地道：「王氏應當是曾服下過什麼極陰寒的食物，才導致如今這種狀況。」他倒知道不能一下子說得太死。

王氏卻顯然對李太醫的話很不滿意，這個傢伙拿了銀子還不肯賣力，真真是無恥！

可有了這句話，她倒也好圓了，掙扎著下了榻，跪倒流淚道：「皇后娘娘、貴妃娘娘，這都是臣婦教女不嚴才惹來的災禍，是上天懲罰臣婦，還請皇后娘娘和貴妃娘娘放過蘭兒這一回。」

郁心蘭聽了這話仍舊不慌不忙，只是問道：「母親，女兒並未犯下任何錯事，您要皇后娘娘和貴妃娘娘寬恕女兒何事？」

王氏一怔，沒料到郁心蘭當著皇后和貴妃的面也敢面不紅氣不喘地否認，當下便怒了，再裝不出慈母的樣子，恨聲道：「妳逼我喝下絕子湯，此乃大逆不道之罪！」

郁心蘭瞥了一眼皇后，發覺皇后並不想阻止她二人爭辯，便氣定神閒地反問：「方才太醫也說可能是吃了什麼陰寒的食物，女兒記得母親很愛吃蟹的，蟹黃最是陰寒不過，或許是吃蟹造成的呢？母親說女兒逼您喝絕子湯，請問有人證沒有？」

王氏怒極，指著她罵道：「當時就只有妳和岳如兩個賤人在，岳如是妳買下的奴婢，她如何會為我作證？」

郁心蘭淡淡地瞥她一眼，面上仍是恭順，「母親息怒，母親所說之事，女兒怎麼一點也不記得自己做過？是否是您前幾個月得了瘋症時夢到的，您便自以為是真的了？」

遂又向上首的皇后和貴妃叩首，請示派兩名太醫過來為母親診脈，以證自己的清白。

劉貴妃本欲不允，但皇后先道：「如此也好。」

隨即，又來了三名太醫為王氏診脈。三人診完後的結論是，王氏身體極好，沒有任何不妥。

結果完全不同，而且還是三對一，李太醫額上的汗便流了下來，而王氏和郁玫卻怎麼也想不通，明明郁心蘭逼王氏喝過絕子湯的，怎麼可能沒有一點症狀？

皇后示意太監宮女們退下，只留下她和劉貴妃、王氏、郁玫、郁心蘭以及四位太醫在偏殿的暖閣之中。

「王夫人，妳說說看，到底是怎麼回事？」

皇后的聲音冷淡而威嚴，王氏的背心瞬間被冷汗浸濕。

若是之前她沒說任何關於絕子湯的事，倒也罷了，就算是她吃螃蟹吃多了好了，偏偏剛才被郁心蘭這個死丫頭一激，一時衝動就全說了出來，事到如今，已經沒有回頭路了。王氏咬咬牙，仍是按原先的說法，咬死郁心蘭逼她服下了絕子湯。

皇后看向幾位太醫。幾位太醫的額頭都滲出了冷汗，原來竟摻雜了郁府的家事，若早知道是這般，他們說話便會小心一點，可他們來之前哪裡知道這許多？

已經說出口的話猶如潑出去的水，是怎麼也不可能收回來的，好在三名太醫並未說謊，又言辭一致，這會子只是再複述一遍。可李太醫就很為難了，雖說他之前並未一口咬死是服了什麼藥物，但也說了有陰寒之症，與另三人的話對不上來，事後就算免了責罰，也會因醫術不精而難逃被罷官的下場。

這會子，李太醫真真是後悔莫及，可惜已經遲了，只能跪下磕頭，砌詞狡辯道：「皇后娘娘恕罪，方才是微臣失職。微臣因昨晚在府中吃團圓飯時興致高昂，喝得多了些，宿醉一宿，故而現今仍是頭疼欲裂。方才微臣並未仔細為王夫人診脈，只是按以前的脈案說的。因月前才被郁府請去，當時王氏便有陰寒之症，微臣開了藥方給王夫人調理，想來王夫人是已經調理好了。」

雖說是勉強了一點，但到底是把自己給摘出來了。

皇后不置可否，將目光轉而郁玫。

郁玫只得暗咬後槽牙，面上誠惶誠恐地回道：「請皇后娘娘恕罪，臣女是心疼母親，聽到母親如是說便信以為真……」說著轉向郁心蘭，神色愧疚，「卻不知原來冤枉了四妹妹。」

她本想說是聽了府中下人的閒言閒語，可轉念一想，若是皇后非要一查到底，問她是府中何人所言，她供出誰來？誰能將話與她的套上？況且只是聽了府中下人所言，就到皇后面前來誹謗當朝四品誥命夫人，也是大錯，就算她是一品誥命，也不能免責，總會落下個不辨是非的罪名。

所以，她極速地前後想了想，便決定捨了母親，將自己給摘出來。母親會如何，她現在無力幫忙……總不至於太淒慘，皇上剛剛賜了母親一塊匾額，不可能才過幾個月，就自己打自己的臉，處置了母親。

郁心蘭不說話，這裡有皇后和貴妃，如何判定不是她能說了算的。

皇后聽聞郁玫一席話後，目光若有所思地在她身上轉悠，緩緩地問道：「那依妳來看，妳母親為何會有這番言辭？」

皇后將原由推給郁玫來分辯，這等於是讓郁玫給王氏定罪。郁心蘭不敢隨意抬眼，可心裡卻頓時一個激靈，這個皇后可是個眼裡容不下沙子的人，而且還十分有智慧。

郁玫心念疾轉，各種念頭紛至沓來，最後眸光一冷，咬著牙哽咽道：「想是母親之前的瘋症並未完全治癒，因而生出些許妄想。」

一句話就將王氏打成了瘋子。王氏垂著頭，暗暗向女兒的方向瞥了一眼，雖說她之前也已經做好了準備，若到時皇后採信了幾位太醫的話，她少不得要背個誹謗兒女的罪名，因而也做好了自我犧牲，無論如何要將郁玫摘出來。可現今聽到這番話自郁玫的口中說出，心裡的悲涼卻是無與倫比。

當然，她也知道郁玫必須這樣做，只有這樣，才能保住皇子正妃之位，只要郁玫還是正妃，待十二皇子日後登基了，她終有出頭的一天。原來，今日向郁心蘭發難，不就是為了郁玫嗎？只是，知道是知道，理解是理解，可苦澀和悲涼卻仍是湧上了心頭——自我犧牲與被女兒犧牲，完全是兩回事。

郁心蘭的目光瞥向王氏，細看她臉上的精彩紛呈，面上流露出同情之色，狗咬狗，最後倒楣的是老狗，真是可恨之人亦有可憐之處。

由郁玫說出這番話後，事情也算是蓋棺論定了，雖說有許多疑點，可皇后也不願細究，畢竟是郁府的家事，只不過是鬧到了宮裡而已。縱然王氏再有不是，此時也不便處置，總不能讓世人笑話皇上識人不清，能以瘋症為藉口蓋了過去，自是最好。

皇后沉吟片刻便道：「原來如此。王夫人既然還沒有痊癒，還是尋個安靜清幽、風景秀麗之處靜養吧。此事，本宮自會與郁大人商量。」

說是商量，其實算是皇后下了懿旨，也就是說縱然王丞相不願意也不成了，王氏這回一定會被郁老爺遠遠地送去祖籍靜養，至於回來的時間，端看郁玫今後的地位，王奔再也不能像上回那樣私自將王氏接回京了。

郁心蘭鬆了一口氣，終於打發走了王氏。王氏以前雖是魯莽了些，卻也不是個笨人，王丞相家教養出來的嫡女，怎麼可能沒有手段，不過是因為郁老爺無法與其抗衡，她完全不必使用什麼心機，十幾二十年下來，漸漸地淡忘了而已，可從上回秋容的事來看，王氏真要使起手段來，溫氏必定不是對手……還是送走了好。

皇后又看向李太醫道：「李愛卿也是年紀大了，該享享清福了。」

李太醫面色難堪，卻也知是皇后娘娘看在自己服侍多年的分上，給自己留了一分臉面，忙跪伏道：「老臣正要向今上乞骸骨，這就回太醫院收拾物件，老臣多謝娘娘恩典。」

皇后輕輕頷首，端嚴道：「你自向皇上上摺吧，本宮不能插手朝政。」

李太醫忙磕頭謝恩，王家花費了許多銀錢買通的太醫，便這般沒了。郁心蘭暗笑，李太醫心中卻驚恐地想著要早些離京，他這幾年沒少幫王丞相，而王丞相的手段從來就只相信不能說話的死人。

一段小插曲過去，皇后和貴妃回了大殿，太后問起，只說是舊時之症，要安心靜養，已著人送回府中休息。太醫們抹著冷汗回了太醫院，而郁心蘭和郁玫兩姊妹則守在王氏身邊，待宮中的輦車到來後，兩人一左一右扶著王氏上了車。

偏殿之中還有宮女和太監，母女三人誰也沒有多話，到了輦車上，王氏忽然道：「玫兒，妳且去大殿陪伴太后、皇后，讓蘭兒送我一程便是。」

郁玫深福一禮，方轉回大殿，而郁心蘭且不得不登上輦車，送王氏到禁門處。

宮裡的輦車就是舒服，四周的車壁都是用厚實的楠木板製成，下面有隔層，燒了火炭，暖暖的有如陽春三月。當車輪轉動後，外面應當是聽不到車內的聲音。

王氏輕輕地陰森森地道：「妳不要太得意，以為自己青雲直上成了人上人，日後總會有妳摔入地獄的一天！」

郁心蘭恭謹地笑了笑，「母親說的哪裡話，女兒行事一向小心翼翼，唯恐犯下錯處，倒是母親您，先好好想想如何治癒這個瘋症吧。」說著同情地看向王氏，「被自己十月懷胎生下來的女兒判定為瘋子，想必心中不大好受吧？不過母親耐心漸長，女兒卻也是不擔心的。」

這話戳中了王氏的痛處，她當即就面色猙獰了起來，咬牙恨聲道：「我自會有治癒的一天，到那時，我絕不會再容妳。」

郁心蘭不在意地輕笑，「母親還是先想想這幾年怎麼過再說吧。唉，說起來，母親還未滿四十，又沒有服下絕子湯，若是能留在京城，說不定哪天也能懷上身孕……只不過，這回去外地靜養，待回來的時候，可別已是滿頭白髮了。」

王氏死死地盯著郁心蘭，「我沒服絕子湯？」

郁心蘭輕笑，「今日之事，我還以為母親會在得到皇上的匾額之時就發作呢。」

一句輕輕的玩笑，卻讓王氏驚出了一身冷汗，細細一想，原來這不過是蘭丫頭的一個計謀而已。當時她謀害老太太的證據握在郁家手中，郁家要休妻，王家為了臉面必定不願，所以蘭丫頭才故意逼她服「絕子湯」，就是算準了她必定心生怨恨，必定要在日後找回場子。

可郁家不會搭理她，王家也不會盡力幫她，她若想處置郁心蘭，就只有像今天這樣，入宮告狀這一途。告了狀，便是上了當，她只會給皇后娘娘留下個「惡毒嫡母」的印象……幸虧她忍到今日，否則只怕玫兒都無法配與皇子。被宮裡退出來的女子，高門親貴終究還是要問一問原因的，而哪家貴勳宗親沒有耳目打探宮裡的消息？只怕到最後玫兒連門合適的親事都難以定下。

思及此，王氏看向郁心蘭的目光更加的惡毒、更加的怨恨，卻又帶著一絲驚懼，不知自己還能不能與玫兒會面，告訴玫兒，小心這個死丫頭。

郁心蘭只閉目養神，反正王氏在幾年之內翻不出浪花了，她還不如將心思花在郁玫身上。真不知道自己哪裡就得罪了這位大小姐，之前赫雲連城被皇上猜忌，她不願自己嫁給赫雲連城，怕連累到她入宮，想謀害自己，倒還想得通，可今天這唱的是哪齣？

赫雲連城是禁軍統帥，而禁軍是保衛京城的，兵力也遠多過御林軍。說白了，拉攏赫雲連城，就是給自己上了一道保險，若是皇上不立十二皇子為儲君，只須赫雲連城發動禁軍包圍皇宮，直接逼宮便可。明明聽赫雲連城說，這段時間十二皇子常常邀請他吃酒，想來是要拉攏他的。那麼郁玫不是應當與她交好才對嗎？

郁心蘭思索半晌無果，索性不去想了，恰巧禁門到了，她扶著王氏下了車，登上宮中為其準備的小馬車，直接送出了皇宮。

郁心蘭十分孝順地立在寒風之中，目送王氏的小馬車走遠，這才登上輦車，重返泰安宮。

泰安宮的大殿中又來了一批年輕公子，都是皇室宗親中的晚輩，赫雲連城和赫雲飛亦在其中。郁心蘭步入大殿之時，遙遙與丈夫對視一眼，兩人同時微微勾了勾唇，眸露笑意。

今天的赫雲連城一身絳紫色滾金邊暗刻祥雲紋的對襟正服，五指寬的玉莽配帶收緊腰身，勾勒出他頎長的雙腿和挺拔的身姿，冠玉般的臉龐上完美的五官奪目驚心，寒星般的眸子裡透著一股冷，任誰也不敢與他直視，只敢偷偷地打量。

只是這微微一笑，柔和了他眸中的清冷，如同三月的春風撫過百花，任何人見了，都會不由自主地跟著他會心一笑。

縱使日日相見，郁心蘭亦被迷得臉紅心跳，忘了歸座。赫雲連城明亮的眸中不由得透出一絲戲謔和調侃，更令郁心蘭俏臉發燙，嬌瞪了他一眼，卻又帶出撒嬌似的嫵媚風情……

「哎呀，靖兒，依哀家說，你就別笑了，你這一笑，可把哀家宮裡的宮女們魂都給勾走了！」太后的聲音冷不丁地響起，總算把殿內一群宮妃和貴婦人、宮女的魂給喚了回來，郁心蘭趕忙到長公主身後坐定，將紅得滴血的小臉藏起來。

赫雲連城被太后調侃得有些許不自在，左手虛握成拳，放在唇邊輕咳了一聲。

好在恰巧這時，有太監來稟：「稟太后娘娘，宴時將到，可否移駕中和殿？」

太后道了聲：「擺駕。」一眾宮婦命婦忙起身相陪。

年初一的盛宴是男女分席，皇子們和宗親子弟去外宮的太和殿參宴，而女眷們則在內宮的中和殿。入宮時就已經快到晌午了，宴會過後，自是已經到了下晌。冬季白晝很短，眾女眷陪著太后看了幾齣戲，便入夜了，宮中放過煙花，太后便宣布散席，眾人各自回府不提。

❖　❖　❖

劉貴妃今日在皇后面前丟了面子，很是氣惱，使人傳話給十二皇子，要他宴後到回雁宮來。明子信不敢怠慢，雖然建安帝還在與朝臣把酒聽戲，他卻尋了個藉口，悄悄離席，到回雁宮來見母妃。

劉貴妃給皇兒賜了座，揮手遣退宮女內侍，這才道：「你那個正妃郁玫是個沒腦子的，你日後可得將她看緊一點。」

明子信驚訝地看了一眼劉貴妃，「母妃為何如此說？孩兒記得郁三小姐十分聰慧。」

劉貴妃冷哼一聲，「聰慧什麼？連事情是怎樣的都沒弄清楚，就幫著她母親陷害赫雲大少夫人，還好皇后娘娘不追究，否則她必要受罰！」末了，將事情源源本本說了一遍，又強調道：「你娶她，為的就是她與赫雲大少夫人是姊妹，想著拉攏赫雲靖的。她這般作為算是什麼？我原以為她是想拿捏了赫雲大少夫人的錯處，好讓赫雲靖為你賣命，哪知根本不是這麼回事，她是想除去妹妹！」

說罷還兀自氣惱，害她打錯了算盤，還出言幫襯了幾句，事後被皇后警告般地盯了幾眼。

明子信沉吟不語，他之所以會向皇后父皇求娶郁玫，看中的，一來，是她與郁心蘭是姊妹，幾番在宮中見面，他發覺長公主對這個媳婦似乎很滿意，而長公主是父皇唯一的妹子，在父皇面前的分量著實不輕；二來，是為了取得赫雲連城的支持，那時的赫雲連城還只是一名一等侍衛，但侍衛是天子近臣，說的話有時比丞相還管用；三來，亦是為的王家的支持，郁玫是王丞相的外孫女，王丞相應當不會不理會她，而若直接求娶王姝，又未免太著痕跡，另外，也是因為王丞相的根基過於博大深厚，父皇不可能不忌憚，所以拐著彎兒與他作親戚才是上策。

只是今日郁玫這般行事算怎麼回事？他幾次三番拉攏赫雲連城都沒成功，還在與秦肅想著對策，卻不曾想自己的未婚妻居然出來扯後腿。聽秦肅說，赫雲連城似乎還挺寵他那個小妻子的，想來也是，那般的美貌，是個男人就會動心吧？

忽地想起今日一身正裝的郁心蘭，他還沒見過哪家命婦能將四品正裝穿得如此高貴典雅而又不失嬌柔的……

還未等明子信將飄遠思緒拉回來，劉貴妃又不滿地繼續道：「此時已經關鍵時期，她一個即將當正妃的女子要如何行事，按理也應當先遣人問問你的意見，這般私自作主，太不穩妥，也太不將皇兒你放在眼裡。」

這句話讓明子信心頭湧上一絲不快，他也覺得郁玫太過自專，哪裡有女子應有的恭順？

母子倆商談了一番，也沒弄明白郁玫此舉的涵義，最後，決定明日由明子信親自上郁府問一問郁玫。

捌之章　孕事難遂明起因

第二日是大年初二，是出嫁的女兒攜夫君回門拜年的日子。

赫雲連城與郁心蘭早早地起身，辭過了父母親，兩人一同乘車來到郁府。馬車直達二門，郁心蘭乘府內的小轎直接進了內宅，而赫雲連城則在小廝的引路下去了前院正廳。

郁家的女眷都集中在梅院的東暖閣裡歡聚一堂，遠在祖籍寧遠的大老爺和二老爺也攜家回京過年。老太太聽到外面唱了郁心蘭的名兒，忙道：「快進來，外面冷，到裡面暖和暖和。」

郁心蘭一身薑花黃的海棠春睡紋緙絲褙子、天藍色滾金邊的百子裙，身披白狐皮大氅，進了大廳，脫下大氅讓紫穗掛到衣架上，先在暖閣的屏風外站了站，去了去身上的寒氣，才轉過屏風直走進去，目不斜視，也不待紫穗拿出軟墊，便撲通向老祖宗跪下，連磕了三個頭，嬌柔軟糯地道：「蘭兒給老祖宗拜年，願老祖宗福如東海、身康體健、事事順遂。」

老太太笑得瞇了眼，親自下了炕，伸手扶起郁心蘭，心疼道：「快起來，這麼冷的天，雖說燒了地龍，卻也不能這樣跪在地上，萬一著了寒氣如何是好？」

老太太硬拉著郁心蘭坐到自己身旁的炕上，從炕桌下的小抽屜裡拿出一個荷包，遞給她道：「拿著，年年如意。」

郁心蘭笑吟吟地接過。便有一個女人打趣兒道：「這位是四姑奶奶吧？怎麼我覺著老祖宗給四姑奶奶的荷包格外不同一些？」

她這般一說，另有幾人笑鬧道：「可不是嗎？賞給咱們的荷包可沒這麼大！」

老太太笑罵：「妳們這群皮猴子，我待哪個不是一樣的？什麼這麼大這麼小的！」

郁心蘭輕嘆，「老祖宗也不說句話讓孫女得意得意，孫女可不就是看中了老祖宗的紅包又大又沉，特意巴巴地一早趕來的嗎？原來都是與旁人一樣的。」

眾女眷便哄笑了起來，老太太也輕拍了郁心蘭一掌，「說什麼胡話呢，妳個公主府的大少奶奶，還巴巴地看著我這點子壓歲銀子？」

眾人又笑鬧了一通，老太太便指了剛才答話的那名長臉中年女子道：「那是妳大伯母，于氏。」又指著郁于氏身邊的圓臉女子道：「那是妳二伯母藍氏。」

郁心蘭忙過去向兩位伯母見禮，二人不敢全受，她們都是白身，雖是長輩，卻也不敢過於拿大，側了側身，避了一半禮，然後又還了個半禮，送上各自準備的見面禮。郁心蘭笑著道了謝。

于氏指著自家的幾個媳婦和姑娘給郁心蘭認識，藍氏亦然，眾晚輩互相見過禮後，才又坐下來聊天。

郁大老爺有一妻一妾，于氏生了三女一男，男孩兒已經二十歲，名郁章，在族裡行二，人稱二少爺。郁大老爺一開始想讓兒子入仕，可郁章讀書著實不行，只得放棄，現在已經隨郁大老爺開始學習經商，日後必定是掌管郁家田莊店鋪的。

而有郁大老爺的三個女兒分別叫郁玨、郁瓊、郁玢，都是嫡出。郁玨已經出嫁，另外兩個卻連親事都沒定下來。郁大老爺的妾室也在暖閣內，就站在于氏的身後，但是並無所出。

郁二老爺只有一妻，膝下無子，只有一女郁珍，快要及笄，亦未訂親。

郁心蘭知道這兩位伯父都是管理郁家祖產之人，相對來說，經濟比四老爺、五老爺和六老爺都要寬裕得多，見幾位小姐身上的衣服飾物就知道。

于氏對郁心蘭甚是熱情，總拉著她說話，話裡話外都是讚她好福氣，還說要讓女兒多跟她親近親近，沾沾她的福氣。

郁心蘭但笑不語，不知大伯母的親近是什麼意思，難道是說她們住在京城的這段時間，侯府裡有宴會什麼的，都要請她們去參加嗎？這可不大好辦！

這世間尊卑分明，大伯父、二伯父雖然不算賤籍的商人，可也沒有功名在身，據說是連秀才都沒考上的，是白身，想出席侯府的宴會，除非她是侯爺的當家主母，否則她可作不了這個主。

郁瓊、郁玢兩姊妹亦是熱絡的性子，滿口都是奉承話，聽得郁心蘭雞皮疙瘩直冒。

二伯母藍氏倒是文靜，只坐在一旁聽她們聊天，時而微微一笑，表示她並沒走神而已。而郁珍亦是個文靜的，偷偷打量郁心蘭衣服上的花紋，這樣的別致……無意中與郁心蘭的目光對上，郁心蘭衝她微微一笑，郁珍便臊了，回了一個羞澀的笑容。

只是一笑，郁心蘭便對郁珍的印象十分好，是乖巧柔順的女孩兒。

四奶奶、五奶奶、六奶奶家的幾個女兒都已經出嫁，此時還未到，只看著她們閒聊。

過了幾盞茶的功夫，郁家出嫁的女兒都回府了，老太太便笑道：「紫穗，去前邊問一聲，可是能開席了？」

紫穗答應了一聲，到前院詢問郁老爺的意思，溫氏也忙完了府中的事務趕到梅院，女眷們這才發覺，王氏不見了。

于氏還不知道王氏事兒，問老太太道：「老祖宗，怎麼沒見著三弟妹？」

老太太輕嘆一聲，「她昨兒個發了病，已經連夜送去寧遠了，到時妳們回到寧遠，記得關照一下，別讓外頭的閒雜人等打擾她靜養。」

這是要禁足的意思了，于氏聽得心中訝然，怎麼說都是丞相的女兒啊！不過郁家敢這麼做，自然是有原因的，她也不便再問，當下喏喏地應了。

郁心蘭只覺得郁玫和郁琳在聽到這番話時，對她投來了怨毒的目光，抬眸看去，兩位小姐又是一副平靜的模樣，並沒有半分不妥。

郁心蘭在心中輕嘆，其實，當初不進京，也就沒這麼多麻煩，是王氏自己要接我們進京的，卻又容不下，怎麼能怨我？

一會兒功夫之後，紫穗過來回話，說飯已經擺在正屋的大廳了，請老祖宗和諸位主子過去。

眾人忙又起行，郁家人聚在一起，正妻小妾女兒女婿的，也有七、八桌，因是親戚，便沒有用屏風隔開，只是男女分席。

進了大廳，一眾女眷便在男眷中看到一名身著杏黃色錦紋長衫的男子，慌得忙跪了一地。能穿杏黃色冠袍的自然是十二皇子。

明子信忙伸手虛扶了老太太一把，謙和地笑道：「快快請起，說起來本宮還是老夫人的晚輩，不必行此大禮。」

老太太站起來後，眾女眷才站了起來，眾人又相讓一番，才依次坐下。

這下子，于氏看向郁玫的目光就開始冒出了星星。

男子這邊席面上，明子信坐在上位，郁老爺和赫雲連城陪在兩旁，明子信的人如同他的名聲一般，謙和有禮，對誰都是笑吟吟的，如同拂面的春風一般，讓人心裡暖暖的。

赫雲連城一如往常的不帶什麼表情，不過有郁家子弟過來敬酒，卻也沒推辭，神情雖是淡淡的，但至少不像平日那樣冷峻和拒人千里。

郁家眾人都圍著明子信和赫雲連城轉，大姑爺賀鴻和二姑爺蔣懷被冷落到了一邊，心裡面頗不是滋味，以往郁府的團圓宴，他們可都是被高高捧在上位的——可如今郁府多了一個皇子女婿、一個三品將軍女婿，他倆全靠父萌的人就靠邊站了。

今日裡的家宴，郁老爺和老太太特意不讓支屏風，郁心蘭明白這裡面的意思，就是想讓一家子人認個親戚，日後也好相互幫襯一把。

郁家是寧遠城的百年世家，以前是風光過的，而這一代只有郁老爺出類拔萃，另幾個兄弟都是高不成低不就的，因而想郁家一族重新風光起來，只能看下一代了。

偏巧在下一代裡，很有幾個可能會有出息的。

郁心和和郁心瑞自是最出挑的，郁心和這次雖然沒有考得舉人功名，但也是十三歲就考上了秀才了的；而郁心瑞就更不必提了，如此年紀就成了舉人，還被皇上召見，據郁老爺說，皇上問了郁心瑞幾個問題後，龍顏大悅，這日後定是有大好前程的。

郁四老爺家的四少爺、郁五老爺家的三少爺和七少爺，都是讀書很不錯的學子，如今也在國子監上學，日後也是有前程的。

郁老爺在官場混了這麼久，自然知道當官不單是要有學問，更要有人脈，所以這才將家人都聚在一起，希望能處得熟絡一些。人與人之間的感情，多是相處出來的。

熱熱鬧鬧吃過團年飯，郁老爺請準女婿十二皇子和三位女婿、幾位有出息的子侄到書房閒談，其餘人則回了內宅，郁心蘭這才正式拜見了大伯父和二伯父，又向四叔父、五叔父、六叔父也見了禮。眾人一同圍著郁老太太說笑了一陣，赫雲連城來接郁心蘭回府。

老太太忙道：「應當的，天黑之前得落屋。」

小夫妻倆攜手登車，馬車出了郁府，郁心蘭便問：「怎麼？父親說了什麼話讓你不高興嗎？」

赫雲連城微訝，他的表情應當與平時沒有什麼不同，小妻子是怎麼察覺出他心情不暢？

垂眸看她，長長的睫毛輕顫，一雙秋水明眸裡承載著滿滿的關心，漆黑如玉的瞳仁倒映出他的影像，彷彿用憐惜和關切將他緊緊包裹起一樣。

他的心不由得一軟，原本微暗的心情也撥雲見日，輕輕一笑道：「沒什麼，就是說來說去，想讓我輔佐十二殿下罷了。」

送走了諸位女婿，郁老爺的幾位兄弟也各自帶著家眷回西大院，老太太獨留了郁老爺和溫氏說話。郁老太太並沒避著溫氏，直接問郁老爺道：「談得如何？」

郁老爺輕嘆一聲，「四女婿不答應。」

溫氏此時還被蒙在鼓裡，完全不知老祖宗和老爺在說些什麼。

郁老爺只得解釋一番，也是有讓她出面說和的意思：「年初時，朝中臣子多有上書，言道應當早立儲早安邦，只是我反覆揣摩聖意，似乎並不想立儲。」

說到這，老太太贊同地點了點頭，向溫氏說道：「如今聖上龍體康健，自是不願的。」太子即是下任君王，可下任君王卻不能算是君王，若是等這張龍椅等得太久了的話，只怕會生變故。

郁老爺輕嘆，「正是如此，如今聖上心意莫測，原本我是不願郁家牽扯進立儲之爭裡面的，可夫人瞞著我將玫兒的名帖報上禮部，如今玫兒已被指為十二殿下的正妃，我們郁家已經與十二殿下同乘一條船，生死與共了。」

說到此處，又長長一嘆，「十二殿下是有心爭的，日後若是他人登基，少不得要被排擠，就如安親王和謹親王一般，咱們郁家也會被牽連，因而我想，還不如幫十二殿下爭一爭，或許有幾成勝算。」

接著他分析了一下朝局和幾位皇子的所長。如今有能力爭這儲君之位的，也就是九皇子、十二皇子、十三皇子和十四皇子。

九皇子被皇上猜忌了幾年，可隨著赫雲連城的步步高升，想必皇上對九皇子的猜忌也漸漸小了，何況最近還讓九皇子上朝，這種種跡像表明皇上有意讓九皇子參政了。九皇子的生母德妃出自安國公府，家中亦是有實權的，在朝中亦有根基。

十三皇子原本是沒有什麼機會的，生母敬嬪只是一方縣令之女，沒有外祖家的勢力，可現在卻娶了王姝為正妃，王丞相早就有意送女兒入宮，想讓王家出個皇后，以前被皇上拒絕過多次，這次總算是如願了。雖說隔了一層，但若王丞相全力支持十三皇子，那麼十三皇子倒成了最有實力的一個……王丞相的勢力，皇上都要忌憚的。

十四皇子是個不拘的人，似乎不愛朝政，以前郁老爺有心將女兒配與十四皇子，也正是因著這一點，若是一開始就不曾爭過，日後的新君也會高看十四皇子一眼。只不過，十四皇子始終是現今唯一的嫡出皇子，朝中堅持立嫡不立賢的老臣大有人在。

至於十二皇子，生母劉貴妃出自安慶侯府，掌管了全國的鹽業和礦業，家資豐厚，他為人謙和素有賢名，朝中許多大臣也慕名歸附……

說到最後，郁老爺當著祖母的面，拉著溫氏的手道：「只不過，只是有銀錢還是不成，秦小王爺是十二殿下的伴讀，手中掌著朝中一半的官員考核權，這是一大助力，若是能再有一個有實力有兵權的將軍支持的話，那麼十二殿下就穩操勝券了。」

這位有實力有兵權的將軍是誰，溫氏再不懂朝政，也知道是說的四女婿赫雲連城。

郁老太太亦是輕嘆，「我們這也是沒法子，已經與十二殿下站到一條船上去了，若是不能同心協力，只怕日後被會狂潮淹沒了去。妳是蘭兒的親生母親，由妳出面說服蘭兒，再讓蘭兒說服四姑爺比較好。」

溫氏有點暈頭，卻也知道這裡面干係重大，況且蘭兒是個有主意的，並不是她能勸得動的，因而不敢輕易應承，只道：「媳婦盡力而為。」

郁老爺還想說些什麼，最終一嘆，「妳盡力吧，或許定遠侯爺也有自己的盤算，到底是嫁出去的女兒，總得聽公爹和婆婆的話。」

話裡透著傷感，溫氏動了動唇，想安慰老爺幾句，最終卻也只是「嗯」了一聲。

郁老爺又說起初五請了十二皇子和幾位女婿到府中小坐，吃餐家宴，要溫氏去準備準備，務求幾位女婿滿意而歸。溫氏一愣，這不是才聚過嗎？只是她素來溫順，也沒多問，應承了下來。

❖ ❖ ❖

郁心蘭初聽赫雲連城說初五還要回郁府聚宴，也是一愣，「怎麼剛才也沒聽老祖宗說起？」

赫雲連城道：「想是因我不答應輔佐十二殿下，岳父大人臨時起意的吧。」

兩人回了府中，先去向父母親請了安，才回到靜思園。

一進正廳，紫菱便迎了上來，輕聲耳語：「巧兒一直追問婢子藥粉驗了沒有。」

郁心蘭勾唇一笑，「哪有這麼快？大過年的，人家大夫不要休息嗎？先晾著她，她再這麼心神不寧的，就直接關進屋子裡不許出來。」

紫菱點心應下，忙招手讓錦兒、蕪兒服侍主子更衣梳洗。

這般說了幾句話後，赫雲連城已經在淨房裡沐浴了出來，看著小妻子在丫頭們的服侍下換了衣裳，便揮手讓眾人退下去。

郁心蘭回頭看了赫雲連城一眼，他的眼中光芒聚盛，耀得人眼都睜不開，忙又低下頭來，俏臉卻不由得湧上了粉色。

赫雲連城拉著她一同歪在短炕上，輕聲問：「這幾日是妳的信期了吧？」

沒想到他會記得這麼清楚，郁心蘭的臉更紅了，輕聲道：「嗯，就是明後天了。」

赫雲連城伸手摟緊了她，另一隻手則輕輕放在她的小腹上，帶著點疑惑地問：「妳覺得這個月會有嗎？」

郁心蘭心中一滯，這話要我怎麼回答？

她也知道他必定是在意的。雖說現在才剛過年，但按照這世間的演算法，赫雲連城就已經有二十二歲了，古人都早婚，一般的貴族子弟到了他這個年紀，早都兒女成群了，最大的肯定都能打醬油了。再說，她嫁入侯爺也有大半年了，侯爺和長公主一直忍到現在沒追問她，也算是很和氣的公爹婆婆了，連城現在急著問，只怕也是維護她的意思，說到底，子嗣是大事，他也不想自己被人追問。

見小妻子面色踟躕，赫雲連城忙勾唇一笑，「沒有也沒事兒，嗯，要不要我請陸太醫來給妳請個脈？」

郁心蘭搖了搖頭，「不必了，每月來給母親請平安脈的太醫，都給我請了脈，太醫一直說我身體很好，沒有問題。」

說著，她遲疑了一下，斟字酌句地問：「嗯……連城，你看，要不……你也請個脈好不好？」

赫雲連城立時就黑了臉，「我要請什麼脈？」

郁心蘭大急，在現代，治不孕不育都是男女雙方同時檢查的，她以前公司裡就有一個同事是這種情況，所以她知道。可這世間，懷不懷孕都是女人的事，就算某男娶了一堆妻妾，沒一個懷孕的，人們仍是會將不孕的責任賴到女人的頭上。

但這不是好現像，不孕並不一定是女方的問題……當然，他們這才幾個月，算不得不孕。她也不是擔心別的，就是怕赫雲連城在天牢中關了三年，營養不良，或者是總睡在天牢的地板上，寒了什麼腎臟一類，只是請個脈，若真的有什麼毛病，也可以盡早醫治。

赫雲連城哪會聽她解釋，自小根深蒂固的觀念，男人的自尊比什麼都重要。當下看向小妻子的眼神就不善了，挑了挑眉，沉聲問：「妳是說我不行？」

郁心蘭心裡咯噔一下，這個表情……不會是想要證明他「很行」吧？

還沒等她轉過念頭，赫雲連城就撲了下來，將她重重地壓在炕上，幾乎要擠出她肺葉裡的每一個空氣分子似的緊貼著她，眼中閃爍著危險的光芒，「看來我平日裡還是太懶散了一點，居然會讓夫人妳覺得我不行！」

郁心蘭被壓得氣都快喘不過來了，忙求饒道：「我沒有啊，只是想讓你請個脈而已。」

「妳還說！」

赫雲連城俯下頭，懲罰性地重重咬了她的唇一口，心底裡的慾望瞬間被點燃了，旋即又溫柔地深吻起來，大手靈巧地解開她腰間的玉扣，從鬆散開來的衣襟之中伸進手去。

❖ ❖ ❖

初五的聚會，原本僅是郁老爺一家人的聚會，哪知十二皇子竟將秦小王爺給帶了過來。郁老爺自然是熱情相待，可也覺得這般有些不全禮數，一會兒自己的女兒是要出來一同用飯的，秦小王爺到底是個外姓人，又是男子。

明子信似乎看出來郁老爺的顧慮，輕笑道：「說起來，本宮今日前來還為著一樁喜事，慎之有意請本宮做個保山，聘貴府五小姐為側妃。」

郁老爺頓時就怔住了。

秦小王爺想娶琳兒為側妃？

按說，秦小王爺日後是要繼承晉王爵位的，側妃到底是要錄入族譜的，郁老爺雖是正二品的高官，但無爵位在身，郁琳雖是嫡女，聘為側妃亦不算是辱沒。只不過，同為嫡女的三姊是十二皇子的正妃，妹妹卻只是個小王爺的側妃，卻又有些說不過去。賀鴻和蔣懷官職不高，但那到底是之前的婚事，還沒有關係，同今日提親一事不可同日而語。

十二皇子怎麼會這般作為，真不知是什麼意思，按說這也關係到了他的顏面，若是秦小王爺娶了郁琳，他們就算是連襟了，難道他不會覺得妻妹成了秦小王爺的側妃，自己失了臉面？還是說，秦小王爺已經有了另外的正妃人選，而且是對十二皇子十分有利的，娶郁琳不過是為了鞏固與郁家、王家的關係？

電光石火間，郁老爺已經拿定了主意，呵呵笑道：「勞秦小王爺垂青，郁某真是不勝榮幸，只不過琳兒自幼就是養在祖母身邊的，因而她的婚事得問過老太太的意思才成。」

這話就是委婉地拒絕了。

秦肅自視甚高，當下有些拉不下臉來。可是從來都是抬頭嫁女低頭娶婦，人家養育女兒十幾年也不容易，有人上門來求親，多半也是要拒絕幾次才能成事，這般作為也是為了顯得女兒矜貴，免得女兒像是沒人要的，一有人求娶就趕緊嫁了，日後到了夫家被人歧視。

秦肅沉了沉氣息，淡然笑道：「也好，秦某就等郁大人的音訊了。」竟是不打算再遣保山上門說和一般。

郁老爺當下心中也有了怒氣，摸了摸下頷新蓄的山羊鬚，不鹹不淡地道：「恐怕要等上一陣子了，如今家中族人都回京過年，老太太沒有空閒。」

明子信眼見氣氛不是太好，忙說起其他的事岔開：「連城表兄來了嗎？」

郁老爺道：「快了。」

一會兒赫雲連城攜郁心蘭到來，用過午飯，男人們進了書房，女人們則回梅院聊天。

郁琳今日整個心神不屬，郁心蘭瞥了一眼，心中暗嘆：秦小王爺那種水仙花男人有什麼好的？就一張面皮而已！

回程的時候，赫雲連城說：「秦小王爺向妳家求娶五妹為側妃。」

郁心蘭眼睛瞪得老大，輕訝道：「不是吧？這不是在折辱十二殿下嗎？」

赫雲連城淡淡地看她一眼，輕笑道：「怎麼會？皇上後宮裡多少人？難道每一個宮妃的姊妹都得嫁給王爺為正妃才不算折辱了皇上嗎？京裡哪有這麼多的王爺？」

也是，郁心蘭蹙眉想了想，「父親應當不會同意吧？不過……」郁琳肯定願意。

郁心蘭忽地想起，上回十二皇子的生辰宴上，郁琳狼狽的樣子被秦小王爺等人都瞧了出，只怕因著這一點，秦小王爺也不願娶她為正妃吧？

赫雲連城不過是想到了便提一提，郁家已經同十二皇子結親了，之後要再怎麼加強與十二皇子的關係，都與他無關。

兩人回到侯府，見到甘氏身邊的齊嬤嬤迎面走了過來，身後跟著一眾小丫頭，邊走邊回頭交代幾句什麼，小丫頭們則一疊聲地應承。這些人走路都帶著風，臉上也是喜氣洋洋的表情。

瞧見小夫妻倆，齊嬤嬤忙停下腳步，規矩福了一禮，側身讓到路旁，讓大爺和大奶奶先過。

郁心蘭好奇心起，輕笑道：「齊嬤嬤今日真是精神啊。」

齊嬤嬤也不掩飾喜意，福了福才道：「老奴也是人逢喜事精神爽，這不，晉王爺親自上門來提親了。」

赫雲連城聞言停下腳步，問：「晉王？提的誰？」

齊嬤嬤掩唇直笑，「回大爺的話，是給秦小王爺提親，想娶二姑娘為正妃呢！」

郁心蘭和赫雲連城不禁對視一眼，這秦小王爺一日之內連聘兩家，到底是什麼意思？為了拉攏赫雲家，不擇手段了嗎？

婚姻大事俱是父母作主，赫雲連城也是說不上話的，小倆口便回了靜思園，商量了一陣，最終也只能一嘆，此事端看父親的意思了。

晚間用飯的時候，侯爺提都沒提此事，想來是拒絕了。郁心蘭這才鬆了一口氣，不說別的，只說秦小王爺那二十幾個姬妾，就算在婚前全打發了出去，估計不到一年又再能納這麼多回來，不談朝政，光論人品，此人實在不是良配。

赫雲慧的婚事仍然沒有著落，不過她也是個有主意的人，她看不慣秦小王爺，就算是年紀再大，也不願委屈自己，這倒是讓侯爺和甘氏都放下了懸著的心。

❖　❖　❖

年節一晃便過去了大半，快到正月十五，各府之間也開始走動，各類聚會就多了起來。

這一天竟是晉王妃發了金帖，請侯爺一家前去做客。雖說兩家之前並沒有什麼交往，但因沒能結成秦晉之好，這點顏面都不給，就有些說不過去，何況晉王爺為了能請動定遠侯，也下足了本錢，請了不少與侯爺交好的官員，只當是朋友間的聚會，亦是可以去一去的。

郁心蘭自是盛妝打扮了一番，與長公主同車前往，侯爺則帶著幾個兒子騎馬赴宴。

晉王是太后的娘家，風光無比，府第亦是大得出奇。晉王妃的二媳婦陶氏親自陪伴郁心蘭和二奶奶、三奶奶等人，晉王妃則陪著長公主、甘氏在花廳裡閒聊。

說著說著，就說到了晉王府的梅園。晉王府的梅園可是京中一景，十分出名，其中不少名種梅花，此時又正是梅花盛放的季節，陶氏便提出帶幾位赫雲少夫人去梅園賞花，還笑道：「園子裡有亭子，讓丫頭們燒了火盆，不會凍著各位奶奶。」

三位少奶奶自是應下，隨陶氏到梅園賞梅。這晉王府的梅花的確別有風味，幾人交口稱讚，陶氏亦是一臉的自豪。

沒一會兒，二奶奶便覺得有些內急，三奶奶正與陶氏說得熱鬧，她只得紅著臉悄聲問郁心蘭：「大嫂，能否陪我去一趟淨房？」

郁心蘭自是同意的，在別人家做客，總不好讓二奶奶落了單。陶氏聽明原由後，忙差了一名大丫頭陪兩位奶奶去最近的紫東閣的淨房。

紫東閣是一個套院，院內有正房三間，還有一片小花園，園子裡竟還安了一座假山，假山上建了涼亭。

大丫頭解釋說：「這裡是大少爺常來歇息之處，所以建得好一些。不過此時大少爺在外院會客，不在此間。」

二奶奶點了點頭，疾步跟著大丫頭進了房內，郁心蘭不想等在淨房外，何況現在沒人，房裡沒有燒火盆，溫度也差不多，她便向二奶奶道：「二弟妹，我在走廊上等妳，妳快些。」

二奶奶應了一聲，便沒了聲息，想是很急了。

郁心蘭忍不住輕笑，調頭看向小院子裡種的各色梅花……這晉王還真是愛梅，卻不知有沒有梅花的高潔品質。

正想著，忽聽一道男聲呼喚：「蘭兒？」聲音裡帶著遲疑和掩藏不住的驚喜。

郁心蘭一驚，順著聲音抬頭一瞧，假山的涼亭中有一名年輕男子。男子激動地站了起來，一雙深潭般的黑瞳一眨不眨地落在她的身上，耳際只能聽到心臟劇烈地跳動著的聲音，腦海裡一片空白，雙腿已經十分有自我意識地快步衝下涼亭，兩三步就來到郁心蘭的眼前。

他抬眸注視著郁心蘭，只覺得這是上天給他的機會，讓他再近距離見一見佳人。

郁心蘭皺了皺眉，這人看著十分眼熟，便問：「你是誰？」

男子一陣子尷尬，拱了拱手道：「小人黃庭。」

郁心蘭猛然想了起來，這是那天在尚風軒遇到的榮鎮同鄉，郁心瑞以前的同窗。

她轉頭看了一下四周，還好她身邊跟著丫頭，再說她已經是嫁了人的婦人，倒不是像未出閣的少女那般不能見外男，於是蹙眉問道：「你怎麼會在這兒？」

黃庭一怔，領會了她的意思，忙解釋道：「小人是來京參加明年春闈的，現投名在晉王府，作了幕客。」

所謂投名，便是將自己寫的詩或文章遞給朝中高官過目，以求得到官員的賞識，在日後的春闈中也有人能幫自己一把。幕客即是一般人據說的軍師，能到王府裡當幕客，應當是有幾分才華的，他才不過十七、八歲的樣子……

只是再怎麼樣有才華，也不能進內宅來吧？

黃庭一驚，「這是內宅嗎？平日裡黃某都是在此與秦小王爺議事，秦小王爺的書房就在對面……」言下之意，他並不知道這裡是內宅。

郁心蘭道：「這裡的確是內宅。」說罷便轉了身。

黃庭知道這是內宅後，也知自己在這與郁心蘭說話十分不妥，忙轉身快步跑出了小院。

郁心蘭的眼睛瞇了瞇，這事兒透著古怪，怎麼就這麼巧遇到黃庭了？

她讓錦兒上前，附耳低語幾句。自溫氏出了月子後，就將岳如給送回她身邊，今日正好帶了過來，正用得著。

二奶奶總算是解決完了，笑吟吟地出來，張口就問：「大嫂，剛才我在裡面好像聽到妳與一個男人在說話？」

郁心蘭冷冷地瞥了她一眼，沉聲道：「看來二弟妹要去治治耳朵了，居然敢說晉王府內宅裡有外男！」

二奶奶心裡一顫，光顧著寒磣郁心蘭，卻忘了這裡是晉王府，這話聽了確實討不著好處，忙道：「我說著玩的。」

郁心蘭勾起唇角，陰險地一笑，「下回我也去跟二爺說幾句弟妹的玩笑去。」

二奶奶頓時啞了，氣血上湧，卻又說不出話來。

回到梅園，郁心蘭便稱累了，回到花廳取暖。錦兒一會兒之後回到大奶奶身邊，郁心蘭藉故走遠一點，錦兒輕聲道：「岳如去查了，那裡隔牆就是外院，是有人故意放黃公子進來的。」

話說到一半，便聽門外的丫頭唱名：「榮琳郡主到。」

郁心蘭便回座站好，廳內至少大半的貴婦和閨秀都站了起來，準備迎接榮琳郡主。

耳邊有極低的輕語，眾人眼中都是既羨慕又嫉妒的光芒，令郁心蘭對這位榮琳公主生出了幾分好奇。

環佩叮咚，十餘名俏麗的大丫頭簇擁著一位姿容絕色的少女款款步入花廳，那名少女一身桃紅色遍地芙蓉花的褙子、藕荷色百合紋八幅羅裙，眉如遠山，眸如春水，唇如籽玉，輕輕抬眼間，眸中珠輝閃動，讓每一個人都覺得「榮琳郡主看到我了」。

縱使是郁心蘭前世閱盡天下美女，也被榮琳公主的絕世之姿震得說不出話來。

「榮琳給皇姑母請安！給姨母請安！給各位伯母、嬸嬸請安！」

聲音輕柔婉轉如黃鶯，人到處，香風撲鼻。

眾命婦和閨秀也與榮琳郡主見過禮，眾人再度坐下，榮琳郡主坐在晉王妃的下首，與幾位王妃親切地交談，也沒忘了照拂她認識的閨中千金。她有一雙大大的鹿眼，配合著小巧的瓜子臉、尖尖的下頜，宛如一朵柔弱的迎春花，那麼嬌嫩、那麼豔麗，又那麼令人憐惜。

整個人給人的感覺……郁心蘭想了想，與淑妃有些像，柔弱如皎花照水，楚楚動人。

但是榮琳郡主比淑妃生得更美、更柔。

郁心蘭有些無聊地想，難道皇上不認識榮琳郡主？若是認識的話，為何不選榮琳郡主進宮？

「這位就是我的大兒媳婦。」

長公主親切柔和的聲音忽地響起，郁心蘭忙站了起來，衝上位的方向福了一福。

榮琳郡主柔柔地看了郁心蘭一眼，也起身還了半禮，柔柔地道：「見過靖嫂子。」

郁心蘭含笑頷首，兩人見過禮便坐下了。

榮琳郡主仍是笑看著郁心蘭，嘴裡卻讚道：「靖嫂子生得真俊，皇姑母真有福氣呀！」

說到美貌，世間怕是難有女子能同榮琳郡主媲美的，由她開口讚人美貌，真是怎麼聽怎麼彆扭。尤其剛才看向自己的那一眼，有些異樣，卻又說不出來哪裡異樣。

郁心蘭只是笑了笑，而長公主聽到旁人誇讚自己的兒媳，心裡高興，嘴裡還是要謙虛幾句的：「樣貌什麼的倒是其次，主要是這孩子心性好，與靖兒很合得來，又有孝順乖巧，我和侯爺都十分滿意。」

旁人自然要順著這話讚幾句，郁心蘭羞紅了臉，垂首不語。榮琳郡主亦含著笑，深深地看了她一眼，才轉而與其他人交談，言語裡或多或少地奉承著長公主。

郁心蘭心中怪異的感覺更深了，不過眼下弄清楚秦小王爺的打算才是最重要的，她抽了個空，趁人不備交代了錦兒幾句，晉王妃應當也請了郁家的人才對。

宴會上果然見到郁玫和郁琳兩姊妹，之前在花廳她們卻一直沒露面。郁心蘭笑著過去打了聲招呼，郁玫解釋說因沒有母親帶著，所以她們在苑郡主的閨房裡玩耍，並沒到花廳來見客。

用過飯，又聽了戲，賓主盡歡。

晉王妃親自將長公主一行人送至二門，優雅地笑道：「日後咱們要多多走動才是，到底是親戚，沒得生分了的道理。」

榮琳郡主陪著送客，也相邀了兩句，言辭肯切，語氣柔和，聽著真是心情愉悅。

長公主含笑客套了幾句，卻也沒一口應承下來。

回程仍是和二奶奶三奶奶一輛馬車，二奶奶這回話可多了，不住笑讚榮琳郡主：「都說是玥國第一美女，我看真是半分不假，那樣貌兒、那氣質、那神韻。」說著笑睇了郁心蘭一眼，意有所指地道：「榮琳郡主是安王爺的獨女，太后和皇后娘娘都喜歡她，可寶貝著呢，聽我家二爺說，自小就是跟他們幾兄弟一同長大的。」

安王爺……以前與皇上爭奪儲位，被留在京城，不得回封地的兩位王爺之一。

郁心蘭隨意地笑了笑，二奶奶無非是想告訴她，榮琳郡主是赫雲連城的青梅竹馬，可有了這麼一個父親，她只怕也尋不到太好的親事……至少在旁人看來很好的親事。

三奶奶也附和起來，目光淡淡掃過郁心蘭，「聽說是命中有一劫，便到寺中靜修了幾年，避了劫，年初一才從大佛寺回京。她也有十五了吧，應當要訂親了，太后答應過讓她自己選婿的，京中的才俊任其挑選，只要她喜歡，就會指給她。」

也就是說，哪怕是有婦之夫，也會指給榮琳郡主的。畢竟以前不是沒有過這樣的事，公主們仗著有天下最尊貴的父母，強要嫁給某才俊，嫡妻只能自請下堂或是自請下位為平妻。這般繞著說榮琳郡主與赫雲連城的感情應當不錯……想看我驚慌失措的樣子吧？

郁心蘭彎唇含笑，「原來與二爺、三爺是青梅竹馬呀，正好年紀也相配，說不定皇上會指給二爺或三爺當平妻呢，到時可不知道要恭喜哪位弟妹。」

二奶奶、三奶奶頓時笑不出了，這才想到榮琳郡主不過十五歲，似乎的確是與二爺、三爺的年紀更相配一點，況且，郁心蘭就是皇上指婚的，斷沒得她自請下堂的道理……

回到靜思園，錦兒上前來耳語道：「岳如說她在後園子裡看到秦小王爺和五小姐談了很久，五小姐一直羞怯地紅著臉，後來還贈了塊帕子給秦小王爺。」

郁心蘭瞪大了眼睛，這就是王氏教出來的女兒！私相授受在這時代可是壞名聲的大事，郁琳她居然做得出來！

「明日妳帶著千荷回郁府一趟打聽清楚一點，先別忙著告訴老爺和老太太。」郁心蘭說完徑直往寢房裡去。

巧兒連忙跟了上來，殷勤地打好熱水，絞了帕子為郁心蘭淨面，服侍她更了家常衣裳之後，又奉上熱茶和手爐。

錦兒將引枕放在暖閣的短炕上，郁心蘭靠上去，看了眼窗外的天色，淡淡地道：「快要晚飯了，巧兒去廚房點幾個菜色。」然後報了一串菜名。

巧兒有滿腔的話也無法說出口，只得先領命下去。

紫菱待巧兒出了園子後，方笑道：「這丫頭愈來愈乖覺了，奶奶打算什麼時候開始用她？」

郁心蘭笑道：「不急，再憋憋她的性子。」愈是要用的人，愈是要讓她徹底明白過來到底誰是她的主子。

想起了黃庭，郁心蘭打發錦兒到門口守著，跟紫菱商量，秦小王爺到底是個什麼意思。

紫菱蹙眉道：「還能有什麼，要麼就是想壞了奶奶的名聲，要麼就是想抓到奶奶的把柄。」

郁心蘭聽到把柄兩個字，方領悟過來，原來如此！

「妳讓人傳個話到回事處，明日一早請郁府八少爺過府一趟。」

黃庭的事還是問清楚比較好，免得不知不覺著了道。

正聊著，赫雲連城回房了。

郁心蘭跟進去服侍，邊為他解頸口的扣子邊問：「怎麼比我們還回得晚？」

「父親找我們幾兄弟商量點事。」

「哦！」郁心蘭沒繼續打聽，服侍他更了衣淨了手，一同坐到炕上後才問：「聽說你與榮琳郡主是自幼一同長大的？」

赫雲連城從書本中抬起眼來，奇怪地盯著她，「怎麼忽然說這個？」

「今天的宴會榮琳郡主不是去了嗎？我聽兩個弟妹說的。」

「我們與安王府走得近，小時候的確是常在一起玩兒。」赫雲連城停頓了一下，似乎在思考要怎麼說：「皇上……並不是很放心安王。」

原來是藉交往的機會去監視的意思。

郁心蘭斜睇他一眼，假裝隨意道：「都說榮琳郡主是第一美人，今日見了真是名副其實呢。」口氣有點酸，赫雲連城再次將眼睛從書本中挪開，看著她的眼睛，輕笑道：「那又怎麼樣？」

郁心蘭沒好氣地瞪了他一眼，「什麼叫那又怎麼樣！聽說太后允了她自行選婿，只要她看上的，就給指婚！」

快點回答，第一美人是不是一定要配第一美男？小時候她有沒有流露出覬覦你的端倪？

赫雲連城挑眉道：「這事兒我也聽過。」

郁心蘭氣死了，這傢伙，一句安心的話都不給！

她當即別過頭去，從針線簍子裡拿出一個荷包，荷包裡是她正在雕著的香木珠子，珠子很大，直徑有一公分左右，怎麼看都不像是女子戴的。

赫雲連城湊過去看了一眼，面露微笑，「這是給我的？」說著捏起一顆，打量幾眼，珠子上雕了祥雲圖案，細看又能拼出兩個篆體字來，平安。

赫雲連城拿在手中賞玩許久，輕聲道：「我很喜歡！」他身為將軍，最重要的不就是平安嗎？

郁心蘭垂了眸，沒理會他，小臉卻有些微微泛紅，這花紋可是她琢磨了很久才想出來的，能得到他的肯定，心裡自是甜絲絲的。忽地想到自己還在生他的氣，便一把搶過珠子，撇嘴道：「你喜歡什麼，又沒說是給你的！」

赫雲連城將下巴擱在她肩上，輕嘆道：「不給我還想給誰，妳送了母親和大姊，第三個才輪到我，我都沒跟妳計較。」

郁心蘭氣死了，才發現這個人居然這麼難纏，她完全是為了配合這世間的人說話含蓄的特點，才拐著彎兒說的，他這麼聰明一個人，明知她想聽什麼，竟裝傻充愣……可是，如果直接問「你喜不喜歡榮琳郡主」，又顯得自己心眼太小且沒自信。

郁心蘭心中惱火，手下的力度就控制不好，一不留神，一刀下得深了，還滑了一下，一朵祥雲就這麼變成了麻花。

赫雲連城輕笑，郁心蘭火了，怨忿地瞪著他道：「有什麼好笑的，看我不自在你很高興嗎？你們小時候到底怎麼樣，連句實話也不肯給！」

赫雲連城佯裝不知，「我跟誰？妳什麼時候問了我這個？」

她的確是沒明顯地問，但她提了他們小時候在一起玩兒，他就應該主動坦白好不好？想到這兒，郁心蘭便賭氣道：「我是不會作平妻的，也不願意別人作你的平妻，若……」後面的話最終還是沒說出來，有些事，說得太早傷感情，只能在適當的時候說。

赫雲連城怔了怔，沒想到她氣性這麼大，印象裡她總是從容淡然，就算對著下人們也是和顏悅色，雖說王氏幾次三番的加害，她發火的時候也不過是擰起眉頭而已，卻沒想到今天她會為了一點捕風捉影的事情動了肝火。

赫雲連城凝視著小妻子，明子期曾說過的一句無聊話，不知怎麼就鑽進腦子裡，女人只有在乎你才會拈酸吃醋。小妻子還氣鼓鼓的，他本應當去哄一哄，可他就是想笑，唇角都已經不由自主地彎了起來，雖然很不厚道，可他就是忍不住。

郁心蘭已經生氣到無力了，將那顆雕壞的珠子丟進簍子裡，伸手去拖引枕。

赫雲連城挑眉，「不雕了嗎？我還等著戴上。」

郁心蘭翻了一個白眼，倒在引枕上，「今天心情不好！」

赫雲連城也跟著躺下，伸手攬住她的腰，輕笑道：「怎麼了這是？吃醋？」

郁心蘭的火氣又湧了上來，「就是吃醋又怎麼樣！」

赫雲連城單手撐著頭，細細看她，一臉的促狹，「為個小丫頭吃醋，還真是古怪。她比我小了七歲，多半跟三弟、四弟玩，我入職又早，她不過七、八歲的時候，就再沒見過了，也不知妳這醋是從何吃起。再者說，我好歹也是太后的外孫，說賜婚就賜婚嗎？也得看我願意不願意。」

「那你願意不願意？」

「這要看這手串了我什麼時候戴上，什麼時候告訴妳。」

郁心蘭這才鬆了口氣，可一想到他非要逼自己說出吃醋的話來，才肯老實交代，還要趁機敲竹槓，心氣又不順了，回身狠狠在他腰間掐了兩把。

赫雲連城受不住癢，憋著笑捉住她的手，輕聲道：「小母老虎！」語氣卻是寵溺的。

郁心蘭不知怎的小臉一熱，頓生手足無措之感。

赫雲連城的星眸光芒大盛，俯首含住她的嫣唇，輕聲問：「信期應當過了吧？」

「嗯。」郁心蘭輕輕應了一聲，順著心意回吻他，伸手攀住了他的脖子。

❖　❖　❖

二奶奶帶著一個婆子來到靜思園，下了轎便徑直往正房走，蕪兒忙上前屈膝見禮，問道：「二奶奶這是來找大奶奶嗎？可不巧，大爺和大奶奶都不在。」身子有意無意地擋住了二奶奶的去路。

二奶奶奇了，「明明問了看門的婆子，說在的呀。」

蕪兒道：「閔婆子嗎？大概是沒看到大爺和大奶奶出門吧。您有什麼事，可讓婢子轉告嗎？」

二奶奶眼珠一轉，輕笑道：「是有點子事，反正快到飯點了，大哥和大嫂應當要回來了，我就在暖閣裡等等妳們奶奶吧。」說著又要往裡走。

冬季待客一般都在暖閣，可暖閣和內室只隔了一道門和一間碧紗廚，內室裡有什麼動靜，怕被暖閣裡的人聽到。雖說天色不亮了，可也沒入夜，若是被二奶奶知道主子們正在歡好，怕又有得閒言閒語出來。

蕪兒心中著急，面上卻是不顯，身子也不避讓，只是笑道：「對不住，二奶奶，今日這暖閣卻不方便進去，不如婢子帶您去西暖閣坐一坐可好？婢子馬上讓人準備火盆。」

見蕪兒這般說道，二奶奶更認定了心中所測，白日宣淫！若是讓劉御史或周御史知道了，少不得又會上折斥責。

於是和氣地道：「每個院子的炭都是定例的，不好讓妳們奶奶破費，我就在這東暖閣好了。」

有心要蕪兒讓開，可這裡到底是靜思園，蕪兒是大奶奶的丫頭，她也不好呵斥，只得繞行。

蕪兒到底不敢強攔，急得跟在後面，二奶奶剛要進東暖閣，正遇上紫菱帶著錦兒跑出來，手裡的簸箕平舉得老遠。二奶奶冷不丁一眼瞧見裡面躺著兩隻老鼠血乎乎的屍體，駭得往後一縮，「這是幹什麼？」

錦兒道：「大概是天冷，暖閣裡跑進了幾隻老鼠。」說著將老鼠丟在地上，返身進去。

紫菱歉意地解釋：「還有好幾隻，要慢慢抓。」

二奶奶是習過武的，但女人天生怕老鼠蟑螂，她也不敢再硬往裡闖，只好到西暖閣等著。兩刻鐘後，蕪兒來請她，郁心蘭歪在短炕上看書，見到她進來，便笑道：「對不住，剛回來，讓二弟妹久等了。」

二奶奶恨得咬牙，可沒親眼見著，只得作罷，笑道：「是外祖母讓我送個人來給大嫂用用。」她身後的那名婆子忙上前兩步，跪下行了一個大禮，「老婦人給大奶奶請安。」

二奶奶解釋道：「這位是馬婆婆。」又壓低聲音附耳道：「馬婆婆是京城出名的送子婆婆，她有祖傳祕方，保證一舉得男，外祖母特意尋了來，幫我們幾個養養。我們尋思著，長幼有序，自然要從大嫂這裡開始。」

面色紅潤，肌膚如玉，眉眼間媚態橫生……一瞧就是剛承雨露的樣子。

藥方什麼的，可以請大夫看，不怕作假，換成旁的人，只怕就會動心了，好歹試上一試。郁心蘭卻不為所動，笑著推辭：「二弟妹一心想生長孫，還是二弟妹領回去吧，我這兒用不著。」

二奶奶笑容僵硬，「大嫂不會以為外祖母是想害妳吧？要害，哪會直接送人來？」

郁心蘭忙道：「二弟妹這是說的哪裡話，我怎麼會懷疑甘老夫人的好意？只是我想著，妳和三弟妹都沒有生兒子的，不如先讓給妳們，好歹我進門才半年多，妳們進門都幾年了。」

再說下去就真沒臉了，恰好蕪兒過來問是否擺飯，二奶奶忙帶著馬婆子告辭了。

赫雲連城這才從內室出來，挑眉問：「甘老夫人是什麼意思？」

「假裝關心唄。」郁心蘭隨口一答，沒證據前什麼都不好說，反正只要連城心中有數就成，甘老夫人還是得防著點。

晚上睡前，赫雲連城將那顆雕壞的珠子放入小妻子手心，「這朵雕得比別的都好。」有吃醋的印記！

郁心蘭嗔了他一眼，紅著臉將珠子收好。入睡時習慣性的窩在他懷裡，迷迷糊糊地道：「你身上的寒梅香真好聞。」

赫雲連城失笑，「胡說，我從來不熏香。」

郁心蘭皺著眉在他懷裡嗅了兩下，還想爭兩句，可惜睏意上湧，轉眼就入睡了。

第二日天色大亮了，錦兒和蕪兒等人等在寢房外面，許久沒聽到裡面傳喚。

巧兒低聲問：「今日是十五，按例要向甘老夫人和侯爺、長公主、甘氏請安的，是不是去喚主子起來？」

紫菱搖了搖頭道：「還有點時間，再等等。」

這時聽到大爺的聲音道：「來人。」

紫菱忙進去，一會兒又紅著臉出來，吩咐道：「要熱水。」看了眼錦兒手中的小水盆，「不夠，讓婆子提兩桶來。」

收拾妥當請完安，郁心瑞便到了。郁心蘭忙將弟弟讓入暖閣，使人上了茶水、果子和點心，打發錦兒守在門口，向他問起了黃庭的事。

郁心瑞跟黃庭還有聯繫，一項項說來：「黃大哥人挺豪爽的，原本請爹爹看文章，爹爹也說作得不錯，可以推薦給國子監的先生，可沒兩天，他又說路遇貴人，已經在晉王府得了個幕客的差使。」

京城裡來趕考的舉子不知有多少，投名後往往要等上十天半個月才有回信，哪裡就這麼容易路遇貴人？郁心蘭認定這其中有問題，只怕是秦小王爺不知從哪得知了他與自己是同鄉，特意安排的。

郁心瑞見姊姊沒有別的話，便問姊夫對十二皇子的印象。

郁心蘭挑眉道：「這是父親讓你來問的嗎？」

郁心瑞道：「是，父親說，想請姊夫幫襯著殿下才好。」

郁心蘭便將夫君的打算說了：「公爹和你姊夫的意思，都是不想介入立儲之爭中，你也回去勸勸父親。皇上既然不願過早立儲，咱們聽皇上的便是。」

「父親說，他只是幫襯著十二殿下謀個賢名，別的不管。若是十二殿下急進了，他還可以從旁勸解，免得惹怒了皇上。」郁心瑞到底年紀小，不明白朝中的深淺，父親說什麼，他便聽了。

郁心蘭問：「這段時間三姊是不是常去找父親？」

算盤倒是打得好，人家聽不聽你的，可就兩說了。

「是啊，三姊幫父親做了兩雙鞋、一身外袍，可好看了。」

那就是了。郁老爺為官十分精明，這麼些年沒得罪過誰，這次會犯糊塗，必定是受了郁玫和十二皇子的蠱惑。人總有貪念，抓住了貪念，就容易攻破心防了。郁玫有顆玲瓏心，必定知道父親的軟肋在哪裡，無非就是郁家能否再續輝煌。有郁玫在一旁說服，十二皇子再趁機許諾郁家子弟若干官職，郁老爺不動搖才怪。

郁心蘭一條一條分析現在輔佐十二皇子的後患在哪裡，郁心瑞愈聽愈驚心，拍著胸脯保證：

「姊姊放心，我一定會說服父親不要再幫十二殿下了。」

郁心蘭補充道：「若十二殿下真有當明君的潛質，也不是說完全不幫，但至少不是現在。皇上肯定盯著朝中官員的動向，槍打出頭鳥這句老話，父親也應當聽過的，但你千萬莫說是我的意思。」

郁心瑞用力點頭，姊弟倆又親近了一陣子，郁心蘭便使人套車送弟弟回府。朝政方面，還是由弟弟來說比較好，郁老爺是典型的古代男人，覺得女人完全不應該懂這些。

❖ ❖ ❖

今年朝局不太安定，京城中的元宵燈會也比往常冷清，郁心蘭玩得並不過癮，一個新年就這麼靜悄悄地過去了，男人們又開始早起上朝，郁心蘭的店鋪也開張營業了。

古代的新年幾乎就是在自己家中吃團圓飯，人們憋了半個月，開市的第一天，逛街的熱情特別高漲。郁心蘭坐在香雪坊二樓的執事房內，俯視著店中的人山人海的情形，不禁面露微笑。

安娘子小心侍奉在一旁，見大奶奶心情極佳，便取出一只錦盒，雙手遞上，「這是小的家裡的一點心意，還請大奶奶莫嫌棄。」

打開來，裡面是一對鹿茸、一瓶鹿血，都是壯陽的佳品。

安娘子解釋道：「這是年節時，然兒去萬刃山裡獵的鹿，很新鮮的。」

郁心蘭嘴角直抽，這幾天赫雲連城在床笫間特別熱情，她都快承受不住了，還要補？可她面上卻只能道謝：「多謝安嫂子費心了。」錦兒忙接過錦盒。

安娘子又帶了一名年輕的婦人上前來見禮，「童安氏見過大奶奶。」

郁心蘭不明所以，安娘子忙解釋道：「就是大奶奶上回救過的那個偷荷包的小孩子的娘親。偏巧本姓與夫家同宗，相公便認她做了妹子。」

郁心蘭「哦」了一聲，她是跟錦兒交代過，若是孩子的娘病好了，有意尋份工作的話，就給安排一下，沒想到安排在這裡。聽安娘子說童安氏做工不取報酬，只要有吃有住就行。她的兒子叫童耀，安亦帶在身邊，順便教他識字。

郁心蘭凝眉道：「做工為何不要工錢？」

童安氏又磕了個頭，感激地道：「多謝大奶奶的再生之恩，奴家無法償還之前的銀兩，唯有做牛做馬報答。」

郁心蘭親手扶起童安氏，「我給妳一份工作，是因為妳願意自食其力。若是妳想不勞而獲，根本就得不到我的幫助。妳做了工，該拿多少拿多少，不然怎麼還我銀子？」

童安氏聞言，感激涕零地道：「多謝大奶奶。」她夫家亦是書香門第，正經良民，怕郁心蘭要她母子賣身為奴，便想著這方法來償還，哪知卻是自己想偏了。

郁心蘭笑了笑，又道：「妳丈夫叫什麼、何時入京、會何營生，妳且告訴安娘子，日後我好差人幫妳尋尋。」

安娘子忙道：「大爺可是禁軍一品大將軍，要在京城裡找個人，最是容易不過了。」

童安氏驚喜交加，實在沒有別的方式感謝，便再磕了三個響頭。

這廂說著話，蕪兒忽地哼了一聲。

郁心蘭回頭看她，「怎麼？」

蕪兒指著窗外的街道：「方才婢子看見秦小王爺了，在路邊扶了一個老人家一把，轉過身就拿帕子擦手，還將帕子扔了，嫌髒呢！路人還交口稱讚，哼，沽名釣譽！」

郁心蘭心中一動，「帕子在哪裡？」

蕪兒指了指，郁心蘭回頭問童安氏：「可否請耀兒幫我拾來？但別讓旁人發現他是這裡的。」

童安氏忙點頭，「奴家省得。」

不多進，童耀就撿了那條帕子進來。郁心蘭展開一看，上面還有秦小王爺的字，慎之兩字，極小，繡在角落裡。

郁心蘭讓錦兒收好，日後有大用的。

晚間歇息的時候，赫雲連城仍是努力耕耘，待他心滿意足，郁心蘭都累得不想睜眼了。

可赫雲連城卻精神極好，輕笑道：「怎麼？我還沒服用鹿茸呢！」

唉，就不該隨意把錦盒放炕桌上，害得這傢伙非要證明自己不用壯陽藥也行。

郁心蘭噘起小嘴，「都說了是安娘子送的，我正打算送出去呢！」

赫雲連城的大手上下撫摸著小妻子細膩的肌膚，覺得意猶未盡，又翻身壓上……雲雨過後，郁心蘭哼都沒力氣了，只往他懷裡鑽了鑽，一會兒又嘀咕道：「好香！」

赫雲連城在她雪白的小屁屁拍了一巴掌，「少胡扯！」

第二日一早，郁心蘭便隨連城起身，服侍他穿朝服，湊到他懷裡嗅了嗅，「怎麼白天就聞不到香味？」

赫雲連城捏住她的小鼻子，嗔道：「說了我從不熏香，妳鼻子有問題。」

聞香料的人，鼻子怎麼會有問題？郁心蘭嬌瞪了他一眼，心中卻隱隱有些不安，她也不喜歡熏香，衣服上並沒有香氣，那麼那股子寒梅香從哪兒來的？

送走連城後，郁心蘭便將管衣服的蕪兒喚到身邊，問她：「我剛嫁來時，妳幫大爺收拾衣服的時候，發現過什麼香料香包之類的嗎？」

蕪兒想了想才道：「沒有。大爺的衣服之前都放在隔間的衣櫃裡，現今奶奶住進來，嫁妝就占了幾間屋子，衣服也多，隔間的地方不夠了，運來分了一部分去前書房。說大爺每日在書房看書，有客來的話，時常要更衣的。」

這事兒郁心蘭倒是知道，就是……

「我讓安嬤嬤帶妳去前書房看一看，仔細找找有沒有香料之類的，還有，打聽一下喜來和運來是否侯府的家生子，何時來服侍大爺的。」

蕪兒領命退下，與安嬤嬤一同去往前院，過了小半個時辰，才回來。

郁心蘭見她似乎有話要說，便讓服侍的丫頭們退出去，讓錦兒守在門口。

蕪兒這才道：「婢子剛和安嬤嬤過去後，便在書房後的隔間裡找到了大爺的衣櫃，每兩層衣服間就夾了幾顆小香丸，婢子拿了一顆。後來特意去找來了運來，說奶奶要大爺的內裳改花樣，運來找了出來，婢子走出幾步，又故意回頭，說不是這件，運來找了兩件，婢子都說不是，要同他一起進去找……婢子發現那些香丸都不見了。」說著將香丸遞上。

郁心蘭眸光一盛，這麼說，這個香丸和運來都很有問題。將香丸拿在手中還不覺得，靠近鼻子才聞到淡淡的寒梅香氣——就是這個香氣，時有時無的。

官員若是下朝就回內宅，會被人說閒話，所以赫雲連城下了朝，多半會先到書房看書，在書房換下朝服，換上家常服，但有時候也會直接回靜思園，因而他身上的寒梅香氣時有時無。

郁心蘭仔細回想了一下，記得剛剛新婚的時候，他身上並沒有這股香味，那時他們還沒圓房，不像現在這樣抱成一團睡，也許是隔得遠沒聞著，圓房後也曾聞到過，卻沒最近這麼濃。

她將香丸收好，賞了蕪兒一錠銀子，「妳做得很好，記住，千萬不可說出去。」

蕪兒謝了賞，應承道：「婢子省得。」

等到下晌赫雲連城回府，郁心蘭忙差人去請他回靜思園，取出香丸，又將自己的猜測和蕪兒的試探告知。

赫雲連城的眸光瞬間變冷，將香丸往懷裡一收，安慰她道：「我會請人看看這是什麼香丸。」

郁心蘭急了，「不光是香丸的問題，你總得去請個脈才好。」

赫雲連城面色有幾分不自在，含糊地「嗯」了一聲。郁心蘭知道男人好面子，可這事緩不得，又勸了幾句，赫雲連城才應承道：「還記得上回幫妳驗湯中藥物的大夫嗎？他是醫仙的弟子，叫吳為，我會去找他。」

郁心蘭這才放了心，跟他說自己的分析：「我湯裡有藥，你衣服熏香，效果都是一樣的，做得多了，反而會被人發覺，所以，這應當是兩個人幹的才對。」

赫雲連城挑了挑眉，「妳猜會是誰？」

郁心蘭不說話，怎麼都是他的親人，沒證據還是不亂猜的好。

赫雲連城道：「運來那裡別打草驚蛇，待我查清了，再放餌釣魚。」

❖　❖　❖

小炕桌上的各式請帖堆成了小山，新年過後京中各府便開始了相互宴請，一直要玩鬧到正月過後才真正消停下來。以往各府發請帖，只會發給侯府一份，註明邀請「闔府上下」，但現在赫雲連城擢升為禁軍統帥後，大房這邊水漲船高，一般的府第都會單獨發一份小帖過來相邀。

郁心蘭邊細細翻閱，邊抽空打量幾眼錦兒。錦兒此時正歡快地打著算盤，計算香雪坊送來的帳冊上的各項出入資料。唔，不知道從什麼時候起，香雪坊送來的帳冊就是由錦兒一個人接了去？貌似我是吩咐紫菱和她一起管的吧？只怕算完了之後，也是她一人送去的吧？

想到安亦看錦兒的眼神，雖然只敢浮光掠影般地掃一眼，卻熱情得能秒化冰雪……郁心蘭在心裡嘿嘿笑了兩聲，正要張口打趣幾句，巧兒挑了門簾進來，向她屈了屈膝，輕聲稟道：「方才運來前來傳話，大爺今兒個不回府用飯了。」

郁心蘭「哦」了一聲，問：「有說是去做什麼嗎？」

巧兒道：「婢子問了，運來說大爺只帶了賀塵出去，沒說做什麼。」

郁心蘭的心怦的一跳，赫雲連城所說的醫仙弟子吳為遠在外城，赫雲連城有職在身無法請假，便派了賀塵去請吳為，已經快十天了，都沒半點音信，這會子賀塵回來了，連城必定是去會吳為去了。

因怕打草驚蛇，運來和他管的衣服，赫雲連城一樣讓他管著，但下了朝總要更衣的，卻又怕對身體不好，這段時間赫雲連城下了職便回內宅，不再到前書房看書。只是這樣，落在旁人的眼裡，就覺得他有些過於兒女情長了。就連長公主都隱晦地提醒了郁心蘭幾句，男人的應當將精力主要放在為國效力上，而不是內宅婦人身上。於是近幾天，赫雲連城就乾脆窩在軍營指揮士兵操練，直到掌燈時分再回府，這樣才少了些閒話。

郁心蘭卻心疼丈夫，人又不是鐵打的，若是每天這樣勞累，總得累出病來不可……若是去看大夫，可千萬別說有什麼毛病……希望這個吳為大夫能有所作為吧。

她遇事不喜往壞處想，自我安慰了一番後，心情大好，揮手道：「既然大爺不回來吃，就早些去取飯吧。」

巧兒應聲退下。郁心蘭滿意地點了點頭，這丫頭被她晾了大半個月，終於長了點忍耐力了，眼中還是很焦急，可再也不敢攔著她問如何處置了。

再說赫雲連城，聽了賀塵的稟報，忙忙地交代了運來幾句，便同賀塵一起去了楊柳巷。楊柳巷裡有個小小的四合院，是賀塵自己置下的宅子，他尚未娶妻，宅子一直空置著，如今用來招待吳大夫了。

吳為是個二十歲左右的年輕人，生得五官端正，雖比不得赫雲家幾兄弟的俊美，卻也是美男子一枚，兼之未語先笑的溫和氣質，素日裡也是頗得女人緣的。

只有赫雲連城知道這傢伙其實跟明子期一樣，內心裡是個無賴。

所以見了面，赫雲連城沒提別的，只說是自己上回護駕受了傷，讓御醫治的，如今傷好了，卻總是在陰雨天隱隱作痛，想請他來把個脈。

吳為古裡古怪地打量赫雲連城幾眼，看都不看他伸到眼前的手腕，嗤笑道：「你就是有點什麼疼痛，忍一忍就好了，何必特地讓這傢伙押我來京城？不說實話，休想我給你把脈！」

赫雲連城的眸中寒光大盛，若不是這傢伙得罪不得，真恨不能掐住他的脖子。他想了想，伸出一根手指。吳為眸中閃過一絲驚喜，隨即又滅了光芒，懶洋洋地道：「太少！」然後很無恥地伸出了三根指頭。

赫雲連城只覺得胸腔瞬間被某種氣體充滿，滯了滯，才狠狠地吐出口氣，沒好氣地道：「還不快診脈！」

吳為聽了大悔，用力拍了一下大腿，「早知道你這麼好說話，我就應當多要幾匹的。」

赫雲連城飼養的，可都是千里挑一的良駒啊！

赫雲連城咬牙切齒地道：「你作夢！」

吳為嘻嘻直笑，心裡卻也驚訝，什麼事讓這個冰塊樣的傢伙這麼著急？他忙扣了三指到赫雲連城的脈上，愈聽眉頭皺得愈緊，把個赫雲連城的心都吊了起來，「怎麼樣？」

良久，吳為才輕聲問道：「你最近用了什麼？」

赫雲連城也不說話，從懷裡掏出一個小匣子，匣子裡正是那顆香丸。吳為取過來，放在鼻端聞了聞，又拿小刀切開一小片，研磨成粉狀，從自己的醫箱內拿出幾個小瓷瓶，各滴了幾滴液體在粉沫上。片刻後，這些粉沫就呈現出各種顏色出來。

吳為緩緩地報出幾種藥草名和香料名。

赫雲連城並不大懂這些藥材香料的，蹙眉問：「你直說有什麼影響沒。」

吳為正色道：「當然有。若是男子身上沾了這種東西，必定無法生育。若是服下，會腹中絞痛，陽萎不舉。」

赫雲連城的俊臉一白，眸光更加暗沉，看來，若不是服下後會腹絞痛，怕引人注意，幕後之人只怕不是讓他沾沾身而已。

吳為見調戲得夠了，才又緩緩地道：「不過即使是服下了，沒到一定的量，斷上幾個月，也就能不治而癒。若只是沾了香或是粉末，就更好辦了，服下兩劑藥也就成了。」

赫雲連城的眼眸又瞬間明亮了，一眨不眨地盯著吳為問：「真服下兩劑藥便沒事了？」

吳為捂著臉轉了頭，哼道：「你這麼看著我幹什麼？我又不是花姑娘，不會被你勾走的！」

赫雲連城用力握了握拳，強行忍住想一拳打扁眼前這張俊臉的衝動，忍耐道：「快開方子！」

看在好吃好喝的分上，就不為難他了！吳為在心中對自己道。當下不再哆嗦，大筆一揮，寫下兩張方子，要他每副揀三劑，五碗水煎成一碗，上午吃一副，晚上吃另外一副。

赫雲連城心急著治病，二話不說就直接衝了出去，賀塵忙緊緊追上。

吳為非常「好心」地衝主僕二人的背影喊道：「要是不想別人看出你治什麼病，就把藥方分開揀吧！」

赫雲連城恨得直想轉身回去狠揍他幾拳，想到藥店恐怕要關門了，才堪堪忍住。

賀塵低著頭，心裡暗暗咒罵，這個死吳為，明知主子打發我在外面守著，就是不想我知道什麼事兒，你這不是害我嗎？隨即又苦笑，這傢伙肯定是在報復自己強行將他從花魁麗娘的懷裡揪出來。

這主僕倆各懷心思奔到藥店，赫雲連城的確長了個心眼，將每張藥方一分為二，他和賀塵各揀一半，只讓藥店的夥計每種藥草包成一包，寫上藥名，自己回去再分。

回到府中後，郁心蘭聽說吃了藥就沒事，當下鬆了一口氣，忙將方子取出來，親自揀了藥，交給紫菱和錦兒，叮囑她們用心煎藥。

紫菱和錦兒還以為是大奶奶要吃的，畢竟她這麼久都沒懷孕，心中恐怕是急了，當下表明了一番，保證完成任務！

第二日一早，梳洗過後，錦兒就端著溫度正好的藥碗走了進來，郁心蘭知赫雲連城要面子，便打發她們出去，赫雲連城這才端藥吃下了。郁心蘭一邊為他整著衣領，一邊道：「這事兒要怎麼跟父親說？」

要換作是她，肯定假裝中計了，裝病，讓幕後之人驚喜一下，然後讓人大放風聲，讓幕後之人緊張一下。這樣一驚一乍，表現與旁人略有不同的，便很顯眼了。

可這傢伙要面子啊，端的是不會讓人知道他中了這類毒……

赫雲連城道：「我自會同父親說。」知道服了藥就沒事兒，他也輕鬆了不少，不然還真怕落下什麼不育之症，這輩子就白當男人了。

小倆口又商量了幾句，赫雲連城便上朝去了，郁心蘭先去向長公主婆婆請了安，陪著長公主說了會子話，才回到靜思園，專心雕香木珠。

這種浮雕不是特別深刻的花紋，很難雕，還要顆顆珠子雕得一模一樣，她花了快一個月的時間，現在總算快收工了。

錦兒和蕪兒拿了針線簍子坐在小錦杌上，陪著她聊天。

主僕三人正說笑著，門外傳來小茜的唱名聲：「大姑奶奶來了，容婢子向大奶奶通傳一聲。」

郁心蘭在暖閣裡聽見了，自是揚聲道：「快請大姑奶奶進來吧。」

門簾一挑，赫雲彤俏麗英挺的身影就閃了進來，錦兒和蕪兒忙起身相讓，將錦杌搬去一旁，服侍著大姑奶奶上炕，巧兒端來茶水和果品。

郁心蘭笑問：「今兒個是什麼風把妳給吹來了？」

赫雲彤笑道：「沒風我就不能來嗎？」說笑了幾句，從袖袋裡拿出張純金打造的小金帖，遞過去，「過兩日是我家公爹的整壽，還請弟妹賞個臉。」

郁心蘭忙雙手接過，打開來一看，是平王爺五十整生，忙道：「王爺是有福的，我們這些小輩自然是要去沾沾福氣。」心中不免咋舌，請帖都用純金打造，這得花多少錢啊！

赫雲彤彷彿聽到了她的心聲一般，輕嗔道：「只有幾戶親戚是用這種金帖，旁人只是香櫞紙鍍金的。」

郁心蘭心道：那也得花不少錢！

又暗中尋思著，平王爺這般大手筆，就不怕御史彈劾他奢侈無度嗎？

赫雲彤見她不明所以，抿嘴輕笑，見兩個大丫頭都乖覺地候在門邊兒上，應當不會聽到她們的談話，這才壓低了嗓音道：「做臣子的，總得有些把柄給皇上握著，我公爹也就好點銀子。」

有一定貪念的人，才有可利用之處，皇上才能利用你的所求，給你許願，讓你為他賣命，若是一個人無慾無求，皇上反而會覺得假，覺得你心裡不知在想什麼，計畫著什麼，惦記著什麼。

郁心蘭想通了這一節，便不由得想到，侯爺讓皇上看出什麼弱點了嗎？若是皇上覺得侯爺沒有弱點，是不是會覺得侯爺很危險？

赫雲彤點了這一句，便不再說什麼，父親為人如何精明，她自是清楚的，她怕的是弟弟們不懂，尤其是大弟，自被壓制過一回後，似乎真的有些無慾無求的樣子了。

赫雲彤給郁心蘭單獨下了帖子，身為幾個弟弟的姊姊，自是不會厚此薄彼，當下說笑了幾句，便告辭了，她還要去給二弟、三弟送帖子。

❖　❖　❖

轉眼便到了平王爺的五十壽辰，京裡有頭有臉的官員和王侯們幾乎都出席了。

郁心蘭在席面上再次見到了郁玫和郁琳兩姊妹，郁玫在她沒注意的時候，用極其不善的眼神盯了她幾眼，待她有所察覺轉頭看過去時，又換成了親切友好的笑容。

郁心蘭瞇了瞇眼睛，也沒去理會。郁心瑞已經差人傳了話，說勸過了郁老爺，多半是因郁老爺的態度一下子變得不再積極，這才惱恨她吧？

赫雲彤今日陪著眾多女眷一路說話，真真是長袖善舞。郁心蘭也與平日裡談得來的禮部侍郎陳夫人、御史周夫人、刑部侍郎聶夫人和大內侍衛總管何夫人坐在一起。因為現在三爺在大內侍衛營供職，所以三奶奶也湊到了一起，話裡話外都在與何夫人套近乎。

郁心蘭說著說著，忽地一抬頭，發覺一名美貌少女正若有所思地看著她，對上她的目光，忙露出一抹友好的笑容。郁心蘭從前是人事部的，認人很有一套，只一細想，便想了起來，是安陽伯兼太僕寺卿的三女兒祁柳，十二皇子的側妃。

唔，她看著我幹什麼？大概是剛剛察覺郁玫對我似有敵意，所以覺得敵人的敵人就是朋友吧？郁心蘭可不想跟她有什麼交情，禮貌性的回了一笑，便又轉頭跟幾位夫人說笑。

那祁柳卻不甘心就這般被冷落，自顧自地走了過來，「姊姊可是靖哥哥的夫人？」

郁心蘭立時打了個哆嗦，靖哥哥？我還蓉妹妹咧！面上卻不得不笑道：「正是。」

祁柳歡喜地在她身邊坐下，優雅地笑道：「早就想認識嫂子了，可一直沒有機緣，今日一見，定要與嫂子多聊上幾句才成！」然後也不管郁心蘭愛聽不愛聽，便自顧自地說起小時候怎麼常隨父親去定遠侯府，怎麼與靖哥哥、策哥哥、傑哥哥、飛哥哥一同遊玩。

郁心蘭含笑聽了，面上完全不為所動。祁柳說的都是小時候的趣事，沒什麼逾越的地方，況且她是要嫁給十二皇子的，想來也不敢再惦記著旁人。

說到後來，祁柳話峰一轉：「其實我們小時許多人一同玩耍，不過最愛黏著靖哥哥的，還是榮琳郡主。」

嗯？這話跟連城說的可就不一樣了。

祁柳似乎與郁心蘭愈說愈投契，強拉著她去園子裡賞迎春花，「平王府的迎春花是最美的，不賞可惜了。」

赫雲彤好不容易安頓好了客人，正聽到祁柳這句話，忙道：「可不是，我帶兩位妹妹去吧。」

郁心蘭挑了挑眉，上回在晉王府賞梅花賞出個黃庭，這回不知道能賞出什麼。

因昨日才下了雪，天氣寒冷，女賓客們都坐在屋子裡取暖，平王府的花園裡倒是清靜。

赫雲彤吩咐小丫頭們帶上火盆、手爐、錦墊，三人來到一面叢樹栽成的圍牆邊，大叢大叢的迎春花從牆上一洩而下，嫩黃的花瓣點綴在綠葉之間，間錯瑩白的冰雪，格外嬌柔美麗。

郁心蘭忍不住訝然，「府上的迎春花怎麼開得這般早？」

一般的人家，現在還在開梅花。

赫雲彤便有些得意，「可不是嗎？我家請了個花廚，極有本事，這迎春花已經是連續幾年早早開了。」

郁心蘭含笑點頭，三人便不說話，坐在小石桌上賞花。丫頭們支起架子，將厚重的布簾圍上，遮擋寒風。

赫雲彤見祁柳和郁心蘭都一臉淡笑地賞花，心中得意，正要開口再炫耀上幾句，忽聽牆對面有人道：「靖哥哥，好些年不見了，你不認識我了嗎？怎麼不理我？」

聲音嬌嫩柔軟，卻不是榮琳郡主是誰？

祁柳的眸中閃過一道幽光，赫雲彤卻是臉色一變，正想喚弟弟一聲，手臂忽然一緊，是郁心蘭抓住了她。回頭一看，郁心蘭一臉輕鬆，並沒有什麼不自在的模樣，她才放下心來。

那邊，赫雲連城遲疑了一下，才道：「妳是……榮琳？」

榮琳郡主的聲音立時歡快了起來：「是啊，靖哥哥，我是榮琳！討厭，你居然不記得我了！」

赫雲連城歉意地道：「我們幾年沒見，妳那時也才幾歲，女大十八變，我自然是不認得了。」

榮琳郡主應當是害羞了，含羞帶怯地問：「那……靖哥哥覺得我變美了還是變醜了？」

郁心蘭還沒什麼反應，赫雲彤卻怒了，這女人還要不要臉！這是府中哪個下人，居然敢把他倆引到一起？

郁心蘭仍是握了握她的手，示意她別出聲，而祁柳，不必人提醒，很自覺地不出聲，就是來看戲的啊，怎麼能砸場呢？

赫雲連城卻不直接回答，只淡淡地問道：「妳怎麼會在這裡？我要回席了，需要喚個人來送妳回去嗎？」

這話的意思就是，如果妳不需要的話，我就直接走了，丟妳一個人在這裡。

榮琳不敢相信這世間會有男人視她於無物，惶然地睜大了眼睛，一顆晶瑩的淚水在大大的鹿眼裡打著圈圈，卻倔強地不掉下來，看著更是讓人心生憐愛，「靖哥哥，是否我惹你生氣了？你怪我不曾去天牢看望你嗎？你也知道，我家人要送我送去寺中靜養，不許我隨意出府……」

赫雲連城沒空理會她的嬌柔美麗，如大提琴般低沉優美的聲音裡透出一絲不耐煩，按捺著性子道：「妳想左了，我們並非親戚，我從不曾想過要妳來探望。」

換句話說，那時我根本就沒想起妳來。

榮琳的神色更加悲傷，淚水沾濕了長而濃密的羽睫，正要輕泣淺啜，赫雲連城已經抱了抱拳，轉身道：「告辭。」

連「要不要喚個人來」這種客套話都懶得說了。心裡想著，難怪那天蘭兒會大動肝火，原來是有緣故的。

那榮琳看他的目光羞怯卻熱情，他自是明白是怎麼回事，可他卻也實在想不通，他並沒與榮琳怎麼玩耍過，怎麼就被她給惦記上了？

牆那邊的郁心蘭這才鬆開赫雲彤的手臂，輕笑道：「茶冷了，可否請大姊的婢子換杯茶來？」

赫雲彤彎唇一笑，揚聲道：「采荷，快換茶。」

這聲音大了一點，牆那邊隱隱的啜泣聲立即消散了。兩人相視一笑，不得不說這位榮琳郡主是朵奇葩，敢在平王府宴請這麼多賓客的日子裡勾搭有婦之夫。

祁柳的神色變了兩變，沒想到會這樣，沒氣成郁心蘭，也沒能看到榮琳被郁心蘭斥責的好戲，她到底是在安陽伯府長大的千金，轉瞬便揚起了笑容，「靖嫂子真是好福氣，靖哥哥這般不貪圖女色的男子，可真是世間少有呢。」

若是還看不出今日她是特意拖自己來這看戲的，那她還真是白活了兩世了！

郁心蘭微微一笑，謙虛道：「夫君不過是敬我是正妻，便是納妾，也得先經由我同意罷了。」祁柳被這番話噎得面孔白了青，青了白，被指為側妻，恐怕是祁柳心中最大的痛處了，她的出身可比郁玫來得高貴，正經的伯爵府的小姐，卻要屈居於一個沒有根基的戶部侍郎千金之下。

郁心蘭不想再與祁柳深談，赫雲彤也極有眼色地道：「外面太冷，還是回屋裡去吧。」回去後，赫雲彤才小聲道：「這個祁柳以前便喜歡跟榮琳爭，現在又屈居妳三姊之下，大概是想想看妳難堪，又給榮琳一點教訓。」

郁心蘭點了點頭，她也覺得是這樣，深深地感嘆，這世間的女人真是喜歡為難女人啊，而且還是為了一點小事就互相為難。

宴會散後，赫雲連城與郁心蘭同回到靜思園中歇息，赫雲連城明顯感覺小妻子今晚特別熱情，他不知原因，卻也十分歡喜。第二天下了朝回府，郁心蘭服侍他更衣梳洗後，順手給他套上手串。

赫雲連城低頭瞧了一眼，歡喜地輕輕撫摸，笑著道：「不是說還要幾天才能雕好，怎麼今天就雕好了？」

郁心蘭挑眉道：「是你昨天表現好，特意賞你的。」

赫雲連城只一想，便明白了原委，調侃道：「那我更喜歡昨晚那樣賞我。」

「一邊去，色鬼！」郁心蘭紅著臉啐他一口，快步出了隔間。

赫雲連城追上去，抱著她一起歪到短炕上，用手撫著她的腹問道：「藥我都吃完了，應當可以懷上了。」

郁心蘭紅著臉道：「哪有那麼快？」她算過日子，貌似他的藥服完的時候，她的危險期也過了，進入安全期了，這個月的希望不大。

赫雲連城也不急，「沒事，只要我們沒問題就好。」

「那事兒，你打算怎麼處置？」

「我已經告訴父親了，父親派人監視運來和喜來，總得找到幕後之人。」

郁心蘭點了點頭，這陣子赫雲連城都沒在書房更衣，那些人該著急了，便不再糾結於這個問題，提出明天回郁府一趟。

（未完待續）

作　　者　菡笑
封面繪圖　若若秋
責任編輯　施雅棠
副總編輯　林秀梅
編輯總監　劉麗真
總 經 理　陳逸瑛
發 行 人　涂玉雲
出　　版　麥田出版
城邦文化事業股份有限公司
104台北市中山區民生東路二段141號5樓
電話：（886）2-25007696　傳真：（886）2-25001966
發　　行　英屬蓋曼群島商家庭傳媒股份有限公司城邦分公司
104台北市中山區民生東路二段141號2樓
客服服務專線：（886）2-25007718；25007719
24小時傳真專線：（886）2-25001990；25001991
服務時間：週一至週五上午09:00~12:00；下午13:00~17:00
劃撥帳號：19863813；戶名：書虫股份有限公司
讀者服務信箱：service@readingclub.com.tw
麥田部落格　http://blog.pixnet.net/ryefield
香港發行所　城邦（香港）出版集團有限公司
香港灣仔駱克道193號東超商業中心1樓
電話：852-25086231　傳真：852-25789337
E-mail：hkcite@biznetvigator.com
馬新發行所　城邦（馬新）出版集團【Cite (M) Sdn Bhd】
41, Jalan Radin Anum, Bandar Baru Sri Petaling,
57000 Kuala Lumpur, Malaysia.
電話：(603) 90578822　傳真：(603) 90576622
Email：cite@cite.com.my
美術設計　洸譜創意設計股份有限公司
印　　刷　鴻霖印刷傳媒股份有限公司
初版一刷　2013年10月3日
定　　價　250元
ISBN　978-986-173-986-1

漾小說 102
妾本庶出❷

國家圖書館出版品預行編目資料

妾本庶出 / 菡笑著. -- 初版. -- 臺北市 :
麥田, 城邦文化出版 : 家庭傳媒城邦分公司發行,
2013.10
冊；　公分. --（漾小說；102）
ISBN 978-986-173-986-1（第2冊：平裝）

857.7　　102016933